CATHERINE BARDON

Après une carrière dans la communication, Catherine Bardon se consacre désormais à l'écriture et partage son temps entre la France et la République dominicaine. Elle est l'autrice de la saga *Les Déracinés* qui s'est vendue à plus de 500 000 exemplaires et qui a été distinguée à de nombreuses reprises, notamment par le Prix Wizo et par le Festival du premier roman de Chambéry en 2019. En quelques romans, Catherine Bardon s'est imposée comme une voix majeure du paysage romanesque français.

LA FILLE DE L'OGRE

ÉGALEMENT CHEZ POCKET

LES DÉRACINÉS

1. LES DÉRACINÉS

2. L'AMÉRICAINE

3. ET LA VIE REPRIT SON COURS

4. UN INVINCIBLE ÉTÉ

LA FILLE DE L'OGRE

CATHERINE BARDON

LA FILLE DE L'OGRE

LES ESCALES
DOMAINE FRANÇAIS

Ouvrage suivi par Caroline Laurent.

ISBN : 978-2-266-33302-3
Dépôt légal : octobre 2023

« Ne croyez pas que le destin soit beaucoup plus qu'un condensé de l'enfance. » Rainer Maria Rilke, *Élégies de Duino*

« Faire passer un peu de lumière dans l'opacité des êtres, dans leur mystère, leur fragilité, dans leurs errances, et dire ce qu'on entrevoit, ce qu'on devine, ce qui se dérobe. » Gaëlle Josse, *Une femme en contre-jour*

« Je me suis dit que ce serait un roman, doté de caractères et d'épisodes, mais que je n'inventerais rien qui n'aurait pu se passer. » Mario Vargas Llosa à propos de *La Fête au bouc*

San Cristóbal, République dominicaine

1920

— Flor ! Flor de Oro !

Elle a un prénom délicat et précieux, comme l'enfant qu'elle est.

Fleur d'Or.

C'est son père qui l'a choisi. Sa mère ne sait pas très bien d'où il l'a sorti. Alors elle lui dit qu'il l'a inventé pour elle, juste pour le plaisir de voir fleurir un grand sourire sur le visage de sa fille.

Un prénom inventé, rien que pour elle ! Flor de Oro est rassurée, son Papi l'aime.

— Flor ! Flor de Oro !

Du fond de la cour, sa mère l'appelle. Les petits chiens sont nés.

La bouche pleine de *dulce de leche* au coco, Flor accourt en sautillant. Un drôle de cloche-pied à trois temps qui la déséquilibre légèrement, presque une claudication. Elle trébuche et manque de s'étaler dans la poussière. Elle se rattrape de justesse. Aminta fait mine de n'avoir rien vu. Cette note dissonante lui arrache un sourire tendre.

Ni elle ni son mari n'ont légué à leur fille le sens du rythme. Aminta, cette femme simple et sans grande éducation, adore la danse. Elle pense que c'est ce qui les a rapprochés, T et elle, la main sur la cambrure des reins, les bassins soudés, les corps qui oscillent, s'épousent, un creux pour un plein, les hanches qui balancent, les épaules qui se frôlent en tressautant… Ça et leur jeunesse, ça et leur terre de naissance, San Cristóbal.

Non décidément, sa petite Flor de cinq ans n'a pas le rythme dans la peau. Peut-être que Julia Genoveva, elle, l'aurait eu… peut-être…

Flor de Oro est là, devant sa mère, les joues rougies par sa course, les lèvres coquillage lustrées de sucre, entrouvertes, les yeux interrogateurs. Aminta hoche la tête et chasse avec résolution le fantôme de son aînée. Il ne doit pas peser sur l'enfance de Flor. Jamais.

Aminta prend la main de sa fille et la conduit devant l'abri de la chienne. Gisant sur le flanc dans l'ombre pauvre, les yeux fermés, la bête immobile endure les succions voraces d'un quatuor de chiots qui ressemblent à des rats. Flor se penche, examine attentivement la portée et pointe un index décidé sur une boule noire blottie contre la cuisse de la chienne.

— Celui-là !

La fillette s'accroupit, elle effleure le chiot du bout de ses doigts timides puis retire vivement sa main, la chienne s'est mise à gronder doucement. Fière de son audace, Flor lève des yeux brillants vers le sourire de sa mère.

*

Son Papi est rentré. Une permission. Flor ne le voit que rarement depuis qu'il est devenu élève soldat, guère plus d'une fois tous les deux mois. Il a intégré l'académie militaire de Haina, loin de San Cristóbal, là où les marines américains forment les officiers de la future armée dominicaine. Flor déteste les Américains, un jour elle a jeté des pierres sur une automobile qui passait avec à son bord quatre officiers.

T tapote distraitement le sommet du crâne de sa fille. Ses doigts dansent dans les boucles brunes, regrettant au passage qu'elles ne soient pas plus soyeuses. Interroge la mère. Aminta acquiesce, sage, bonnes notes à l'école. Bien. Flor dit à son père pour le chiot. T se laisse entraîner de mauvaise grâce vers la portée, non sans avoir planté un chapeau de paille sur la tête de sa fille. Il ne faudrait pas que sa peau brunisse au soleil, elle a déjà le teint mat. Sans hésiter, l'enfant lui désigne le chiot. C'est le mien. Il s'appelle Café. Son père grimace. Ce n'est pas le genre de chose qui l'attendrit. Il soupire bruyamment.

— Non, *mi amor*. Pas celui-là. Il est tout noir, il est mauvais comme tous les noirs. Regarde, il vole déjà le lait des autres.

Accroupie, les coudes sur ses genoux, Flor observe la portée avec attention. Son petit menton commence à trembler, des larmes montent à ses yeux, prêtes à dévaler ses joues. Elle aimait déjà Café. Mais Papi a raison, le noir prend toutes ses aises et piétine le chiot à côté de lui, un petit blanc avec des taches rousses au bout des pattes qui font comme des chaussures. Son père le pointe du doigt :

— Prends plutôt celui-là, il est blanc, tout blanc, et tu vas voir, il va devenir un *tiguere* si tu t'en occupes bien ! Tu pourras l'appeler Boule de Neige !

Voilà, Papi a décidé. Il a toujours raison, il ne faut pas le contrarier, pas le décevoir. Surtout pas. Une petite fille doit se plier aux décisions de son père, surtout quand c'est un soldat. Son chiot, ce sera Boule de Neige. Flor ne sait pas ce qu'est la neige.

De loin, Aminta a assisté à la scène, impuissante. Inutile de s'interposer. Elle a peur de cet homme, son mari. Il a toujours été autoritaire, colérique, inflexible et violent, et ça ne fait qu'empirer avec cette formation militaire. Autrefois déjà, avec son frère, quand il jouait les *cuatreros*[1], puis avec sa bande de voyous des « 42 »… Et plus tard dans la plantation de canne qui l'employait comme garde, il était craint comme la peste par les coupeurs haïtiens pour sa cruauté. Ah çà, il a marqué les mémoires, les dérouillées au nerf de bœuf et à la trique de goyave restent gravées dans les mémoires ! Tout au fond d'elle, Aminta, la fille de bonne famille, a toujours su qu'elle faisait une erreur en épousant ce petit télégraphiste sans éducation qui avait même fait de la prison. Est-ce son côté mauvais garçon ou bon danseur qui l'a fait flancher ? En plus il est infidèle, il ne se cache même pas de ses aventures… Vraiment, quelle erreur ! Enfin sa fille n'a pas à payer les pots cassés. Alors elle endure, Aminta. Pour Flor de Oro, elle serre les dents bravement et prépare une *malteada*[2] à son mari.

Maintenant que la question du chiot est réglée et que Papi est content, Flor espère qu'il va lui nouer des

1. Voleurs de bétail.

2. Boisson très prisée en République dominicaine, lait condensé, bière d'orge et glace.

rubans dans les cheveux en l'appelant *mi princesa*. Ou lui donner la ceinture de son uniforme à laver dans la rivière. Ou encore mieux, qu'il va la faire danser. Elle tournicote autour de lui tandis qu'il sirote sa boisson, le regard plein d'espoir en se dandinant d'un pied sur l'autre. T a compris. Aujourd'hui il est de bonne humeur. Il pose son verre, déclame quelques vers de sa voix haut perchée sous l'œil admiratif de sa fille et se met à fredonner un air à la mode.

D'un doigt délicat, il replace une mèche rebelle derrière l'oreille de Flor, puis il la soulève comme une plume et pose ses petits pieds chaussés de toile sur ses bottes de cuir avant de commencer à marquer les trois temps du merengue. Ils tournent ensemble, il ne la lâche pas. *¡Baila mi'jita! ¡Baila, mueve la cadera!* Comme c'est amusant. C'est l'unique jeu que Papi lui accorde, alors Flor se déhanche avec délectation, les yeux extasiés levés vers le visage de son père. Papi s'arrête soudain, il en a assez de la faire tourner. Flor se retrouve bras ballants, les deux talons sur le sol. Papi tape des pieds par terre pour enlever la poussière de ses bottes et lui tourne le dos sans un mot. Puis se ravisant, il fait un pas vers Flor, plonge la main dans sa poche et lui tend une pièce de 5 pesos, pour t'acheter un jouet, et un bout de canne qu'il épluche. Oh merci Papi ! Flor commence à suçoter le morceau, le sucre coule dans sa gorge. Que c'est bon ! Aujourd'hui, c'est vraiment un beau jour.

*

Dans l'enfance de Flor, il y a le fantôme.

Cette absence jamais dite. Ce vide intangible, ce manque qu'elle lit parfois dans le regard de sa mère lorsqu'il s'égare, dans certains de ses gestes, cette main qu'elle laisse soudain retomber, comme ça, sans raison, ce soupir qu'elle réprime. Flor ne sait pas sa sœur morte d'une fièvre tropicale, l'enfant envolée avant d'avoir atteint sa première année. Elle ne sait pas le trou béant dans le cœur d'Aminta, le dépit et la colère de son père qui n'a pas réussi, malgré une longue chevauchée de nuit sur une vieille carne, à ramener le docteur assez vite. Le rio Haina était en crue et il avait lutté durant des heures contre le courant et la pluie. À son retour, sa fille était morte. Il s'était juré ce jour-là de construire un pont au-dessus de ce maudit fleuve.

Flor ne sait pas qu'elle est la compensation de l'ange perdu, l'enfant de remplacement. Mais, instinctivement, elle perçoit cet espace trop grand pour elle qu'on lui demande de remplir. Alors elle fait de son mieux. Elle s'applique. À l'école, au catéchisme, à la maison. Elle se fait légère, jamais grave, jamais triste, elle sent qu'elle n'en a pas le droit.

Dans l'enfance de Flor il y a le grand absent, son père dont l'ascension militaire et politique est fulgurante. Impérieux, autoritaire, exigeant. Il n'a pas de temps à lui consacrer. Parfois, bien qu'elle ne soit pas le fils qu'il désirait, il se laisse attendrir l'espace d'un instant par cette petite fille si facile et si joyeuse, un peu timide, un peu sauvageonne, qui l'adore littéralement et qui craint en permanence de le décevoir. Il se laisse attendrir par ce grand sourire innocent qui éclaire magnifiquement le petit visage hâlé. Mais cela ne dure jamais. Tant de choses plus importantes l'appellent.

Dans l'enfance de Flor, il y a cette tache originelle. Dont elle ne pourra jamais se laver. Celle qui explique peut-être tout.

C'est une goutte.

Une goutte de sang noir. Haïtien. Celle dont on ne parle pas. Celle qui fait si honte à son père. Celle qui amènera plus tard le Jefe, qui prétend à un lignage aristocratique, à se poudrer de blanc, à se tartiner le visage du fond de teint des pierrots. Celle que trahissent les cheveux si indisciplinés de Flor et son teint qui n'est pas d'albâtre. Elle lui vient de loin, cette goutte. D'un arrière-arrière-grand-père, son aïeul maternel à lui, un officier haïtien, Joseph Chevallier, arrivé dans le pays quand il s'appelait Dominicana. Une ascendance inavouable, qu'il faut taire à tout prix. Mais, plus on cherche à l'oublier, plus elle éclôt en Flor tandis qu'elle grandit, plus elle devient criante, cette goutte de sang.

Peut-être que Julia Genoveva ne l'avait pas, elle. Peut-être que c'était un bébé parfait. C'est pour ça que Papi et Mami la regardent avec pitié et ne l'aiment pas beaucoup, car elle, Flor de Oro, n'est pas parfaite.

Cette goutte de sang qui la hantera toute sa vie…

Saint-Domingue
Juin 1924

C'est un cataclysme dans sa vie d'enfant déjà bien chahutée par la carrière militaire de son père qui est en train de gravir rapidement les échelons de la hiérarchie galonnée. T a assisté avec soulagement au départ des derniers marines. Ce jour-là, il a emmené Flor au port de Saint-Domingue et lui a soufflé à l'oreille « Enfin ! » tandis que les bateaux de guerre prenaient le large. Puis pour fêter cette libération, il lui a offert une glace.

Maintenant que les Yanquis ont quitté le territoire, T vise tout simplement le sommet, la tête de l'armée à venir. Rien ni personne ne l'arrêtera ni ne se mettra en travers de son chemin.

Depuis plusieurs années, Flor de Oro ne voit plus son Papi qu'épisodiquement. Le couple de ses parents se délite à la même vitesse que se consolide l'ascension de T. Un véritable fiasco. Aminta a refusé de suivre son mari de garnison en garnison et il a quasiment déserté la maison familiale. Flor et sa mère vivent seules à San Cristóbal.

Ce dimanche, Papi a promis de venir. Levée de bon matin, cheveux soigneusement tressés, robe blanche à volants amidonnée et souliers noirs cirés, Flor l'attend fébrilement. Le soleil monte lentement dans le ciel, arrivent les heures chaudes et toujours rien. Dans la maison, la touffeur est accablante. Flor sort sous l'auvent. Elle voudrait bien jouer avec Boule de Neige, mais Aminta la rabroue. « Tu vas te salir, tu ne voudrais pas mécontenter ton père ? » Alors Flor attend, sagement assise dans la *mecedora*. Aminta se résout à servir le déjeuner, la table est dressée pour trois. Flor n'a pas faim, elle dépiaute sa cuisse de poulet du bout de sa fourchette. D'habitude c'est son morceau préféré, mais aujourd'hui elle ne peut rien avaler, même pas le *concon*[1] que sa mère a soigneusement raclé au fond de la gamelle pour elle. Flor lève des yeux confus sur le visage de sa mère. Elle remarque les coins de sa bouche affaissés, encadrés des rides amères de la déception. Les larmes montent mais elle se retient, Mami a l'air si désemparée... Les heures de l'après-midi s'étirent. Flor somnole, tassée au fond de la chaise à bascule. Finalement, Aminta décide que c'est assez :

— Il ne viendra pas. Il aura eu un empêchement, il est tellement occupé, ce n'est pas de sa faute.

Pourtant elle sait, Aminta, que c'est de sa faute, qu'un père ne doit pas faire une promesse vaine à un enfant, que la blessure de Flor de Oro est profonde. Avec un feint enthousiasme, elle aide Flor à troquer sa jolie robe contre une jupe de toile qu'elle a cousue

1. Terme dominicain désignant le riz grillé qui a collé au fond de la casserole lors de la cuisson.

elle-même, car en plus d'être une bonne cuisinière et une femme qui tient sa maison impeccablement, Aminta est une couturière hors pair. La petite fille court retrouver Boule de Neige pour enfouir son chagrin dans la fourrure poussiéreuse du cabot.

*

Son père a des maîtresses. Comme sa maîtresse à l'école ? Flor s'interroge. C'est ce que crie Mami. Et de plus en plus violemment. Flor les entend quand ils se disputent. « J'ai autre chose à faire que de supporter des jérémiades de bonne femme. – *Sin vergüenza, mujeriego*... Tu m'humilies, tu me déshonores. Tu n'as jamais fait que ça, m'humilier. – Et toi, tu n'arrêtes pas de te plaindre. Tu devrais plutôt être fière de moi... »

Fière... Aminta ricane.

Quand le divorce est prononcé, quand Aminta se retrouve seule avec 100 pesos de pension mensuelle pour élever Flor, elle se résigne. La petite Flor est dévastée. Ce qui arrive, elle ne savait pas que ça pouvait exister. Papi et Mami vont vivre séparément pour toujours, dans deux maisons différentes. Peut-être n'a-t-elle pas été assez gentille, pas assez bonne élève, pas assez obéissante, et Papi s'est lassé d'elle ? Peut-être ne viendra-t-il plus jamais ? Sa joie de vivre s'est évaporée, la petite fille joyeuse devient taciturne, son sourire s'efface et laisse place à une moue triste. La culpabilité a un goût amer.

*

Ce jour-là, T est venu les voir. Il a troqué son uniforme pour un costume de ville et, malgré la poussière de la piste, ses chaussures noires brillent comme un miroir. Il est si élégant. Aminta se tient en retrait, dans l'encoignure de la porte, elle a ôté son tablier et lisse sa robe du plat de la main, regrettant de ne pas avoir mieux coiffé ses cheveux. Assis dans un fauteuil, son père fait signe à Flor d'approcher. Son petit visage tendre est au niveau de celui, dur, du capitaine. Du haut de ses neuf ans, Flor se dit que tout est réparé, que tout va redevenir comme avant. Elle exulte et ne peut réprimer un sourire victorieux. Elle jette ses petits bras maigres autour du cou de son père. Mais elle déchante vite. Papi attrape ses menottes et les maintient fermement sur ses genoux. Il fronce le sourcil, sévère, et la regarde droit dans les yeux :

— J'espère que tu sauras te montrer à la hauteur des espérances que je mets en toi et des sacrifices que j'accepte pour ton éducation. Tu vas partir étudier en France, annonce-t-il solennellement.

Mise devant le fait accompli, Aminta se tord les mains. Flor est trop jeune. L'école de San Cristóbal est très bien. C'est une dépense tout à fait inutile. Jamais elles n'ont été séparées. Flor de Oro a besoin de sa maman. Car lui, eh bien lui, il n'est jamais là… Déjà Aminta regrette ses dernières paroles.

Mais lui, visage impassible, balaie ces arguments d'un haussement d'épaules :

— Je suis un homme important désormais. Un jour prochain, je dirigerai ce pays. Ma fille doit recevoir la meilleure éducation qui soit. Ici elle n'apprend rien et tu la gâtes trop, Aminta. Ça va l'endurcir, lui ouvrir des horizons, lui donner un vernis. C'est nécessaire car bientôt Flor de Oro aura un rang à tenir !

Un rang ? Quel rang ? Et pourquoi si loin ? Pourquoi la France ?

Parce que c'est la vieille Europe. Beaucoup plus classe que l'Amérique. Parce que c'est là-bas que les Dominicains de l'élite sont éduqués. Parce que T se targue d'avoir des ancêtres français, il ne faut pas l'oublier.

Pas français, haïtiens, se récrie Aminta en silence. Ça fait une belle différence. Mais elle se mord la joue et ne dit rien. Car que pèsent les états d'âme d'une mère et d'une enfant au regard du destin que T est en train de se forger ?

Flor de Oro, en plein désarroi, baisse la tête, agnelle sacrifiée sur l'autel de l'orgueil paternel. Elle comprend qu'elle n'a d'autre choix que de partir, si elle veut que son père l'aime.

Pourtant, à sa façon, il l'aime. Elle est sa seule enfant. T chasse le souvenir douloureux de l'aînée, ce bébé qu'il n'a pu sauver, et de son piteux retour dans sa case misérable. Et Flor de Oro a ce petit quelque chose, une espièglerie, une fantaisie, qui indiciblement le séduit. Pour un peu, T se laisserait attendrir.

Flor lève sur son père ses grands yeux bruns noyés de larmes et murmure dans un souffle :

— Je serai une bonne élève, je te promets Papi, j'aurai de très bonnes notes. Tu seras fier de moi.

— Les meilleures notes, tu dois avoir les meilleures.

Le cœur de Flor bat comme un colibri dans sa poitrine. T pose une main sur la tête de sa fille et caresse ses cheveux frisés. Flor ferme les yeux. Le poids de la main de Papi sur sa tête. Un adoubement. Elle se sent gonflée d'un immense espoir et prête à tout affronter. Pour lui. Pour Papi.

*

Puisque les dés sont jetés, Aminta n'a pas d'autre choix que de consoler et d'encourager sa fille. Car, malgré la promesse faite à son père, Flor renâcle à partir. Sa mère a beau lui brosser un tableau idyllique de la France, des amies qu'elle se fera, des langues étrangères qu'elle apprendra, de la jeune fille élégante qu'elle deviendra, Flor secoue la tête, tempête, trépigne, supplie. Non, elle ne veut pas quitter l'île. Ni sa maman. Ni ses amies. Ni ses cousins. Et puis il y a Boule de Neige.

Mais T a décidé et il n'y a pas d'échappatoire.

Aminta a deux semaines pour boucler les malles de Flor.

Dernière formalité avant le départ. Pour intégrer le pensionnat de Bouffémont, Flor doit être baptisée en catastrophe. Après la mort de son aînée, T, braqué contre l'Église, avait refusé son baptême au grand dam d'Aminta. Il choisit un de ses proches, le docteur Jose Mejia, comme parrain, sa marraine est une cousine d'Aminta. Flor voudrait creuser un trou dans le sable et s'y enterrer, tant elle a honte de marcher vers les fonts baptismaux à son âge.

*

C'est une petite fille courageuse qui embarque sur le steamer au port de Saint-Domingue. Le ventre noué, elle retient vaillamment ses larmes. Elle a revêtu une jolie tenue de voyage – une robe de velours bleu avec une veste assortie –, bien trop chaude pour la saison. Sa mère l'a mise en garde, là-bas il fait froid. Ses chaussures neuves à barrette lui serrent les pieds et la font souffrir. Ses cheveux tirés en arrière, lissés, dégagent son visage menu au front bombé. Elle rate une marche en montant la passerelle, trébuche et se rattrape avec maladresse à la rambarde. Elle lève les yeux sur le bateau. Il est immense, elle n'en a jamais vu de si grand. Pour la première fois, dans cet univers qu'elle entrevoit sans limites, Flor se sent minuscule. Soudain la corne résonne, effrayant les goélands qui s'éloignent en criaillant. La coupée est retirée et un grand froid s'empare d'elle. Flor frissonne malgré sa lourde veste de velours. Le bateau appareille. Il s'écarte lentement du quai et c'est un arrachement douloureux. Flor a peur mais elle réussit à produire un sourire approximatif et lève la tête vers l'homme qui l'accompagne. Une main cramponnée à la rambarde, elle agite frénétiquement l'autre vers la terre qui la congédie.

Elle voyagera pendant dix longues journées de mer infinie sous la responsabilité d'un secrétaire d'ambassade qui rejoint son poste à la légation parisienne. Elle disposera de sa propre cabine. Comme une princesse. Sa tête dépassant à peine du bastingage, la princesse sourit bravement, pour sa mère, de ce sourire large et franc qui illumine son visage et découvre toutes ses dents, ce sourire qui émeut tant Aminta, et même T, parfois.

Plantée sur le quai qui s'éloigne lentement dans la lumière déclinante du soleil couchant, petite silhouette qui va bientôt disparaître, Mami agite le bras. Le mouchoir blanc des adieux volette doucement.

Son père n'est pas venu lui dire au revoir. Trop occupé. Il est passé l'embrasser la veille au soir en coup de vent en lui faisant promettre une fois de plus qu'elle obtiendra les meilleurs résultats de sa classe. Promis, Papi.

À côté de l'enfant si frêle, se découpe la silhouette nette de l'homme chargé de veiller sur elle. Il accomplira sa tâche avec dévotion. Il admire tant le père, cet homme qui s'est fait à la force du poignet, cet homme à la main de fer qui dirige désormais la police nationale qu'il est en train de réformer pour en faire une armée, avec le consentement du vieux président Vásquez.

Le paquebot n'est plus qu'une petite tache sombre à l'horizon signalée par un panache de fumée grise qui se dissout dans le ciel.

Aminta quitte le quai d'un pas lourd.

Flor de Oro est partie.

*

Dans la solitude de sa cabine, Flor a le cœur serré. Elle oscille entre l'appréhension et l'excitation, elle fait un long voyage comme une grande, elle va rencontrer de nouvelles amies, Mami l'a promis. Et puis le monsieur qui l'accompagne est très gentil, il l'appelle Señorita Flor de Oro et la vouvoie. Comme une dame.

Sa petite poitrine se gonfle de fierté. Pourtant, les larmes s'annoncent. Flor tente de les retenir. Elle pense à Boule de Neige et la digue rompt. Le flot inonde ses joues. Alors elle attrape Rosita, la poupée que Mami lui a cousue dans des chiffons. Elle a remplacé la première Rosita, celle en feuilles de canne, celle du temps de la plantation de San Cristóbal, tombée en poussière depuis longtemps. Flor serre Rosita dans ses bras, embrasse ses cheveux de laine et lui confie un secret. Elles partent ensemble dans un pays merveilleux, elles vont vivre dans un château, au milieu d'une grande forêt, avec des princesses et peut-être même des fées. Flor de Oro sait qu'elle est trop grande pour ça, son père le lui a interdit, mais elle enfonce résolument son pouce dans sa bouche en fredonnant pour bercer Rosita.

Cette déchirure, cette séparation signifient la fin de son enfance, cette solitude signifie les prémices de la douleur, la douleur qui se taira parfois, gommée par des bonheurs éphémères, la douleur qui plus jamais ne la quittera.

Bouffémont
Septembre 1924

C'est une recommandation de l'ambassadeur en poste à Paris. T a été catégorique, il veut la meilleure école pour Flor. La meilleure, internationale, laïque, surtout pas religieuse.

Le collège féminin de Bouffémont, qui vient tout juste d'ouvrir ses portes en lisière de la forêt de Montmorency, est sans aucun doute celui qu'il faut à la fille de T. Extrêmement sélective, extrêmement chère, cette école de prestige se targue de n'accueillir que des jeunes filles appartenant à l'élite de la société française et internationale. À l'instar des grands collèges anglais et américains, l'institution propose une formation complète, cours et travaux personnels, activités artistiques, sports et loisirs. De la maternelle au baccalauréat, on y délivre, avec des méthodes modernes, une solide éducation morale, intellectuelle et physique, qui prépare ces demoiselles à tenir et leur rang et leur maison. Et pour les plus ambitieuses, un métier, peut-être. Mais ça, c'est la cerise sur le gâteau. Virgile, Homère et Rousseau le matin, du golf ou de l'équitation l'après-midi, un concert classique le soir, tout ce à quoi T n'a jamais eu accès. Il n'a pas sourcillé devant le montant exorbitant des frais de scolarité. Deux mille cinq cents francs par trimestre.

*

La large allée traverse un immense parc planté d'arbres séculaires. Minuscule sur la banquette arrière de la limousine, le visage collé à la vitre, bouche bée, Flor est inquiète. Ça ne ressemble pas à une école. Pas du tout. On dirait plutôt une sorte de château, comme ceux des histoires que lui racontait Mami. Tout à coup ça lui fait peur. Tout est grand, démesuré même. Le chauffeur arrête la voiture sous le regard d'un couple de lions couchés en pierre blanche. Un escalier surmonté de tourelles donne accès à un bâtiment cerné d'une enfilade de colonnes dominant un parterre de fleurs. Ça n'est pas possible. Le chauffeur s'est trompé. « Vous êtes arrivée, señorita. » Flor avale avec difficulté la boule qui s'est formée dans sa gorge. C'est donc bien sa nouvelle école.

Une jeune femme en tailleur anthracite strict la conduit jusqu'au bureau de la directrice, tandis que le chauffeur décharge ses malles. Quand il lui fait ses adieux, Flor retient ses larmes. Maintenant elle est toute seule. Pour de bon. Elle se rend compte trop tard qu'elle a oublié de lui glisser le pourboire préparé par la femme de l'ambassadeur et elle se sent fautive. Que va-t-il penser d'elle ? Pourvu qu'on ne le rapporte pas à son père.

Mme Pichon, Henriette Pichon, la directrice fondatrice de l'institut, est émue par cette fillette au visage pétri d'angoisse qui ne parle que cinq mots de français. Bonjour, oui madame, merci beaucoup. Elle est presque gênée, Henriette, par la détresse qu'elle sent prête à submerger l'enfant, si jeune, si fluette, si timide. Alors elle essaie de la mettre à l'aise, elle hésite, puis, au diable les convenances, elle lui prend la main fermement en riant. Allons-y.

— À Bouffémont, nous accueillons quelque trois cents élèves. Il y a trois bâtiments, le Palais scolaire, le Castel-sous-Bois et le manoir de Longpré qui abritent les chambres individuelles. C'est là que vous êtes logée, annonce Mme Pichon en ouvrant une porte.

Flor entre dans sa chambre, une vaste pièce précédée d'une alcôve avec un sofa. Un grand lit, un lit de parents, pense Flor, une armoire, un bureau, des étagères, deux fauteuils, un cabinet de toilette. De hautes fenêtres aux tentures sombres ouvrent sur le parc. C'est immense, lumineux et élégant. Flor s'approche de la fenêtre. Elle examine les rideaux, les palpe, ils sont épais, d'une incertaine couleur marron, apprécie la vue, un univers pâle, blanc et gris avec quelques nuances de vert, loin des couleurs éclatantes de son île. Elle se demande où elle va faire dormir Rosita.

Henriette Pichon l'entraîne déjà vers le Palais scolaire et ses « équipements », tout en lui martelant le credo de Bouffémont dans un espagnol impeccable : « Savoir, intelligence, distinction, beauté physique et morale. » Flor craint de ne pas être à la hauteur. La directrice précise : « Cet établissement a été construit selon les plans de Maurice Boutterin, architecte en chef du gouvernement et grand prix de Rome en 1909. » Flor sent qu'elle doit apprécier, alors elle approuve d'un hochement de la tête énergique.

« Il comprend dix-neuf salles de cours, une magnifique bibliothèque de vingt-mille ouvrages, un laboratoire pour les travaux pratiques de sciences, une salle de couture, une salle de lavage et repassage, de nombreuses salles à doubles parois pour les études musicales, neuf terrasses pour le repos, un cabinet médical, un cabinet de dentiste, un salon de coiffure, des salles de gymnastique, une salle de théâtre et, luxe suprême, une piscine intérieure d'eau chaude de 300 mètres carrés. »

Après cette énumération digne du meilleur guide touristique, Mme Pichon reprend son souffle… pour enchaîner aussitôt :

« Dix kilomètres d'allées pour vous promener, poursuit-elle, voilà le grand bassin, alimenté d'eau courante, vous pourrez vous y baigner, jeune fille. » Flor frissonne rien qu'à cette idée. Pour l'enfant des tropiques, ici il fait si froid. Exactement comme l'avait dit Mami. « Et l'étang pour faire du canoë, et les courts de tennis, et le terrain de golf, et les écuries… »

Mme Pichon n'en finit pas d'énumérer tout ce qui va faire de la nouvelle vie de Flor un enchantement. La petite fille a le tournis. Ce qu'elle comprend, c'est que c'est immense, elle va s'y perdre, c'est sûr. Ce qu'elle souhaite, c'est regagner cette chambre qui est désormais la sienne, déballer ses affaires et câliner Rosita.

*

C'est l'heure du déjeuner et Flor est conduite à la salle à manger. Elle s'installe à une table à côté d'autres petites filles déjà engagées dans une conversation animée. Flor ne comprend pas un mot de ce qu'elles disent, alors elle se perd dans la contemplation des vitraux multicolores de la coupole que la lumière fait miroiter comme des diamants.

La journée se passe en installation, présentations et jeux. Flor n'a rencontré qu'une seule autre élève qui parle espagnol, Celia, une Argentine dont le père fait de la politique, un peu comme le sien. Ça leur fait deux points communs. Comme elles n'ont guère le choix, elles passent une bonne partie de l'après-midi ensemble et dînent côte à côte.

Ce premier soir, Flor peine à s'endormir, perdue dans son lit trop grand. Pelotonnée en chien de fusil, elle presse Rosita contre son visage et, dans le tissu de la robe, dans la laine des cheveux, elle respire ce qui subsiste des effluves de son île.

Bouffémont
1924-1927

Les premiers jours ne se passent pas très bien.

Bouffémont, c'est un univers exclusivement féminin à l'exception du jardinier et des hommes de service que les élèves n'aperçoivent que rarement. Le monde extérieur a perdu de sa réalité. La musique de sa langue, les contes de l'enfance, la morsure du soleil, la douceur de la mer, la voix de sa mère, le goût sucré des mangues, les colères de son père, Flor a perdu tous ses repères, tout ce qui faisait d'elle une petite fille heureuse. Ici, le ciel est si gris, le soleil est si pâle, les couleurs des arbres si ternes. Et puis elle a froid, elle a froid tout le temps. Elle n'arrive pas à se réchauffer. Flor ne pensait pas qu'on pouvait avoir si froid. Il fait froid dans les galeries pour accéder aux salles de classe, il fait froid dans l'immense salle à manger, il fait froid dans l'église de Bouffémont où elle suit l'office religieux et dans le gymnase où elle court en short. Elle se réfugie dans la bibliothèque au premier étage et se pelotonne contre les radiateurs installés près des tables.

Pourquoi l'a-t-on envoyée si loin de tout ce qu'elle connaît ?

Mami lui manque. Son sourire indulgent, la chaleur de ses bras, l'odeur de jasmin de son cou, son *sancocho* si délicieux, la ronde qu'elles dansaient dans le jardin au retour de l'école, son baiser du soir, *sueña con los angelitos mi'jita*… Même quand Mami lui tirait les cheveux pour les démêler ou quand elle la forçait à terminer son assiette de *mangú*, même ça, ça lui manque.

Papi aussi lui manque. Et Boule de Neige. Le chagrin est si violent que parfois Flor pleure le soir, quand elle est seule dans sa grande chambre. Elle s'est remise à sucer son pouce comme un bébé. Ça fait une grosse bosse dure sur sa phalange, une excroissance blanchâtre qu'elle tente de cacher aux autres. C'est laid, elle le sait, mais elle ne peut pas s'en empêcher. Heureusement que Papi ne voit pas ça.

*

Contrairement à ce que lui avait vanté sa mère, sa mère qui n'a jamais mis les pieds à Bouffémont, sa mère qui n'a jamais quitté l'île, ce n'est pas facile de se faire des amies ici. Pas du tout.

Flor est loin d'être la plus populaire des pensionnaires. Petite, maigre, cheveux frisés, des jambes comme des pattes de héron… Sa goutte de sang noir la dessert, elle vient d'un pays si petit qu'on ne sait même pas le placer sur le planisphère, on n'a jamais lu le nom de son père dans les journaux. Et puis, il suffit de voir sa garde-robe pour comprendre qu'elle ne sait rien de la mode. Et qu'elle n'a sans doute guère d'argent. Flor se sent inexistante, presque invisible parmi cet aréopage de demoiselles bien mieux nées qu'elle, filles d'industriels, riches héritières, aristocrates, altesses.

Car à Bouffémont, il y a de véritables princesses, pas comme elle quand elle jouait à la reine avec ses cousines. En vrai. Illana est russe, Maryam et Zana viennent d'Iran, un très grand pays qu'elles montrent dans l'atlas de la bibliothèque. Alors Flor cherche son île, avec l'aide de Mme Ponsard, la bibliothécaire. Elle pointe de son index une tache verte au milieu du bleu, voilà, c'est là. Maryam fait une petite moue, Zana fronce son nez busqué et lâche d'un ton ironique « mais c'est minuscule », tandis que sa sœur ajoute, légèrement méprisante, « c'est pour ça qu'on en a jamais entendu parler ».

Flor est vexée. Elle riposte : « D'abord ce n'est pas minuscule et ensuite c'est très joli, vous n'imaginez pas comme c'est joli », ajoute-t-elle avec un air qu'elle espère mystérieux.

Et puis, d'un coup, elle trouve la réplique qui cloue le bec aux princesses. C'est Jules César qu'elle vient d'étudier en latin (le latin, elle déteste ça) qui la lui souffle : « Mieux vaut être le premier dans son village que le second à Rome[1]. »

Eh bien c'est fait, Flor vient de s'aliéner le duo de princesses iraniennes.

*

1. Plutarque, *Vie de César*.

Flor fait connaissance avec l'automne puis avec l'hiver. Elle ramasse des châtaignes, elle rentre avec les ongles noirs de terre qu'il lui faut brosser soigneusement. Elle découvre des odeurs nouvelles, celle des feuilles mortes pourrissant dans la terre humide, celle des champignons, celle des rubans de brume qui flottent dans la forêt. Et la neige. C'est un éblouissement. Maintenant elle comprend pourquoi son chien s'appelle Boule de Neige, elle pourra le raconter à Mami. En attendant elle le confie à Rosita. Qui va mal. La bourre de coton sort par des trous dans le tissu. Pendant l'atelier de couture, Flor répare sa poupée de chiffon. Elle coud de jolis boutons pour ses yeux. Elle est très fière du résultat.

*

Yulissa. Flor s'est inventé une confidente. Bien sûr, elle est trop grande pour croire vraiment à son existence, mais elle est aussi trop petite pour ne pas en éprouver le besoin. Chaque soir elle retrouve Yulissa sous ses draps, c'est son amie secrète, elle lui raconte tout, elle pouffe avec elle dans l'abri douillet, se moque de ses compagnes qui la regardent de haut. Les princesses surtout, avec leur nez crochu, leurs grands yeux noirs qui tombent sur le côté, leurs petites moues dédaigneuses. Elle lui parle de son prince charmant. Et de son Papi, surtout de son Papi, elle espère tant qu'il aura changé quand elle rentrera, qu'il aura un peu de temps pour elle, qu'il sera fier d'elle, enfin. Parfois elle rêve d'un autre père. Comme une très jeune enfant, elle rêve que ses parents ne sont pas ses parents. Que son père n'est pas son père. Les autres rêvent d'un père plus riche, plus important. Elle, elle rêve d'un père moins riche, moins important, discret, affectueux. Puis elle arrête de rêver car elle se sent déloyale envers Mami. Alors elle s'agenouille sur le sol, au bord de son lit trop grand, joint ses mains sous son menton et elle demande à Jésus de protéger son Papi, sa Mami et de faire pousser sa poitrine.

Flor s'enferme dans le cocon de cet univers-là. Yulissa et Rosita.

*

Flor doit se montrer digne de son père. Alors elle serre les dents et se force à sourire, tout le temps, à en avoir l'air bête.

C'est une toute petite fille, elle est petite par l'âge, petite par la taille, petite par la maturité. Elle, qui a toujours été entourée, se retrouve seule dans un monde inconnu dont elle ne possède pas les règles. Elle n'a guère le goût des études, elle la petite sauvageonne habituée à courir la campagne, à nager, à jouer avec les animaux, à pêcher, mais elle s'accroche de toute la force de ses neuf ans. Elle s'efforce avec une bonne volonté désarmante de trouver ses marques, de comprendre les codes de l'institution. Elle a promis d'être une élève modèle et de rapporter le meilleur bulletin. Il ne faut pas décevoir Papi, à aucun prix. Elle est bien décidée à apprendre le français au plus vite et aussi l'anglais. Elle n'a d'ailleurs pas le choix si elle veut avoir des amies.

Flor, qui a un caractère enjoué, essaie de se montrer brave. Peu à peu, avec l'innocence de ses neuf ans, elle se fait des amies. Mais c'est difficile et douloureux. Les autres voient leur famille souvent. Elle, sa famille est à dix jours de bateau.

Les fins de semaine sont solitaires, un long tunnel terne jusqu'au lundi matin. Elles ne sont qu'une poignée de pensionnaires à rester dans l'école vidée de toute vie. Elles ont pour elles l'étang, le terrain de golf, mais pas les écuries car les palefreniers sont en congé. Il y a la messe du dimanche matin, les repas où le moindre mot résonne lugubrement dans la salle à manger désertée, les jeux où l'on se force, les longues séances de lecture. Et l'ennui. Les heures sont une matière molle, un engourdissement des sens. Flor les traverse le plus souvent enfermée dans sa chambre, un livre ouvert retourné sur les genoux, pour tromper la surveillante. Elle rêvasse, s'envole et rejoint sa mère et ses cousines. Elle retrouve l'île, ses parfums, ses couleurs, sa chaleur, la brûlure du soleil sur sa peau, le goût du sel sur ses lèvres. En y pensant très fort, elle y est presque. Elle se complaît dans cette errance mélancolique, puis, reprenant pied, elle se fustige : Papi ne serait pas content. Alors elle reprend sa lecture.

*

Flor vit dans un décor princier à l'élégance Art déco. En secret, elle a baptisé son immense chambre « ses appartements ». Cette démesure, ce luxe imprègnent son imaginaire d'enfant. Peu à peu elle laisse tomber Yulissa. Avec ses nouvelles amies, elles ont formé un club, « Les filles du bout du monde ». Blotties les unes contre les autres, elles se racontent des histoires de loups-garous et de sorcières. Il y a aussi des princes charmants. Très beaux, très courageux, avec des uniformes blancs à boutons dorés, chevauchant de puissants destriers.

*

Certains vendredis soir, Flor prend l'autocar privé de l'école jusqu'au terminus de la porte de Chaillot où un chauffeur en livrée l'attend au volant d'une limousine. Quand elles l'ont appris, les princesses ont commencé à la regarder autrement. Direction les appartements de l'ambassadeur. Flor n'aime pas trop ça, mais au moins elle y retrouve les accents de sa langue maternelle, cette façon d'estropier le castillan qui n'appartient qu'aux Dominicains. Et il y a les enfants qu'elle envie d'avoir leur maman et leur papa avec eux. Et cette grande chambre impersonnelle et ces repas protocolaires. Merci madame, merci monsieur, petite révérence. Les couverts à poisson. La goutte de porto qu'elle aime bien, le vin dans lequel on lui permet de mouiller ses lèvres, il faut bien faire son éducation, les nappes immaculées, les domestiques, le pourboire qu'elle glisse dans leur main au moment de regagner Bouffémont. Toutes ces petites choses qu'on lui apprend pour faire d'elle une demoiselle du grand monde.

Chaque vendredi, un chauffeur vient chercher Mathilde de Cadeville, la fille d'un duc breton, et la ramène le lundi. Flor est invitée chez elle. Mathilde habite dans une maison encore plus belle que Bouffémont, avec un parc. Flor s'applique à se tenir à table comme on le lui a appris chez l'ambassadeur. Elle ne fait presque aucune faute. Le duc tord le nez sans se cacher. « Elle est gentille, mais elle vient du peuple. C'est la fille d'un de ces militaires de pacotille… une république bananière…. » Les mots s'échappent par la porte du fumoir de l'immense demeure, là où se sont réunis les messieurs après le dîner. Parlent-ils d'elle ? Flor se demande ce que cela veut dire. Il y a des bananes chez elle et son père est militaire, mais la pacotille, c'est quoi ? Et la république des bananes ? Dans le couloir Flor croise la mère de Mathilde qui lui sourit avec indulgence. « Retourne dans la salle de jeux. »

C'est embêtant, Flor ne peut pas rendre les invitations, elle ne peut tout de même pas convier ses nouvelles amies chez l'ambassadeur. Surprise, pour son anniversaire l'ambassadrice organise un goûter. « Invite tes amies, autant que tu veux. » Elles sont une dizaine à fêter son *cumpleaños*. « C'est clinquant » lui glisse en aparté Mathilde qui détaille le décor de l'appartement avec une petite moue réprobatrice.

*

Flor n'a personne avec qui partager ce qui la préoccupe, l'absence de seins, et ce qui la transforme, l'apparition des poils, du premier sang. Quand elle a senti son ventre se contracter, une sensation différente de toutes les douleurs qu'elle avait déjà connues, elle s'est roulée en boule sur son lit en poussant un petit gémissement. Quelque chose qu'elle n'avait pas digéré ? Personne ne lui a expliqué. Elle n'a pas la moindre idée de ce qui lui arrive. Une douleur violente lui déchire les entrailles et sa culotte tachée de sang l'épouvante. Elle se résout à consulter l'infirmière qui s'étonne de sa précocité, la rassure avec un sourire et la renvoie dans « ses appartements ».

*

Dans la distribution hebdomadaire du courrier, Flor est souvent oubliée. Rarement une lettre pour elle. Aucun appel de son père. Ni de Mami non plus. Avec ses 100 pesos de pension, Aminta ne peut pas se le permettre. Sa détresse est profonde, sa honte aussi. Parce qu'elle ne comprend pas. Comment comprendre que sa famille l'envoie dans un pays inconnu, loin de tout ce qui faisait sa vie, sans lui donner de nouvelles. Flor n'a pas le choix, c'est une petite fille courageuse. Elle s'endort avec des images de plage et de cocotiers plein la tête en espérant l'été, quand elle pourra revenir et retrouver Mami, Papi et Boule de Neige.

Collège féminin de Bouffémont
Rafael L. Trujillo
Saint-Domingue

Mon très cher papa,

Le jour de ta fête je t'ai envoyé un câble et après j'ai reçu le tien qui m'a rendue très heureuse.

Cela fait presque trois ans que je ne t'ai pas vu, et tu n'imagines pas comme j'en ai envie.

Si je viens en juillet comme tu le dis, tu verras comme j'ai grandi et comme j'ai changé, et j'espère <u>te trouver changé avec moi</u>.

Je peux y compter ?

Reçois toute mon affection et un million de baisers de ta fille.

Flor de Oro

J'ai reçu ton portrait et j'espère que le mien t'a plu.

Flor a confié sa lettre à l'ambassadeur. Elle attend la réponse avec appréhension.

*

Señorita Flor de Oro Trujillo
Paris France

Saint-Domingue, 20 février 1927

Ma chère fille,

Avec quelle satisfaction j'ai reçu ta petite carte affectueuse que tu as oublié de dater ! Et avec elle ton portrait sur lequel je note le changement favorable qui s'est opéré en quelques mois d'absence.

J'ai beaucoup de désir de te retrouver et j'espère te voir ici à l'occasion des prochaines vacances.

J'ai noté avec plaisir que tu progresses dans tes études, selon les informations de la directrice du collège. J'espère que tu continueras à t'appliquer comme jusqu'à présent.

En attendant, ton père t'embrasse,

Rafael L. Trujillo[1]

1. Voir les lettres originales dans les documents iconographiques p. 491.

Saint-Domingue
Juillet 1927

À bâbord se dessine le profil de la côte hérissé d'une courte falaise de roche corallienne. Flor de Oro laisse filer son regard le long du rivage en suivant des yeux le ballet des pélicans qui accompagnent la lente progression du bateau. Parfois ils plongent en piqué dans la mer, harponnent un poisson, repartent se perdre loin dans le ciel, et ça l'amuse. Elle cligne des yeux, éblouie par l'éclat du soleil et la pureté de la lumière. Son nez se plisse sous l'assaut des senteurs oubliées. C'est une véritable caresse, café, mangue, tabac, palme, iode, qu'elle respire à pleins poumons. Son corps se dilate, des frissons de pur plaisir lui parcourent l'échine. Il lui semble qu'elle renaît, qu'elle reprend sa vie là où elle l'avait laissée, exactement. Mais non, elle a grandi. Elle a changé, beaucoup même. Elle n'est plus une enfant. Mami va être si surprise. Et Papi si fier.

Peu à peu, l'eau d'un bleu profond se trouble et devient brune. Le bateau entre lentement dans les eaux fangeuses du rio Ozama. Après presque trois ans d'absence, Flor rentre au pays pour les vacances.

Elle ne doit ce retour qu'à la bataille de haute lutte menée par sa mère. Aminta n'a eu de cesse d'obtenir gain de cause auprès de T, peu sensible aux états d'âme de sa première épouse. Sa fille, il ne se fait aucun souci pour elle. Mais de guerre lasse, il a cédé aux assauts d'Aminta.

Flor a tenu la promesse faite à son père. En dépit de la solitude, du froid, des angoisses, des peurs, des *reyes*[1] non fêtés, des anniversaires oubliés, en dépit de tout, la fillette a tenu bon. Elle rapporte des résultats scolaires plus qu'honorables. Elle a même réussi à arrêter de sucer son pouce. Dans la solitude de sa cabine de première classe, elle a souvent feuilleté son précieux carnet et relu les annotations de ses professeurs. « Flor de Oro est une élève studieuse et appliquée. Flor de Oro a un grand sens de l'effort. Malgré quelques bavardages – elle hoche la tête, c'est vrai, elle a toujours tellement de choses à dire à sa voisine – et un démarrage difficile – ça elle s'en rappelle de ces cours où elle ne comprenait pas un mot –, Flor de Oro a fait une très bonne année. » Elle en est sûre, Papi sera fier, elle s'est tellement appliquée, même dans les matières qu'elle n'aime pas, comme le calcul, le latin et la géométrie. Elle a fait tout ça pour lui.

Après une navigation sans relief où les jours n'en finissaient pas de s'étirer, le port de Saint-Domingue est en vue. Flor sent son cœur cogner fort dans sa

1. Les *reyes* : Épiphanie, fête qui remplace Noël en République dominicaine.

poitrine. Depuis le pont, son regard scrute l'essaim des familles. Elle les cherche des yeux. Ses parents. Ses jambes tremblent. Elle cherche. Elle descend la passerelle. Sa main serre la rampe. Elle cherche. Dissèque la foule. Un homme en uniforme militaire s'approche. Il s'incline, Señorita, l'escorte jusqu'à une limousine, suivi par les porteurs. Talonnée par le chagrin, la déception est immense. Flor de Oro ravale des larmes amères. Petite boule de douze ans, tassée à l'arrière du véhicule, muette, elle s'obstine à fixer les deux fanions qui flottent fièrement au vent sur les ailes de la voiture. Elle ne sait même pas où on l'emmène. La limousine s'arrête devant une maison du quartier résidentiel de Gazcue.

Mais où sont son père et sa mère ? Flor se raidit devant le seuil de la demeure aux allures prétentieuses de petit palais colonial. En haut des marches, se tient une femme endimanchée, engoncée dans une vilaine robe à fleurs qui ressemble à un rideau. Flor ne la connaît pas. Guindée, cérémonieuse. Un sourire figé sur les lèvres, une main inutilement tendue.

« Bonjour Flor de Oro. Je suis Bienvenida, la… une petite hésitation, une rougeur soudaine dans le cou, un semblant de gêne… la nouvelle épouse de votre père. »

Flor s'en doutait, eh bien voilà, c'est dit ! Elle pince les lèvres et sourit bravement à celle qui a remplacé sa mère, malgré l'étau d'amertume qui comprime sa poitrine. Elle le savait. T s'est remarié à Puerto Plata en mars dernier. Une lettre d'Aminta le lui a appris, une lettre digne, sans plainte, sans émotion, qui se contentait de constater. Flor a beaucoup pleuré, peinée pour sa mère, et comprenant qu'elle compte pour menu fretin dans le cœur de son père, puisque celui-ci ne l'a même pas avertie.

Flor a juste une petite inclinaison sèche de la tête vers Bienvenida, elle ne va quand même pas l'embrasser, ni même lui serrer la main, certainement pas. Elle la suit à l'intérieur. La seconde épouse lui offre une limonade. Flor la trouve pas si jeune. Se dit qu'elle a l'air gentille, malgré tout. En tout cas, une chose est sûre, elle est moins jolie et moins gaie que Mami.

Une demi-heure se passe sans que Bienvenida trouve rien à lui dire. Ou si peu. Que des choses convenues. Alors Flor converse dans sa tête avec Aminta. Elle fait les questions et les réponses. Elle n'est plus tout à fait là.

Du remue-ménage dehors.

Un coup de klaxon coupe court à ses réflexions. Une portière qui claque, un pas martial. Son père. Flor se précipite, « Papi ». T la prend dans ses bras et l'embrasse tendrement. Il plisse les yeux, il a l'air si content de la revoir. « Comme tu as grandi, ma Flor de Oro ! *Amorcito*, tu es en train de devenir une vraie señorita. J'ai une surprise pour toi, *querida*… »

Une seconde voiture arrive. La portière s'ouvre et Aminta en descend. Flor tremble d'allégresse en s'abandonnant dans le giron maternel.

Voilà, c'est pour cela qu'ils ne sont pas venus au port. C'était une surprise. Flor remercie son père en silence.

Il ne manque que Boule de Neige. Il est resté à San Cristóbal, la rassure Aminta. Flor le verra quand elle ira. Malheureusement Mami ne peut pas rester. Elle n'est pas la bienvenue chez Bienvenida qui est désormais la maîtresse des lieux. Aminta, répudiée pour une fille qui a la moitié de son âge, doit regagner sa maison avant la nuit.

Flor s'installe à Gazcue, seule dans une grande chambre aux tentures roses. Seule, comme à Bouffémont. Les amies en moins. Elle aurait largement préféré repartir avec Mami, mais on ne lui a pas demandé son avis.

*

Pendant ces quelques semaines d'été, Flor se partage entre la petite maison au toit de palmes de San Cristóbal toujours impeccablement tenue par Aminta et la résidence princière de la capitale. À San Cristóbal, elle s'amuse, il y a ses cousins et ses amies d'enfance. Ils vont à la playita et parfois jusqu'à Najayo, barbotent dans l'eau, pêchent, jouent dans les jardins, grimpent dans les manguiers, chassent les crabes, récoltent de gros coquillages roses de lambis, dorment chez les uns et les autres… À Gazcue, Flor s'ennuie malgré les livres et la piscine. Bienvenida ne sait pas s'y prendre avec les enfants, elle est empotée, maladroite, compassée, artificielle. Surtout, elle est morose. Elle a déjà l'air d'une ombre. Car T n'est pas beaucoup là, et bien souvent Flor dîne en tête à tête avec sa belle-mère. Ce n'est pas très gai. Quand Flor le lui raconte, Aminta se gausse. « Elle s'appelle Inocencia, la bien nommée… Elle a beau venir d'une très bonne famille de Montecristi, elle aussi, il la trompe. Toujours ses maîtresses… » Ce ne sont pas des confidences à faire à une enfant de douze ans. Flor cache son malaise en enfouissant son nez dans la fourrure de Boule de Neige.

Aminta, consciente de s'être laissé déborder par son ressentiment à l'égard de T, chasse sa fille d'un moulinet du poignet : « Je suis de mauvaise humeur, *mi'jita*, ça va passer. Va donc jouer avec tes cousines ! »

Mais Flor n'est ni aveugle ni stupide. Elle comprend l'amertume de sa mère. T lui verse à peine de quoi vivre dignement alors qu'il dépense sans compter à Saint-Domingue. Pour un homme qui prétend aux plus hautes fonctions, quel pingre ! Flor sent aussi la blessure de la femme bafouée, évincée pour une plus jeune, une plus riche, une plus socialement acceptable. Elle a pitié de Mami, et du chagrin pour elle, alors elle redouble de marques d'affection à son égard.

De toutes les vacances, Flor n'aura eu qu'un seul tête-à-tête avec son père, quelques jours après son retour. Il l'a félicitée pour ses bonnes notes et, en guise de récompense, lui a accordé la faveur d'une cavalcade à deux. Rien qu'eux deux. Il l'a aidée à se hisser en selle et a réglé lui-même la hauteur de ses étriers. C'est un excellent cavalier et Flor est fière de trotter à l'anglaise à ses côtés, ses leçons d'équitation ont porté leurs fruits. Pour une fois, Papi a laissé son grand uniforme et toutes ces médailles qu'il épingle sur sa poitrine. Car il est lieutenant-colonel maintenant. Aminta le lui a expliqué. Ce jour-là, il porte un simple complet de toile qui lui va bien et un chapeau mou. Il a l'air d'un vrai papa. Le temps d'un galop, il quitte l'armure et devient le père qu'il n'a jamais su être. Il complimente Flor, c'est rare. Il se félicite aussi : il a pris la bonne décision – mais il n'en a jamais douté – en l'envoyant en France. Non seulement ça le dédouane du souci de l'éducation de sa fille, mais elle a l'air de s'épanouir. T est bien trop occupé de lui-même pour remarquer le voile de tristesse qui par moments obscurcit le regard de Flor.

Au début du mois d'août, c'est l'ébullition dans la maison de Gazcue. T a été nommé général de brigade, et quatre jours plus tard, la police nationale est transformée en brigade nationale. T dirige donc l'armée, un spectaculaire bond en avant dans une trajectoire que rien ne semble devoir arrêter. Il s'est investi d'une mission dantesque : redresser le pays, en faire un État moderne, libéré du joug yanqui. Rien d'autre ne lui importe désormais. Il se consacre tout entier à son ambition avec une énergie peu commune. Il n'a plus une minute à consacrer à ses affaires privées, ne fait que de courtes apparitions à son domicile, néglige Bienvenida, oublie sa fille. Seules comptent peut-être encore un peu ses maîtresses.

Début septembre, les vacances dominicaines de Flor touchent à leur fin. Soudain le temps s'emballe, un cheval fou qu'elle ne peut dompter. Un ultime pique-nique, un dernier plongeon dans la piscine, une promenade sur la plage, et déjà il faut boucler ses bagages et prendre congé des uns et des autres. Finalement, elle n'a eu le temps de rien, et surtout pas de profiter de son père.

Le steamer est à quai, la sirène retentit, on largue les amarres. À la poupe du bateau, Flor de Oro regarde s'évanouir les côtes dominicaines comme un rêve qui n'a pas de substance, en se demandant où est sa vraie vie.

*

Retour à Bouffémont.

Dans ses valises, Flor rapporte un Gramophone et des disques, quelques photographies, des grappes de limoncillos et des mangues pour ses amies, un peu de son île. Elle est étonnée d'éprouver un tel plaisir à retrouver sa grande chambre aux tentures sombres, ses professeurs, Nina, sa jument préférée, les grands arbres mélancoliques de la ténébreuse forêt de Montmorency, le soleil pâle d'automne. Et les filles du bout du monde.

Et puis il y a des nouvelles. Et parmi elles, Lucie Mayer, une Allemande qui va devenir sa grande amie.

Bouffémont
1928-1932

1928

Dans une des cabines de déshabillage qui s'ouvrent de part et d'autre de la salle de gymnastique du sous-sol, Flor examine son torse. Certaines de ses condisciples ont déjà de la poitrine. Lucie par exemple, dont les seins tressautent sous son maillot quand elle rit… Flor, elle, est toujours plate comme une toute petite fille. Ça ne pousse pas, elle se sent lésée. Lucie la rassure, ça viendra, ne t'inquiète pas, chacune a son rythme.

À l'Opéra où les élèves vont en groupe, Flor découvre Mozart et Rossini. C'est magnifique. Elle ne savait pas qu'on pouvait chanter ainsi. Lucie, dont les parents sont « mélomanes », Flor trouve le mot mélodieux, l'initie à la musique classique. Les Italiens c'est juste de la musiquette, les Allemands sont plus impressionnants, plus consistants. Flor veut devenir mélomane elle aussi. Elle se prend de passion pour Brahms. Lucie approuve.

Après avoir été un défi, l'équitation est devenue une drogue. Flor, qui a toujours monté un mulet, galope désormais sur un pur-sang et saute les obstacles. Elle surpasse rapidement ses compagnes. Si elle ose, elle demandera à son père un cheval en cadeau quand elle rentrera dans son île. Elle attend avec impatience le cours hebdomadaire d'apprentissage culinaire. Bataille de farine, œufs écrasés, tartinage de beurre, huile brûlée, elle rivalise de pitreries avec Lucie. Elles se font mettre à la porte. Ça, c'est sûr, elle ne s'en vantera pas auprès de Papi.

L'ambassadeur lui remet une enveloppe gonflée de dollars pour ses vacances d'hiver. Son père ne l'oublie pas et se montre généreux. L'argent, c'est sa façon à lui de l'aimer. Flor a été invitée par Lucie à Saint-Moritz. Elle découvre les montagnes, le ski. Elle n'est pas très douée mais c'est amusant. Et puis les parents de Lucie, les mélomanes, sont si gentils. Elle apprend des rudiments d'allemand.

Cet été, Flor ne rentre pas dans l'île. Une nouvelle enveloppe de dollars en poche, elle part à Biarritz avec Mathilde qui passe ses vacances en famille. Elle sent qu'on la plaint un peu d'être si seule, mais elle relève le front et sourit bravement. Tout va bien.

*

1929

Rendez-vous à 16 heures à la fontaine centrale. Lucie l'attend. Elles filent en courant main dans la main à travers le parc jusqu'à la forêt. S'assoient essoufflées sur une énorme souche d'arbre qu'elles ont baptisée leur banc. Lucie a dégoté des cigarettes. Allemandes. Flor fait la maligne : le tabac, tu sais, ça pousse dans mon pays. Tu as déjà fumé ? Non. Lucie allume la cigarette. La fumée pique leurs yeux. Toi d'abord. Non, à toi l'honneur. Lucie aspire et recrache la fumée en toussant. Flor éclate de rire. À ton tour. Flor prend délicatement la cigarette entre son majeur et son index, comme une vedette de cinéma, et aspire un grand coup. Elle s'étouffe, ça brûle sa gorge. Lucie pouffe. Flor tousse. Plus jamais.

Le lendemain, elles recommencent. Et le surlendemain. Toujours en cachette. Jusqu'à ce qu'elles ne s'étouffent plus. La bouche en cul-de-poule, Lucie s'exerce à faire des ronds de fumée, Flor retient la fumée dans ses poumons et la fait sortir par le nez. Elles n'en finissent pas de sophistiquer leur façon de fumer. Flor pose. Elle incline légèrement la tête et exhale un long ruban gris avec une élégance étudiée. Tu ressembles à Jean Harlow, non, plutôt à Kay Francis. C'est au moins ça ! Flor n'a toujours pas de poitrine, mais elle fume comme une star d'Hollywood. Et elle aime ça. Entre elles, ça devient un rituel.

Flor a décidé de s'offrir une séance chez la coiffeuse sur sa dotation mensuelle. Elle doit d'abord demander la permission à Mme Vatel, l'économe, qui la lui accorde sans sourciller. Cette jeune fille dispose d'un crédit certain dans l'établissement. Les trimestres sont payés rubis sur l'ongle et une somme confortable est ajoutée aux frais de scolarité pour ses dépenses personnelles. Flor s'assied sur le siège pivotant de la coiffeuse. Je voudrais des cheveux lisses, comme ça, elle a découpé une image dans un magazine. C'est une actrice américaine. La coiffeuse dénoue les cheveux de Flor, sa tignasse frisée se déploie telle une auréole autour de son visage enfantin et crépite sous la brosse. Elle se retient, ici on ne critique pas les élèves, à Bouffémont l'argent ferme toutes les bouches, mais elle pense que ça ne va pas être facile. L'adolescente lui sourit dans le miroir. Confiante. Elle va faire de son mieux. Chauffer, tirer, lisser, chauffer, brûler… Flor ressort avec une tête qui n'est plus tout à fait la sienne. Mais elle est contente, elle a les cheveux de l'actrice. Enfin presque. Parce qu'à la première pluie, des boucles compactes dansent le merengue autour de son visage. Tout est à recommencer. Elle devient une habituée du salon de coiffure. C'est son seul luxe.

Mai-juin 1930

Il y avait de la déférence dans la voix de l'ambassadeur quand il a appelé ce 25 mai. L'Hermès des bonnes et des mauvaises nouvelles était ému. L'année scolaire se termine et l'adolescente est malmenée par un maelström d'émotions complexes, incertitude, mélancolie, angoisse du futur, élans de joie…

Cette année non plus, elle ne rentre pas dans l'île pour les vacances d'été.

Depuis quelques semaines, Flor n'est plus tout à fait la même. Avec cette sensibilité à fleur de peau qui la fragilise, elle le sent à mille petits signes indicibles, les regards plus appuyés, les messes basses de ses condisciples qui se taisent brusquement sur son passage, les remarques insidieuses, jusqu'à l'attitude de ses professeurs qui a imperceptiblement changé.

Car Flor de Oro est désormais la fille du président de la République dominicaine. Elle l'a appris fin mai par le truchement d'un coup de téléphone de l'ambassadeur, suivi d'un autre de sa mère, manifestement très excitée par la nouvelle. « 95 % des votes, tu te rends compte *mi'ja* ? Le soutien de toute l'élite du pays, du jamais-vu, un exploit ! » Ce qu'elle omet de préciser, Aminta, c'est que, menacés de mort, les opposants politiques ont préféré jeter l'éponge ; que, contraints à la démission, les membres de la commission électorale ont été remplacés par des hommes à la botte ; que la campagne électorale s'est déroulée dans un climat de véritable terreur.

Cela Flor ne l'apprendra que bien plus tard.

Pour l'heure, elle se sent très fière de son père, mais elle s'interroge, doit-elle modifier son comportement ? Comment doit se conduire une fille de président ? Comme personne n'est là pour le lui expliquer, elle ne change rien. Mais elle le sent bien, tout a basculé. Avec l'assurance de vivre dans la richesse et les égards, loin de la pauvreté de son enfance, il y a aussi quelque chose de plus puissant qui tient à la souveraineté du pouvoir.

Flor n'y entend pas grand-chose. Elle est trop jeune pour comprendre ce qui s'est joué. Un coup d'État, elle ne sait pas ce que c'est. Et ce n'est pas à Bouffémont, où l'on dispense des leçons de maintien et des cours de cuisine, qu'on éveille les consciences politiques. Ce qu'elle sait en revanche, c'est qu'elle est exclue de cet avènement familial. Est-ce à dire qu'elle ne compte pas ? Son père a bien d'autres chats à fouetter que de se préoccuper de sa fille. Pour commencer, asseoir sa position et neutraliser l'opposition, car les conditions de son élection sont discutables. Mais elle dans tout ça ?

Il est prévu que Flor passera ces vacances d'été avec la famille de l'ambassadeur. Quand celui-ci le lui a annoncé avec un petit sourire embarrassé, elle a fait semblant d'être contente. Ne rien montrer de ses sentiments, comme on le lui a appris.

Mais, ô joie, juste avant la fin des cours, sa mère s'annonce par un câble. Aminta a manœuvré auprès du président fraîchement élu et obtenu l'autorisation, et surtout le budget, pour partir en villégiature avec sa fille. Flor est soulagée, le spectre des vacances avec l'ambassadeur s'éloigne. Parce qu'il faut bien le dire, la famille de l'ambassadeur, elle en a soupé. Elle est si heureuse de retrouver sa Mami chérie. Et excitée aussi. Avec Lucie, elle a préparé une liste de tout ce qu'elle veut faire. Car, c'est décidé, mère et fille visiteront la Côte d'Azur et l'Italie aux frais de la présidence. Aminta est d'accord sur tout. Faire plaisir à Flor de Oro qu'elle n'a pas vue depuis deux ans est la seule chose qui compte.

*

C'est un été heureux. Flor renoue avec cette mère loin de laquelle elle grandit. Quel bonheur ! La bouillabaisse, les calanques, le rosé de Provence, la plage infinie et mélancolique du Lido de Venise, les collines vallonnées de Toscane, les boutiques du Ponte Vecchio, les *vedute* de Canaletto, les drôles de portraits d'Arcimboldo, les *lampredotti*, les raviolis à la truffe, le chianti, la tour de Pise... Les yeux, le cœur et l'estomac gourmands, la jeune fille n'en a jamais assez. Mais ce qu'elle préfère, c'est Venise. Elle se le promet, un jour, quand elle aura trouvé son prince charmant, elle reviendra ici, en voyage de noces.

Début août, un matin de croissants et de cappuccino, Flor découvre la photographie dans le journal. Son père en grand uniforme, la poitrine recouverte de décorations. Son investiture. Flor est gonflée d'orgueil. Tout comme Aminta, chez qui la fierté le dispute à une amertume très perceptible. Elle ne sera pas première dame. Elle n'a été ni assez patiente ni assez maligne, elle s'est laissé voler la place par Bienvenida, cette gourde qui n'est même pas capable de donner un héritier à T. Les intrigues de cour, Flor n'en a que faire. Elle préfère interroger sa mère sur le jeune Trujillo, le père qu'elle a connu avant qu'il ne devienne le Jefe. Aminta se rappelle, quand je l'ai rencontré il était télégraphiste et gagnait 25 pesos par mois. C'était un homme orgueilleux et arrogant, d'une sauvagerie animale, qui avait le don d'imposer sa volonté. Je ne l'ai jamais vraiment compris, soupire-t-elle résignée. Flor lui raconte ce qu'elle n'avait jamais osé lui dire : autrefois à l'école communale, de petits billets anonymes apparaissaient de temps à autre sur son bureau : « Ton père est un voleur de vaches. » Elles en rient ensemble, il est loin le temps du petit télégraphiste voleur de bétail !

Cet été-là, Flor dévore, nage, grossit, brunit, s'épanouit et profite de cette intimité pour tisser une complicité nouvelle avec Aminta. Elle se raconte, ses amies, la littérature qu'elle adore, la poésie qui est comme une compagne, la musique, Brahms, Paris, cette ville magique dont elle n'est jamais rassasiée… Quand Aminta l'interroge sur ses projets d'avenir, Flor dit qu'elle est trop jeune, elle ne sait pas encore. Mais elle aimerait tant travailler pour son pays, comme son père… Cet été-là, Flor de Oro est heureuse.

La fin août arrive, qui sonne le glas de la parenthèse estivale. Aminta reprend le bateau et Flor le chemin de Bouffémont. C'est là que, quelques jours après avoir réinvesti sa chambre, elle apprend la catastrophe. L'ambassadeur toujours. Sa voix est grave, comme venue d'outre-tombe, il peine, hésite. Ses mots sont comme un flot de boue et Flor prend peur.

Le 3 septembre à 18 heures, le cyclone San Zenón a frappé Saint-Domingue. Un monstre impitoyable, des vents de 250 kilomètres à l'heure. La capitale n'est plus qu'un champ de ruines. Les morts se comptent par milliers – on en dénombrera plus de huit mille. Toutes les communications sont coupées. Plus d'électricité, plus d'eau, plus de denrées… Le spectre du choléra, de la famine… On craint des exactions. Le combiné tremble dans sa main engourdie, Flor manque de s'évanouir. Elle imagine le pire. Le bateau de sa mère a peut-être sombré dans l'océan déchaîné, et son père, où est-il ? L'angoisse la ronge, elle ne dort plus, et Rosita ne lui est d'aucun secours.

Au bout de quelques jours, l'ambassadeur est en mesure de la rassurer. Aminta est bien arrivée, elle a regagné San Cristóbal, et son père s'attelle à panser les plaies du pays dont il a désormais la charge. Il se donne sans compter. Il a déployé l'entièreté de l'armée dans les vingt-quatre heures qui ont suivi la punition infligée par l'ouragan et a réussi à rétablir un semblant de moyens de communication, même si les journaux n'existent plus. Il a demandé l'assistance des États-Unis et la Croix-Rouge a envoyé des secours.

Flor respire, son père domine la situation, initiant de grands travaux dans la capitale. Pourtant, c'est une période noire et déprimante. Elle a le cœur serré en permanence, un nœud au niveau de la gorge, elle fait des cauchemars, ne mange plus, se ronge les ongles, perd du poids, se remet à sucer son pouce comme une enfant.

Elle qui a été si heureuse durant ces quelques semaines d'été se dit que rien, jamais, n'est acquis.

Non, rien ne dure, le bonheur moins que toute chose.

En République dominicaine, on vient de décréter l'an 1 de l'ère de T, l'ère de son père.

*

Juin 1932

Flor a eu son brevet. Elle en est fière. C'est un exploit pour une étudiante étrangère. Ce diplôme marque la fin d'un cycle. Flor voudrait poursuivre ses études. T souhaite qu'elle étudie l'histoire dominicaine et les écrivains nationaux. Parce que, un vernis français, c'est bien, mais que sait-elle de son pays ?

Cet été-là, Flor quitte la France sans trop savoir si elle reviendra à Bouffémont. Lucie rentre en Allemagne, elle ne reviendra pas. Elle veut partir en Amérique. Les deux amies sont en larmes dans les bras l'une de l'autre au moment de se quitter. Quand se reverront-elles ? Bientôt, promis, juré.

Saint-Domingue

Juillet 1932

Assise devant la coiffeuse de sa cabine de première classe du steamer de la Santo Domingo Line, Flor tente de discipliner ses cheveux. Sa tignasse frisée, une véritable malédiction ! Elle étudie son reflet dans le miroir de sa coiffeuse. Celle qu'elle est devenue ne ressemble plus à la gamine qui a quitté son île natale et sa famille huit ans auparavant pour recevoir une éducation française. Est-elle désormais la jeune fille accomplie dont rêvent son père et sa mère ? Flor s'autorise à penser que oui. Elle parle français et anglais couramment, un peu d'allemand, connaît Ovide et Léonard de Vinci, Brahms et Verdi, la recette du bœuf bourguignon et celle des crêpes, maîtrise le point de boutonnière, sait distinguer un couteau à viande d'un couvert à poisson, elle joue au golf, au tennis, crawle, et surtout elle monte à cheval à la perfection. C'est là qu'elle excelle. Une cavalière à la hauteur de son père. Elle brûle de le lui prouver. Alors oui, ces années françaises lui ont été bénéfiques.

Elle est si impatiente. Elle va retrouver son île chérie, sa mère adorée, et son père, l'homme le plus important du pays. Elle entend déjà le chant des oiseaux résonner à son oreille, elle sent le parfum des bananes mûres, le goût de l'eau de coco dans sa gorge… Un sourire de petite fille illumine son visage, bouche largement ouverte sur ses dents si blanches. Flor de Oro est infiniment heureuse, elle rentre chez elle, au pays de la mer turquoise, des manguiers géants, des perruches vertes et des colibris minuscules.

Vraiment, Flor ne s'attendait pas à ça. D'autant moins qu'à chacun de ses deux précédents retours au pays, son comité d'accueil s'était résumé à un chauffeur au volant d'une voiture officielle, flanqué d'un fonctionnaire qui la conduisait chez son père.

Elle a bien reçu un câble d'Aminta dans le paquebot : « Ton père est devenu le Bienfaiteur de la Patrie. Il tient à fêter ton retour définitif en grande pompe. Soigne ta tenue, *querida* ! » Mais Flor en est sûre, sa mère non plus ne s'attendait pas à ça…

À peine les amarres relient-elles le bateau au quai du port de Saint-Domingue qu'éclatent les notes joyeuses de l'orphéon, *Quisqueyanos valientes*[1], un hymne militaire entraînant, tandis que Flor de Oro, émue, se redresse, tête haute, menton fier, et descend la passerelle à petits pas mesurés. Elle a suivi le conseil de sa mère. Elle s'est soigneusement maquillée, elle porte un tailleur élégant et un bibi impertinent, à la mode parisienne,

1. *Quisqueyanos valientes* deviendra l'hymne national le 23 mai 1934.

est perché sur le sommet de son crâne. À son bras un sac à main en crocodile, elle a mis des chaussures à hauts talons, elle est petite, c'est son défaut, et a laissé ses cheveux coupés aux oreilles flotter librement, ses indisciplinables cheveux, son autre défaut. Elle a copié le style des mannequins des revues de mode et espère afficher une sorte d'élégance « à la française ». C'est un peu raté, Flor n'est pas très jolie, ni très grande, ni très classe. Ce n'est rien qu'une jeune fille de dix-sept ans aux allures de métisse, qui se cherche encore. Mais peu importe, elle est la fille du président et cela lui confère une aura très tangible. Elle sent tous les regards converger sur elle. Son cœur bat à toute allure dans sa poitrine qui se soulève à en faire éclater les boutons de nacre de son corsage.

Flor cille sous la lumière crue du soleil de la mi-journée, très impressionnée par l'aréopage qui l'accueille. Non vraiment elle ne s'attendait pas à ça. Une haie de militaires et d'aides de camp en grand uniforme, des hauts fonctionnaires en habit, au centre desquels, hiératique, tiré à quatre épingles, son père. Pas la moindre froissure sur son uniforme de général, le pli du pantalon est impeccable, les souliers noirs brillent comme un miroir, les cheveux sont soigneusement peignés. D'une main inquiète, Flor lisse sa jupe, son père ne supporte pas le moindre laisser-aller. Son regard dur et magnétique s'adoucit à la vue de sa fille. Il esquisse même une ébauche de sourire sous la ligne de sa courte moustache noire. Son père est plus imposant que dans son souvenir, son allure semble plus énergique. Flor a envie de courir vers ses bras mais elle se retient, ce n'est pas ce qu'il attend d'elle.

C'est ce qui s'appelle une réception en grande pompe. T est flanqué de sa seconde épouse et première dame, Bienvenida Ricardo ; on dirait bien qu'elle a avalé un cocotier tant elle est raide. Il se détache de la haie d'honneur et s'avance vers Flor, un presque sourire sur les lèvres. Éblouie par ce qu'il est devenu, par cette majesté qui émane de lui, Flor se sent immensément fière. Il la prend dans ses bras, elle se laisse étreindre et, dans un réflexe qui est un reliquat d'enfance, elle l'embrasse avec effusion sans retenir ses larmes. T se raidit. Elle va ruiner son maquillage. Un flash, puis un autre. Toute la presse est là. Flor ne le sait pas, mais demain elle fera la une des quotidiens nationaux, et à l'avenir le moindre de ses déplacements sera scruté à la loupe par les journaux. On l'y dira belle, élégante, distinguée, fine, et elle y trouvera un certain plaisir. Mais cela, elle l'ignore encore.

« Allons, allons, la fille du président maîtrise ses émotions », lui glisse T à l'oreille en se redressant.

Au bras de son père, elle se dirige vers l'estrade sous chapiteau où patientent les dames, au son d'un air gai entonné par la formation musicale, composée, elle le voit maintenant, exclusivement de militaires. De loin, elle aperçoit sa mère qui lui fait un signe joyeux et trépigne de ne pouvoir l'embrasser. Et là, elle le voit.

Un uniforme blanc impeccable. Des boutons dorés qui brillent comme de l'or au soleil. Droit comme un I, d'une élégance rare. Un grain de beauté sur la joue gauche. Comme tous les autres, il la regarde, c'est normal elle est la reine du jour, le centre de toutes les attentions. Mais, instantanément, ce regard c'est comme une brûlure jusqu'au tréfonds de son être. Non ce n'est pas le soleil, pas l'effet de la chaleur non plus. Ce trouble, c'est une chose qu'elle ne connaît pas. Comme un oiseau fragile hypnotisé par un prédateur, Flor palpite d'une délicieuse frayeur. Elle se laisse étreindre par sa mère qui ne retient pas ses larmes : « Flor, *mi'ja*, enfin te revoilà parmi nous ! Comme je suis heureuse ! » « Moi aussi Mami », murmure-t-elle déconcertée, sa joue contre celle de sa mère. Son cœur bat jusque dans ses oreilles. C'est plus fort qu'elle, ses yeux restent braqués sur l'homme en uniforme qui n'a pas dévié le feu de son regard.

Les autres l'ont-ils remarqué ? Flor se reprend, répond aux questions de sa mère, se laisse entraîner vers le buffet. Une coupe de champagne. Elle échange trois mots, un bonjour par-ci, un très heureuse par-là, et scrute la foule. Où est-il ? De loin, elle voit l'uniforme blanc. On ne peut le confondre avec aucun autre, silhouette aux épaules droites, port princier, une allure folle, même de dos, même s'il n'est pas très grand. Flor veut lui être présentée, à lui plutôt qu'aux vieilles barbes et aux biques bourgeoises qui se disputent pour être photographiées avec elle. Elle esquisse une espèce de pas glissé, de main en main, de visage en visage, jusqu'au coin où l'uniforme blanc s'est retiré avec quelques autres militaires. Sa lente progression est contrariée. Les importuns s'interposent, les invités se hèlent. Elle le voit tourner la tête. De profil il est encore plus beau. Elle n'y arrivera pas. Elle se résout à demander à sa mère. « Qui est-ce ? » « Un aide de camp… sans doute fait-il partie de la garde rapprochée de ton père. » Voilà, c'est tout ce qu'elle saura. Déjà la fête se disloque, il faut retourner aux affaires. Et Flor de Oro doit être fatiguée, après un si long voyage. T donne le signal du départ, il a un pays à diriger. Les groupes d'uniformes se rassemblent. Par couleurs. Les blancs se mettent en mouvement. Elle les voit s'éloigner. Il se retourne, un regard appuyé, une imperceptible inclinaison de la tête. Il est parti.

Flor s'installe dans la résidence présidentielle où une chambre lui a été attribuée. À peine le temps de poser ses bagages, de se changer, un convoi de voitures officielles s'ébranle. T a décidé de passer la fin de semaine en famille, au frais, dans sa résidence champêtre nouvellement acquise de San José de las Matas. Flor est contente, son amie d'enfance, Lina Lovatón Pittaluga, a été invitée pour lui tenir compagnie. Lina est la fille unique d'un puissant avocat issue de la vieille aristocratie, et cela flatte T. Flor est ravie de la retrouver. Elle a tant de choses à lui raconter.

Pendant ce premier week-end, Flor est distraite. Elle a la tête ailleurs. L'impression d'être une poupée mécanique qui bouge sans volonté propre. Les repas s'éternisent et l'ennuient, les conversations bourdonnent sans l'atteindre, un étrange bruit de fond sans réalité, elle répond à côté aux questions qu'on lui pose, laisse ses propres phrases en suspens. Aucun des invités ne trouve grâce à ses yeux, à peine Lina. On lui pardonne ses absences qu'on attribue à la fatigue du voyage, dix jours de mer, elle doit se réhabituer à la chaleur et apprivoiser sa nouvelle situation. Flor reprend un peu vie quand elle s'échappe dans la campagne pour chevaucher à en perdre le souffle avec Lina qui a toujours été un véritable garçon manqué. C'est un pur bonheur de retrouver la caresse de la brise iodée, l'odeur humide de la terre rouge, le parfum douceâtre des orchidées sauvages, les notes colorées des cases isolées, la voûte fraîche des manguiers, les palmes qui frissonnent, les paysages naïfs des *lomas* dolentes qui ondulent jusqu'à buter sur les montagnes aux flancs plantés de forêts. Mais elle a beau galoper tout son soûl, rien n'y fait. Ça ne lui est jamais arrivé, pareille obsession. Un uniforme blanc hante la moindre de ses pensées.

Saint-Domingue

Juillet 1932

Retour à Saint-Domingue.

Flor va désormais vivre à la résidence présidentielle et T la présente à ses aides de camp. Dans le bureau se succèdent, impavides et silencieux, des jeunes gens triés sur le volet, la fine fleur de la jeunesse patricienne. T a drastiquement reverdi sa garde rapprochée, recrutée dans les familles de la haute bourgeoisie, espérant ainsi se concilier la faveur des élites.

Le cœur de Flor s'emballe, son souffle se fait court. Lieutenant Porfirio Rubirosa. Il est encore plus beau de près. Il incline légèrement la tête. C'est fugitif. Elle croit avoir capté une lueur victorieuse, un friselis dans son regard. C'est comme un fil tendu entre eux. Déjà il se retire, congédié par un moulinet du poignet présidentiel. Désormais l'uniforme blanc a un nom que Flor roule en silence dans sa bouche comme une gourmandise.

Porfirio Rubirosa.

Elle se renseigne discrètement.

C'est le fils d'un général et ancien ambassadeur à la retraite. Comme elle, il a été élevé à l'étranger, Paris, Londres. Flor y voit un signe. Elle écume consciencieusement les pièces et les allées du jardin de l'immense résidence dans l'espoir de croiser le lieutenant.

En vain.

Elle l'a à peine rencontré et déjà Porfirio Rubirosa cannibalise toutes ses pensées.

La suite, c'est une chronique digne d'un roman-photo.

Vient un autre week-end à San José de las Matas. T apprécie la campagne et affectionne cette grandiose demeure qu'il a fait bâtir pour réunir ses proches loin de la touffeur de la capitale. Il a prévu une soirée de fête avec un bal.

Flor a supplié T, mais Aminta n'a pas été conviée. Il y a des militaires, des ministres, quelques industriels, et leurs épouses collet monté, rien que des gens de bonne compagnie. Parmi les invités qui guettent l'opportunité pour se rapprocher de ceux qui comptent, il y a une grappe de jeunes filles qui papillonnent autour d'elle. Car être bien avec la fille du Jefe, c'est presque être bien avec le Jefe.

Amabilités calculées, intérêts bien compris, Flor, loin d'être crédule, sait parfaitement pourquoi son amitié est si précieuse, elle a déjà tâté de ce bois-là à Bouffémont. Il lui est difficile de discerner qui est sincère et qui est simplement intéressée. Elle résiste à l'idée de se confier à l'une ou l'autre, car elle a l'impression d'être en complet décalage dans cette société dominicaine dont tous les codes lui échappent. Seule Lina, que T ne cesse de couver du regard, trouve grâce à ses yeux.

Flor espère Porfirio, elle le cherche des yeux, le trouve. Il est le seul, provocation ou inconscience, à avoir troqué l'uniforme militaire pour un élégant complet de lin beige. Flor se demande comment son père va prendre cela. Protocole oblige, Flor, qui n'a pu échanger qu'une timide salutation avec le lieutenant Rubirosa, s'ennuie à la table d'honneur. Elle n'arrête pas de lorgner vers le fond de la salle de réception où sont attablés, un peu à l'écart, les jeunes aides de camp. Après le dîner, l'ambiance se libère. Et les convives s'éparpillent.

Il y a du rhum, très vieux, de la musique, très entraînante, des cigares, très entêtants, des discussions politiques, très ennuyeuses, des conversations de femmes, très superficielles. Le cœur battant à tout rompre, Flor s'approche de Porfirio. Quelques pas silencieux et ils se retrouvent côte à côte, un peu à l'écart, sur la terrasse dans deux fauteuils du jardin. Sur son visage, elle a vu l'esquisse vite réprimée d'un petit sourire de satisfaction. Faire connaissance enfin. Ils parlent. Une conversation sans trêve, d'une merveilleuse fluidité. Pas un temps mort. Ils ont tellement de choses en commun.

— Je rentre de huit années d'études en France, déclare Flor avec un rien de fierté.

— Moi aussi, j'ai vécu en France de six à dix-neuf ans. Mon père était ambassadeur. Puis ma famille est partie à Londres et je suis resté seul à Paris.

Flor fronce le nez, qu'elle a mutin. Son ambassadeur à elle ne lui a pas laissé un très bon souvenir. Elle réplique en français :

— Mon cher Porfirio, quelle incroyable coïncidence !

— Tout à fait, mademoiselle Fleur, réplique Porfirio dans la langue de Molière, sans la moindre trace d'accent.

Flor éclate de rire. Ça les amuse, cette complicité, c'est tellement inattendu. Elle dit Bouffémont, il réplique école des Roches. Ils parlent de Paris, de la tour Eiffel, même des fables de La Fontaine. Flor se vante de son brevet, obtenu haut la main, Porfirio se garde bien d'avouer qu'il a raté son baccalauréat. Il a pris des leçons de boxe, elle de tennis. Il s'exalte sur les chevaux, raconte la ferme familiale où il a pris ses toutes premières leçons d'équitation, sur la selle de son père, le dos collé au torse du général Rubirosa. Flor adore elle aussi les chevaux, une vraie passion, d'ailleurs on dit d'elle qu'elle est très bonne cavalière. Porfirio la défie : « Nous vérifierons cela très vite, mademoiselle Fleur ! » Elle adore les limoncillos, ces petits fruits jaunes et amers, lui aussi. Encore un point commun, c'est formidable. Ils parlent en français, rient comme des enfants. Personne ne peut les comprendre et ça les enchante. Une bulle vient de se refermer autour d'eux qui tient la réalité à distance.

On ne leur prête pas attention. Ou plutôt si, une femme les observe, Bienvenida, curiosité doublée d'une jalousie maladive.

Flor et Porfirio parlent, parlent. Il fume avec élégance, il lui tend sa cigarette, elle en tire une bouffée avec le savoir-faire d'une star, comme à Bouffémont avec Lucie, il lui prend la main, si petite, les ongles coupés court comme ceux d'une enfant, la pose sur la sienne, paume contre paume, compare leurs tailles. Il la trouve charmante, ses yeux pétillants, ses cheveux d'un noir de jais aussi profond que la nuit et ce magnifique sourire éclatant d'optimisme. Ils sont comme deux chiots qui se jaugent. Et ça dure jusqu'au petit matin, bien après que la plupart des invités ont quitté la réception et se sont retirés dans leurs chambres.

Quelque chose est en train de naître, qui attend en embuscade, qui ne demande qu'à éclore.

Le lendemain, le réveil est brutal. Porfirio ne réapparaît pas. Il ne donne aucune nouvelle. Flor tourne dans toute la propriété, n'osant interroger personne. C'est Lina qui la renseigne. Flor n'en croit pas ses oreilles. Rubirosa a été mis aux arrêts et transféré à la garnison de San Francisco de Macorís. T ne prend même pas la peine de s'expliquer, mais tout le monde a compris. Offense à Sa Majesté. Flor est effondrée, c'est de sa faute. Elle se demande qui les a mouchardés, car elle en est sûre, son père s'est retiré très tôt dans ses appartements, elle s'en est assurée avant de se rapprocher de Porfirio. Bienvenida réprimande sa belle-fille pour son comportement indigne. Et avoue. C'est elle qui s'est plainte à son père. Elle a osé. Flor n'en revient pas. Elle est à peine rentrée et déjà sa belle-mère la trahit. Elle n'a pourtant rien fait de mal. À peine un peu flirté. En France… En France peut-être, mais pas ici. Si seulement Flor pouvait se confier à sa mère. Aminta la comprendrait. Elle s'isole dans le jardin pour pleurer tout son soûl, un mélange âpre de tristesse et de rage.

Porfirio moisit dans une semi-détention. Il n'est pas réellement en prison, plutôt dans une sorte de sas de dégrisement en attendant qu'on statue sur son sort. Il s'en veut. Il aurait dû s'en douter, il a pris des risques inconsidérés. Comment a-t-il pu imaginer qu'il pouvait impunément conter fleurette à la fille du Généralissime, dans un pays où aucune jeune fille bien élevée n'est autorisée à rencontrer un homme sans un chaperon. Crime de lèse-majesté, atteinte à l'honorabilité familiale, orgueil blessé ! Mais c'est Flor aussi, elle l'a cherché. Ils se sont crus malins à parler en français. Voilà le résultat. Porfirio risque d'être expulsé de l'armée et de tomber en disgrâce. Lui qui a tant misé sur cette carrière militaire qui démarrait si bien.

Il passe deux jours à se morfondre, le temps de méditer sur les conséquences de son comportement. On lui fait passer un billet. Écrit en français. Flor a soudoyé un domestique.

Cher Porfirio, j'ai été informée de votre départ, j'en suis infiniment désolée. J'espère vous revoir bientôt. Je suis très en colère et triste à la fois. J'espère que nous pourrons nous retrouver très vite, Flor de Oro.

Porfirio griffonne en retour : *Je l'espère aussi, Mademoiselle Fleur.* Il plie religieusement le billet de Flor et l'enfouit dans sa poche de poitrine, contre son cœur. Elle enferme le sien dans un coffret de bois précieux.

Cet échange lui a fait chaud au cœur à Rubirosa, il faut reconnaître qu'elle a du tempérament, la petite Flor. Mais cela ne change rien à sa situation. Le lieutenant réfléchit à la meilleure façon de s'en sortir. Après deux semaines d'incarcération où le temps s'étire sans perspective d'embellie, il est conduit dans le bureau du colonel en charge de la forteresse. On le demande au téléphone.

Flor de Oro. Après s'être fait semoncer par T, privée de sorties, elle a passé son temps à tourner en rond dans la résidence présidentielle, échafaudant mille scénarios pour retrouver Porfirio et s'échapper avec lui.

— Porfirio, je ne peux pas vous parler longtemps. La semaine prochaine, samedi, il y a un bal. Au Country Club de Santiago. Regardez le journal, c'est annoncé. Et je voudrais vous y voir. Absolument. C'est notre chance !

— À quelle heure est la fête ?

— 17 heures. Venez, je vous en supplie.

— Je vais faire de mon mieux.

— Faites ce qu'il faut, mais venez.

Un ordre. Comme sait si bien en donner son père !

Porfirio se renseigne et obtient confirmation : un grand bal en l'honneur de Flor sera donné au Country Club de Santiago, une espèce de baptême pour introduire la jeune fille dans la société. Il connaît un médecin à Santiago, le bon docteur Grullón. Il n'est pas prisonnier, juste confiné. Et ses geôliers sont des frères d'armes, plutôt conciliants, après tout il s'agit d'une affaire de cœur, entre hommes on se comprend. Prétextant une angine, Porfirio demande l'autorisation d'aller consulter le médecin. Autorisation accordée.

C'est une belle soirée. Les salons du club sont bondés. Haute société, grand orchestre, débauche de décorations florales, flots de champagne…

En sage robe du soir, Flor papillonne, nerveuse au milieu d'un aréopage de jeunes filles de bonnes familles. Personne n'ose l'inviter à danser. On connaît désormais le sort réservé à ceux qui approchent de trop près la fille du président. Le regard de Flor balaie sans relâche l'assistance. Porfirio n'est pas là. Le fils du gouverneur de la province s'incline devant elle. Elle ne peut refuser et ils s'élancent sur la piste, immédiatement suivis par d'autres couples. Tendue, Flor danse mal, elle n'arrive pas à suivre son cavalier, son esprit est ailleurs. Soudain elle le voit, et, à partir de cette seconde, plus rien ne compte. Porfirio se fraie un chemin parmi les invités, il n'y a plus que lui. Il se tient devant elle, droit, immobile. Elle est prête à défaillir. Il y a entre eux ce regard qui précède l'inéluctable. Il lui tend la main, prend la sienne avec délicatesse et une sorte de retenue. « J'ai eu si peur que vous ne puissiez pas venir ! » soupire Flor avec un infini soulagement. Il l'enlace et la serre contre lui. Le bruit de la fête se tait.

Une valse chaloupée à la mode parisienne. Ils tourbillonnent sur la piste entre les danseurs, et c'est un enchantement qui les enveloppe et les lie. Quelque chose de plus grand que le bonheur. L'espoir. Flor sent son cœur prêt à déborder.

Une danse, puis une autre. Rubirosa sait qu'ils dérogent aux règles du protocole et de la bienséance et égratignent l'honneur d'un père. Il n'en faut pas plus dans ce pays.

Flor de Oro brave ouvertement T en tournant dans les bras du bellâtre. On les regarde, on fronce les sourcils, on murmure. Enchaîner plus de trois danses avec une jeune fille qui n'est pas sa fiancée ! L'étiquette en prend un coup. Ça y est, le scandale est là. L'insolent lieutenant va le payer très cher ! C'est vrai que la petite a été élevée en France. Lui aussi d'ailleurs, à ce qu'on dit…

Au cinquième boléro, Porfirio est amoureux. Flor, elle, n'a pas eu besoin de danser pour en être convaincue. Elle l'aime. Une certitude absolue. Comme on aime à dix-sept ans, avec fougue, détermination, obstination.

Ils s'enivrent toute la nuit de leurs corps soudés, du parfum de leurs peaux, des mots murmurés. Le chaperon de Flor les surveille, dépité, impuissant, quand ils s'esquivent vers les jardins. Un baiser, juste un. Flor ferme les yeux. Elle s'abandonne contre le corps tendu de Rubirosa. Ces frissons au creux de ses reins, cette boule de feu au centre de son ventre. Un autre baiser. Les amoureux ont toutes les peines du monde à se quitter au petit matin. Il regagne sa caserne, elle la résidence de Saint-Domingue. À l'arrière de la limousine qui la ramène à la capitale, elle ferme les yeux, muette et stupéfiée par ce qui vient d'arriver.

*

Flor est en train de se reposer dans sa chambre. Les rais de soleil qui filtrent par les persiennes caressent sa peau. Le visage de Porfirio sourit derrière ses paupières closes. Son cœur et son corps l'ont choisi. Déjà elle ne voit plus le monde qui l'entoure qu'à travers le prisme de ses sentiments pour lui, tout comme son père n'envisage son pays qu'à travers celui de son ambition.

On frappe à sa porte. Bienvenida entre dans sa chambre et lance : « Ton père est furieux de ton scandaleux comportement de la nuit dernière. Prépare-toi à une belle punition », puis elle tourne les talons.

Un peu plus tard, un serviteur lui annonce qu'elle est convoquée au bureau du président. Elle n'ira pas. Double tour de clé, elle s'enferme dans sa chambre.

Flor sait qu'elle est folle de défier son père. Mais elle est surtout folle de Porfirio. Une petite voix ténue lui souffle qu'elle risque de se brûler les ailes, mais elle l'ignore.

T vient tambouriner furieusement à sa porte. Il est de mauvaise humeur, son masseur, indisposé, n'a pas honoré leur rendez-vous quotidien de 8 heures. Il ordonne à Flor de se montrer. Porte close. Flor est sans doute la seule personne dans le pays à oser lui résister. T ne peut pas se donner en spectacle devant la valetaille. Il repart d'un pas furieux. Il va se venger. C'est sa dignité qui est flétrie, bien plus que son amour de père. C'est lui qui va enfermer Flor. Et jusqu'à ce qu'elle cède.

Il la confine dans sa chambre jusqu'à nouvel ordre. Alors Flor disparaît. Elle sait faire ça. C'est facile, elle rentre en elle-même, s'oublie et s'esquive. Son corps déjà frêle se fait léger, aussi léger qu'une plume. Elle a appris à le faire à Bouffémont, quand la solitude et la nostalgie menaçaient de la faire basculer dans un vertige de chagrin. Elle est cette enveloppe inerte, inhabitée, presque impalpable, qui gît sur son lit. Le monde qui l'entoure perd de sa réalité, un monde noir et blanc dont les couleurs ont disparu, un monde silencieux où seule la voix de Porfirio murmure à son oreille. Elle disparaît et la colère de son père n'a plus aucun relief auquel s'agripper.

*

Rubirosa est dégradé. Confisqués le pistolet et l'uniforme, retour à la vie civile. Il est désespéré, il aime l'armée, l'uniforme qui impressionne les filles, le cheval, le maniement des armes. Ses rêves de grandeur s'écroulent. Il se réfugie chez son grand-père. Il n'a plus d'avenir dans ce pays et songe à retourner à Paris. Un ami accourt et lui conseille de se cacher. On ne bafoue pas impunément le Jefe. Porfirio ne veut pas ajouter son nom à la liste des disparitions suspectes et des accidents fortuits. Alors il se cache dans une plantation de cacao familiale au fin fond du *campo* dominicain.

Deux semaines passent.

Un jour, un messager, surgi d'on ne sait où, lui dit de se rendre à la cabine téléphonique du village à 9 heures du soir précises et d'attendre.

À 9 heures, tintement aigrelet de la sonnerie du téléphone. Porfirio décroche. C'est Flor.

« Mon amour, n'abandonne pas. Tout va bien se terminer. Je n'ai pas quitté ma chambre. Je refuse de voir mon père mais je lui ai envoyé un mot. Je veux t'épouser. »

Porfirio ne savait pas que la petite Flor tenait bon derrière la porte de sa chambre obstinément fermée, qu'elle refusait de manger, qu'elle avait même menacé de se suicider. Un peu théâtral mais efficace. Car Flor n'a jamais rien désiré autant de toute sa vie. C'est la première fois qu'elle s'oppose à son père, mais elle le fait de toute la force de son âme.

Claquemurée dans sa chambre, Flor a transformé la punition paternelle en choix personnel. Lina Lovatón, la complice de sa romance, lui rend visite, une manœuvre télécommandée par le président. Lina est la seule personne autorisée à voir la jeune fille. Elle s'est renseignée, Rubirosa a une sale réputation, c'est un débauché sans futur, on prétend qu'il a mené une vie dissolue à Paris, qu'il flirte dès que l'occasion se présente, qu'il a déjà eu à en découdre avec des pères de famille déshonorés… Flor n'en a que faire. Elle aime Porfirio, elle aime tout de lui, la légère dépression de son menton, presque une fossette, ses yeux noirs, son sourire franc, ses manières policées, son élégance naturelle, la virilité qui émane de tout son corps. Elle aime quand il l'appelle Fleur. Elle l'aime.

Doña Ana Antonia Ariza Almànzar demande une audience au président. La mère de Porfirio plaide la cause de son fils. Elle ne veut pas voir ruinée sa carrière militaire, lui fils d'un général, d'un diplomate qui a toujours servi la nation. Après tout, un Rubirosa pour une Trujillo, ce serait loin d'être une mésalliance, les Rubirosa ont une solide réputation dans les hautes sphères sociales. Quel mal s'ils se mariaient ? Puisqu'ils s'aiment.

T finit par céder.

De mauvaise grâce, mais il cède.

Avertie, Aminta essaie en vain de dissuader Flor de se marier si jeune. Mais que pèsent ses arguments contre la force de cet amour, contre la volonté de sa fille, contre la décision du Jefe ?

*

Porfirio rentre à Saint-Domingue.

Finalement, pour le Jefe, c'est une bonne façon d'inféoder un jeune notable par la force des liens familiaux, ce sera une carte dans sa manche, à jouer quand le besoin s'en fera sentir. Et il y a toujours des besoins. Il trouvera comment lui faire servir ses intérêts.

Les amoureux sont autorisés à se voir quelques heures par jour, flanqués d'une duègne, pour planifier leur mariage. Toutes les pierres coraliennes de la ville sourient, les collines qui la cernent rient, la mer chante. De temps à autre, leur chaperon détourne pudiquement les yeux et Porfirio vole un baiser à Flor.

Elle a dix-sept ans, lui vingt-trois.

L'avis de mariage est publié.

Le nom d'Aminta est absent du faire-part, remplacé par celui de Bienvenida. En gras, celui de Flor de Oro écrase le patronyme de Porfirio.

San José de las Matas
Samedi 3 décembre 1932

On ne sait plus où poser le pied. Un flot mousseux, rouge, bleu, vert, jaune, dévale furieusement les rues de San José de las Matas. Les couleurs se mélangent en un effroyable bouillon chamarré. Les centaines de guirlandes de papier crépon tendues dans les rues du village ont rendu l'âme sous l'assaut d'un rideau liquide comme seul sait s'en soulager le ciel caraïbe durant la saison cyclonique. Dans la plus grande confusion, les invités agglutinés sur le parvis de l'église essaient d'échapper à l'averse diluvienne qui s'est abattue sans crier gare. Les escarpins en prennent un coup, les toilettes ont piteuse allure, quant aux coiffures…

Réfugiée à l'arrière de la limousine d'apparat qui, en tête du cortège, se dirige lentement vers la propriété du Jefe, Flor de Oro écrase d'un doigt la goutte qui, après s'être frayé un chemin le long de son cou, se loge dans le creux de sa clavicule, sous la dentelle de sa robe de mariée collée à sa peau. Avec l'humidité, ses cheveux soigneusement lissés rebiquent sous la mantille.

Elle est dépitée, Flor. Ce n'est pas comme ça qu'elle imaginait son mariage. Un soleil radieux. La cathédrale Santa María la Menor Primada de América[1] pleine à craquer. Le tombeau de Christophe Colomb. Les grandes orgues. Un déluge de fleurs blanches. Une traîne démesurée qui envahit la nef. Son entrée au bras de son père, sa mère au premier rang, si fière, qui lui sourit… Une cérémonie solennelle et majestueuse. Au lieu de ça… Assis à côté d'elle, le regard perdu sur le pare-brise embué, Porfirio est pensif. Cette pluie a un côté lancinant qui étreint le cœur. Le jeune marié se reprend, serre la main de Flor dans la sienne, cette petite main d'enfant qui l'attendrit, et lui adresse un sourire.

— Mariage pluvieux, mariage heureux !

Instantanément les regrets de Flor s'évaporent. Aux côtés de Porfirio, tout, absolument tout, devient magnifique. Même le jour de ses noces ruiné par la pluie. Même cette robe de nonne, choisie par son père, dont elle est affublée. Elle repousse une mèche rebelle derrière son oreille et lui adresse un regard lumineux de bonheur. Ils prennent le chemin de la *finca* où la réception va commencer, deux kilomètres de boue et de pluie.

*

« Moi, Flor de Oro, Anacaona, Dominicana, Trujillo Ledesma, je te reçois, Porfirio Enrique Rubirosa Ariza, comme époux et je promets de te rester fidèle dans le

1. Première cathédrale du Nouveau Monde.

bonheur et dans les épreuves, dans la santé et dans la maladie, pour t'aimer tous les jours de ma vie. »

Comme Porfirio avant elle, Flor a récité la formule, sans trébucher, sans bafouiller. D'une voix claire, forte et assurée. Avec une pointe de défi au fond des yeux quand elle fixe le visage poupin, presque aussi rouge que sa cape, de Mgr Nouel, archevêque de Saint-Domingue et ex-président de la République, qui bénit leur union. Elle a jeté sa déclaration sans hésiter, comme un cri d'amour à la face du gratin dominicain.

Car à San José comme dans tout le pays, on ne parle que de ça depuis que les journaux ont publié les bans, il y a un mois. Le Jefe a décrété un jour de fête nationale. Tout le pays est en liesse. Flor de Oro Trujillo, la fille du généralissime Rafael Leonidas Trujillo, Honorable Président de la République et Bienfaiteur de la Patrie, se marie. Elle épouse Porfirio Rubirosa, un obscur lieutenant issu d'une famille bourgeoise désargentée, quoique de bonne lignée. Compte-tenu de l'insignifiance du mari, les commères comprennent maintenant en le découvrant. Il est très beau, ils sont très jeunes, ils rayonnent. Un vrai mariage d'amour. Le prélat continue sa messe en latin. Personne n'y comprend rien, sauf peut-être Flor qui se rappelle ses humanités à Bouffémont.

*

L'écrin de ce mariage princier, c'est la villa Los Pinares, la demeure campestre de T, ainsi l'a-t-il décidé. Tout a été parfaitement orchestré. Le contrat civil a été signé à demeure à 16 h 30 tapantes. À 16 h 45,

Flor et Porfirio étaient officiellement mariés par Francisco Rodríguez Liriano, dit Panchito, officier d'état-civil de San José de las Matas de son état. À 17 h 15, Flor a fait son entrée au bras de son père, raide d'orgueil en grand uniforme de général, dans l'église bondée de tout ce que le pays compte d'importants. Elle arbore une robe stricte et lutte contre sa traîne trop longue et trop lourde. La robe de la plus fine dentelle de Calais a beau sortir d'un atelier parisien, elle est un peu démodée et finalement pas très belle. Ses mains fines sont enfouies dans des gants qui remontent le long de ses bras fluets, ne dévoilant que quelques maigres centimètres de chair au ras des manches. Et avec cette espèce de mantille sur la tête, Flor a plus l'air d'une communiante que d'une mariée. Porfirio, lui, est époustouflant dans son tuxedo noir qu'il a simplement rehaussé d'une pochette blanche. Flor lui a jeté un coup d'œil en biais quand il s'est installé à son côté face à l'autel, cachant ses émotions sous des cils trop longs, presque féminins. Elle a senti que tout son être le réclamait, irrémédiablement.

Et puis l'orage. Pas de photographies, pas de félicitations, ce sera pour plus tard. Sous l'assaut d'une pluie diluvienne, tout ce beau monde s'est engouffré tant bien que mal dans les voitures. Le convoi s'est ébranlé en direction de la réception.

*

Désertés, les carbets décorés de guirlandes de fleurs détrempées ont piteuse allure. Les invités s'entassent dans la vaste salle de réception. Elle est splendidement décorée, deux lourds lustres de cristal, des fleurs partout.

Il n'y a rien que du très beau monde, militaires, ecclésiastiques, diplomates, industriels, exportateurs, patrons de presse, quelques étrangers, tous triés sur le volet. Flor ne connaît presque personne, à part la clique familiale, ses oncles et tantes, les frères et sœurs de T qui n'a pas autorisé Aminta à assister à la noce. C'est la revanche de la tribu paternelle et la victoire de Bienvenida.

Flor a été meurtrie par cette décision. Qui se marie en l'absence de sa propre mère ? Comment T a-t-il pu être assez cruel pour les empêcher de partager, elle et Aminta, ce moment unique, le plus beau jour de sa vie ? Au moment de devenir une épouse, Flor aurait aimé la présence de sa mère à ses côtés, l'aura de sa tendresse. Elle aurait tant voulu que Mami la voie dans sa robe blanche.

Cette blessure sciemment infligée par son père, Flor a du mal à comprendre de quoi elle est pétrie. Possessivité, jalousie, orgueil, mépris, sadisme ? Un jouet entre les mains de son père, voilà ce qu'elle est, Flor de Oro, et peut-être aussi un enjeu de pouvoir. C'est dur à avaler. Heureusement que les bras de Porfirio ne sont pas loin et que bientôt elle échappera à tout ça.

Les invités d'honneur sont le ministre plénipotentiaire des États-Unis, Hans Frederick Arthur Schoenfeld, et son épouse. Pour comble, il a servi de témoin et a signé le registre, avec son oncle Virgilio Trujillo. Ni Flor ni Porfirio n'ont été consultés.

Lina Lovatón, la confidente de Flor, est une des rares invitées de son âge. À plusieurs reprises, Flor surprend le regard du Jefe qui s'attarde sur le décolleté de son amie. Lina est à l'aise. Grâce à son père, elle connaît tout le gratin politique. Elle dit à Flor qui est qui.

Le ministre de l'Agriculture et du Commerce, celui du Travail et des Communications, celui de la Santé, celui des Travaux publics, ce n'est pas une noce, c'est un cabinet ministériel.

Le commandant en chef de l'armée de terre, celui de la marine, des généraux, les colonels, ce n'est pas une noce, c'est un rassemblement militaire.

Lina pointe d'un geste discret le docteur Max Henríquez Ureña, le ministre des Affaires étrangères.

— Le fils de Salomé Ureña ? demande Flor en détaillant l'homme à l'allure aristocratique et au regard pénétrant que son amie lui a désigné.

Lina acquiesce. Flor aimerait l'aborder et qu'il lui parle de sa mère, Salomé, la poétesse nationale dont l'engagement pour l'indépendance du pays et pour l'éducation des filles la fascine. Mais elle n'ose pas, trop impressionnée. Alors Flor de Oro fait ce qu'on attend d'elle, elle échange quelques phrases polies avec l'un et l'autre. Par exemple avec Charles de Mondesert, conseiller du commerce extérieur de la France, elle converse dans « un français presque sans accent », comme la complimentent avec bienveillance Jean Morlet et son épouse, présentés comme « des membres distingués de la colonie française ». Elle en est fière, c'est sa façon à elle de briller. Si seulement Aminta était là…

Finalement, Flor se rapproche de sa tante Mercedes. Surnommée Machichi, c'est sa préférée de la tribu paternelle et sans doute la seule femme de l'assistance à se comporter sans afféterie. Avec un sourire de connivence, elles observent le Jefe qui minaude au cœur d'une basse-cour de coquettes prêtes à toutes les singeries pour passer quelques heures dans son lit. Elles rient en cachette de Bienvenida, l'épouse bafouée qui n'ignore rien des appétits de son mari et le surveille sans la moindre discrétion. Quant à Porfirio, accaparé par ses anciens camarades de la garde rapprochée du Jefe, il écluse coup sur coup. Car les vins, Médoc et Napa Valley, le champagne et le rhum Brugal coulent à flots.

Flor s'ennuie. Elle s'ennuie pendant le cocktail, elle s'ennuie pendant le dîner, elle s'ennuie pendant les discours. Elle reprend vie dans les bras de son père à l'ouverture du bal. T danse vraiment bien. Flor se rappelle les merengues de son enfance à San Cristóbal, ses petits pieds posés sur les bottes de l'élève officier. Comme le temps a passé. Vivement les bras de Porfirio…

Ils virevoltent, légers, heureux, et c'est un enchantement. Ils aimantent tous les regards. Se dégage d'eux l'invincibilité de la jeunesse, cette force qui n'appartient qu'à ceux qui commencent leur vie, cette hâte d'en découdre avec un avenir où tout est à construire.

Flor regarde les autres femmes, leurs épaules découvertes, leurs décolletés flatteurs, et elle se sent lésée. Si seulement son père ne s'en était pas mêlé, mais il a fallu qu'il choisisse lui-même sa robe… Elle se console en admirant Porfirio, son mari, son port distingué, ses mains soignées, sa prestance, son allure, son regard, la chaleur de sa voix, et toutes ces femmes aux robes scintillantes dont les yeux s'attardent sur lui. Il est si beau.

Cette nuit, il sera à elle.

C'est le plus beau jour de sa vie, malgré l'absence de sa mère, la jalousie de sa marâtre, les diktats de son père, le regard des femmes sur son mari tout neuf.

Peut-être, à cet instant, Flor entrevoit-elle confusément l'épreuve qui l'attend, le calvaire que sera sa vie aux côtés de cet homme trop beau, trop attirant, trop à l'aise, trop sûr de lui, cet homme qui plaît aux femmes et qui aime les femmes.

*

Ce soir Flor va connaître le lit de l'homme qu'elle aime, son époux depuis quelques heures. Elle lui offre son cœur, son corps, son âme. Pas d'effeuillage romantique. Dans sa fébrilité à la dévêtir, Porfirio a arraché des boutons de nacre dans son dos, ça a fait un petit cliquetis sur le sol de marbre, et chiffonné sa robe blanche. Flor aurait tant voulu la garder impeccable pour la montrer à Aminta, mais c'est trop tard maintenant. Il s'est déshabillé en vitesse, comme pris d'une urgence incontrôlable. Il est nu. Flor le regarde et la panique s'empare d'elle. À la vue du membre turgide, elle s'affole et se précipite horrifiée dans la salle de bains. Tandis que Porfirio tempête derrière la porte fermée, agenouillée contre la baignoire, elle fait un signe de croix d'une main tremblante. « Santa Virgen de la Altagracia, faites que ça se passe bien », puis elle ressort, résolue à tout affronter.

Flor pose la paume de sa main haut sur le torse de Porfirio, bien à plat. D'abord timidement, puis ses doigts s'écartent, sa paume se plaque sur le cœur dont les battements sourds s'accélèrent. Elle ferme les yeux, ce cœur est à elle. Porfirio est son mari devant Dieu pour le meilleur et pour le pire, elle est prête.

Son corps frêle est sous celui, robuste, de Porfirio. Il se force à des gestes attentionnés, elle est si jeune, pas encore une femme. Dans sa tête tournoient des images, visages, seins, fesses des femmes aux formes pleines qui l'ont formé, aimé peut-être. Il se revoit, conduit par son père à quatorze ans dans une maison close de Paris. Les traits grossiers de celle qui l'a déniaisé surgissent de sa mémoire, incroyablement nets. Ils se superposent à ceux délicats et empreints d'innocence de Flor, petit visage crispé, cheveux frisés épars sur l'oreiller, yeux farouchement rivés aux siens. Elle est sa femme devant Dieu, il lui a juré fidélité et il sait déjà que ce sera difficile. Ses doigts s'enfoncent dans sa peau, il plonge en elle, pousse, se perd. Un coup d'épée violent, un élancement terrible qui la déchire. Flor tente en vain de réprimer un cri de souffrance. C'est donc ainsi l'amour ? Porfirio n'y prend pas garde, il entame un va-et-vient ravageur et tout va très vite. Dans sa façon de la prendre, il y a de la brutalité, de la maladresse, et la fougue de ce désir si longtemps contenu. Un dernier râle, il roule sur le côté dans un grognement de satisfaction. Flor se blottit contre lui, une brûlure au creux des cuisses, douloureusement comblée.

C'est une marque au fer rouge dans l'intimité de son corps. Elle n'imaginait pas que ça pouvait être si violent de perdre sa virginité. Pas à ce point. Ce sang, cette épreuve, cette forme de possession absolue, c'est un lien supplémentaire entre eux.

Le lendemain matin, Flor étale sa robe de mariée sur leur lit qu'elle a recouvert d'un édredon, pour cacher les taches. La robe est fichue, des larmes lui montent aux yeux, elle ne pourra pas la faire admirer à sa mère.

*

— Écoute ça, Porfirio…

Flor pouffe.

— Je ne savais pas que les journalistes de *La Opinión* étaient des poètes aussi accomplis ! Notre mariage est le plus somptueux jamais vu dans le pays, « inondé de distinction et d'élégance, parfumé de jeunesse et de beauté », comme notre couple, « un seul cœur sous un voile d'amour, de rêves et de promesses »…

De sa voix claire, Flor lit l'article tandis qu'ils terminent leur petit déjeuner.

— « Dans un merveilleux écrin tropical, symphonie de lumière, de couleurs et de parfums, comme dans une ballade d'amour… Là où dame Nature chante son hymne triomphal dans l'éblouissante exubérance tropicale, a été célébrée blablabla…. Avec l'aimablissime et enchanteresse demoiselle Flor de Oro Trujillo, fine et exquise, toute de délicatesse et d'arômes, Fleur par son prénom et par les délicats enchantements qui fleurissent en elle, fille aimée du chef de l'État, le général Rafael Leonidas Trujillo Molina… »

— C'est ce qu'on appelle une envolée lyrique…

— … de très mauvais goût ! observe Flor en riant. Il y en a même pour Bienvenida « qui est grande dame dans toute l'acceptation du terme ».

— Et de moi, que dit-on ?

— « Correct et distingué », voilà ce qu'il est dit de toi. Et que tu appartiens à une famille dominicaine honorable, que ton père était général et diplomate…

— Pas d'arômes ni de lumières enchanteresses ? Autant dire que je n'existe pas, conclut Porfirio en se rappelant avec amertume que sur l'acte de mariage le nom de Flor apparaît en deux fois plus gros que le sien.

Il est blessé, mais il ne veut à aucun prix que Flor s'en rende compte. Son orgueil l'empêche de se plaindre.

C'est le prix à payer pour devenir le gendre de l'homme le plus puissant du pays.

Et ce n'est qu'un début.

*

T s'est montré généreux. Très généreux. Il a fait pleuvoir ses largesses sur les jeunes mariés. Une maison de cinq pièces dans le quartier chic de Gazcue, avec patio et piscine, non loin de la résidence présidentielle ; un cabanon de plage à La Romana ; une berline Packard, beige, 12 cylindres, modèle 1930, avec leurs initiales gravées en or sur les portières, chauffeur à disposition, Ignacio, un créole connu pour organiser des combats de coqs dans la capitale ; une garde-robe italienne fournie pour Porfirio, une garde-robe encore plus fournie, française cette fois, pour Flor ; une montagne de bijoux de joailliers de la place Vendôme. Sans compter les 50 000 dollars[1] de dot qui ont été placés sur un compte

1. 50 000 dollars équivalent peu ou prou à 1 million de dollars d'aujourd'hui.

en banque, avec pour seule restriction la nécessité de la signature du Jefe pour en disposer.

Les tourtereaux se préparent à partir pour un somptueux voyage de noces à Venise, sur les traces de Stendhal, la suite au Cipriani, les chocolats du Florian, les jus d'orange du Gritti, les scotchs du tout nouveau Harry's Bar… Porfirio est heureux à l'idée de renouer avec l'Europe de son enfance qu'il n'a pas revue depuis dix ans. Flor va retrouver Venise avec celui qu'elle surnomme secrètement son prince charmant. Exactement comme elle l'avait rêvé autrefois lors de son voyage en Italie avec Aminta.

Enfin presque.

À Venise, les jeunes mariés dépensent sans compter. Porfirio aime sincèrement sa Fleur, bien qu'il la trouve un peu maigrichonne, il a une inclination certaine pour les femmes aux formes pleines, un goût très latin, mais il aime la sienne. Pour autant, il ne veut pas renoncer à ses habitudes et il se laisse aller à ses penchants. Ainsi, certains soirs, après le dîner romantique aux chandelles, Porfirio abandonne Flor aux douillets coussins de leur suite, pour rejoindre un petit bar interlope du quartier de Cannaregio qui a ses faveurs. Il y a là un cercle de jeu où il flambe incognito… Quand il rentre au petit matin, le menton bleu de barbe et les yeux voilés, il s'écroule dans leur lit sans la moindre explication. Flor le regarde dormir avec une tendresse mêlée de perplexité, sans oser le moindre reproche.

Elle n'en a pas encore conscience, la porte de la cage vient de se refermer sur elle, une cage dont les barreaux vont devenir de plus en plus épais.

Saint-Domingue

1934-1935

Il n'a pas fallu un mois à T pour venir aux nouvelles. Dès leur retour de Venise. Et cela a vite tourné à l'obsession, une pression insupportable sur le couple. Le Jefe passe tous les matins pour s'enquérir. Un héritier est-il en route ?

Lui, le maître de la Dominicana, est bien décidé à fonder une lignée. Comme il n'a pas de descendance masculine légitime – cette gourde de Bienvenida fait fausse couche sur fausse couche –, il compte sur Flor de Oro. Un petit-fils à défaut d'un fils officiel. Du sang masculin dans cette basse-cour.

*

Ils sont trop jeunes. Ils ne sont évidemment pas armés pour la vie de couple, même dans les conditions luxueuses que leur offrent la position et la fortune de T.

À défaut de concevoir, Flor et Porfirio vivent dans l'insouciance et les plaisirs. Dans les colonnes de la presse internationale ils deviennent le couple le mieux vêtu, le plus élégant et le plus éduqué, bref le plus populaire de la capitale dominicaine. Ce qui ne laisse pas d'indisposer le Jefe.

Flor a deux domestiques privées, Porfirio un valet, un masseur et un boxeur, Kid Gogo, qui l'entraîne, il a même transformé une des chambres de la maison en ring de boxe. Ses ambitions militaires se sont évaporées aussi vite qu'il dilapide les bontés de son beau-père. Affecté à un poste de sous-secrétaire à la chancellerie, une charge protocolaire sans véritable responsabilité, il est confiant dans l'avenir. De nouvelles perspectives s'ouvrent à lui, une vie luxueuse, des voyages au bout du monde, des fêtes somptueuses. Tout ce qu'il aime. Plus aucun souci du lendemain.

C'est aussi une bénédiction pour le clan Rubirosa qui, du jour au lendemain, passe de la gêne à la richesse. Non seulement Porfirio est généreux avec les siens, mais de nombreux membres de la famille viennent d'être parachutés à de confortables postes dans l'administration.

Quant à Flor, en dépit des travaux pratiques de Bouffémont, elle est mal préparée à la condition d'épouse. Elle ne sait ni s'imposer ni se faire respecter des domestiques, elle ne sait pas diriger une maisonnée. Choisir les menus, recevoir des invités, décider du plan de table, faire tailler les plantes, régler les factures, tout cela la dépasse et surtout l'ennuie. Alors elle choisit de se réfugier dans l'insouciance qui l'a toujours servie. Elle se promène en ville – depuis que Porfirio lui a appris à conduire, elle prend parfois le volant –, fréquente les salons de thé et les instituts de beauté, se prélasse dans une chaise longue du jardin avec une brassée de magazines américains de mode et de cinéma.

La maison n'est pas très bien tenue, les dîners souvent cahoteux. Cela irrite vite son mari.

Mais, ce qui leur pèse plus que tout, c'est cette surveillance serrée exercée sur eux. Grâce à ses agents, à sa police secrète, aux domestiques soudoyés, T n'ignore rien de la vie du jeune couple.

Dans un pays qui compte quasiment autant de mouchards à la botte du Jefe que de citoyens, il est difficile de passer inaperçu, surtout dans leur position. Le moindre de leurs faits et gestes est dûment rapporté. Car T veut garder Rubirosa à l'œil. Il le jauge et se demande comment utiliser ce rejeton d'une élite qui reste encore réservée à l'égard de son régime. Tôt ou tard, le Jefe trouvera la bonne manière de jouer ce pion, car tout individu doit lui servir à accomplir son grand rêve, développer ce pays qui devient peu à peu sa propriété privée et régner sur lui en maître incontesté.

Presque chaque jour Flor et Porfirio doivent déjeuner avec T et Bienvenida à la Mansión, la résidence présidentielle. Compassés, surveillant chacun de leurs gestes, chacune de leurs paroles, ils ont l'air de deux esclaves à la table du maître. Flor déchante, elle qui comptait s'émanciper de la tutelle paternelle par ce mariage. Le Jefe met le nez dans le moindre recoin de leur vie privée. Et jusque dans leur lit. Sa préoccupation principale est de vérifier si Flor est enceinte. Ses questions brutales et réitérées indisposent la jeune femme. Malgré une activité sexuelle soutenue, pas le moindre signe de grossesse. D'ailleurs pour l'instant Flor ne le désire pas. Son couple est encore trop jeune pour se transformer en famille. Pour l'heure, elle s'occupe de satisfaire son mari.

*

Vivre avec un cavaleur n'est pas de tout repos, Flor l'apprend peu à peu à ses dépens. Porfirio a renoué avec sa vie de bamboche. Il sort souvent seul, rentre au petit matin. Pire, s'ils vont au restaurant, il la raccompagne à leur domicile et ressort pour faire la nouba. Exactement comme il avait commencé à le faire à Venise. Exactement comme il n'a jamais cessé de le faire.

En bon époux latin, Porfirio attend de sa femme qu'elle lui soit soumise. Comme sa mère l'a été à son père. Et peu à peu, il découvre que Flor a un caractère bien trempé. De surcroît, c'est une enfant gâtée, susceptible et coléreuse. Des disputes éclatent souvent pour des petits riens. Il la rabroue. Elle le provoque. Il s'emporte. Ça s'envenime. Les noms d'oiseaux volent. Ils se rabibochent au lit.

Au fil des mois, Flor devient morose, elle se questionne. N'a-t-elle échappé à la tutelle de son père que pour tomber sous la coupe d'un mari ? Elle s'ouvre de ses états d'âme à Lina qui, depuis son retour de France, est devenue sa confidente. Lina s'est liée d'amitié avec le Jefe qu'elle voit souvent en privé, un privilège rare. « Il est merveilleux, il est comme un père pour moi ! » confie-t-elle à Flor, qui sent des petites pointes de jalousie lui piqueter l'estomac.

— Je ne peux pas me contenter du rôle d'épouse soumise, je ne veux pas vivre comme un oiseau en cage.

— *Querida*, tu savais à quoi t'attendre en te mariant. Tu sais bien comment c'est. Regarde donc autour de toi.

— Et si je reprenais mes études ? Je pourrais être journaliste ou écrire des histoires… J'aurais un métier.

— Un métier ! Tu rêves, ma pauvre Flor ! Tu es la fille du Jefe, tu es mariée. En plus avec un homme que t'envient toutes les femmes. Si j'étais toi, je le surveillerais comme le lait sur le feu.

Flor hausse les épaules, lève les yeux au ciel. Elle est sûre que Porfirio l'aime.

— Le mieux que tu puisses faire, reprend Lina, pas avare de bons conseils, c'est te montrer à des cérémonies officielles, participer à des bonnes œuvres, exister socialement, puisque cette potiche de Bienvenida en est incapable.

Lina se mord les lèvres, ça lui a échappé. Flor ne relève pas. C'est vrai que Bienvenida devient de plus en plus transparente. À douter parfois de son existence. La seule personne à qui elle s'en prend, c'est elle, sa belle-fille, qui cristallise son ressentiment et sa jalousie. Et Flor commence à la détester. Mais sa belle-mère et le couple de son père, ce n'est pas son affaire.

Flor se plaint à T des écarts de son époux, en espérant que le Jefe la soutiendra et remontera les bretelles à son gendre.

— Porfirio m'abandonne à la maison pour sortir avec ses amis et je passe mes soirées seule la plupart du temps. Il rentre souvent ivre…

T ne sourcille pas.

— Voilà ce qui arrive quand on se marie trop jeune !

— Mais c'est toi, Papi, qui m'a empêchée de fréquenter Porfirio !

— Parce que votre manière de vous « fréquenter », comme tu dis, dépassait les bornes. Tu n'as respecté ni les usages ni la bienséance. Tu ne peux t'en prendre qu'à toi.

— Réveille-toi, Papi, *por Dios*, on est au XXe siècle, on a bien le droit de fréquenter un garçon, sans être obligée de l'épouser sur-le-champ.

Flor peste, elle se retient de lui lancer à la figure ses propres débordements et ses aventures que tout le monde fait semblant d'ignorer. Le Jefe n'est pas dupe.

— Je te prie de me parler autrement, Flor. Et laisse Dieu en dehors de tout ça.

Flor se raidit. Quand T l'appelle Flor tout court, c'est qu'il est irrité.

— Et puis c'est certainement de ta faute, enchaîne le Jefe, fais-tu tout ce qu'il faut pour retenir ton mari à la maison ?

Et de lui rabâcher que le rôle d'une femme est de soutenir son époux, d'assurer sa descendance, d'élever ses enfants et de tenir sa maison. Ne l'a-t-il pas spécialement envoyée à Bouffémont pour apprendre tout cela ? Alors, vaincue par ces conversations stériles et culpabilisée, Flor se prend à rêver de famille, d'enfant.

*

C'est insupportable, son beau-père fourre sans arrêt son nez dans ses affaires. Et sa femme devient de plus en plus rabat-joie !

La goutte qui fait déborder le vase de la rancœur de Rubirosa, c'est l'affaire de la drague du port de Saint-Domingue. Le chantier est d'envergure. T a décidé d'agrandir le port de la capitale pour pouvoir accueillir les navires de gros tonnage, et pour cela il faut désensabler l'embouchure du rio Ozama. Par quel obscur chemin Porfirio se faufile-t-il dans ce projet cofinancé par Felix Benítez Rexach, un homme d'affaires portoricain ? Flor n'en saura jamais rien. Mais il a déniché à La Nouvelle-Orléans une vieille drague à racheter. Coût de l'opération, transport compris, 50 000 dollars, soit l'intégralité de la dot de Flor. T donne son accord et débloque le compte bancaire des Rubirosa. Versatilité ou malveillance, malgré son engagement vis-à-vis de son gendre, le Jefe change son fusil d'épaule quand Benítez Rexach déclare que la drague est inutilisable. Porfirio se retrouve avec une drague inutile sur les bras et le couple sans un sou vaillant. Flor ne décolère pas car il se murmure que son mari a une liaison avec la fameuse Môme Moineau, cette chanteuse française qui est la compagne de Benítez Rexach, et que ce dernier les a sciemment ruinés pour se venger. Désormais, ils en sont réduits à mendier des aumônes au Jefe.

Dépité, ses rêves de fortune et d'émancipation envolés, Porfirio est déboulonné de sa fonction protocolaire et se résigne à réintégrer l'armée au rang de capitaine avec une solde fixe. Il se console, il a déjà éprouvé l'effet de l'uniforme sur les femmes.

*

Mais bientôt, Porfirio n'a plus qu'une envie, fuir. Fuir loin de ce Jefe dont les manœuvres toxiques atteignent tout le monde, y compris sa propre fille.

L'Europe est trop loin, alors il pense à l'Amérique, le pays de tous les possibles. Miami n'est qu'à quelques encablures de l'île, trop près. Alors ce sera New York.

D'abord sceptique, Flor, convaincue à force de cajoleries et de promesses, se rallie bientôt au projet de son mari. Oui, New York, c'est une bonne idée. Porfirio a des cousins là-bas. Il y a aussi des intellectuels et de nombreux exilés politiques en rupture avec ce qui n'est pas encore tout à fait une dictature.

Flor avertit son père. Il se montre d'abord inflexible, c'est non pour New York. Mais il connaît la détermination de sa fille et les excès dont elle est capable. Il sait qu'elle peut lui tenir la dragée haute, elle le lui a déjà prouvé. Elle n'est pas sa fille pour rien.

Le Jefe finit par capituler devant les arguments de Flor.

Qu'ils partent donc puisque c'est ce qu'ils souhaitent, mais T leur coupe les vivres.

Flor se sent pousser des ailes, c'est une remise à plat de son existence, une nouvelle aventure, c'est follement romantique.

Elle fait fi des premiers nuages qui s'annoncent dans le ciel clair de l'avenir, un amoncellement lointain qui fait déjà valser les dangers.

New York

1934-1935

Les Rubirosa quittent l'île en catimini. C'est presque une fuite.

Pendant les quatre heures de vol, Flor ne lâche pas la main de Porfirio. Elle se cramponne à lui et, les yeux fermés, se berce de douces chimères. Ils s'échappent de cette horrible cage aux parois de verre contre lesquelles ils se heurtaient au moindre mouvement. La vraie vie se déroulait à l'extérieur et ils en étaient exclus. Désormais elle s'offre à eux, la vraie vie. Ils sont ensemble, soudés comme leurs deux mains, ensemble contre T, contre la terre tout entière, et c'est tout ce qui compte.

Rapidement, la vraie vie révèle un tout autre visage que celui dont rêvait Flor. Derrière le paysage radieux d'un nouveau projet d'existence, la ligne d'horizon se hérisse des crêtes du sordide.

Flor et Porfirio jettent l'ancre dans un petit hôtel minable sur Broadway. Une enseigne borgne, un escalier sombre, raide et crasseux, une chambre minuscule qui déjà sent l'échec. Habituée à vivre dans le luxe,

Flor déchante. Leurs conditions de vie ternissent leur histoire d'amour. La folle exaltation de l'échappée est pulvérisée. Les journées s'écoulent, mornes, Porfirio bat le rappel de ses connaissances et le pavé new-yorkais pour trouver de quoi s'occuper et gagner leur vie. Flor l'attend jusqu'au petit matin, tandis que les néons clignotent. Elle n'a rien à faire, pas d'amie, pas d'argent, et elle a toujours froid. L'hiver s'invite jusque dans ses os. On est loin de la suite au Cipriani, loin de la maison luxueuse de Gazcue. Voilà ce qu'il en coûte de s'affranchir de la tutelle de T. Flor s'en mord déjà les doigts. Elle suggère à Porfirio d'alerter la presse. De faire savoir comment le Jefe abandonne sa fille tombée en disgrâce, elle qui a fait la une de la presse internationale lors de son mariage. Rubirosa tempère son désir de vengeance. Il doute fort que leur situation intéresse les journalistes. Il a déjà essuyé les foudres de son beau-père. Ce n'est ni utile ni judicieux de le provoquer une fois de plus.

Le couple emménage dans un appartement à peine moins sordide que la chambre d'hôtel des premiers jours. Porfirio s'accommode mieux que Flor de New York. Il s'est acoquiné avec des cousins, de petits voyous qui trempent dans de sales grenouillages. La preuve, Luis de la Fuente Rubirosa, le dernier de la grande sœur du père de Porfirio, dit Chichi, a déjà purgé cinq ans de prison pour trafics en tout genre. Flor fait son possible pour les éviter. Elle les juge vulgaires et redoute leur influence sur son mari.

Porfirio trouve un job de barman dans un bar de nuit. Fréquente des cercles de jeux interlopes. Joue au poker avec de louches Cubains. Pendant que Flor se morfond encore et toujours à l'attendre dans cet appartement minable. Un jour il gagne, ils mangent, le lendemain il perd, ils font ceinture. Flor ne sait jamais à quoi s'en tenir. Impossible dans ces conditions d'organiser leur vie. Car elle doit mendier son argent de poche à Porfirio. Elle tue le temps comme elle le peut. Mais son budget maigrichon ne lui permet aucun excès, et sa vie n'est pas drôle. Porfirio continue la noce. Avec son emploi de barman, c'est pratique, nul besoin de justifier ses absences nocturnes, il travaille. Flor renoue avec la solitude et le froid qui lui glaçait l'âme à Bouffémont. Son île lui manque. Le soleil, les senteurs, les couleurs, les sourires, sans compter la vie facile…

*

Ce matin-là, Flor est à la recherche de quelques dollars pour descendre acheter le journal et s'offrir un café au coffee shop voisin. Porfirio ronfle comme un sonneur. Il est rentré au petit matin, empestant le whisky et le parfum bon marché, et s'est écroulé comme une bûche. Elle n'ose pas le réveiller. Son joli veston, naufragé froissé du vestiaire reçu pour son mariage, est jeté négligemment sur le sofa. Elle caresse la soie italienne puis se décide. Ce n'est pas la première fois que, chauffée à blanc par la curiosité et la jalousie, elle fait les poches de son mari. Ses doigts fiévreux rencontrent le métal froid. Son doigt court le long de l'anneau. Son alliance. Il a enlevé son alliance. Flor a un haut-le-cœur. Elle extirpe de la poche un petit billet plié en quatre qu'elle lisse. Un numéro de téléphone. Son estomac se noue douloureusement. Sa cage thoracique brûle.

Flor décroche doucement le combiné du téléphone et compose le numéro.

— Allô ?

La voix ensommeillée est éraillée. Celle d'une noceuse. Flor est tétanisée, elle a l'impression d'être prise dans un fourreau d'étoupe, quelque chose de très chaud et d'inconfortable. Ce n'est pas une surprise, juste une confirmation. Elle raccroche. À quoi s'attendait-elle ? Porfirio est un fêtard. Elle avait été mise en garde par T lui-même.

À partir de là, Flor devient vraiment taciturne. Elle compense son désarroi en se goinfrant de gâteaux et de sucreries. Puis écœurée, misérable, la tête dans la cuvette des toilettes, elle vomit. Elle ne garde rien. Elle maigrit. Et elle se plaint tous les jours. Porfirio la trouve carrément assommante. Déjà maigrichonne, elle devient squelettique. Elle n'est même plus jolie, à la base de son cou les salières se creusent et les os de son bassin pointent sous sa robe.

Flor rêve des jours enchantés d'autrefois, pas si lointains, mais la perspective d'un retour à la normale de leur relation devient plus hypothétique chaque jour. Leur mariage ne tient plus qu'à un fil qui s'effiloche inexorablement et Flor, qui dévale déjà la pente des souffrances, entrevoit la peine et le chagrin à venir.

Toutes ses journées ressemblent à ça. Elle l'attend. Ils se disputent. Elle l'agonit de reproches. Infidèle, joueur, flambeur, menteur, *mujeriego*… C'est souvent pour un rien, pour une broutille. Une provocation en appelle une autre, jusqu'au mot de trop qu'elle n'a pu retenir.

Un jour, frustrée, n'y tenant plus, elle lâche des mots plus violents que la veille. De ceux qui font mal : *cabron, coño de su madre, pendejo, come mierda*... Elle attend une réaction qui ne vient pas, s'énerve de plus en plus, gesticule, crie, hurle.

— Un bouc, voilà ce que tu es, un bouc ! Et moi je ne veux pas vivre avec un bouc !

Porfirio verdit littéralement. Flor est allée trop loin. Elle se mord la joue en se disant qu'elle aurait mieux fait de tourner sa langue dans sa bouche, mais c'est trop tard. Comme elle ne peut pas rattraper ses paroles, elle le défie du regard. La seule attitude qu'elle peut prendre. Alors, sans qu'il l'ait vraiment voulue, la gifle s'envole vers la joue de Flor.

*

La première.

Forte, sèche. Elle l'a cueillie par surprise sur le haut de la joue, juste sous l'œil, à l'angle de la pommette où elle laisse une trace rouge bien nette, et l'a presque déséquilibrée. La jeune femme reste médusée : son mari a osé lever la main sur elle. Yeux écarquillés, bouche ouverte, elle n'a pas un mot. Elle lève lentement la main vers sa joue qui fait mal. Flor est soufflée. Elle n'a jamais reçu le moindre châtiment corporel, personne, jamais, ne l'a frappée. Ni sa mère ni son père, pourtant autrefois réputé pour sa main leste sur les Haïtiens de la canneraie. Elle est tentée de se ruer sur lui et de marteler sa poitrine de ses poings, mais soudain cela lui semble artificiel, comme une colère de cinéma. Elle se sent ridicule et se prend les mains derrière le dos pour s'empêcher de le frapper.

Porfirio réalise ce qui vient de se passer et, sans un mot, il tourne le dos à sa femme et quitte la maison. Après tout, elle l'a bien cherché. Elle n'arrête pas de le provoquer… Mais il sait que ce geste qu'il n'a su réprimer est une erreur, une porte ouverte.

L'escarmouche se termine sans vainqueur ni vaincu, sur la menace de Flor d'alerter T, ce qu'elle ne fera pas. Pas cette fois-ci. Elle est blessée, mais se plaindre à ce père qu'elle a fui n'est pas une perspective de nature à rehausser l'image qu'elle a d'elle-même. Elle se console en se disant que ce n'est qu'une chamaillerie sans lendemain. Porfirio regrette déjà. Il s'excuse. Il ne recommencera pas. Promesse de polichinelle qui se scelle sous les draps. Ce n'est pas du sexe délicat. Il s'est enhardi depuis leurs premières fois. Il aime l'amour violent. Il ne la brutalise pas, mais c'est à la limite. Elle se prête à ses jeux avec passion. Elle ne connaît pas d'autre façon de faire l'amour. Et puis, il y a ce sentiment, à chaque fois renouvelé, de lui appartenir totalement qui l'enivre. Il lui appartient aussi. Le plus souvent, ils jouissent ensemble et c'est une victoire sur le désamour. Elle resserre ses bras autour du corps un instant abandonné de son mari. Il est lourd sur le sien, et c'est un triomphe. À ce moment-là, Flor sait qu'il n'y aura que lui. Qu'elle lui appartient à jamais.

Ce que Flor ressent, Porfirio le sent aussi. Ce quelque chose d'indicible entre eux, ce lien qui ne se dissout pas. Est-ce parce qu'elle est la première femme qu'il a sincèrement aimée ? Parce qu'elle est sa femme devant Dieu ? Parce que ensemble ils ont vécu des aventures qui n'existent que dans les romances d'Hollywood ?

Parce que le parfum et la saveur de sa peau le relient à cette île qui fait si intimement partie de lui ? Un peu de tout cela sans doute.

*

Pourtant Flor est à la peine et cette vie lui pèse terriblement.

Elle n'aime pas New York, pas les amis de son mari, pas les petits truands qui ont fait de leur appartement leur quartier général, pas les Américaines si snobs, qui la regardent de haut, elle la métisse immigrée à l'accent hispanique, pas le minable appartement qu'ils occupent, pas les nuages gris qui s'effilochent dans le ciel, pas la pluie froide. La belle maison de Gazcue, Ignacio, son chauffeur, le soleil tropical, les fous rires avec Lina, tout se mélange et forme un écheveau de regrets qui pèse de plus en plus lourd.

Elle voudrait appeler sa mère, s'épancher. Au secours, Mami. Un reste de pudeur la retient. Et de toute façon, que pourrait Aminta ? Seul T est en mesure de faire changer les choses. Car sans l'accord du Jefe, Flor et Porfirio ne pourront rentrer au pays.

Chaque jour qui passe les éloigne un peu plus l'un de l'autre. Porfirio perd au jeu plus qu'il ne gagne. Le couple est aux abois. C'est le moment que choisit le Jefe, parfaitement informé de leur situation par ses espions, pour sortir du bois.

Flor a vingt ans, un mari volage, un tyran qui régente sa vie en guise de père. Toujours pas d'enfant. Et aucune lueur d'espoir.

New York
Avril 1935

Ce matin, comme tant d'autres, son café a le goût amer de la solitude et de la déception. Porfirio est encore rentré aux petites heures du jour. Il a fait du raffut en fourrageant avec sa clé dans la serrure, puis en se déshabillant avant de s'écrouler comme une masse dans leur lit. Manifestement ivre. Ses ronflements traversent la mince cloison et ponctuent désagréablement le bulletin d'information radiophonique que Flor écoute d'une oreille distraite.

Le timbre aigrelet de la sonnette la fait sursauter. Elle n'attend personne. Elle lève les yeux sur la pendule accrochée au mur. 10 h 30. Vaguement inquiète, elle s'avance jusqu'à la porte, se hausse sur la pointe des pied – ces Américains sont tellement grands – pour risquer un regard par l'œilleton. Un télégraphiste en uniforme. Un télégramme pour M. Rubirosa.

— C'est mon mari. Je ne veux pas le déranger, il dort.

L'employé du télégraphe jette un coup d'œil discret à son poignet, puis un regard réprobateur sur Flor.

— Il va falloir le réveiller car vous ne pouvez pas signer pour lui.

Flor engage le bouton de la chaîne de sécurité dans sa gâche et trottine jusqu'à la chambre où elle secoue Porfirio. Il se retourne en grognant et finit par s'extirper du lit de mauvaise grâce. Elle épie le visage de son mari tandis qu'il décachette le télégramme. La surprise qu'elle lit sur ses traits la déconcerte, car il en faut beaucoup pour le surprendre. Porfirio se laisse tomber sur une chaise et, les yeux encore lourds de sommeil, relit le télégramme, incrédule. Est-ce une mauvaise blague ? Pourtant le message est signé du Jefe en personne.

— Je suis député, balbutie-t-il. J'ai été élu…

Flor écarquille les yeux de surprise.

— Mais tu n'étais pas candidat…

Porfirio balaie l'argument d'un mouvement de la main.

— Je dois me rendre à Saint-Domingue. Convoqué par ton père qui a arrangé cette élection.

Dans sa voix, il y a une sorte de mépris. Flor est sidérée par l'énormité de cette nouvelle dont elle n'appréhende pas les conséquences. Mais ce qu'elle comprend, en revanche, c'est que jamais T ne les laissera en paix. Lucide, Porfirio subodore une manœuvre de son beau-père, une de plus. Mais laquelle ?

Le nouveau député se rend à Saint-Domingue. Un voyage éclair. Flor n'est pas invitée. Elle est dépitée, mais après tout tant mieux, elle ne saurait pas quelle attitude adopter face à T. Ce qui se dit entre les deux hommes, elle n'en saura rien, Porfirio coupe court aux questions dont elle le bombarde quand il revient trois jours plus tard. Tout juste lui laisse-t-il miroiter un retour en grâce et des perspectives d'avenir plus satisfaisantes. Le Jefe a magnanimement pardonné leur escapade. Il est temps de rentrer au bercail. Il reste juste une petite formalité à accomplir.

Flor ne se contente pas de ces explications. Son intuition lui souffle qu'il y a autre chose. Elle a trouvé une mallette de cuir noir que Porfirio a dissimulée dans l'armoire. Les serrures fermées lui brûlent les doigts. Porfirio est sorti, un « rendez-vous d'affaires ». Flor tripote nerveusement les fermetures qui ne cèdent pas. Entre excitation et culpabilité, elle choisit un couteau de cuisine, le plus solide, le plus fin, insère la pointe de la lame dans une serrure et martyrise le mécanisme qui finit par céder. Puis la seconde serrure. Flor va essuyer les foudres de Porfirio. Mais qu'importe, elle a l'habitude, et sa curiosité est la plus forte. Ce qu'elle voit lui coupe le souffle et son cœur s'affole. Des liasses de dollars. Flor ne compte pas, mais il y en a un bon paquet. Elle tente de refermer la mallette. Avec ses serrures forcées, c'est difficile. Elle la laisse béante sur leur lit.

Porfirio rentre, il est de bonne humeur. Flor lui saute dessus.

— Qu'est-ce que c'est que cette sacoche bourrée de dollars que tu as rapportée de Saint-Domingue ?

Flor arrondit les épaules, prête à encaisser ses reproches. Il est vraiment de bonne humeur et choisit d'en rire.

— Tu n'as pas pu t'empêcher de fouiller ! C'est une avance sur mon salaire, de quoi éponger nos dettes. Et des liquidités que je dois remettre à l'ambassadeur. Et aussi de quoi couvrir mes frais : je suis chargé d'enquêter sur les antitrujillistes de Washington Heights. Si on allait fêter tout ça au restaurant ? propose-t-il d'un ton si léger que Flor accepte avec joie.

Un dîner au restaurant avec son mari est chose suffisamment rare pour qu'elle en profite. Mais elle n'est pas dupe. La somme est énorme et son père n'a jamais eu de largesses gratuites.

*

Ça se passe le dimanche 28 avril. Dans un appartement d'Hamilton Place. Dans la nuit.

Ce soir-là Flor et Porfirio dînent chez Marcello, une trattoria du quartier italien. Lui est aux petits soins, elle savoure cette parenthèse de paix qui s'est installée entre eux depuis son retour de Saint-Domingue. Dans son joli costume d'épouse, la petite Flor est un parfait alibi. Elle ne le découvrira que plus tard.

Pour l'heure, elle est ravie. C'est à ça que devrait ressembler chaque jour de sa vie. Porfirio est tendre. À maintes reprises au cours du dîner, il couvre sa main de la sienne et lui décoche un de ses regards qui échauffent le corps. Flor sort du restaurant un peu grise, le chianti, elle adore. Dans la rue, elle s'accroche au bras de Porfirio. Elle lui arrive à peine à l'épaule malgré ses talons hauts qui claquent sur le trottoir. Ils décident de prolonger la soirée dans un club de jazz qui vient d'ouvrir à Greenwich Village. Ce soir, il faut se faire voir. On repousse les petites tables rondes et Flor danse avec les musiciens. Porfirio la regarde chalouper avec amusement. Au petit matin, dans le taxi, il la dévore de baisers, glisse une main sous sa jupe, un doigt sous la dentelle du bas, là où la chair est si tendre, tire sur l'élastique de sa culotte. Elle se récrie en gloussant. Il la porte dans les escaliers et jusqu'à leur lit, sur lequel il la jette. Poids plume, proie facile. Au-dessus d'elle, son regard est celui d'un prédateur. Elle rit et s'endort repue de sexe. Quelques heures plus tard, des officiers du FBI sonnent à leur porte. Il ne leur a pas fallu vingt-quatre heures pour remonter jusqu'aux Rubirosa.

*

Porfirio a soigneusement ourdi le plan. Grâce aux dollars de la mallette. La cible désignée par le Jefe était le docteur Ángel Morales. Autour de cet homme charismatique, qui a occupé plusieurs postes ministériels et ambassades en Europe et aux États-Unis, s'est cristallisé un noyau d'opposants politiques dominicains exilés à New York. Morales fait figure de leader et prétend se présenter aux prochaines élections présidentielles, il est même soutenu par les puissants industriels DuPont dont les prêts accordés à T n'ont jamais été remboursés. C'est un homme à abattre.

Rubirosa a chargé son cousin Luis de la Fuente Rubirosa de l'exécution. Chichi n'en est pas à ça près. Sauf que Chichi manque de discernement et fonce tête baissée. La porte de l'appartement s'ouvre sur un homme, rasoir à la main, du savon à barbe jusqu'aux oreilles. Chichi tire immédiatement, deux balles en pleine poitrine, et tue le colocataire de Morales, Sergio Bencosme, fils du général Ciprià Bencosme assassiné par T et ancien secrétaire de la Défense dans le gouvernement d'Horacio Vásquez, qui aurait prétendu au poste de vice-président en cas d'élection de Morales. Deux coups de gâchette et le tueur sans cervelle s'enfuit sans demander son reste.

L'appartement des Rubirosa est investi, retourné de fond en comble. Tremblante, Flor regarde les agents de la police fédérale retourner leurs maigres possessions, explorer chaque poche, fouiller dans sa lingerie. Il n'y a rien, ni dans les placards, ni sous le matelas. Pas d'arme, pas de courrier compromettant, à peine quelques dizaines de dollars en liquide enfermés dans une mallette de cuir. Pas de quoi fouetter un chat. Sous les regards réprobateurs des autres locataires à l'affût sur leur seuil, Porfirio et Flor sont transférés dans les bureaux de la police pour y être interrogés. C'est un assassinat politique et on ne connaît que trop les méthodes de T. Flor est-elle complice ? Elle n'en mène pas large. Elle se perd dans la contemplation de ce qui l'entoure, observe chaque détail, le mur pisseux, le bureau au vernis écaillé sur lequel les tasses de café ont laissé des cercles brunâtres collants, les chaises droites aux pieds de fer, le policier en faction derrière la vitre… ça ressemble aux films policiers qu'elle voit au cinéma.

Mais Flor de Oro Trujillo de Rubirosa est blanche comme neige. Elle ne sait rien, la fille du président. Porfirio pas plus. D'ailleurs il a un alibi pour cette nuit-là. Il dînait en amoureux avec sa femme. On les a vus danser au Village Vanguard. De toute façon, il est député élu de son pays où il doit rentrer d'urgence et son immunité diplomatique le protège. Les voilà tirés des griffes du FBI.

Tout cela se retrouve consigné dans le dossier du FBI n° NY-97-2078.

Fin de partie.

Les Rubirosa rentrent en République dominicaine.

*

Chichi ne sera inculpé qu'un an après. Il a regagné l'île au lendemain de l'assassinat, il est déjà au chaud dans les rangs de l'armée dominicaine avec un grade de lieutenant, lui qui n'a jamais fait ses classes. Le Jefe ne le fera disparaître définitivement que quelques années plus tard, quand il exigera un grade de capitaine en menaçant de tout révéler. Fatal chantage d'un homme sans cervelle.

Dans l'avion, Porfirio et Flor en rient comme des enfants. Quelle aventure ! Il lui a juré que c'était une méprise et Flor fait taire sa mauvaise conscience et s'efforce de le croire de toutes ses forces. Elle est tellement soulagée de revenir au pays. Son île lui manquait. Cette vie d'exilée sans le sou lui pesait. La liberté sans les dollars, ça n'est pas très digeste. C'est un caillou dans sa chaussure, mais elle renoue avec T. Et puis il y a cette embellie avec Porfirio. Ils sont de nouveau inséparables et complices.

Flor se dit qu'elle finira par s'habituer à cette vie-là. Sa mère tout près, l'omniprésence de T, sa belle-mère insignifiante, le confort et la sécurité. Et cet homme que convoitent toutes les femmes et qu'elle n'échangerait pour rien au monde. Il est à elle, cet homme, c'est le sien.

Si seulement le Jefe voulait bien lui confier une responsabilité…

Flor se berce d'illusions et muselle la petite voix qui lui chuchote que ce n'est qu'un répit.

Sagement, docilement, elle réinvestit leur maison de Gazcue, se laisse accaparer par les mondanités, ses anciennes amies, sa mère, tandis que son mari, très en grâce auprès du Jefe, prend les rênes de la société d'assurances San Rafael et siège de temps à autre au Parlement, comme l'exige son mandat de député.

Saint-Domingue
1935

Trois ans de mariage et toujours rien.

Flor désespère car, malgré leurs disputes incessantes, Porfirio ne déserte pas le lit conjugal. Bien au contraire. C'est le lieu sacré, celui où toute querelle se désagrège, où tout se résout, celui qui les tient ensemble. Il a beau papillonner ailleurs, collectionner les aventures, il y a quelque chose entre eux d'animal qui ne se dissout pas. C'est comme au cinéma, Rubirosa, Flor l'a dans la peau. Malgré tout.

Les heures partagées au lit ne l'empêchent pas de se sentir souvent très seule. Ce qu'il lui faut c'est une famille. Un enfant. Qui lui attacherait Porfirio pour toujours. Un lien qui jamais ne se déferait. Comme le souhaite ardemment le Jefe. Un enfant à elle. Rien qu'à elle. Le câliner, le dorloter, comme elle le faisait autrefois avec Rosita. Quand elle aura cet enfant, elle saura se débrouiller pour que T ne mette pas le grappin dessus. Elle l'élèvera comme un petit prince ou une petite princesse. Jamais elle n'abandonnera son enfant aux soins d'étrangers. Elle ne l'enverra pas étudier dans un collège huppé, ni en Europe ni aux États-Unis. Elle lui permettra de cultiver ses amitiés quelles qu'elles soient. Flor s'emmitoufle dans ses rêves de petite fille.

Et les mois passent.

L'espoir se racornit, comme une *chinola*[1] abandonnée aux rayons du soleil. Gris, chiffonné, piétiné, flétri.

Le questionnement de T est devenu celui de Flor, impérieux. Chaque mois, elle s'arc-boute, chaque mois elle est déçue. Est-ce elle ? Porfirio fume comme un sapeur, boit comme un trou, et elle ne bronche pas. Et si c'était lui ? Une faille chez ce mâle que les femmes s'arrachent ? Flor se garde bien de s'ouvrir de ses angoisses à un mari bien trop pris par la vie nocturne et les affaires louches.

*

On lui a donné une adresse. Le taxi cahote sur les pavés inégaux des rues de la vieille ville et freine devant un *callejón* étroit envahi de bougainvilliers mauves et orange. Quelques *mecedoras* vides sont abandonnées devant les portes entrebâillées des maisons assoupies.

— Revenez me chercher dans une heure.

Flor a déjà un escarpin hors du véhicule.

— Vous êtes bien sûre, madame ? Vous ne préférez pas que je vous attende ?

— Tout à fait sûre. Soyez là dans une heure.

Flor ne veut pas que le conducteur du taxi discute avec le voisinage, au risque de découvrir le but de sa

1. Fruit de la passion.

visite, s'il ne le connaît pas déjà. Ignacio, son chauffeur, rapporte le moindre de ses faits et gestes à T, c'est pourquoi elle n'a pas fait appel à ses services. De toute façon, la limousine serait bien trop voyante dans ce quartier populaire. Et Flor veut à tout prix rester discrète. À dessein, elle a même revêtu ce qu'elle a trouvé de plus commun dans sa garde-robe.

Elle sort de la voiture et immédiatement la chaleur l'enveloppe de son haleine humide. Elle trébuche sur les pavés mal ajustés du *callejón*. Elle évite de justesse un ballon, un de ses talons se coince entre deux pierres. Elle secoue son pied, un rire d'enfant jaillit d'un patio. Un garçonnet court après la balle. Où vit la *santa* cubaine ? demande Flor. Le petit pointe le fond de l'impasse.

La case est délabrée, un toit de tôle coiffe des planches disjointes sur un bâti de briques. Flor pousse la porte, légèrement hésitante. Un trou sombre et peu avenant. Vêtue de blanc de la tête enturbannée aux pieds chaussés de toile, aussi fripée qu'une feuille de tabac séchée, la *santa* a l'air d'avoir mille ans. Flor sent sa résolution vaciller, mais il est trop tard pour faire demi-tour.

La prêtresse la fait asseoir sur un trépied de bois mal équarri, face à elle. Leurs genoux se touchent. Sur un petit autel, étagère branlante recouverte d'un bout de tissu chamarré, des bougies se consument sous un panthéon de figurines et d'images de saints, en dégageant une odeur de fumée rance. Flor rassemble sa jupe qui balaie le sol et la coince entre ses cuisses. Immobile, la vieille femme la regarde longuement, ses yeux sont une fente noire, et Flor a l'impression qu'elle s'insinue dans son âme. D'une main crochue, la vieille se saisit d'un boyau de feuilles de tabac grossièrement enroulées les unes sur les autres et l'allume à la flamme d'une bougie. Elle tire sur le cigare de fortune pour en faire brasiller le bout. Ses joues flasques se creusent, comme aspirées de l'intérieur, faisant ressortir l'arête aiguë des pommettes. La *santa* lui crache la fumée en pleine figure, Flor tousse et, une main en éventail devant la bouche, s'excuse. Comme possédée, la vieille invoque Damballah Wedo[1] dans un baragouin incompréhensible en ondulant des bras telle une pieuvre. La case résonne de sonorités magiques. Flor est en apnée, le cœur tambourinant dans sa poitrine. Elle supporte tout, les signes cabalistiques, les incantations, les attouchements, les chants bourdonnés… Entre les doigts sombres, apparaît une porcelaine blanche aux reflets dorés. Dans la pénombre de la case, le coquillage luit comme s'il était verni. La vieille presse ses lèvres charnues sur la fente crénelée qui ressemble à un sexe de femme et noie le coquillage dans une volute de fumée blanche. Flor retient son souffle. La vieille harponne sa main, glisse le coquillage dans sa paume et referme une serre crochue sur les doigts de Flor. D'un coup, la *santa* semble vidée de son énergie et s'affaisse, telle une poupée molle, sur sa chaise branlante. La séance est terminée. Flor serre toujours la porcelaine entre ses doigts. La vieille lui fait un signe ambigu. Flor glisse le talisman dans son sac à main dont elle extirpe son portefeuille. Elle se déleste d'une coquette somme avant de partir.

1. Damballah Wedo est l'esprit vaudou de la fécondité, de la bonté et de la connaissance, symbolisé par la couleuvre ou le boa.

Dans son sac, la porcelaine pèse lourd. Le poids de l'espoir.

Le soir avant de s'endormir, Flor prend la petite conque et, de la pulpe de son pouce, elle en caresse la surface lisse et brillante, l'implorant en silence.

Trois semaines plus tard, Flor de Oro tache sa culotte. La *santería* ne peut rien pour elle.

*

Tenter le tout pour le tout.

Flor a entendu parler de cette aveugle qui accomplit des miracles. Elupina Cordero[1]. On dit que c'est une sainte femme, qu'elle guérit. Peu après sa prise de pouvoir, T lui a rendu visite. Il a dû patienter plus d'une heure et déposer ses armes à l'entrée. Qu'a-t-elle soulagé ? Ses ennuis de prostate ? Ses problèmes de peau ? Satisfait de son entrevue, le Jefe lui a laissé la coquette somme de 200 pesos. Ensuite, ça a été le tour de doña Julia, sa grand-mère, la mère de T, qui, pétrie de dévotion, voulait soigner son arthrite. Pour finir, le Jefe a accordé une pension mensuelle de 30 pesos à la señora Cordero. Maintenant, c'est le tour de Flor.

L'ermite vit à l'autre bout de l'île, à Sabana de la Mar. C'est très loin, des heures sans fin de route, presque une journée entière de voyage depuis la capitale, et encore en partant avant l'aube. Flor ne voit pas d'autre solution que de mettre Lina dans le coup. Elles partiront toutes

1. Elupina Cordero (1892-1939) est aujourd'hui dans un processus de canonisation.

les deux, une escapade entre filles, avec le chauffeur de Lina. Et tant pis si elles sont suivies par des espions. Pour Flor, c'est la carte de la dernière chance.

Le voyage est harassant. Lina parle, parle, parle. Elle pérore, ton père ceci, ton père cela, ses grands travaux, ses exploits, le pays à ses pieds, quel danseur, toutes les femmes sous le charme… Elle rougit, Lina. Flor, les yeux perdus sur le morne paysage de champs de canne qui défile sous la lumière laiteuse d'un soleil plombant, l'écoute à peine. Elle se recroqueville sur ce qui lui reste d'espoir pour qu'il ne s'échappe pas, et elle finit par s'assoupir, la tête contre l'épaule de Lina.

Face aux eaux calmes de la baie, le petit port de pêche de Sabana, un regroupement de baraques en lattes de palme aux murs peints, est endormi dans la touffeur accablante de la mi-journée. Pas âme qui vive. Même les animaux se cachent. Dans un *colmado*, on leur indique la maisonnette de la guérisseuse, une misérable bicoque où l'aveugle, enfermée dans les ténèbres, partage ses jours entre prières et soins. Au fond de la pièce sombre, un prie-Dieu, des images des apôtres, des bondieuseries, quelques cierges qui distillent une lueur pâlotte et une vasque de métal avec de l'huile jaunâtre. Lina reste à l'extérieur. Doña Cordero a la peau lisse et blanche, les cheveux cachés sous le voile beige des religieuses, bien qu'elle n'en soit pas une, les yeux absents, recouverts d'une taie blanche, un sourire flottant sur les lèvres et un crucifix autour du cou. Elle paraît beaucoup plus jeune que ses quarante-cinq ans. Flor s'agenouille face à elle, lui confie la raison de sa visite et pose la tête sur ses cuisses comme une enfant implorante. Elupina pose longuement ses mains sur la tête de Flor, sur son cœur, sur sa poitrine, puis pour finir sur son ventre, en la fixant de ses yeux vitreux. Ensuite elles prient ensemble. Flor frissonne malgré la chaleur moite. Quand elle sort, au bout d'une vingtaine de minutes, elle cligne des yeux et prétexte le soleil aveuglant pour expliquer ses larmes. Elle fait semblant de dormir pendant tout le chemin du retour pendant que Lina continue de jacasser.

Le verdict tombe quelques semaines plus tard. Une meurtrissure sans nom.

Même la religion et la foi ne peuvent rien pour Flor.

Elle frémit à l'idée de la réaction de T.

*

En désespoir de cause, Flor met son orgueil dans sa poche et finit par demander à T l'autorisation d'aller consulter un spécialiste de l'infertilité à New York. Elle doit être fixée.

Permission accordée.

La revoilà dans cette ville qui, il n'y a pas si longtemps, avait porté tous ses espoirs et les a cruellement déçus. Pourtant Flor aime l'énergie si particulière de New York. Cette fois, elle est descendue au Warwick. Ça a une autre allure que son appartement d'hier.

Jupes troussées, jambes ouvertes, abdomen soumis, bras engourdis, poings serrés, yeux fermés, Flor subit une semaine d'explorations humiliantes et de prélèvements mortifiants. Toute la batterie des examens y passe. Le soir, elle se réfugie dans les clubs de jazz. Ses diamants étincellent sous les spots, les hommes lorgnent sur son décolleté, tendent leur briquet tandis qu'elle triture sa cigarette, avant de lui offrir un verre. Elle les regarde, un rien de mépris, plisse les yeux et, du bout des lèvres, elle exhale élégamment un long ruban de fumée, exactement comme elle a appris à le faire à Bouffémont.

La conclusion est sans appel.

Flor ne connaîtra jamais le bonheur d'un enfant, celui d'aimer et d'être aimée inconditionnellement. Son corps d'adolescente lui refuse la maternité.

Infertile. Tout est dit.

C'est une bombe qui creuse un puits sans fond dans sa vie. Qui lui troue l'âme sans espoir de rédemption.

À son retour, c'est une douche froide. Si elle espérait un Porfirio compatissant, elle est loin du compte. La piscine de la maison est pleine de bijoux de pacotille et les domestiques lui confient que toutes les putains de Saint-Domingue s'y sont baignées. Totalement abattue, toute à sa douleur, Flor n'a pas une parole de reproche.

*

Dans leur couple, ça ne s'améliore pas. Porfirio ne s'est pas ému du diagnostic de stérilité qui frappe sa femme. À vrai dire, il s'en fiche comme d'une guigne. En réalité, ça le soulagerait presque. Finalement, c'est sans doute mieux comme ça, plus simple, plus confortable. Il ne se voit pas chargé d'âme. Flor, cette gamine mal élevée, lui suffit largement. Heureusement, il l'a matée. Du moins le croit-il. Une petite claque de temps en temps quand ses reproches se font trop vifs, et voilà sa Fleur remise à sa place.

Flor, elle, doute de son mari pour la première fois, car un homme que laisse insensible l'impossibilité d'un enfant, un homme qui ne s'émeut pas du chagrin inconsolable de sa femme, cet homme-là mérite-t-il son amour ?

Saint-Domingue
Septembre 1935

Elle a attendu son heure avec une infinie patience, l'Españolita. María Martínez est une intrigante de petite vertu, une ancienne sténographe dont T a fait sa maîtresse, et qui se prend pour une grande dame à cause de ses origines espagnoles et de sa peau blanche.

Bienvenida est depuis longtemps tombée en disgrâce. Un lent et irrémédiable glissement, du rôle d'épouse à celui de figurante, du lit du Jefe aux chambres séparées. Sans espoir de retour en grâce. Car, si elle est bien née, Bienvenida n'est ni belle, ni brillante, ni ambitieuse, ni fertile. La malheureuse a cruellement déçu les espérances de paternité de T.

Flor n'a jamais aimé cette terne belle-mère qui s'est toujours montrée jalouse des rares marques d'affection que lui témoignait son père. Mais au fond, Bienvenida n'était pas bien dangereuse. Personne ne s'y est trompé, elle a toujours compté pour pas grand-chose. Flor a presque pitié d'elle. Même Aminta la plaignait.

En revanche, du côté de l'Espagnole, il semblerait que la graine ait pris. Flor le sait depuis des années. Depuis que son père a eu le front de lui présenter, sans la moindre pudeur et avec un orgueil de coq, un demi-frère de quatre ans. Elle s'en souvient parfaitement, c'était quelques jours après son mariage avec Porfirio. Ramfis, un joli garçonnet grandi dans l'ombre, aux grands yeux bruns et aux cheveux longs et frisés comme ceux d'une fillette, que T leur balançait avec fierté, au prétexte de remettre un cadeau à Flor, un coffret de bijoux et de dentelles parisiennes, de la part de sa mère. Était-ce un hochet pour leur donner envie de procréer ? Porfirio était tombé sous le charme de cette frimousse d'ange, Flor les revoit jouer ensemble au croquet et elle se rappelle l'émotion qui l'avait saisie alors à l'idée de lui donner bientôt son propre enfant.

L'Españolita n'est pas du même bois que Bienvenida. Elle, c'est un autre calibre. Si Flor s'en tient à l'âge de Ramfis, qui vient d'être nommé colonel honoraire de l'armée, cela fait au moins neuf ans que la Martínez partage « secrètement » la couche de T, tout en étant mariée avec un Cubain, membre de l'armée dominicaine. Il y avait d'autres candidates, mais elle était de loin la plus déterminée et celle qui tient la corde.

Le Jefe a eu beau les exiler à Cuba, elle et son mari, après lui avoir suggéré un avortement, María est revenue lui demander des comptes et l'appâter avec son prétendu bâtard de fils. Et elle a fini par obtenir gain de cause. Car T vient de divorcer d'avec Bienvenida en arguant de son infertilité. Il a fait entériner une nouvelle disposition légale à cet effet : cinq ans sans héritier autorisent désormais le divorce. *Exit* donc Bienvenida Ricardo. Muffle jusqu'au bout, T, qui l'avait envoyée à Paris pour avoir le champ libre, lui a appris son divorce par un courrier transmis par l'ambassade.

T épouse son Espagnole le 28 septembre 1935. Pour une fois il fait preuve de retenue et il a la jugeote de ne pas célébrer ce troisième mariage civil en grande pompe. Ils sont divorcés tous les deux, leur rejeton a huit ans. Il ne faut pas froisser l'Église et mieux vaut faire profil bas devant la bonne société qui s'offusque discrètement.

Flor assiste au mariage en compagnie de son demi-frère, en grand uniforme de colonel, mais elle sait que désormais elle ne sera plus la bienvenue ni dans les résidences présidentielles, ni dans la vie de son père. Elle voit clair dans le jeu de l'Espagnole qui va pousser son bâtard, dont il se murmure qu'il n'est pas le fils du Jefe, et effacer tout ce qui rappelle les vies antérieures de T.

Y compris et surtout Flor de Oro.

Ciudad Trujillo
Juin 1936

Flor replie le journal en soupirant. C'est assez indigeste et elle comprend la rage de T. Depuis quelques jours, il est d'une humeur massacrante. Il devient de plus en plus imprévisible, de plus en plus incontrôlable, de plus en plus insupportable. Mieux vaut éviter de croiser son chemin.

Le motif de la nouvelle colère du Jefe, c'est un film projeté dans les salles obscures américaines. Un épisode de la série documentaire *The March of Time*[1]. Coincées entre les soubresauts de la politique française et les pratiques illégales dans les courses du Jockey Club, les cinq minutes quarante-sept secondes intitulées « Un dictateur américain » ne sont guère flatteuses.

---

1. *The March of Time* est une série de courts métrages documentaires américaine, sponsorisée par Time Inc, qui fut diffusée dans les cinémas américains de 1935 à 1941. La série reçut un Academy Award en 1937.

An American Dictator : https://search.alexanderstreet.com/preview/work/bibliographic_entity%7Cvideo_work%7C1792756.

Les Yanquis tournent en dérision ce qui fait sa fierté, à commencer par l'apparat de sa présidence, dont Flor doit bien reconnaître qu'il est un peu ostentatoire. Elle se rappelle la sentence de son amie Mathilde de Cadeville à Bouffémont. Clinquant. Voilà, c'est clinquant. En plus d'un penchant naturel pour le tape-à-l'œil, T s'est entiché des fastes napoléoniens. Il aime le panache et la théâtralité, il s'imagine que ça rehausse son prestige et que ça assoit sa position. Il est féru d'uniformes de parade qu'il dessine lui-même, collectionne les médailles et accuse un penchant pour le bicorne emplumé. Ces derniers temps, il a aussi adopté la capote et les bottes du chancelier Hitler, une tenue bien mal adaptée au climat tropical. C'est d'autant plus déconcertant qu'il vient de créer le mouvement des Jeunesses trujillistes.

Les journalistes ironisent. T a rebaptisé la capitale Ciudad Trujillo[1]. Tout comme la province de San Cristóbal et le Pico Duarte qui portent désormais son nom. Ils brocardent sa maxime « Rectitude, Liberté, Travail, Moralité », l'acrostiche de son patronyme[2], et se moquent des plaques de fonte des conduites d'eau et des plaques émaillées à son effigie qui envahissent les foyers dominicains. Le Jefe a même laissé échapper qu'à la différence de Mussolini qu'il admire tant, « il joue dans un décor trop petit pour ses talents ». Tout cela ne passe pas inaperçu.

---

1. Ciudad Trujillo fut le nom de la capitale dominicaine du 11 janvier 1936 au 21 novembre 1961 (loi n° 1067 du 9 janvier 1936).

2. Un acrostiche de son nom Rafael Leonidas Trujillo Molina.

Flor n'est ni aveugle ni idiote. Avec toutes ces fantaisies, T prête le flanc à la critique, c'est évident. Mais c'est le lot des hommes forts d'Amérique latine. Après tout, il ne ménage pas sa peine pour développer son pays, le sortir de la pauvreté et du désordre. Alors il peut bien se récompenser comme ça lui plaît, et on n'est jamais mieux servi que par soi-même. Flor ne peut s'empêcher d'être meurtrie pour lui. Il y a le père qu'elle aime et celui dont parlent les journaux. Ce sont deux hommes différents et pourtant elle reconnaît dans le portrait du dictateur tout ce dont elle a tant souffert dans son enfance et ce dont elle souffre encore. Elle a longtemps voulu croire que son père était un Janus à double face, mais finalement elle doit se rendre à l'évidence, il n'en a qu'une et elle n'est guère flatteuse. Et peu digne d'amour.

*

T n'a que faire des Américains, il est le Bienfaiteur de la Nation, maître chez lui, et si les Yanquis ne sont pas contents, qu'ils aillent se faire voir ailleurs. Sur le front de la guerre en Europe, par exemple. Il est vrai que le pays dépend encore d'eux. Mais ça n'aura qu'un temps. Le Jefe s'en est fait le serment, dès que possible, il remboursera la dette qui inféode son pays et son peuple aux États Unis. Et les Yanquis n'auront plus qu'à la boucler[1].

1. Trujillo se libérera de la tutelle bancaire des États-Unis en 1945, en remboursant la dette extérieure du pays de 20 millions de dollars. Le 17 juillet devient le jour du remboursement de la dette

Il n'en reste pas moins que le Jefe peste contre tout le monde. Pourquoi n'a-t-il pas été averti de ce tournage ? Il va remplacer l'ambassadeur à Washington et, pour l'humilier, il lui trouvera un poste de gratte-papier dans l'administration d'une ville frontalière. Ses informateurs ne sont-ils pas assez grassement payés ? Des incapables, il est entouré d'incapables ! Il doit développer un service d'intelligence digne de ce nom. Il lui faut des hommes dévoués corps et âme, intouchables et capables d'opérer à l'étranger sous couvert de mission diplomatique.

Comme... Rubirosa par exemple ! Oui, son gendre est le prototype parfait du pion à miser sur l'échiquier international. Il est menteur et il plaît aux femmes. Certes, Rubirosa ne s'est pas très bien sorti de sa mission new-yorkaise, un beau cafouillage, mais il a prouvé qu'il n'avait pas froid aux yeux. Heureusement, prévoyant, T avait assuré ses arrières et sa nomination au Congrès lui a sauvé les fesses de justesse. Avec le temps, le Jefe le fera à sa main et, en prenant de la bouteille, Rubirosa deviendra un bon petit soldat.

*

Son couple bat de l'aile. Flor prend les choses en main. Cela leur fera du bien de gagner le large, de s'éloigner des cerbères du Jefe, des embrouillaminis politiques, des mauvaises influences. Inutile de s'entêter

---

extérieure où il était obligatoire pour tout citoyen d'orner sa maison du drapeau national sous peine d'une amende.

à vivre dans un pays où elle ne jouit d'aucune liberté, où chacun de ses gestes est espionné, où ses moindres achats sont scrutés à la loupe, où son couple continue à se déliter.

Elle supplie T. Un poste en Europe pour Porfirio, s'il te plaît, Papi. C'est sa dernière chance de sauver son mariage. T considère sa fille avec une tendresse navrée. Il l'aime, son bouton-d'or. Elle est le lien avec le temps lointain où rien ne pesait sur ses épaules que le défi de l'avenir, un temps où tout restait à construire. Elle est sa seule fille. Il l'aime et il souffre de la voir si mal mariée. Il l'avait pourtant mise en garde. Elle n'a rien voulu savoir et voilà où ça l'a menée. T cède.

Flor espérait la France, mais ce sera l'Allemagne, un pays en ébullition vers lequel sont tournés les regards de tous les dirigeants du monde. La mission diplomatique de Berlin. Rubirosa n'y aura qu'un poste de parade, mais il lui servira d'informateur. T ne dispense jamais une largesse sans attendre un retour.

Flor est emplie d'un espoir juvénile. L'Europe lui a toujours été bénéfique, c'est une chose qu'elle partage avec Porfirio. Elle précipite leur départ. Plus rien ne les retient à Ciudad Trujillo.

Paris

Juin 1936

Avant Berlin, les Rubirosa font une brève étape à Paris. Flor est aux anges. Cette parenthèse s'annonce comme une nouvelle lune de miel. Porfirio lui a promis de l'emmener dîner chez Maxim's et de lui ouvrir les portes de la nuit. Les Russes blancs règnent désormais sur la vie nocturne. Les orchestres de tango et de jazz ont été remplacés par des groupes de musiciens slaves qui interprètent une sorte de musique tzigane, c'est mélancolique et même un peu dramatique. Les Rubirosa s'encanaillent au Monsignore, au Casanova, au Shéhérazade. Mais la folle insouciance de la fin des années 1920 s'est évaporée. Boulevard Saint-Germain, ils se lient avec des membres du Comité des amis de la République dominicaine, qui a été créé après la prise de pouvoir de T. Malgré cette ambiance joyeuse, une menace sourde plane sur la ville et plombe l'ambiance. Et Porfirio vient de réveler à Flor la véritable raison de leur escale parisienne.

*

Flor tombe de haut. Elle qui croyait que le Jefe avait voulu lui offrir une occasion de se rabibocher avec son mari… Sous le sceau du secret, T a chargé Porfirio d'une mission délicate : lui trouver le meilleur urologue pour un traitement embarrassant. Le Bienfaiteur de la Patrie souffre d'une urétrite aiguë qui dégénère, une maladie humiliante qu'il tait et dont on n'ose dire comment il l'a contractée. Toujours est-il qu'il perd le contrôle de son conduit urinaire. Le récit d'un épisode désastreux circule à couvert : le Jefe a taché son pantalon en public lors d'une réception. L'aide de camp qui a très opportunément feint de renverser sa bière sur l'entrejambe présidentiel a reçu une promotion. Mais cela ne peut se reproduire.

Porfirio transmet une invitation à Georges Marion, un éminent spécialiste de l'Hôtel-Dieu. L'affaire est rondement menée. Sous prétexte de donner des conférences universitaires, le médecin prend l'avion pour aller soigner le Jefe et s'installe chez les Rubirosa.

Mission accomplie, Porfirio s'est une fois de plus assuré les bonnes grâces du Jefe.

Flor et Porfirio prennent le train pour Berlin.

Berlin
Juillet 1936

« N'oublie jamais que tu me représenteras à Berlin. » Glissée par T au moment de son départ, la recommandation résonne dans la tête de Flor comme une menace.

Sous les feux des lustres aux pampilles de cristal, les bijoux des femmes étincellent, les robes aux décolletés sages chatoient subtilement et les chevelures masculines gominées luisent comme des casques d'acier. Les hommes portent des smokings noirs, des nœuds papillons, ou des uniformes rehaussés de décorations, ça sent la pommade à cheveux, les parfums coûteux, le tabac.

Face à cette assemblée de gens du monde, Flor, qui se croyait accoutumée aux mondanités, se dit qu'on est là dans une planète aussi éloignée des Caraïbes que la Terre de la Lune. Elle se sent toute petite, gauche, et surtout endimanchée et pas à la hauteur, avec sa robe prétentieuse qui lui semble trop stricte et démodée. Elle a beau l'avoir achetée chez un grand couturier parisien, elle ne lui donne ni panache ni allure. Malgré le vernis acquis à Bouffémont, malgré le faste des réceptions données par son père, Flor, lucide, se dit qu'il lui manquera toujours la distinction naturelle et l'assurance des femmes bien nées. Après tout, Flor de Oro n'est qu'une fille du *campo* dominicain.

Elle sent bien que tout en elle les déconcerte, sa jeunesse, sa carnation très soutenue, ses cheveux trop frisés, son accent trop chantant, son mari trop beau. Lui surtout. Sur son visage, Flor a collé un sourire idiot qui ne dit rien de ses pensées. C'est ce qu'on attend d'elle. Elle se cache derrière pour étudier les convives. Personne ne lui prête la moindre attention. Et ça lui va bien. Tandis que Porfirio, c'est une toute autre histoire. Il parade, affiche ce sourire d'une blancheur irréprochable, les femmes pérorent pour attirer son attention. Surtout cette blonde platine qui n'arrête pas de lui décocher des œillades aguicheuses.

Assise à côté de Porfirio, Flor est la plante tropicale décorative. On ne les a pas séparés, et c'est une chance. Elle veut croire que c'est une attention. On ne se dispute pas la place à côté de cette petite métisse qui prétend baragouiner trois mots d'allemand. Dans un sursaut de lucidité, elle se demande ce qu'ils font là tous les deux. Elle sait qu'ils ne doivent leur présence à ce dîner qu'au poste échu à Porfirio à la légation dominicaine, non pour ses mérites, mais par la seule volonté de son père. Le Jefe, président protégé par les États-Unis, est un pion sur l'échiquier international pour le gouvernement nazi, une tête de pont du Reich au-delà de l'Atlantique. L'Allemagne ménage la chèvre et le chou, et tous les appuis politiques étrangers sont les bienvenus. Dans son repaire des Caraïbes, le père est paraît-il riche à millions, il se murmure que chez lui tout est en or, des robinets des baignoires aux serrures des portes. La capitale porte désormais son nom, l'aéroport, les montagnes, jusqu'aux plaques de cuivre des conduites d'eau, et dans tout le pays se dressent des centaines de statues à son effigie. On apprécie ses positions nationalistes. On dit qu'il est farouchement raciste, obsédé par la blancheur de peau. De façon ridicule, puisqu'il semblerait qu'il ait du sang noir, bien qu'il s'en défende. Il n'y a qu'à voir sa fille, cette petite gourde qui n'a guère à raconter. On tolère donc les Rubirosa.

Le dîner s'étire en longueur. Les discussions d'hommes lui parviennent comme assourdies, rythmées par le tintement léger des couverts contre la porcelaine des assiettes. Flor ne comprend pas tout, juste l'essentiel. Des récriminations, des agacements, des réquisitoires, parfois un rire grinçant, contraint. Les hommes s'agacent et s'enflamment. Ils sont bien loin les enseignements de Bouffémont, l'histoire de France, la Révolution, la Déclaration des droits de l'homme. L'histoire des livres et la vraie vie n'ont rien à voir. Les dictatures et les hommes forts sont à la mode, Staline, Batista, Hitler, Duvalier, T son père. Ainsi va le monde aujourd'hui.

Flor observe les femmes et s'interroge. En Allemagne, il n'est pas de bon ton qu'une épouse travaille. Rien à voir avec New York. Les bonnes Allemandes se cantonnent à un rôle d'objet domestique et ne prennent pas part aux discussions des hommes. Elles tiennent leur maison, « J'ai dû renvoyer la femme de ménage, j'ai découvert qu'elle était juive », pondent des enfants, « Frantz, mon aîné, vient d'intégrer les Jeunesses, bientôt son cadet le rejoindra », paradent dans les réceptions, « L'autre soir chez l'ambassadeur d'Autriche… » Flor, qui n'a pas ce genre de préoccupations, elle qui n'a pas de vrai foyer, s'étonne qu'un pays aussi puissant, aussi moderne, soit aussi rétrograde en matière de féminisme. Mieux vaut garder ses réflexions pour elle. Alors elle se contente d'afficher son grand sourire lumineux. Et de boire.

On la laisse s'ennuyer dans son coin et vider verre sur verre. Son mari, en revanche, on s'y intéresse. S'il ne présente guère d'intérêt politique aux yeux des hommes, pour les femmes, c'est une tout autre histoire.

Porfirio dégage une aura de sensualité qui les affole. Pour les Allemandes, tout en lui est exotique, ses complets italiens en soie, son charme latino, son physique athlétique. À aucune d'elles n'a échappé l'érotisme viril qui émane du secrétaire de l'ambassade dominicaine. Il est si différent de leurs compatriotes, ces hommes guindés et rigides aux voix rugueuses. Son accent en anglais est charmant, sa voix est chaude, ses manières policées et irréprochables, ses gestes gracieux, son aisance évidente. Et quand il plisse ses yeux bruns, il est tout bonnement irrésistible. C'est ce qu'elles pensent toutes autant qu'elles sont autour de la table. Porfirio n'a aucune difficulté à interpréter leurs attitudes de chattes. Alors il dégaine son sourire ravageur et plante habilement les banderilles de ses regards appuyés. Flor se perd dans la contemplation de la vaisselle de porcelaine de Saxe au liseré doré. Les conversations bourdonnent autour d'elle. Elle les entend à peine. Une autre gorgée de vin.

Assise en face d'eux, une comtesse blonde, Martha von quelque chose, s'esclaffe à chacune des saillies de Porfirio comme s'il était l'homme le plus drôle de la terre. Elle détaille Flor sans vergogne. Elle pense que cette petite métisse a bien de la chance d'avoir dans son lit un tel trophée et c'est comme si elle le disait à haute voix. Un battement de cils, un regard bleu de biche gourmande, prise au piège et prête à rendre les armes, coule vers Porfirio.

Flor a soudain honte. De lui. Et d'elle-même. Est-elle la seule à remarquer leur manège ? Quelque chose se tord dans le bas de son ventre, le nœud remonte lentement vers sa gorge. Elle tente de réprimer quelques signes d'impatience. Malgré elle, ses doigts jouent nerveusement avec sa serviette, elle réduit un morceau de pain en miettes. Sa jambe se met à tressauter inconfortablement sur sa chaise. Une douleur soudaine. Sans lui adresser un regard, Porfirio vient d'écraser son pied sous la table, de tout son poids. Un recadrage. Il reste calme et élégant comme il l'est toujours en société. Flor tente d'endiguer le dégoût qui monte en elle, la nausée qui l'envahit. Elle s'excuse et quitte précipitamment la table.

Dans la salle de toilette réservée aux dames, Flor, encore secouée de spasmes douloureux, chasse le goût âcre dans sa bouche à grandes gorgées d'eau, elle essuie la sueur malsaine de son front et regonfle sa coiffure du bout des doigts. Elle se voit dans le miroir. Elle n'est pas très belle. Elle est trop jeune. Elle est gauche et empruntée. Comment rivaliser avec ces femmes ? Comment garder Porfirio ? Des larmes lui montent aux yeux. Elle les ravale et, le cœur au bord des lèvres, rejoint les convives.

Une fois rentrés chez eux, Porfirio lui reproche d'avoir joué les utilités, de ne pas avoir brillé, de ne pas l'avoir fait reluire, lui. Heureusement qu'il s'en est chargé tout seul. En plus, elle est légèrement ivre. Porfirio la prend avec négligence en pensant à la walkyrie blonde qui l'a allumé tout au long du dîner.

Après cela tout va très vite. Porfirio entame une liaison scandaleuse avec cette femme, l'épouse d'un haut gradé du Reich, tandis que Flor sombre peu à peu dans la dépression. Elle assiste, impuissante, au naufrage de son mariage. Une douleur diffuse, faite de chagrin et d'amour-propre flétri, ne la quitte plus.

Elle l'a compris depuis belle lurette, aucune femme ne peut être l'unique de Porfirio, elle pas plus que les autres.

Berlin
Été 1936

Les Rubirosa ont pris adresse au 23 Dessauerstrasse, dans le quartier résidentiel berlinois où l'ambassadeur Burgos Bonetti a mis à leur disposition un vaste et élégant logement de fonction assorti d'une gouvernante et d'un chauffeur. Porfirio ne met guère les pieds à l'ambassade, nul ne s'en soucie, ce n'est pas ce qu'on attend de lui. Troisième secrétaire à la légation, il n'a aucune utilité, tout le monde le sait, mais on ménage le gendre du Jefe, pire, on le craint, car à vrai dire nul ne sait dans quelle étoffe est tissée sa mission. Espionnage ? Renseignement ? Surveillance de la délégation ? Mouchardage ? Toutes les hypothèses sont permises.

Porfirio préfère jouer au polo, s'entraîner à l'escrime et assister chaque jour aux épreuves des Jeux olympiques qui viennent de commencer. Lors de la cérémonie d'inauguration, il a levé sagement le bras, comme tous les invités des tribunes officielles. Flor s'est raidie à son côté, sa main pesait une tonne au bout de son bras qui pendait inutile le long du corps. Porfirio lui a enfoncé un coude dans les côtes pour la rappeler à l'ordre. Elle s'est mollement exécutée. *Heil !* Elle a baissé le bras, écœurée, elle ne voulait pas saluer comme les autres. Le soir même, Porfirio l'a dûment sermonnée sur son devoir d'épouse de diplomate.

Le couple Rubirosa croule sous les obligations mondaines. Ils mènent une vie de réceptions, de dîners, de promenades à cheval. Dans cette existence d'oisiveté, Flor a l'impression que Porfirio la traîne comme une punition, qu'elle est le prix à payer pour être là à parader devant les puissants.

Ils assistent à de nombreux défilés. Toujours à la tribune d'honneur. Flor s'ennuie, lui est impressionné par la puissance militaire des nazis et la modernité du pays en matière d'armement. Il en rend scrupuleusement compte au Jefe. Porfirio rentre même dans les bonnes grâces de Goering. Le commandant de la Luftwaffe, dont Flor a remarqué les bizarreries et dont elle déteste la voix de tête désagréable qui n'est pas sans rappeler la voix de fausset de son père, est maladivement obnubilé par les uniformes fantaisie et les décorations. Rubirosa négocie pour lui des médailles militaires dominicaines. Goering lui est reconnaissant d'enrichir sa collection, les Rubirosa fréquentent la fine fleur du régime. Flor a du mal à ne pas afficher son malaise vis-à-vis des nazis. D'une part, parce qu'elle n'est pas idiote, et malgré son manque de conscience politique, elle se rend bien compte des alarmantes dérives du pouvoir allemand. D'autre part, et c'est plus intime, il y a cette condescendance, ce mépris perceptible à son égard qu'elle ressent comme une brûlure. Flor se sent mal, elle, petite, brune, métisse dans un pays ouvertement raciste. Elle n'aurait jamais cru se retrouver de l'autre côté de la barrière, et pourtant c'est bien ce qu'elle ressent quand les yeux se braquent avec hauteur sur elle. Elle se replie sur elle-même. De plus en plus souvent, après les repas, elle s'enferme dans les toilettes. Sans que Porfirio, bien trop occupé par sa liaison, remarque quoi que ce soit. Flor dépérit lentement.

Certains soirs de trêve, Porfirio s'amuse à imiter les hommes, celui qui marche au pas de l'oie, celui qui salue le bras haut levé, et leur chef, celui à la moustache ridicule qui cache peut-être un bec-de-lièvre ; il coupe un cigare qu'il coince sous son nez, il la fait rire. Elle croit à une victoire. Victoire d'un soir. Demain est un autre jour de débauche.

Porfirio ne se cache même plus.

*

La nuit a été chaotique, entrecoupée d'insomnies. Flor s'étire en jetant un coup d'œil au réveil. 10 heures. Elle s'extirpe de la chaleur réconfortante du lit, enfile un déshabillé de soie et déambule pieds nus dans l'appartement. Le sofa du salon porte encore la trace d'un corps. S'excusant d'une soirée entre diplomates étrangers, Porfirio l'a réveillée au petit matin en forçant sa clé dans la serrure. Il était probablement soûl et n'a pas eu le toupet de la rejoindre dans leur chambre. Et ce matin, il n'est plus là. À la légation ? Sur un terrain de polo ? Dans un bar ?

Une odeur d'oignon roussi donne un haut-le-cœur à Flor. Herta, la cuisinière, s'active à la préparation du déjeuner. Flor se traîne jusqu'à la cuisine et lui demande un café. Bien fort. Et retourne feuilleter des magazines dans son lit.

La sonnerie de l'appartement retentit, assourdie par les tapis de laine et les lourdes tentures. Flor entend la porte s'ouvrir, deux voix, puis se refermer.

— Herta, qui est-ce ?

— On vient de livrer un bouquet, madame.

Une nouvelle invitation. Il n'y a que ça dans sa vie en ce moment. Flor s'extirpe paresseusement du lit, aiguillonnée par un embryon de curiosité. Une magnifique gerbe de roses rouges est posée sur la table. Elle les compte. Vingt et une. Drôle de choix pour une invitation.

Une petite enveloppe blanche adressée à M. Porfirio Rubirosa est épinglée au papier cristal. Flor l'arrache et se pique l'index au passage. Elle déchire le rabat de l'enveloppe, laissant une trace rosâtre sur le carton.

Pour les 21 jours où nous nous sommes aimés.

Pas de signature. C'est inutile. Martha. Ou une autre. Qu'importe. Les maîtresses de Porfirio ont le front de se faufiler jusque chez elle. Flor peut supporter ses infidélités, mais ça, c'est l'avanie de trop. Elle s'effondre en larmes. Pour un épisode qu'elle aurait surmonté hier. Aujourd'hui elle ne peut pas. Comment Porfirio peut-il lui infliger ça ? C'est nier son existence même.

Quand il rentre ce soir-là, elle ne s'est pas habillée. Elle lui tend le mot en silence. Derrière son dos, ses mains s'agrippent l'une à l'autre pour s'empêcher de le frapper, de marteler sa poitrine à coups de poing. Elle sait que c'est vain. Cela ne lui vaudrait qu'une moquerie ou, pire, une gifle. Alors, sans perdre son calme, elle lui fait manger chacune des vingt et une roses, une à une. Porfirio s'exécute sans piper mot. Quand il a terminé son festin floral, ses lèvres sont rouges comme celles d'une prostituée. Un filet de bave rose dégouline sur son menton. Piètre figure pour ce mari qu'on ne cesse de lui voler. Impériale, Flor lui tourne le dos et s'enferme dans sa chambre.

Berlin
Novembre 1936

— *Mein Gott*, Flor, Flor de Oro, c'est bien toi ? Je n'en crois pas mes yeux.

Flor flânait, désœuvrée, entre les rayons du grand magasin Karstadt, et voilà qu'elle bute sur Lucie Mayer, sa complice de Bouffémont, qui n'en revient pas.

— Lucie ? Mais je te croyais en Amérique.

— Je ne suis pas partie. Et toi, que fais-tu à Berlin ?

C'est une longue histoire et Flor préfère la lui raconter dans un café.

— Allons prendre un moka, je t'invite au café Schön et tu me racontes tout, décide Lucie en lui prenant le bras.

Elle l'entraîne sur Unter den Linden. Le Schön est un établissement moderne et suffisamment vaste pour leur assurer de l'intimité. Dans cette rencontre fortuite, Flor, si heureuse de retrouver un visage ami, voit plus qu'un hasard, un signe. Assises en face l'une de l'autre, elles se regardent avec une curiosité avide. Lucie hèle un serveur, commande deux mokas et sort un étui à cigarettes en laque.

— Tu fumes toujours ? demande Flor en riant

— Oui, mais j'ai changé de fournisseur. Des américaines. Les nazis désapprouvent, on doit devenir un peuple sain. Et toi ?

— Comme un sapeur ! Non, plutôt comme une star d'Hollywood, tu te souviens ? Mais j'ai fait des progrès !

Elles éclatent de rire. Comme c'est bon de se retrouver.

Lucie écoute Flor bouche bée. Le mariage, Venise, New York, la légation dominicaine, le polo. Quelle chance a Flor de voyager ainsi. Il est vrai qu'elle est la fille d'un président en exercice. Sa vie à elle est loin d'être aussi brillante. Car Lucie a beau appartenir à la meilleure société berlinoise et avoir épousé Walter Kahn, un riche homme d'affaires, elle est juive, comme son mari. Elle jauge Flor et décide de lui ouvrir son cœur.

— Pour nous, la vie devient de plus en plus difficile ici. Depuis les lois de Nuremberg de l'année dernière, nous sommes devenus des citoyens de seconde catégorie. Je sors de moins en moins, et seulement avec des vêtements neutres. Je suis protégée par mes cheveux blonds, mais l'autre jour, on m'a traitée de chienne juive…

Flor, horrifiée, écarquille les yeux. Et compatit.

— Je comprends ! Tu sais, moi aussi on me regarde de travers. Je suis une métisse et ici…

— Pour nous c'est pire, car nous sommes allemands ! Ce gouvernement a décidé que les Juifs étaient responsables de tout ce qui ne va pas, il ne veut plus de nous, et en même temps il nous empêche de partir. Nous voulons, Walter et moi, nous exiler aux États-Unis. J'y reprendrai mes études. J'ai un oncle là-bas. Mais il faut un visa et des tas de papiers, et surtout tout abandonner ici.

Lucie a un tic, elle cligne souvent des yeux, et elle se mordille nerveusement les lèvres, ruinant son maquillage. Elle scrute les autres clients du café avec défiance.

— C'est difficile de vivre quand chaque personne que tu croises pourrait être un ennemi et te dénoncer.

Flor s'émeut sincèrement, être sous surveillance permanente, elle sait parfaitement ce que c'est.

— Lucie, s'il y a quoi que ce soit que je puisse faire…

Lucie n'attendait que cela :

— Tu m'aiderais à obtenir des visas ? Avec un mari diplomate, tu pourrais sans doute…

Flor pose sa main sur celle de Lucie.

— C'est d'accord, je vais demander.

Elle n'a pas hésité, pas tergiversé. On ne lui demande jamais d'être utile. On ne lui demande jamais rien, seulement d'être une potiche décorative. Flor, qui n'a jamais rien sollicité, jamais usé de sa position ni de ses relations, tient là une occasion de rendre service à quelqu'un, de réparer une injustice. En plus Lucie n'est pas une étrangère, elle la relie à la partie tendre de sa vie. Flor promet.

Dès lors Flor a une amie, c'est son jardin secret. Lucie lui fait découvrir Berlin. Ensemble, elles se promènent, passent devant l'opéra Kroll, « qui abrite le Reichstag depuis l'incendie de 1933 » précise Lucie, longent le théâtre Apollo, vont voir *Le Testament du docteur Mabuse* au cinéma Universum, déjeunent à la brasserie Horcher…

Flor redresse la tête et Porfirio la trouve de nouveau désirable. Lui qui a toujours eu un faible pour les rondeurs des femmes, il s'est accoutumé à sa maigreur, il aime sentir les os saillants de son bassin heurter ses hanches. Pourquoi le corps amaigri de Flor l'excite-t-il à ce point ? C'est leur mystère.

Quant à sa demande de visas, il la balaie d'un haussement d'épaule, il a d'autres préoccupations, bien plus essentielles. Comme jouer au polo ? Flor insiste, ne le lâche pas. Deux visas aux noms de Lucie et Walter Kahn. C'est important, elle ne lui a jamais rien demandé. Dans les yeux de sa femme, Porfirio lit une volonté farouche. Ce qu'elle peut être entêtée parfois. S'il n'intervient pas, elle pourrait bien s'adresser directement à l'ambassadeur. Il considère son épouse, si frêle, si chétive, si déterminée. Il sait qu'elle en est capable, elle n'a jamais eu froid aux yeux. Il finit par céder. Pas par humanité, pas par conviction, pas par amour non plus. Simplement, il n'a pas le choix.

Quand Flor annonce la nouvelle à Lucie, la reconnaissance de son amie lui est un baume au cœur. Elle lui prouve qu'elle existe, qu'elle est vivante, utile. Comme elle aimerait avoir de vraies responsabilités. Si le Jefe lui en laissait l'opportunité, elle la saisirait sans hésiter.

Ce sera le seul acte d'héroïsme de Flor durant son séjour allemand. Ça et le fait d'avoir applaudi avec enthousiasme Jesse Owens pour ses quatre médailles d'or, alors qu'elle était assise derrière la tribune d'Hitler.

Des mois plus tard, Flor recevra une lettre de remerciement de Lucie installée avec son mari à Ciudad Trujillo. Ils envisagent d'investir dans l'industrie du tabac.

Flor ne le sait pas encore, mais le Jefe, lui-même propriétaire de plantations et d'ateliers de tabac, prendra ombrage du succès commercial de Walter Kahn, le ruinera consciencieusement et ne lui laissera d'autre choix que de s'exiler aux États-Unis. Flor ne reverra jamais Lucie.

*

Berlin est de plus en plus irrespirable.

La liaison de Porfirio et de Martha vient d'être éventée.

Le scandale fait tourner la situation des Rubirosa au vinaigre car le comte allemand cocufié se révèle très jaloux et vindicatif. L'esclandre éclate dans un club huppé, quand le mari demande raison à Rubirosa au vu et su de tous.

L'affaire est étouffée, Rubirosa est un diplomate étranger. Mais le couple est sommé de faire ses valises.

Flor a le sentiment que tout se ligue contre elle, l'absence d'enfants, la légèreté de Porfirio, les missions assignées par T, l'absence d'un véritable foyer, l'air du temps qui se fait guerrier.

*

Berlin, le 8 février 1937[1]

Cher Papa,

Cela fait sept mois que nous vivons à Berlin, pour te complaire, puisque tu en as décidé ainsi.

J'ai amélioré mes rudiments d'allemand et visité une grande partie du pays, et j'admire la grande œuvre d'Hitler. Cependant je ne me sens pas heureuse.

Dans la vie diplomatique, les secrétaires sont des zéros en Allemagne. On ne nous invite qu'à des bals populaires et je n'ai l'occasion de rencontrer personne.

Si ce n'est pas trop te demander, j'aimerais que tu nous transfères à Paris. Bientôt s'ouvre l'Exposition universelle qui sera un grand événement, et j'aimerais y assister depuis le début.

J'aurais là-bas l'occasion d'écouter de nombreuses conférences et de connaître plus à fond la littérature française qui me plaît tant.

Fais-moi savoir si je peux compter là-dessus pour le 1er avril, qui démarre le printemps.

Avec mon affection à María et Ramfis,

Ta fille qui t'aime,

Flor

Son mensonge sur le régime nazi lui coûte, car elle ne l'admire en rien, mais la requête de Flor est exaucée. Le Jefe n'a eu qu'à lever le petit doigt.

---

1. Voir la lettre originale dans les documents iconographiques p. 492.

En mars, Flor de Oro referme ses malles alourdies de rancœur et de désillusion. Les Rubirosa quittent le Reich par la petite porte à l’heure où le bruit des bottes nazies résonne de plus en plus fort sur le pavé berlinois.

Paris

Printemps-été 1937

Flor a quitté Berlin sans le moindre regret.

La Ville lumière sera-t-elle une rédemption dans la dégringolade de son couple ?

Flor l'espère. De tout son cœur, avec la folle exaltation d'une enfant. Elle est bien décidée à se battre pour garder son homme. Car sous ses dehors fragiles, la petite Flor de Oro est une tigresse. Il y a en elle quelque chose qui s'accroche, qui ne veut pas céder. Flor se berce encore d'illusions, convaincue que le cadre commun de leur adolescence va les ressouder.

Elle retrouve Paris, et, comme à chaque fois, c'est un bonheur. Elle est un peu chez elle dans cette ville bien plus policée que Ciudad Trujillo.

Le printemps parisien a une saveur toute particulière pour l'enfant d'une île qui ne connaît pas de saisons. La fraîcheur de la lumière, les premières feuilles sur les arbres, les terrasses des cafés, les berges de la Seine, la musique de la langue, l'élégance des femmes bien vêtues et sûres d'elles, le faste des immeubles haussmanniens, les vitrines lumineuses, et surtout les musées, les galeries et les théâtres, tout est enchantement. Flor se sent gonflée d'espoir. Et d'envies. Cela fait si longtemps qu'elle n'a pas eu de véritables envies. Elle va jeter tout ce qui lui rappelle l'Allemagne, refaire sa garde-robe, courir chez Patou et Heim, dévaliser la parfumerie Guerlain, et flâner, flâner, flâner, sans crainte de croiser ces horribles nazis et leurs regards méprisants. Elle est certaine qu'ici vont disparaître ses troubles alimentaires. Elle a déjà faim…

Les Rubirosa sont hébergés quelques jours dans la résidence de l'ambassadeur dont le clinquant a fort mal vieilli. Flor se rappelle avec attendrissement comme cette demeure lui paraissait gigantesque du temps de Bouffémont. Elle se dépêche de louer un appartement, les Rubirosa emménagent à Neuilly.

Paris n'est pas Berlin, mais finalement la vie de Flor y a les mêmes saveurs. Attente et solitude. Celle de Porfirio aussi. Femmes, fêtes, clubs, bars, casinos… Il a été prompt à renouer avec de vieux amis, passe toutes ses nuits dehors, rentre au petit matin, empestant le parfum et la sueur, perfectionne l'art du mensonge, puis très vite arrête de mentir, se bornant à un silence presque narquois. Sa réputation sexuelle le précède partout où il va. On en fait des gorges chaudes. Flor admet enfin que ni la latitude, ni la longitude, ni les fuseaux horaires ne changeront quoi que ce soit à l'affaire. Cela ne cessera jamais, où qu'ils soient. Cet homme ne lui appartient pas. Elle n'a qu'une alternative, s'y résoudre ou renoncer.

Au début du mois de mai, le *Listín Diario* se gargarise. Les Rubirosa représentent leur pays au couronnement du roi George VI à Londres. Dans cette assemblée de têtes couronnées, Flor, à qui T a donné 3 500 dollars et carte blanche pour l'occasion, fait bonne figure, en robe lamé rose griffée Molyneux. Porfirio se pavane au milieu des grands de ce monde et se lie d'amitié avec des maharadjahs.

Fin mai, on inaugure à Paris l'Exposition universelle. Porfirio a été opportunément nommé juge. Les visiteurs accourent du monde entier pour découvrir cette « Exposition internationale des arts et des techniques appliqués à la vie moderne », qui se tient au palais de Chaillot.

À cette occasion, Livia Ruiz Trujillo de Beres, une cousine germaine de Flor, branche paternelle, s'invite chez les Rubirosa. Plus âgée que Flor, célibataire, vieille fille même si elle refuse de se considérer comme telle, elle évoque une de ces sorcières de Salem avec sa peau grise et fripée par l'excès de soleil. Fouineuse, elle adore mettre son nez dans les affaires des autres. Chez les Rubirosa, elle trouve du grain à moudre et s'en donne à cœur joie. Porfirio le déplore, Flor le tolère, Livia leur colle aux basques, s'immisce dans chaque recoin de leur vie de couple, chaque repas, chaque sortie, chacune de leurs disputes.

Très vite, Livia se met à jouer les arbitres. Véritable pomme de discorde, elle entretient sciemment la braise des rancœurs. Loyale à sa cousine, dont elle prend toujours le parti, elle ne passe aucun écart à Porfirio. Elle pointe du doigt chaque tromperie, chaque manquement, et tourmente Flor. « Porfirio Rubirosa – Livia ne s'adresse à lui que par son nom complet –, ils sont en train de te préparer un lit de braises en enfer ! » hurle-t-elle dans l'appartement. Elle essaie de persuader Flor de mettre un grand coup de pied dans la fourmilière. De quoi se mêle-t-elle, cette cousine qu'elle n'a même pas invitée ? Quand Livia met fin à son séjour, Flor respire.

Elle a appris à avaler des couleuvres. Les coucheries, les mensonges et même les gifles de son mari. Mais ça devient de plus en plus insupportable et parfois elle ne se contrôle plus.

Comme ce jour où, ivre de rage, elle a brisé un vase puis l'a poursuivi dans l'appartement, pieds nus et armée d'un couteau de cuisine, avant de le menacer de se suicider. Flor a bien conscience que c'était par trop dramatique pour être crédible. D'ailleurs il a ri. Ou plutôt ricané, singeant la frayeur avec de grands ho ! et ha ! Quand, dans sa course, Flor a dérapé sur le parquet, qu'elle a ricoché entre les murs du corridor avant de s'effondrer par terre et de poignarder le point de Hongrie, Porfirio est venu à elle et l'a relevée. Il ne riait plus du tout. Son visage exprimait juste l'incompréhension, et aussi une sorte de pitié. C'est ce que Flor a lu au fond de ses yeux, à moins que ce ne fût du dégoût. Elle a fondu en larmes, son couteau pendant, inutile, au bout de son bras. Elle a regagné leur chambre, tête basse. Vaincue. De ses bas troués émergeait le bout de ses orteils aux ongles laqués, comme des gouttes de sang. Elle était ridicule, elle n'avait réussi qu'à faire une vilaine estafilade sur le chêne du parquet.

Avec un flegme qui n'appartient qu'à lui, Porfirio endosse une armure d'indifférence contre laquelle glissent les reproches de sa femme. Elle encaisse, Flor. Jusqu'au jour où elle découvre que son bellâtre de mari, profitant de son poste à l'ambassade, magouille avec les tampons officiels et monnaie des visas dominicains pour des Juifs qui cherchent à quitter l'Europe où décidément tout dérape. Le souvenir de Lucie vient lui murmurer à l'oreille toute l'ignominie de la manœuvre. Porfirio a beau s'en défendre, pour Flor c'est la goutte d'eau. Il a franchi une limite. Le temps des arrangements est révolu. Elle en a soupé de l'égoïsme, de la suffisance, de la brutalité, de l'opportunisme de Rubirosa. De son inconstance aussi. Elle ne peut plus se voiler la face, son père avait raison et elle doit reconnaître qu'elle s'est trompée sur toute la ligne. Il lui faut rompre le lien qui les unit avant qu'il ne la détruise.

En novembre 1937, Flor rentre en République dominicaine, le Jefe la rappelle à Ciudad Trujillo pour une importante affaire de famille. Du temps et de la distance entre eux, voilà ce qu'il faut pour assainir les bases de leur mariage. Mais Flor flotte entre deux douleurs, celle d'être avec Porfirio et celle d'imaginer un avenir sans lui.

*

Flor raconte à T toutes les humiliations qu'elle endure auprès de son époux volage, en espérant qu'il se montrera compréhensif, la renverra à Paris avec une mission lui permettant de faire enfin quelque chose de sa vie. Mais non. T est furieux, déshonorer Flor de Oro c'est le déshonorer lui. C'est impardonnable. Pour réconforter sa fille, le Jefe desserre les cordons de la bourse. L'argent, la seule consolation qu'il connaisse. « Choisis le modèle qui te plaît », dit-il en lui tendant un catalogue de voitures. Flor pointe une luxueuse Buick et demande qu'elle soit envoyée à Neuilly. T refuse. « Jamais je ne t'autoriserai à retourner auprès de cet homme ! » Le lendemain, le Jefe lui envoie Jacinto Peynado, son avocat personnel.

Flor se soumet docilement. Elle se convainc qu'elle doit faire table rase du passé, que c'est nécessaire, qu'elle le peut, qu'elle se le doit. Et ensuite elle se remariera, elle choisira un époux convenable, avec l'approbation de son père.

Elle écrit à Porfirio, lui avoue que l'affaire familiale n'était qu'un mensonge, qu'elle l'aime et lui pardonne, mais qu'elle ne rentrera pas.

*

Ma Fleur chérie,

Un jour sans toi est un jour perdu. Paris est infiniment triste et ton absence me pèse chaque jour davantage. Notre grand appartement est devenu sinistre.

Je n'ai plus goût au moindre travail. D'ailleurs, je ne vais même plus à la légation.

Sans toi, je ne suis plus moi-même. Tu me manques terriblement. Ton corps me manque, ton sourire me manque, ton énergie, ta joie de vivre, ta main dans la mienne. Ton ombre est partout, sur la petite place Furstenberg, au jardin de Bagatelle, au Luxembourg.

Je regrette tant de t'avoir blessée par mon comportement.

Reviens, mon amour, je t'aime et je ferai tous les efforts pour te rendre heureuse, comme tu le mérites. Je te le promets.

Ton mari, Porfirio.

Fleur,

Comment as-tu pu partir et m'abandonner sous un faux prétexte ? C'est déloyal.

Tu es ma femme devant Dieu, tu n'as pas le droit de détruire ce que Dieu a uni.

Ta place est auprès de ton époux.

Si tu ne reviens pas, je m'engage dans la Légion étrangère.

Je te le jure, je le ferai, et tu ne me reverras jamais.

Si tu m'aimes, comme tu le dis dans ta lettre, reviens.

Je t'aime, je t'en supplie, reviens. Je ferai tout ce qu'il faut pour te garder.

Porfirio, ton mari devant Dieu.

Au fil des missives de Porfirio, le ton change. D'abord tendres, elles se lestent rapidement de chantage et de menaces. Il panique et use de tous les arguments, celui de la religion n'est pas le moindre. Car s'il n'a aucunement l'intention, ni la capacité de s'amender, Porfirio est parfaitement conscient de tout ce qu'il risque de perdre s'il perd Flor. Grâce à elle, il a une vie argentée et facile. Sauf durant leur intermède new-yorkais, mais c'était une frasque de gamins aujourd'hui oubliée.

Que gagnerait-il à un divorce ? Sa liberté, certes, mais le prix à payer, la haine du Jefe, la disgrâce, la pauvreté, serait bien trop élevé. Sans compter les conséquences pour sa famille restée au pays. Question représailles, le Jefe ne fait jamais dans la dentelle.

Et puis, il y a autre chose. Porfirio aime sa Fleur. À sa façon, il l'aime sincèrement. Ils partagent beaucoup de choses et ils ont vécu des moments inoubliables. Il ne désespère pas d'en faire une épouse soumise qui fermera les yeux sur ses infidélités.

Les semaines passent, les lettres s'essoufflent.

Quelque chose entre eux tempête, le sentiment râpeux et déchirant de l'inévitable.

Ciudad Trujillo
Novembre 1937

Elles se sont donné rendez-vous pour marcher le long du Malecón. Elles ont tant de choses à se raconter.

Lina serre Flor dans ses bras. Flor qui n'en croit pas ses yeux. Le garçon manqué casse-cou de ses années de jeunesse a disparu. Flor a su que Lina a été couronnée reine du carnaval au début de l'année, mais de là à se retrouver face à une gravure de mode… Or c'est bien ce qu'est devenue Lina. Sa peau pâle est mise en valeur par la masse de son opulente chevelure noire retenue par deux peignes d'écaille au-dessus de ses tempes. Ses yeux sont maquillés, ses lèvres aussi, ses ongles sont vernis d'un rouge profond. Sa robe élégante souligne sa taille fine et flatte sa silhouette élancée. Flor en est soufflée.

Lina se penche vers son amie qu'elle dépasse d'une tête. Elle glisse d'un air de confidence :

— C'est ton père qui m'a fait élire reine du carnaval !

Et de raconter combien c'était amusant. Le sceptre, la couronne, la robe longue, le char fleuri, le défilé, les photographes, les réceptions, les unes de la presse nationale.

Lina s'agite, virevolte, bat des mains, elle est surexcitée. Un éclair agresse l'œil de Flor, elle remarque alors le solitaire qui orne l'annulaire de Lina. Un diamant gros comme un pépin de *chinola*. Flor sourit, attendrie.

— Oh Lina ! Tu es fiancée ?

— Ah ça !

Lina agite sa main devant elle, ses doigts voletant avec légèreté. Le diamant scintille. Elle se trouble, soudain gênée.

— Non, pas vraiment fiancée. C'est un cadeau… un cadeau de ton père. Après mon couronnement.

Flor déglutit. Elle a peur de comprendre. Les deux amies font quelques pas en silence. À quelques mètres derrière elles, une Coccinelle noire aux vitres fumées, qui était stationnée le long du trottoir, démarre et les suit au ralenti sans la moindre discrétion. Flor frissonne. Des gardes du corps ? Des espions ? T ne lâche pas Flor d'une semelle. À moins que Lina n'ait été mise sous surveillance. Les vagues s'échouent avec fracas en un ruban d'écume mousseuse le long de la barrière rocheuse à laquelle s'adosse la promenade de bord de mer. Un parfum d'iode chatouille les narines. Un goéland plane en criaillant au-dessus de l'eau, en quête d'une proie.

Flor attend.

Lina se décide. De toute façon, son secret ne tiendra pas bien longtemps.

— Je suis amoureuse de ton père !

Flor pâlit. Lina a un an de moins qu'elle.

— Il est bien trop vieux pour toi, Lina. Il pourrait être le tien, de père ! ajoute-t-elle, déjà fataliste.

— Je sais, mais c'est comme ça. C'est un homme adorable ! Je suis amoureuse de lui, et lui de moi.

Un homme adorable, tu parles !

— Tu es sa maîtresse, c'est ça ?

Lina acquiesce d'un mouvement du menton. Ses yeux brillent.

— C'est encore un secret. Tu me promets de ne rien dire, tu promets, n'est-ce pas, Flor ? Ma famille n'approuverait pas.

Flor hoche la tête, abattue, puis réagit.

— Ça fait à peine deux ans qu'il a épousé l'Españolita. Et ils ont un fils.

— Oh, celle-là…

Les points de suspension de Lina disent assez tout le mépris qu'elle a pour María Martínez, la troisième épouse de T.

— Elle l'a forcé à l'épouser, ajoute-t-elle d'un air entendu. En lui faisant croire que Ramfis était de lui, enfin c'est ce qu'on dit… Tandis que moi, il va m'épouser par amour.

— T'épouser ?

Flor s'étrangle.

— Mais tu es folle, Lina.

Lina se rembrunit et, piquée au vif, rétorque :

— Tu ne comprends pas, Flor. Ton père est fou de moi. Je n'exagère pas. On se voit en secret tous les jours ou presque. Il est si fougueux, et il me gâte énormément. Il va divorcer. Et on se mariera.

Son père. Fougueux.

Avec Lina.

Flor calcule. Vingt-cinq ans de différence.

Elle considère son amie. Lina ressemble parfaitement à ce qu'on peut imaginer de la maîtresse du Jefe, blanche, belle, patricienne, et assez jeune pour être sa fille.

— Ça ne va pas gâcher notre amitié, hein Flor ? On reste amies, n'est-ce pas. Tu seras ma confidente, comme j'ai été la tienne quand tu es tombée amoureuse de Rubirosa.

Flor sait qu'elle n'a d'autre choix que d'accepter cette relation. Lina est sa seule amie, la seule qui la connaisse intimement, la seule à qui elle se soit jamais confiée, et elle a bien besoin d'une amie en ce moment.

Mais dorénavant, il ne sera plus question de s'épancher, plus question de s'abandonner. Plus de confidences. Flor devra rester sur ses gardes, car Lina est passée dans le camp de T, avec une désinvolture qui la laisse orpheline de leur amitié. Elle ne pourra plus jamais lui faire confiance. Flor n'est pas assez naïve pour croire que T ne profitera pas de son ascendant sur Lina pour renforcer sa surveillance sur elle. Elle se résigne à encaisser cet abandon, un de plus. Elle a le sentiment d'un irrémédiable gâchis.

— Bien sûr, Lina, on reste amies. Mais pas question d'être ta confidente. Je ne veux rien savoir de tes relations fougueuses avec mon père. Ça me… gêne, tu comprends. Tu comprends, Lina ?

Ciudad Trujillo
31 janvier 1938

Leur mariage devant Dieu jusqu'à ce que la mort les sépare n'a tenu que cinq ans, quasiment jour pour jour.

Il y a meilleure façon de commencer l'année que par un divorce. Ordonné par le Jefe, celui de Flor de Oro et de Porfirio est prononcé le 31 janvier 1938.

Il est expédié en quelques minutes dans le bureau de T, par Jacinto Peynado, son avocat personnel. Au même motif que celui qu'il a lui-même utilisé pour divorcer de Bienvenida : absence de progéniture au bout de cinq années d'union.

L'acte entérinant leur séparation n'a duré que le temps de signer les papiers devant l'officier d'état civil. Flor, corsetée d'une rage mâtinée de chagrin qu'elle cache derrière une feinte indifférence, sent un concert sourd dans sa poitrine. Muselée, crispée, elle attend que le couperet tombe. Porfirio ne bronche pas. Flor regarde sa main, sa belle main qu'il pose sur le document. Il a enlevé son alliance, ça fait une petite dépression blanche sur son doigt. Le cœur de Flor se serre. Sa colère est vaincue, elle est au bord des larmes.

Cette main, désormais vierge de son alliance, tremble imperceptiblement quand Porfirio signe le document qui lui rend sa liberté.

Ils se lèvent dans un silence de plomb. Flor peine à respirer. Porfirio a perdu un peu de sa superbe, il regarde celle qui n'est plus sa femme, il hésite. L'embrasser ? Lui serrer la main ? Flor n'a pas un geste. Alors il a cette petite inclinaison raide de la tête, un salut, un au revoir, un merci pour tout.

Avant de lui tourner définitivement le dos, Porfirio lui jette un dernier regard où Flor pourrait lire, si elle le voulait, une sorte de triste tendresse, de la résignation, mais aussi du soulagement. Finalement il lâche : « Au revoir, Fleur, je te souhaite le meilleur. » Flor tressaille. C'est une perversité, presque une cruauté, d'utiliser ce prénom qui n'appartient qu'à lui.

Il est parti, elle n'a pas bougé. L'a regardé s'éloigner, légèrement moins droit que de coutume, une imperceptible voussure des épaules, comme une ombre d'abdication qui dit leur échec. Alors Flor sent la peine la submerger et dans sa gorge se forme une boule dure. Elle retient ses larmes. Elle regarde le Jefe, en face d'elle. Redevenu son père, il a ce regard compatissant et tendre à la fois, une expression qu'elle guette et qu'il ne manifeste presque jamais. Et elle lui dit merci de sa voix basse et rauque de fumeuse. Merci Papi. Elle se redresse et quitte le bureau d'un pas raide, son sac à main coincé sous le coude.

T réprime un sourire en soupirant. Il vient de récupérer sa fille. Il a le triomphe discret.

Demain commencera la punition. Le Jefe ne pardonne jamais un affront, Rubirosa va payer. Il annulera son mandat diplomatique parisien, fera main basse sur toutes les propriétés de la famille Rubirosa pour qu'il n'hérite de rien et le déclarera *persona non grata* en République dominicaine.

Quant à Flor, il va lui serrer la vis.

Ciudad Trujillo

1938

Elle n'est plus Mme Rubirosa et redevient Flor de Oro Trujillo. Ce nom si lourd à porter dit à lui seul qu'elle est retombée sous la coupe du Jefe.

Viennent des jours vides de mauvaise fatigue, des jours à ne rien faire, à regarder le temps s'étirer. Flor se sent débordée par la vacuité. Après l'Allemagne et la France, c'est un pays inconnu qu'elle aborde, celui des regrets, des remords, de l'angoisse, de la solitude. La nuit agit comme un sédatif, mais au réveil la douleur se réveille et grandit comme une plaie arrosée de sel.

Il n'y a pas que ça.

Flor sent bien que quelque chose ne va pas dans la gouvernance de T. Pas plus tard qu'en octobre de l'année dernière, il a fait massacrer quelques milliers d'Haïtiens le long de la rivière Dajabon qui sépare les deux pays. On murmure que plus de vingt-mille personnes ont été tuées par les troupes dominicaines à coups de machette, de gourdin et de fusil, victimes de la xénophobie du Jefe. La rumeur a enflé dans les dédales de la chancellerie. Le gouvernement et l'opinion américaine s'en sont fortement émus et la presse internationale s'en repaît. L'image du Père de la Nation est salement écornée.

Flor n'est pas si jeune qu'elle ne puisse analyser correctement la chose politique et elle perçoit clairement la démesure et les dérives du Jefe en toute chose. Sa mainmise sur la moindre des activités économiques du pays. Les habitants en servitude. Les radios et les journaux mis au pas qui se livrent une compétition féroce dans sa louange. Les mallettes de billets qu'il distribue comme une largesse aux pauvres lors de ses déplacements. Le culte de la personnalité qu'il encourage sans vergogne. Les portraits géants qui fleurissent *ad nauseam* dans tout le pays. Le droit de cuissage… Tant qu'elle était loin, elle pouvait s'en accommoder, mais ici… Elle sait que si elle accepte de regarder en face ce qu'est son père, ce qu'il fait à son pays, ce qu'il fait à son peuple, elle sombrera. Elle le sait. Pour survivre, elle doit refouler ces pensées et ces images, les tenir à distance et leur dénier tout pouvoir sur elle.

Recluse dans la grande maison vide de Gazcue, Flor bute sur le souvenir de Porfirio, partout présent. Son absence envahissante, son image qui vient remplir l'espace vide, et elle le voue aux gémonies, lui, ses succès féminins, ses magouilles et ses dettes de jeu.

Elle se regarde dans la psyché de sa chambre, un des objets qu'elle a récupéré de son adresse neuilléenne. Elle qui était mince, la voilà maigre. Sa robe, qui flattait sa silhouette, godaille, elle enfile une veste par-dessus, mais il fait trop chaud. Elle la retire et se dit qu'elle va devoir revoir toute sa garde-robe. De quoi s'occuper.

La solitude dans laquelle baignent ces premières journées qui s'étirent sans fin la laisse prostrée dans sa chambre, rideaux tirés. Ne pas voir le jour. Ni faim, ni soif, ni même envie de fumer ou d'aller aux toilettes. Sous ses paupières fermées, brûlent le feu de sa colère, la rage d'avoir échoué et la déception. Elle va s'attacher à haïr Porfirio, elle est déjà en bonne voie. Puis une vague de chagrin l'asphyxie. Roulée en boule sur son lit, elle affronte une souffrance qui grandit. Ça commence dans son cœur et ça colonise chaque parcelle de son corps, qui tout entier devient un nœud de douleur.

Elle a beau essayer de se persuader que c'est fini, qu'elle s'est libérée, qu'elle le déteste, c'est difficile. Elle sait qu'elle l'a aimé comme on aime à dix-sept ans, avec le cœur habillé d'espoirs magnifiques, avec des promesses à chaque doigt.

À vingt-trois ans, Flor affronte la fugacité du bonheur, la réalité trompeuse de l'amour. La leçon est rude. Il ne lui reste plus maintenant qu'à s'appliquer à enfouir ce qui lui reste de chagrin dans ses souvenirs et à tourner la page, comme elle se l'est promis.

*

Aminta est bien la seule à regretter l'issue de ce mariage raté. Elle s'en veut, elle n'a pas su préparer sa fille à la vie maritale. Elle ne lui a pas donné une belle image du couple. Mais comment aurait-elle pu, avec ce mari qui ne lui a laissé aucune chance. Pour se pardonner, Aminta s'installe quelque temps avec Flor et s'occupe d'elle.

Dorloter Flor de Oro, soigner les souffrances de son âme, c'est son rôle de mère, et Aminta l'endosse avec détermination, même si elle ne sait pas très bien comment s'y prendre avec cette fille pleine d'épines et de blessures qui lui a été arrachée si jeune et qu'elle connaît si mal. Son amour maternel viscéral compense sa maladresse.

Car Flor a rechuté. De nouveau, elle ne s'alimente plus correctement et elle est taraudée par un mal de tête lancinant.

— C'est le début d'une nouvelle vie, un mauvais cap à passer, ne cesse de lui répéter Aminta. On va faire en sorte que tu ailles mieux. Tu verras, *mi'jita*, tout ira bien.

Flor hoche la tête, elle est d'accord. Mais où puiser la force d'avancer ? Sans savoir lui donner un nom, Aminta perçoit l'ombre de la maladie qui plane sur sa fille. Elle l'encourage à sortir, à voir des amis, à voyager, sans succès. Lina arrive à la rescousse et c'est elle qui réussit à sortir Flor de l'ornière dans laquelle elle s'enlise.

*

Quelques mois seulement et l'humeur de Flor bascule. Elle se remet à vivre de façon effrénée. Pour qui a de l'argent, et Flor est loin d'en manquer, la capitale dominicaine offre nombre de divertissements, sans compter les escapades à La Havane, à Miami et à New York qu'elle voit désormais avec des yeux neufs. L'argent permet tout. Flor descend dans des palaces, assiste aux premières des meilleurs musicals, fréquente les clubs de jazz. S'étourdit de fêtes, de tabac, d'alcool, de shopping. Pour que sa fille retrouve la joie de vivre, T lui a ouvert une ligne de crédit. Presque illimitée. Tant qu'il peut l'avoir à l'œil…

Peu à peu Fleur s'efface, c'est le retour de Flor de Oro. Elle a retrouvé le goût de la vie, son regard a repris de l'assurance, ses gestes sont plus fluides. Chaque jour est désormais un jour nouveau, exactement comme l'avait prédit Aminta. Rubi, elle a décidé de l'appeler ainsi, est ravalé au rang de souvenir, une cicatrice, rien de plus. Il était une maladie dont elle s'est guérie. D'ailleurs il a quitté l'île. Il est loin désormais. Vaguement revenu en grâce, peut-être occupe-t-il un poste subalterne dans une ambassade européenne ; une chose est sûre, elle ne risque plus de le croiser à Ciudad Trujillo. Finalement, Flor arrive à se convaincre que l'épisode de son calamiteux mariage est derrière elle. Si elle recommence à zéro, cette fois T lui donnera son entière approbation, elle en est sûre.

Dans une réception, la route de Flor croise celle de Brea Messina. Ramón Brea Messina, un fils de notable, formé en France comme elle, pédiatre de son état, un véritable métier. C'est un homme ordinaire et sérieux qui aime son travail. Tout l'opposé de Porfirio. Bien moins séduisant, un peu pataud, mais au physique rassurant. Celui-là au moins n'attire pas les femmes comme du miel.

Ramón sait pertinemment qui est Flor de Oro, mais, séduit, il prend le risque de la revoir. Quelque chose en elle l'émeut. T fait immédiatement savoir à sa fille qu'il considère le médecin comme un homme acceptable. C'est un feu vert. Pourrait-il d'ailleurs s'opposer à la décision de Flor qui est majeure. Et peut-être vaccinée contre les hommes toxiques.

Un nouvel homme, quelle meilleure façon de tirer un trait définitif sur Rubirosa qui s'invite encore trop souvent dans les nuits sans sommeil de Flor ?

Ramón ne met qu'une condition à leur union : il ne travaillera pas pour le Jefe. Jamais.

Flor épouse Ramón.

Il ne s'est pas passé un an depuis son divorce.

*

Civil, ce deuxième mariage est nettement moins ostentatoire que le premier. Mais le Jefe ne sait pas faire les choses discrètement. Un avion rempli de pivoines roses et blanches arrive de Miami et une fête somptueuse est donnée dans la demeure présidentielle. Bon prince, T offre à sa fille 10 000 dollars pour son trousseau et un nouvel appartement à Gazcue. Car Flor ne veut plus rien qui lui rappelle Porfirio.

La presse est là. La jeune mariée affiche son nouveau bonheur avec zèle. Oh, elle est tranquille, l'information va voyager dans toutes les légations. Porfirio l'apprendra très vite, où qu'il soit. Flor de Oro, sa Fleur, se console dans les bras d'un autre. Tu vois Rubi, tu es loin d'être irremplaçable, tu vois Rubi, je n'ai eu qu'à lever le petit doigt, tu vois Rubi, ta Fleur n'a pas besoin de toi pour s'épanouir.

Toute à son exaltation, Flor n'est pas assez lucide pour reconnaître le coup de tête attisé par le désir de vengeance. Elle ne voit pas à quel point les dés sont pipés.

*

Il ne faut pas trois semaines au Jefe pour mettre son nez dans les affaires du couple. Pour Ramón, c'est le désenchantement. Il est nommé directeur du nouvel hôpital « Ramfis ». Pas moyen de refuser, nul ne peut s'opposer à une décision du Jefe. Ramón doit fermer son cabinet et dire adieu à sa pratique. C'est un véritable déchirement.

Faisant contre mauvaise fortune bon cœur, le médecin, qui prend sa mission au sérieux, décide d'introduire de nouvelles techniques françaises dans son hôpital. Une initiative fatale.

Car le Jefe n'en a pas fini avec lui.

Ciudad Trujillo

1939

Le scandale a éclaté. Lina est enceinte. Le déshonneur de la famille Lovatón Pittaluga est lavé à grands coups de dollars et de charges honorifiques.

« Ton père va bientôt divorcer de l'Espagnole et m'épouser », ne cesse de répéter Lina à Flor en caressant son gros ventre, une promesse d'avenir qui porte tous ses espoirs.

La jeune femme est entourée des meilleurs médecins de la capitale. Par quelle perversité le Jefe contraint-il son gendre à assister à l'accouchement ? Ramón a beau protester qu'il est pédiatre, pas obstétricien, il doit se soumettre. « Ton petit docteur – c'est ainsi que T appelle Ramón désormais – est un homme facile à contrôler », lance-t-il à Flor avec ce regard incisif et ce ton péremptoire qui la crucifient.

Yolanda Lovatón naît dans le plus grand secret, un secret de polichinelle vite éventé. Flor a désormais une demi-sœur de vingt-quatre ans sa cadette.

Quelques semaines plus tard, naît Odette, la fille de Bienvenida dont le Jefe continue à honorer le lit malgré leur divorce. Pour Lina c'est un camouflet. Puis en juin, en France, à Neuilly, c'est au tour d'Angelita, la fille de l'Espagnole que le Jefe a confiée aux bons soins de Rubirosa définitivement rentré en grâce. Flor reçoit une lettre de María Martínez conquise par son ex-mari. « Comment as-tu pu te séparer d'un homme aussi beau et aussi chevaleresque ? » demande-t-elle à Flor qui enrage, d'une colère sourde épicée de jalousie. Trois demi-sœurs en moins d'un an, il y a de quoi.

*

Du côté de son mariage, ça ne va pas très fort. Le vase déjà bien plein du couple Brea Messina déborde quand Ramón est accusé d'abus de pouvoir à l'hôpital. Ses nouvelles méthodes et son administration sont remises en cause. Il est sur la sellette. « Ton petit docteur ne t'a épousée que pour devenir directeur d'hôpital », répète T à Flor avec mépris, oubliant que c'est lui qui a fait nommer Ramón à ce poste, contre la volonté du médecin. Le Jefe n'est pas à une mystification près pour tenir la dragée haute à sa fille aînée.

Ramón est renvoyé sans autre forme de procès. Plus d'hôpital et plus de clientèle privée. « Ton mariage est un fiasco », se réjouit cyniquement le Jefe, la bouche distordue par un petit rictus de dédain. Flor est effondrée. T s'est joué d'eux, il veut tout simplement détruire Ramón. Et la détruire elle aussi. Dénigrer les personnes, les humilier, les faire se sentir insignifiantes, anéantir leur estime de soi, dissoudre les sentiments, briser les liens, le Jefe est passé maître dans ce jeu sadique qui fait des ravages. Mais bientôt, le désespoir et la peur laissent la place à un sentiment qui prend racine au fond d'elle et la terrifie. Flor peine à la reconnaître, mais elle est bien là. La détestation de son père. Qui lui vrille le cœur et s'y enracine. Elle hait T, elle en a peur, et pourtant la petite fille en elle aime, admire son père, et désire plus que tout son assentiment. Devant cette évidence schizophrénique, la raison de Flor vacille.

Pourquoi est-ce si difficile de vivre ?

Pourquoi T et elle ne peuvent-ils s'aimer tout simplement ?

Pourquoi, mais pourquoi son père ne peut-il la laisser vivre en paix ?

Pourquoi faut-il toujours qu'il se mêle de sa vie, qu'il en définisse les contours et les bornes ? Est-il jaloux de l'affection qu'elle porte à son nouvel époux ? N'a-t-il pas assez de ses maîtresses, de ses bâtards et de ses conquêtes d'un soir pour satisfaire son appétit de domination ?

Sous les assauts, le deuxième mariage revanchard de Flor s'effrite sérieusement. Le couple décide de s'exiler à New York pour échapper à l'emprise du Jefe.

Une impression de déjà-vécu…

New York

1940-1941

Ce soir-là Ramón rentre fatigué de sa journée gâchée en déambulations infructueuses. N'étant pas résident américain, il ne peut exercer la médecine, et c'est un crève-cœur. Il passe son temps à tourner en rond, espérant contre toute attente se faire embaucher dans une clinique. Flor s'empresse de lui servir un verre. Le carafon de cristal, le bourbon, les glaçons. Ils heurtent leurs verres en se regardant dans les yeux, un rituel qu'ils s'appliquent à respecter en feignant de croire à la normalité de leur vie. Le téléphone sonne. Flor bondit sur le récepteur et décroche.

— *¡Hola Flor!*

Cette voix, elle ne la reconnaît pas.

— Flor, c'est moi, Lina !

— Mon Dieu, Lina, où es-tu ?

— Ici à New York, je vis ici désormais.

La voix de Lina est enjouée, plus que ça, surexcitée. Flor n'a pas le temps d'exprimer sa surprise.

— Attends, ne quitte pas, je te passe quelqu'un qui veut te parler !

Un silence puis :

— Flor de Oro ?

Il n'y a que lui qui l'appelle ainsi par son nom complet, quand il est de bonne humeur, sinon c'est Flor tout court.

— Oui…

La voix de Flor s'est recroquevillée, elle n'est plus qu'un souffle. Une onde de sueur glacée envahit son dos.

— Je veux te voir, viens !

C'est un ordre et les ordres de T ne se discutent pas. Le Jefe lui donne l'adresse. Je t'attends. Et raccroche.

Ramón ne veut pas l'accompagner. Il en a soupé des humiliations du Jefe. Il appelle un taxi pour sa femme.

*

C'est un immeuble cossu de l'East Riverside Drive. L'ascenseur monte jusqu'au dernier étage et s'ouvre sur un gigantesque penthouse avec vue sur l'Hudson.

Lina accueille Flor à bras ouverts. Elle a grossi, Lina, mais elle est toujours très belle. Elle escorte son amie jusqu'au salon où Flor bute sur un homme détendu et souriant qu'elle ne connaît pas. À quatre pattes sur le tapis, T joue avec une toute petite fille. Je te présente Landy, minaude-t-il.

L'Ogre des Caraïbes transformé en papa gâteau, voilà bien un spectacle que Flor n'aurait jamais imaginé. Ce spectacle lui étreint le cœur. A-t-elle jamais réussi à transformer son père de la sorte ?

Flor se penche avec curiosité sur le bébé qui rampe vers elle. Elle cherche sur le petit visage une ressemblance avec T. Rien. Yolanda a tout pris chez les Lovatón. C'est un soulagement incontrôlable. Elle, Flor, avec ses cheveux frisés, sa peau mate et ses yeux noirs, elle, elle ressemble au Jefe.

— Je suis plus heureux que je ne l'ai jamais été, soupire T avec béatitude en s'effondrant dans un fauteuil club. Je veux que tu partages cette vie avec moi.

C'est une déclaration comme Flor n'en a jamais reçue de son père. T a confortablement installé Lina, bien plus luxueusement qu'elle ne l'est elle-même, pour la soustraire à la vengeance de doña María et aux reproches des parents Lovatón, car plus personne n'ignore leur scandaleuse liaison. D'une pierre deux coups.

— Dorénavant, je vais voyager chaque mois à New York pour rendre visite à Lina et Yolanda. La prochaine fois, Flor de Oro, tu amèneras ton époux et nous sortirons tous ensemble, commande T.

La fois suivante, T étale son bonheur avec complaisance.

— Je voudrais que tu sois aussi heureux avec Flor de Oro que je le suis avec Lina, confie-t-il à Ramón.

Il n'est plus question du « petit docteur ». Et dans une feinte impulsion, T sort 1 000 dollars d'une sacoche et les fourre dans les mains de son gendre. En réalité, il a préparé son aumône car il est parfaitement au courant de la situation précaire de Flor et Ramón.

Ainsi s'inaugure une parenthèse apaisée dans la relation orageuse de Flor avec son père. Cet hiver-là, à New York, il n'est plus le Jefe, il en quitte le costume dès qu'il arrive aux États-Unis. Les deux couples sortent dans les meilleurs restaurants, deviennent des habitués du club Rainbow où ils dansent des congas endiablées, des cha-cha-cha et des merengues, la danse dominicaine popularisée par le Jefe. Comme il danse bien ! Flor virevolte dans les bras de son père, ils entrelacent leurs doigts, ondulent ensemble, parfois il pose un baiser dans ses cheveux et c'est une ivresse qu'elle n'a jamais connue.

Bien sûr, les photographes sont à l'affût. T pose entre sa maîtresse, sa fille et son gendre. Flor jubile. Quand Porfirio verra comme elle s'amuse avec T et son nouvel époux, il regrettera. Il la regrettera, elle et leur vie facile et fastueuse.

Pour Noël, T décore lui-même le sapin de Lina et le remplit de cadeaux aussi extravagants que coûteux. Flor est heureuse mais ne peut empêcher une vague de regrets de l'envahir, car elle n'a pas souvenir d'un autre Noël avec son père. T offre à Lina une magnifique veste de vison blanc. Lina la passe aussitôt sur sa robe du soir. Elle est splendide. Ému, T s'approche d'elle et, d'une main légère, il replace délicatement une mèche échappée de son chignon derrière l'oreille de sa maîtresse. Flor frissonne, la lame d'un souvenir vient de lui déchirer le cœur. T avait ce même geste autrefois à San Cristóbal, quand il avait fini de la faire danser.

Flor se ressaisit et défait le ruban de son propre cadeau de ses longs doigts nerveux. C'est un grand carton luxueux. Sur un lit de soie, repose une veste de vison blanc. Exactement la même que celle de Lina. Une pure merveille. Tandis que Lina exulte, Flor ne peut s'empêcher d'être troublée. Le même vison, pour toutes les deux, vraiment ? Les mêmes gestes… Devant la joie sincère de Lina, Flor se dit qu'elle est trop compliquée, que cela ne signifie rien, qu'elle accorde de l'importance à des détails qui n'en ont pas. Elle fait bonne figure. C'est entre sa fille et sa maîtresse, toutes deux emmitouflées de vison blanc, que T fait son entrée au club Rainbow ce soir-là.

Puisque personne n'y trouve à redire, puisque chacun y trouve son compte, Flor décide d'être heureuse. Elle le sait, les bonnes choses ne durent pas, c'est pour cela qu'il faut en profiter.

C'est le moment que choisit Rubirosa pour sortir du bois.

New York
Avril-mai 1941

Flor a reconnu son écriture élégante. Sa bouche s'assèche instantanément, elle a du mal à respirer et cherche l'air. Ses mains sont moites, ses doigts tremblent tandis qu'elle déchire l'enveloppe avec maladresse, comme sous l'emprise d'une menace.

Neuilly, le 14 avril 1941

Ma Fleur, comme tu me manques ! À un point que j'étais loin d'imaginer.

Je suis de nouveau en poste en France par la volonté de ton père, dans cette ville de Paris que nous aimons tant tous les deux, et malgré mon travail et mes nombreuses obligations mondaines, tu es sans cesse présente dans mes pensées. Je pense à toi sans arrêt, et je continue à croire que ta place est à mes côtés.

Je sais que tu t'es remariée, mais peu importe. Je suis sûr que tu as voulu te venger, et c'est réussi car j'en suis meurtri. Mais tu ne peux pas être heureuse sans moi, pas plus que je ne peux l'être sans toi. Après tout ce que nous avons vécu ensemble, nos destins sont liés à tout jamais. Pour le meilleur et pour le pire, t'en souviens-tu ? Je t'aime, je sais que tu m'aimes, et l'amour est plus fort que tout.

Je suis invité à Bali, par un ami rencontré lors du couronnement du roi George. Il s'agit du maharadjah de Kaï Poor, t'en souviens-tu ? Je t'en supplie, Flor, rejoins-moi à Paris et nous irons ensemble à Bali, c'est une île sauvage et exotique, avec des plages magnifiques, paraît-il. Nous y serons reçus comme des princes. Ce sera féerique, comme au début de notre amour. Un nouveau départ pour nous, sans les erreurs de jeunesse que nous avons commises.

Réponds-moi vite, mon amour. Je t'attends.

Porfirio, ton mari à jamais.

Arrivée par la valise diplomatique, la lettre a été transmise à Flor par l'entremise de l'ambassade dominicaine. Ses doigts tremblent encore quand elle la replie. Elle ferme les yeux, tente de calmer les battements sourds de son cœur. Porfirio. Elle ne peut l'empêcher, elle est déjà dans ses bras, elle sent le parfum boisé de sa peau, passe son doigt sur la dépression de son menton, pose ses lèvres sur les siennes…

C'est sa première réaction, celle du cœur, un élan de son corps aussi. Flor réalise à cet instant qu'elle n'a jamais cessé de penser à Porfirio. Ce vide, ce rien, ce manque, c'était lui. Elle s'incline devant cette réalité.

Puis vient le contrecoup, comme la réplique d'un séisme. Un court-circuit. La voix de la raison. Il ne manque pas d'air, la relancer alors qu'elle est mariée, après tout ce qu'il lui a fait endurer. Il se croit irrésistible, tout-puissant. Il s'imagine qu'il peut jouer avec elle comme il l'entend.

Et puis ça recommence, Flor s'en défend mais elle n'y peut rien. Elle nage dans les eaux turquoise de Bali dans le sillage de Porfirio, ils marchent sur la plage, doigts entrelacés, regards perdus sur l'horizon, leurs pieds laissent des empreintes jumelles dans le sable blanc, ils se recueillent dans un temple aux mille stupas, ils sirotent un cocktail face à un coucher de soleil indécent de beauté. C'est ce qu'elle a toujours voulu. Être avec lui. Ça et rien d'autre.

Flor s'endort au côté de Ramón, la tête brumeuse de rêves. Le ver s'est invité dans le fruit de leur mariage déjà bien fragile.

Une seconde lettre lui parvient, une déclaration d'amour pressante. Ce chapitre de sa vie n'est pas clos. Porfirio continue à lui envoyer des lettres dramatiques et pleines de regrets. Bientôt, Flor n'a plus qu'une envie, dévorante, impérieuse. Rejoindre Porfirio en France et entamer une seconde lune de miel.

Et bien sûr, le destin s'en mêle pour brouiller les cartes.

*

Le Jefe a mené à bien la négociation entamée depuis des mois pour mettre fin au contrôle douanier américain. Il est en train de gagner ce rude combat. Ses voyages aux États-Unis s'espacent.

Fin mai, il est de nouveau malade. Il est atteint d'un méchant anthrax, son cou et sa nuque bourgeonnent d'abcès. Il choisit de se faire soigner à New York. Tandis qu'à Ciudad Trujillo l'Espagnole convoque les divinités du panthéon vaudou, Flor reste à son chevet et le veille avec Lina. Elle en profite pour se confier à lui.

— Je compte rejoindre Porfirio et reprendre la vie commune avec lui dès que tu seras guéri. Ma place est à ses côtés.

Le Jefe réagit violemment.

— C'est hors de question ! Je te l'interdis. Souviens-toi de la façon dont il te traitait. Non seulement il te trompait, mais il te battait. Combien de fois es-tu venue pleurer dans mon giron ?

Ramón a découvert les lettres de Porfirio. Flor les a-t-elle à dessein mal cachées ? Elle-même serait bien en peine de répondre à cette question. Pour l'honnête médecin, c'est la goutte de trop. Après sa carrière brisée, voilà que sa capricieuse épouse renoue avec Rubirosa. À quoi s'attendait-il ? Il ne rue pas dans les brancards, Ramón, il se résigne, comme il a déjà abdiqué sur beaucoup de sujets depuis son mariage. Si Flor doit le quitter, qu'elle le quitte. Flor et Ramón commencent à dériver loin l'un de l'autre, tandis que l'envie de Rubi ne cesse de grandir en Flor.

Mais depuis un an, la France est envahie par les nazis, Paris est occupée, et, Flor ne peut pas rejoindre Porfirio. Dont les lettres ont d'ailleurs cessé. Et celles de Flor restent sans réponse. Sous la pression des événements, il l'a oubliée. À moins qu'il n'ait entamé une nouvelle liaison. Chez Flor, l'incompréhension le dispute au chagrin et à l'humiliation. Elle est terriblement peinée. Ses espoirs évaporés, c'est toute son existence qui se fissure à nouveau.

La bulle du bonheur new-yorkais a explosé. T, qui n'a plus rien à faire à Washington, renoue avec la vie conjugale à Ciudad Trujillo. Dépitée, Lina déménage à Miami où elle s'installe luxueusement avec sa bâtarde aux frais de la République, à deux heures d'avion du Jefe.

Quant à Flor, elle divorce discrètement du brave Ramón Brea Messina qui aurait pu rendre heureuse n'importe quelle femme, sauf elle. Lui s'en sort la tête haute. Il entame une carrière diplomatique, T l'éloigne en le nommant chargé d'affaires au Mexique, en échange de quoi il rend sa liberté à Flor sans rien exiger d'autre.

Un coup de tête, une météorite dans la vie de Flor, voilà ce qu'aura été ce deuxième mari. Une rustine dans sa vie, une vie qui semble lui échapper. Car elle ne peut s'empêcher de se sentir flouée. Si T n'avait pas mis son nez dans son couple. Si Rubi ne l'avait pas relancée… Il y a en elle un mal plus profond que le chagrin, plus lourd que la solitude. Il y a ce fantôme à conjurer. Le débusquer, le bannir de ses pensées, en effacer l'empreinte sur son corps.

Le chagrin monte, monte, se transforme en un fleuve de désespoir. C'est comme ça qu'on se noie.

New York
Automne 1941

Vingt-six ans. Deux fois divorcée. Le palmarès est affligeant.

T l'ignore. Sa nouvelle famille a pris toute la place, sans compter sa liaison avec Lina. Il ne jure plus que par Angelita, sa nouvelle poupée d'une joliesse d'angelot, et par Ramfis, promu « Protecteur de l'enfance malheureuse » au cours d'une pompeuse cérémonie. Si Flor mesure tout le ridicule de cette nomination d'un gamin de onze ans, elle ne peut se défendre d'une pointe de jalousie. À elle, le Jefe n'a attribué aucun rôle. Elle aimerait tant donner de son temps, se mettre au service de son pays, participer à de bonnes œuvres ou à des événements culturels…

Son pays est devenu une cage dorée à la porte solidement cadenassée et aux barreaux forgés de domination, d'autorité, de possessivité, d'exigences, de contraintes. Flor vit sous la surveillance des espions de T, de jour comme de nuit. Elle choisit une nouvelle fois de fuir, et elle va vers ce qu'elle connaît. New York où elle se perd dans une existence de bohème. La même, à peu de chose près, que celle qu'elle reprochait à Porfirio, les mauvais coups en moins. Elle renoue aussi avec ses vieux démons, l'alcool et les désordres alimentaires. Des vieux démons, déjà, à son âge…

Flor s'efforce malgré tout d'être une jeune femme comme les autres. Mais elle est tout sauf une jeune femme comme les autres.

Elle est triplement exilée.

De son île d'abord. Il y a le manque de la terre si belle qui l'a vue naître, où ses sens se sont nourris, le manque de ses repères d'enfance, de sa langue, des siens, et c'est une mutilation. Tout lui manque, les couleurs, les parfums, les accents de musique populaire, la gentillesse de son peuple.

De T, son père qui gère sa vie depuis sa naissance, qui la récompense ou la punit, c'est selon, qui a un tel ascendant sur elle qu'elle ne peut, malgré elle, s'en passer. Ce père si puissant, si charismatique, qu'elle déçoit toujours au fur et à mesure qu'elle avance dans la vie.

Et de Rubirosa. Oui, elle se sent exilée de Porfirio. Sans lui, elle n'est pas entière. Elle avait caressé tant d'espoirs il y a à peine quelques mois.

Ces deux hommes dans sa vie, son père et son amour. Sans eux, Flor est réduite à rien. Pour la première fois, elle touche du doigt cette dérangeante réalité. Elle est inapte à vivre par elle-même.

Flor affronte seule la vie à New York, dans un grand isolement. Son nom, loin d'être un passeport, lui est un poids. Elle aimerait trouver un travail, mais elle doit se rendre à l'évidence, elle ne sait rien faire, sauf peut-être briller en société. Personne ne lui fait confiance, et moins que tous, les expatriés dominicains. Pour les opposants au régime, elle est juste la fille du Jefe. Elle ne peut pas se forger une autre identité.

Son appartement de la 5e Avenue est une tanière où, pelotonnée sur un sofa, elle passe ses journées à feuilleter des magazines en éclusant whisky sur whisky. Certains jours plus solitaires que d'autres, elle boit jusqu'à l'inconscience, jusqu'à plonger dans le noir et disparaître. Quand elle en a la force, elle sort faire du shopping. Elle est bien connue du département des ventes à crédit de Saks. Elle fait envoyer avec désinvolture les factures au Jefe. Mais cela ne la tire pas d'affaire, elle n'a plus goût à rien. Avant-hier, elle déambulait au hasard des rues quand elle a été attaquée par un essaim de mouches noires. Les insectes volaient autour d'elle, l'aveuglaient, l'entraînant dans un funeste tourbillon, jusqu'à ce qu'elle s'évanouisse sur le trottoir. Quand elle a repris connaissance, elle a distingué les visages anxieux penchés sur elle, elle a refermé les yeux, submergée de dégoût. « Je suis une honte pour le Jefe », telle a été sa première pensée. Une fois raccompagnée chez elle par une bonne âme qui lui a conseillé de consulter un médecin, elle s'est enfermée pour ne plus ressortir.

Refermer la porte de cette vie qui ne la concerne pas, voilà ce qu'elle voudrait. Elle voudrait disparaître, mais elle n'en a pas le courage. Alors s'effacer. Très vite, cela tourne à l'idée fixe. Elle cesse de nouveau de s'alimenter correctement. Et se fait vomir dès qu'un aliment arrive dans son estomac. S'effacer.

Lina a téléphoné. Elle vit toujours à Miami avec sa fille, loin des menaces de l'Españolita qu'on dit fervente adepte des envoûtements de la *santería*, somptueusement entretenue par T, dont la fougue s'est apaisée avec les années. Il l'honore d'une visite de temps à autre. Flor ne va pas bien, Lina l'a compris à sa voix basse et traînante. Elle se promet d'alerter T.

« Il faut te secouer, *querida*. Si tu es fatiguée, va voir un médecin. Promets-moi, Flor, que tu vas aller consulter », et Flor promet, comme elle fait toute chose, par lassitude.

Flor tient toujours ses engagements. Elle enfile son manteau qui flotte autour de sa silhouette amaigrie et prend l'ascenseur. Elle a rendez-vous dans un cabinet médical du quartier. Elle n'a rien ingurgité de solide depuis la veille. Dans le lobby de son immeuble, ses tempes se mettent à bourdonner. Elle sent venir le malaise. Elle tente en vain de s'adosser au mur, mais elle tombe, à demi inconsciente, sur le marbre froid. Un bruissement d'étoffe froissée, à peine un souffle, comme si déjà elle n'existait plus.

Affolé, le concierge se hâte de prévenir le médecin qui vit dans l'édifice. Flor ne pèse rien, un fétu dans ses bras, quand il la transporte dans l'appartement du docteur Berck. Quand le médecin dégrafe son manteau de fourrure et le lui ôte, il est sidéré par la maigreur de ce corps d'adolescente. Un examen rapide. Il relève la manche de sa robe, son bras une brindille, et lui administre une piqûre de vitamines. Flor se laisse faire docilement, comme un fantôme sans volonté.

Anorexie, alcoolisme, épuisement, c'est finalement un cas classique. Ce n'est pas sa spécialité, à Maurice Marshall Berck. Lui est chirurgien à l'hôpital Mount Sinai. Mais il insiste pour revoir Flor, une fois, deux fois, trois fois. Il est sincèrement alarmé par l'état de cette jeune femme qui se détruit. Cela lui fait mal de voir la façon dont elle martyrise son corps, il entrevoit les profonds désordres de son âme. Il ne connaît rien d'autre d'elle que son corps et son tableau clinique peu favorable. Mais il est agréablement étonné par la vitalité dc sa patiente qui, en quelques visites, a repris du poil de la bête.

New York

Fin 1941-1942

Flor Ledesma, c'est le nom sous lequel elle s'est présentée, intrigue Marshall Berck. Il sent bien qu'elle ne lui dit pas tout. Il aimerait comprendre les raisons de sa névrose. Il l'a vite jaugée. Elle est intelligente, vive et possède une forte personnalité. Elle est possessive aussi, certainement jalouse, et sans aucun doute dépensière, mais cela n'a pas d'importance. Derrière tout cela, il y a une jeune femme blessée. Pourquoi insiste-t-il pour continuer à la soigner, plutôt que de la diriger vers un confrère psychiatre ? Elle l'émeut et, même s'il ne veut pas le reconnaître, il est touché au cœur. C'est plus qu'une simple gentillesse envers quelqu'un qui souffre. C'est tellement bête. Maurice est en train de tomber amoureux.

Et Flor ? Le médecin ne lui fait pas grande impression. Tout au plus celle d'un sérieux professionnel. Mais sans qu'elle y prenne garde, de consultation en consultation, un lien se noue entre eux. Il est son unique contact avec la vraie vie. Elle attend leurs rendez-vous avec une impatience qui se transforme en fébrilité. Elle lui a promis. De réduire sa consommation d'alcool. De moins fumer. De manger des fruits, des légumes. De respecter les horaires. De l'alerter au moindre faux pas. Elle a besoin de ça. Une promesse, c'est comme une béquille, quelque chose de solide dans sa main, quelque chose à quoi se cramponner pour ne pas trébucher. Pour la première fois de sa vie, Flor fait confiance à un homme.

Le jour où le docteur Berck l'invite à dîner, Flor accepte. Entrouvrir la porte de la cage, avancer une main timide et caresser le plumage de l'oiseau effrayé, sans recevoir le moindre coup de bec. Comment Maurice a-t-il réussi cet exploit ?

Ça sort comme ça, entre l'entrée et le plat principal.

— Trujillo. Mon vrai nom est Flor de Oro Trujillo.

Maurice ne comprend pas tout de suite. Il fronce les sourcils. Flor tripote nerveusement les perles de son collier. Elle plante ses yeux noirs dans ceux, gris, du médecin et enfonce le clou :

— Je suis la fille de l'Ogre des Caraïbes.

Ça sonne comme la confidence d'un enfant, mais c'est une vérité tragique. Voilà comment Flor désigne son père. C'est une provocation. Est-ce une façon de se préserver, de se tenir à distance ?

Maurice s'en veut. L'appartement, les vêtements luxueux, trop grands mais luxueux, les bijoux…

L'Ogre des Caraïbes… On l'appelle aussi le César des Caraïbes, le Généralissime, le Bienfaiteur de la Patrie. Tout démocrate qui se respecte abomine le tyran qui règne sur la moitié d'île qui se déploie à quelque

600 miles de la Floride. Et Maurice Marshall Berck vote démocrate.

Une patiente et la fille de l'Ogre. Double faute.

Voilà Maurice pris au piège de cet amour qui s'est invité dans sa vie sans qu'il y prenne garde.

*

Le médecin n'a pas le moindre lien avec T. Alors Flor lui ouvre son cœur. En vrac. Ses deux mariages ratés, la pression, la dépendance, la jalousie, le contrôle, la toute-puissance du Jefe, les désirs contradictoires qui l'écartèlent, ses trois demi-sœurs nées à quelques semaines d'intervalle, la fuite, Ramfis déjà colonel, cet amour si encombrant pour son père, le dictateur, l'Ogre, dont elle ne sait se dépêtrer…

Flor lui parle des espions de T. Ici, même à New York ? Oui, même ici.

Maurice interprète.

Ses coups d'œil inquiets par-dessus l'épaule quand elle s'engouffre dans la porte tambour d'un restaurant.

Le temps d'arrêt avant de franchir le seuil d'un club de jazz.

Son sursaut de recul quand un homme lui présente la flamme de son briquet au comptoir d'un coffee shop.

Sa défiance envers les autres clientes de l'institut de beauté.

Sa paralysie quand un inconnu lui adresse la parole dans la rue.

Sa peur panique quand résonne le timbre du téléphone.

Ça porte un nom. Paranoïa.

— Personne ne peut comprendre ce que c'est que d'être la fille de T.

Si, le docteur Berck comprend. Et compatit. Son regard qui plonge en elle comme un projecteur éclaire les moindres recoins de son âme.

Flor va devoir admettre un certain nombre de choses.

Qu'elle n'est pas adulte.

Qu'elle dépend d'un lien malsain.

Qu'un seul désir régit sa vie, plaire à son père.

Que quand elle lui déplaît, elle fuit, pour échapper à la punition.

Que la punition la rattrape toujours.

Qu'il faut qu'elle s'en affranchisse.

Il est temps pour Flor de grandir, de cesser d'être la marionnette de son père. Elle ne pourra être l'épouse de personne avant de devenir adulte.

Chaque jour, le médecin s'efface un peu plus devant l'homme.

*

Flor était en train de se noyer. Elle vient de trouver un appui, elle doit y poser le pied et d'un coup se propulser vers la lumière. Peu à peu, elle s'épanouit sous l'aile de Maurice. Elle retrouve goût à la nourriture, reprend des couleurs, du poids. Ils sortent au théâtre, au cinéma, voient des expositions. Flor s'agrippe à son bras et c'est bien plus qu'une planche de salut.

Ils rient de la façon dont ils se sont connus : il y a meilleure façon de rencontrer un homme qu'ivre morte…

Il la trouve belle et le lui dit. Mieux, il le lui prouve, dans le secret de leurs draps. Après l'amour, il ne roule pas de son côté pour reprendre des forces comme Rubi. Il pose la main sur son sein menu pour calmer les battements de son cœur, caresse tendrement son corps fluet, encore et encore, dessine des arabesques sur son ventre, picore son cou de baisers, joue inlassablement avec ses boucles qu'il adore. Flor ferme les yeux, apaisée, sereine. Et s'endort dans ses bras. Le matin, Maurice la réveille avec une tasse de café fumant, sur le plateau, dans un verre d'eau, il a mis une rose chipée au bouquet du salon. Il file à l'hôpital, mais pas avant qu'elle lui ait promis de prendre l'air. Quand la porte claque, Flor s'étire avec délice dans le lit et enfouit sa tête dans l'oreiller, respirant l'odeur de Maurice. Elle boit son café en se disant que la journée qui commence sera bonne. Cela dure ainsi quelques semaines.

Mais la réalité les rattrape. Flor l'avait mis en garde, impossible d'échapper aux espions de T qui maintient une étroite surveillance sur sa fille.

Le consul dominicain appelle Flor : le Jefe « sait ce qu'elle fabrique ».

Et lui pose l'inévitable question : Quand va-t-elle se marier ?

Flor panique et alerte Maurice. Elle l'avait prévenu. Fréquenter la fille de T le met en danger et compromet sa liberté.

Sans s'alarmer, Maurice pèse le pour et le contre.

Quant à Flor, elle s'effondre. Elle n'a jamais eu le droit d'être courtisée de façon normale, elle n'a jamais pu mener une aventure amoureuse sans que l'ombre de son père vienne l'obscurcir.

*

Par un faire-part officiel, Flor apprend la naissance de son demi-frère Radhames le 1er décembre 1941. Décidément, Verdi inspire T[1]. Flor en rirait si la jalousie ne lui égratignait pas le cœur. Elle n'aura jamais d'enfants tandis que la famille du Jefe n'en finit pas de s'agrandir. Et ce garçon-là, c'est une certitude, est bien de lui, pas comme Ramfis dont il se dit qu'il est le fils du premier époux cubain de doña María. Pour les Trujillo, c'est clair, Flor n'existe plus. Alors pourquoi T ne desserre-t-il pas le licol qui l'entrave ?

*

La nouvelle qui change tout tombe le 8 décembre 1941.

Les États-Unis entrent en guerre.

Et dans leur sillage, la République dominicaine.

Malgré son admiration pour Mussolini et Hitler, le Jefe a écouté la voix de la sagesse et s'est rallié à ces Yanquis qu'il exècre. Il avait déjà fait un pas en ce sens en proposant, lors de la conférence d'Évian, une centaine de milliers de visas pour des Juifs du Reich et en accueillant deux ans auparavant une poignée d'immigrants européens dans une enclave au nord du territoire dominicain. Flor, qui avait tant haï les nazis lors de

1. Ramphis et Radamès sont des personnages d'*Aïda* de Verdi.

son séjour allemand, avait été agréablement surprise de cette manœuvre qui, même si elle répondait à des motivations troubles, plaçait le Jefe du bon côté. Elle raconte à Maurice l'élan de fierté qu'elle avait ressenti à l'époque. C'est pareil aujourd'hui.

Dès lors, Maurice se sent dédouané. L'Ogre s'est rangé aux côtés des Américains. Le prétexte est maigre, mais il lui suffit.

Pour Flor, c'est maintenant ou jamais. La chance de s'unir à un homme sincèrement amoureux, qui lui fait du bien, l'opportunité de rompre avec le passé, avec son pays, et de vivre définitivement loin de la tyrannie de son père.

Maurice n'est pas un play-boy et il n'est pas inféodé à T.

Maurice l'aime.

Elle accepte de l'épouser.

New York

Printemps 1942

Le mariage a lieu à Manhattan le 6 mars 1942, presque en catimini. Entre la politique, la gestion de son pays, sa famille, ses maîtresses, ses bâtards, le Jefe n'a pas le temps. Mais il a fixé un tarif. Un duplex au 784 Park Avenue assorti d'un virement mensuel de 2 000 dollars. Cadeau de noce pour le troisième mariage de Flor de Oro. En échange, il y aura quelques obligations mondaines, comme cette réception que les Berck donnent pour l'anniversaire de T, le 24 octobre. Maurice se retrouve dans la rubrique mondaine du *Times*, face à une publicité Van Cleef & Arpels. Il n'est pas sûr d'aimer ça.

Flor et Maurice s'installent dans une vie de couple confortable et ronronnante. Il aime les livres et la musique classique, les dîners entre amis et il initie Flor à un paisible bonheur domestique. Elle se glisse avec délice dans le costume de l'épouse modèle qu'il a taillé pour elle. Le simple plaisir d'être une femme ordinaire suffit à la rendre heureuse. Sa rente lui permet de se faire plaisir et elle profite de New York sans arrière-pensée, comme elle n'a jamais pu le faire.

Parfois, au fil de ses promenades, ses pas la conduisent presque malgré elle devant un restaurant où elle s'était attablée avec Porfirio ou face au bar où il officiait. Une fois, elle pousse même la curiosité jusqu'à retourner devant l'hôtel où ils avaient échoué lors de leur fuite. Rien n'a changé. Elle est tentée d'en franchir le seuil et de demander la clé de leur ancienne chambre. Sinistre pèlerinage. Elle se ressaisit. Flor a promis à Maurice de ne plus se faire du mal. Ni à son corps, ni à son âme. Alors elle reprend à pas lents le chemin de Park Avenue. Elle flâne dans Central Park, croise des petits qui jouent à chat. Elle se prend à rêver de donner un enfant à Maurice, si seulement… Sa gorge se serre au souvenir du coquillage de la vieille sorcière de Sabana de la Mar, enfoui quelque part dans ses affaires. Elle ne s'en est jamais séparé. Au retour, elle rafle une poignée de magazines de mode dans un kiosque. Le concierge la salue respectueusement et appelle l'ascenseur pour elle. Elle pousse la porte du vaste appartement qui est devenu son nid et s'effondre sur le sofa, ses magazines sur les genoux, en jetant un regard de reproche sur le meuble bar désespérément vide.

Flor tient son engagement. Abstinence totale, la pédale douce sur les cigarettes, fruits, légumes, huit heures de sommeil… Des jours, des semaines, des mois paisibles. Sans grand relief, mais banalement heureux.

De temps à autre, ils s'offrent une escapade loin du tumulte de la ville. Maurice aime les randonnées en montagne. Les plus proches ce sont les Catskill.

Godillots de marche aux pieds, Flor, docile, apprend à aimer la marche. Elle est endurante et cela enchante son mari. Avec Maurice, c'est facile. Avec lui, tout lui paraît facile. Parfois pointe un souvenir comme celui des week-ends d'hiver à Jarabacoa avec Porfirio, au milieu de la cour de T, les femmes aux épaules couvertes d'étoles de fourrure pressées autour de la cheminée… Mais Flor est désormais bien loin de tout ça.

C'est la première fois que Flor admire et respecte l'homme qui vit à ses côtés. Elle aime son dévouement, sa capacité de travail, son abnégation, sa rectitude. Elle aime Maurice, son ami, son protecteur et son époux.

Entre eux, l'amour est tissé d'une étoffe à la trame complexe et aux motifs singuliers. Il y a la compétence et l'ascendant du médecin et la confiance de la patiente envers l'homme de science. La compassion de qui ramasse un animal blessé dans le caniveau et la reconnaissance éperdue de cet animal pour son sauveur. Le magnétisme et la sensualité de Flor et l'attirance de l'homme de chair pour cette liane exotique. La tyrannie et les dérives de la dictature dominicaine qui froissent les convictions politiques de Maurice. La crainte, pire, la peur, qu'inspire le Jefe à sa fille, et sa volonté toujours battue en brèche de s'affranchir de sa férule.

Sans compter ce que Flor a soigneusement enseveli au fond de son âme, le manque sourd de Rubi.

New York
Septembre 1942

— *¡Pendejo! ¡Hijo de la gran puta!*

Ça lui a échappé.

Question juron, Flor a été à bonne école. Quand ses nerfs lâchent, quand elle ne se contrôle plus, elle déverse un flot d'injures. Comme la princesse du conte, des crapauds, des limaces et des ordures sortent de sa jolie bouche.

Et l'injure qui lui vient naturellement aux lèvres, c'est le juron préféré du Jefe. Celui dont il accable quiconque se laisse aller à un écart de conduite, quiconque lui manque de respect et porte atteinte à sa dignité, le talon d'Achille du Jefe.

— *¡Pendejo! ¡Hijo de la gran puta!* répète Flor tandis qu'un frisson lui parcourt l'échine.

C'est écrit là, noir sur blanc. Dans la rubrique mondaine du *New York Times*. Elle reçoit la nouvelle de plein fouet, avec la brutalité d'une gifle glacée.

Porfirio s'est remarié.

Son Rubi.

Remarié…

À Vichy où, après son retour en grâce, il a été muté par le Jefe…

Avec une actrice…

La plus belle femme du monde…

Le cœur de Flor s'est emballé et cogne douloureusement dans sa cage thoracique. Des plaques sombres marbrent son encolure.

Elle examine la photographie. Le cliché est un peu flou, mais pas assez pour qu'elle ne la voie pas bien.

¡Fea! ¡Narizua[1]*!*

Laide, au grand nez. Blafarde.

Danièle Darrieux.

Rubi semble heureux. Il sourit béatement, l'air un peu niais. A-t-il pensé à elle, sa Fleur, au moment de passer l'anneau au doigt de la Française. Il n'a pas pu oublier, sa main tremblante dans la sienne, ses yeux timidement levés vers les siens, pleins d'espoir, débordant d'amour, ses larmes accrochées au bord des cils. Cet anneau symbole d'avenir qu'il a glissé lentement le long de son doigt fin comme une allumette. Cet anneau qu'il a bafoué si souvent.

Anéantie, Flor se lève et se dirige vers le bar.

Elle titube légèrement.

Un boxeur qui a reçu un uppercut.

S'appuie des deux mains sur le plateau du meuble.

Respire à fond.

Saisit une flasque.

La repose.

---

1. *Fea* : « moche », *Narizua* : « au grand nez ». Dominicanisme souvent utilisé de façon dépréciative.

La débouche, tord le nez.

Du whisky. Ça fera l'affaire.

Se verse un verre. Ras bord.

Avale une grande rasade.

Et se sent aussitôt coupable.

Maurice l'a mise en garde.

D'un pas résolu, Flor se dirige vers la cuisine et verse le fond du verre dans l'évier. Elle tiendra bon. Elle le lui a promis.

Flor de Oro n'est plus Fleur.

Mais *¡por Dios!* Porfirio n'avait pas le droit de se remarier. Tant qu'elle l'était et pas lui, elle gardait l'avantage, elle avait l'impression d'une victoire. Avec la Française il marque un point, la preuve, il est dans le journal.

La peine que lui inflige Rubi l'assomme.

Une clé tourne dans la serrure. Maurice.

Flor chiffonne le journal, le jette à la poubelle, se précipite à la cuisine, se penche sous le robinet, rince sa bouche. Lui reste la brûlure amère du whisky dans sa gorge nouée.

Elle accueille son mari, un sourire plaqué sur les lèvres.

Une mélancolie mortifère l'accable.

Quelque part de l'autre côté de l'océan, l'homme qu'elle n'a jamais cessé d'aimer vient de convoler en justes noces.

Washington
Novembre-décembre 1942

Depuis l'entrée en guerre des États-Unis, Maurice, qui a le grade de capitaine, est affecté à l'hôpital militaire Walter Reed à Bethesda, où affluent les rapatriés du front.

Flor a loué un appartement à Washington pour être à ses côtés. Très vite, le rythme devient infernal, Maurice est appelé à toute heure et s'épuise au travail jour et nuit. Il convainc Flor de retourner à New York, elle y sera plus au calme et elle le rejoindra de temps en temps au fil de ses permissions.

Ainsi, à l'occasion de Thanksgiving, ils se retrouvent dans une petite auberge sur les rives du Potomac. Maurice est si épuisé qu'il n'a même pas envie de chausser ses chaussures de marche. Ils passent deux jours à paresser au lit, puis Flor rejoint New York et Maurice sa salle d'opération.

*

Flor n'a pas vu Maurice depuis trois semaines et il lui manque terriblement. Elle ne pensait pas qu'il pouvait autant lui manquer. Le grand duplex est vide sans lui. Elle a beau écouter les quatuors à cordes qu'il aime, laisser traîner ses vieilles revues scientifiques, ses paquets de cigarettes sur la table basse, c'est une illusion.

Le soir, elle s'habille, une jolie robe, du maquillage, des escarpins. Elle tourne devant sa glace, les murs se renvoient l'écho chagrin du claquement de ses talons sur le sol de marbre. Puis elle se déshabille. Vaine coquetterie, son mari n'est pas là. Elle pense à lui. Pense-t-il à elle ? En a-t-il seulement le temps ? Pourtant chaque soir Flor reçoit un coup de téléphone. Elle se montre gaie, légère, inutile de lui faire sentir combien la solitude lui pèse, Maurice a bien assez de soucis comme ça.

Le plus souvent, Flor refuse les invitations. Elle n'a guère envie de sortir. Au milieu de leurs couples d'amis, elle ressentirait l'absence de Maurice encore plus cruellement. Assise dans un fauteuil, elle considère le carton aux pompeuses lettres dorées. C'est une invitation à l'ambassade dominicaine de Washington pour célébrer la nouvelle année, la treizième de l'ère de T[1]. Flor a décliné, prétextant l'absence de son époux, en espérant que ça ne sera pas retenu contre elle. Elle n'a aucune envie de s'exposer aux regards des affidés du Jefe. Elle est heureuse d'avoir su mettre de la distance entre elle et lui.

---

1. « *La Era de Trujillo* », nom donné à la période du règne de Trujillo, 1930-1961.

*

Flor est gaie. Avant-hier, Maurice a appelé.

— Ma chérie, j'ai obtenu trois jours de repos, à partir du 2 janvier. Rejoins-moi à Washington et nous partirons à la campagne. Je te prépare une surprise. Vêtements chauds !

Excitée par la perspective de cette escapade, Flor s'est précipitée sur la 5e avenue toute illuminée des décorations de Noël. Elle écume les boutiques d'un pas léger. Maurice a dit vêtements chauds ? Elle lui achète une écharpe en cachemire, des gants de peau fourrés, une veste d'intérieur en laine, et un briquet en or qu'elle fait graver à ses initiales, car Maurice ne s'applique pas les préceptes qu'il lui distille, il continue à fumer comme un sapeur. Elle fait emballer ses cadeaux dans de jolis papiers de soie avec des faveurs de couleur. Elle choisit une carte avec un sapin semé de paillettes dorées sur laquelle elle écrit : « Pour le meilleur des maris, avec tout mon amour, Flor. »

Elle a hâte.

New York

31 décembre 1942

— 154 East, 54th Street, El Morocco !

Flor arrange sa robe du soir sur la banquette et resserre son étole de vison sous son menton. Le chauffeur de taxi claque la portière et se faufile habilement dans la cohue de la circulation.

Ce soir, c'est le 31 décembre, et Flor s'est laissée fléchir. Elle va réveillonner avec quelques couples d'amis. L'ancien speakeasy des années de prohibition a bien changé. El Morocco c'est désormais l'endroit où il faut se montrer, le must du beau monde.

Une pensée taraude Flor. Les photographies de Jerome Zerbe, le photographe officiel, font souvent la une des magazines people. Nul doute qu'elle sera photographiée et que le cliché arrivera jusqu'à Porfirio car, dans sa légation de Vichy, il reçoit la presse américaine, c'est sûr.

Alors Flor a soigné sa tenue et son maquillage. Ses robes du soir étalées sur le lit, elle a longuement paradé devant son miroir. Pas de motifs, ça jurerait avec les célèbres rayures de zèbre bleues des sièges. Elle a hésité. La verte ? La noire ? Opté pour la noire.

Quand le taxi la dépose devant le tapis rouge du club, les flashs crépitent. Flor sourit, la gamine tapie en elle se réveille. Elle a l'impression d'être une star, comme María Montez dont elle admire le parcours. Puis elle peste, elle aurait dû se faire accompagner. Ça a l'air de quoi, arriver seule à un réveillon.

Qu'importe. Ce soir, elle a décidé d'être heureuse. Elle chasse Porfirio de ses pensées. Demain, elle prend l'avion pour rejoindre son mari à Washington. Ce sera un début d'année délicieux. Elle se demande quel sera son cadeau, Maurice les choisit toujours avec attention, elle l'imagine déjà en train de dénouer les rubans de ses paquets, un tendre sourire aux lèvres. « Tu as fait des folies, Flor, tu me gâtes trop ! » dira-t-il en l'embrassant. Et elle lui répondra « Rien n'est trop beau pour toi, mon amour ! » Car c'est vrai, rien n'est trop beau pour Maurice. Pourvu que ses cadeaux lui plaisent.

*

On s'amuse franchement au Morocco. On fume, on rit, on danse, on boit. Sauf Flor qui s'abstient. Juste une goutte et les cigarettes avec modération. Ses amis la trouvent rabat-joie, mais une promesse est une promesse, et elle s'y tient. Elle discute, elle virevolte et s'autorise une coupe de champagne à minuit.

Tout le monde s'embrasse. En pensée, Flor souffle un baiser à Maurice, bonne année mon chéri. Et que cette guerre se termine vite, ils ont tant de projets ensemble. Et Flor se prend à rêver. Un enfant. Oui, pourquoi pas un enfant ? Rien n'est insurmontable…

Après, la soirée s'éternise. Flor écoute les conversations brouillonnes autour d'elle. S'ennuie. Dessine des arabesques avec son index sur la paroi embuée de sa coupe de champagne… Elle ne va pas tarder à demander un taxi pour rentrer. Elle doit encore boucler sa valise et se reposer avant son vol pour arriver à Washington en pleine forme.

On lui tape sur l'épaule. Flor se retourne. Une pierre tombe au fond de son estomac et son magnifique sourire s'éteint. C'est Marieke, son manteau boutonné n'importe comment et une écharpe enroulée autour du cou. Elle ne devrait pas être là. Les boutons mal ajustés, ce détail incongru agrippe le regard de Flor. Elle sait déjà qu'elle ne va pas aimer ce que sa domestique allemande est sur le point de lui dire. Elle se tasse sur son siège, prête à encaisser le coup. Elle ouvre la bouche, souffle coupé, cœur en suspens. Les lèvres de Marieke tremblent.

— Madame, il faut revenir à la maison tout de suite, s'il vous plaît. Le taxi nous attend…

Flor fixe les sièges dont les rayures entament une lente sarabande sous ses yeux. Elle se retient au plateau de la table. Son père ? Sa mère ? Pas Maurice, non, pas Maurice… Elle est saisie de vertige. Elle récupère son étole au vestiaire, trépigne jusqu'au taxi suspendue au bras de Marieke. Quand le chauffeur claque la portière sur elles, Marieke laisse échapper des bribes entre deux sanglots.

— Ils ont téléphoné… La police… Votre mari… endormi… un incendie… des pilules pour dormir… cigarette… mort…

Flor n'entend qu'un mot. Un seul.

Mort.

C'est un fait divers qui tient en deux lignes.

Tellement banal qu'il ne défraierait même pas la chronique.

Maurice a pris un somnifère et s'est endormi une cigarette à la main. Le feu a pris dans sa chambre, il est mort dans l'incendie.

Fin de l'histoire.

Tout de même, il s'agit du gendre de T. Alors la police est sur le coup, déjà dans l'appartement des Berck. Le FBI. Un assassinat ? Le Jefe n'en est pas à son coup d'essai. Flor est interrogée. Elle tient mal le choc. Elle titube jusqu'au meuble bar, tend la main vers le carafon de whisky, sa main tremble légèrement. Elle hésite. Maurice le lui a interdit. Mais Maurice est mort, il n'est plus là pour lui interdire quoi que ce soit et pour la protéger du ravin. Flor se verse un verre qu'elle avale d'une seule longue lampée. Puis elle s'affaisse sur le fauteuil sous l'œil torve des détectives.

L'affaire ne mérite pas une enquête approfondie, elle est rapidement classée. Pendant ces premières heures de froids interrogatoires Flor a le sentiment de flotter à côté de son corps. Personne n'est là pour la soutenir. Alors elle laisse son esprit vagabonder loin de la sinistre réalité.

Il n'y a rien à gratter dans la vie lisse de Flor et Maurice. Ni complot, ni espionnage, ni malversations. Rien. L'enquête conclut finalement à une mort accidentelle.

Aidée par les autorités militaires, Flor fait rapatrier le corps de Maurice à New York où il est enterré.

Les jours passent, et, peu à peu, elle reprend pied. Malgré elle, un doute, un soupçon. Flor ne peut s'en empêcher. La mort de Maurice n'est pas naturelle. Il a été assassiné. Cette pensée fait son nid au fond de son cerveau et tapisse de noir ses jours et ses nuits. Le Jefe est derrière cette mort. Il a réussi à lui ôter ce mari qui ne lui demandait rien, qui ne lui devait rien, qui par là même lui échappait, celui qui avait réussi à lui voler sa fille. Il était devenu son protecteur, son rempart contre l'adversité, il lui avait permis de se libérer de son autorité, il la rendait pleinement heureuse. Et cela le Jefe n'a pu le supporter…

En lui enlevant Maurice, T reprend la main. Plus que jamais Flor se sent prisonnière de la toile que son père a tissée pour l'emprisonner.

Mais elle ne veut pas y croire. Elle se raisonne, il le faut. Pour sa santé mentale. Trop de travail, trop de fatigue, voilà ce qui a eu raison de Maurice. Un simple accident domestique. Ce n'est rien d'autre. Pour vivre, elle doit s'en convaincre.

Flor est veuve de son troisième mari.

Son mariage aura duré dix mois.

Elle a vingt-huit ans.

C'est vêtue de noir, les yeux cernés et les lèvres ourlées d'amertume qu'elle fera la une de la presse, et non pas dans sa belle robe de réveillon, attablée au Morocco.

Rio de Janeiro, Ciudad Trujillo
1943

Flor n'a plus le cœur ni la force de jouer les filles émancipées. Vaincue, elle s'est réfugiée à Ciudad Trujillo. T l'a installée dans une vaste maison de Gazcue, loin des ors de sa cour. Aminta a été appelée à la rescousse. S'étirent d'interminables journées dont la vacuité la paralyse.

La mort de Maurice l'a laissée exsangue. Outre la violence du choc et les circonstances dramatiques du décès, il y a le manque. L'aura protectrice de Maurice, sa tendresse, sa sollicitude, l'objectif qu'il s'était assigné, la remettre sur ses pieds, droite, sobre, tout cela apaisait les démons de Flor. Auprès de lui, elle n'avait plus peur. Elle avait même réussi à croire en elle. Mais les cauchemars sont revenus et avec eux la terreur, sourde, omniprésente.

Pour calmer ses angoisses, elle s'autorise un petit verre le soir. Pas plus d'un. Maurice ne serait pas content, et c'est juste pour mieux dormir. Dormir et oublier. Ce manque d'un homme auprès d'elle, qui veillerait sur elle. C'est une question de survie, Flor le sait. La voilà réconciliée avec l'alcool.

*

Elle est vaillante Flor, tout de même. Elle ne renonce jamais. Espère toujours.

Aussi, quand l'invitation lui parvient, elle n'hésite pas.

Arturo Despradel, l'oncle de son amie d'enfance Idalina, l'invite à soigner son chagrin au soleil du Brésil où il est ambassadeur.

Quitter Ciudad Trujillo, oublier Washington et l'ombre de Maurice, découvrir un nouveau pays, T, qui s'est fait discret depuis son veuvage, ne s'y oppose pas.

*

La demeure des Despradel est vaste et confortable. Mme l'ambassadrice est aux petits soins pour Flor qui peu à peu renoue avec les mondanités. Cocktails, vernissages, dîners, la vie est plaisante à Rio où l'on compte nombre d'immigrés européens. Ici la guerre est presque une abstraction. Pourtant le Brésil prépare l'engagement de ses premières troupes aux côtés de l'armée américaine sur le champ de bataille européen.

Les Despradel sont fiers d'exhiber leur invitée de marque. Flor de Oro n'est pas n'importe qui. On l'agite comme une marionnette, mais elle n'en a cure. Elle soigne son chagrin à coups de caïpirinha sur des airs de samba.

*

Flor paresse dans son lit. Elle s'étire en observant les rais du soleil déjà haut qui, à travers les jalousies de bois et les tentures de soie de sa chambre, dessinent des rayures sur son corps. Une enclume enserre sa tête. Hier, elle a fait des mélanges, champagne, vins, vieux rhum et bourbon, que Maurice aurait sévèrement réprouvés. Mais Maurice n'est plus là pour jouer les gardes-fous et lui tenir la main. Ce dîner officiel qui, sous l'égide du chargé d'affaires dominicain, a réuni la fine fleur des industriels brésiliens était d'un ennui torride… que Flor a noyé dans l'alcool. On frappe à sa porte et c'est comme si on enfonçait un clou à petits coups de marteau dans son crâne.

Mme Despradel devance une bonne en tablier blanc qui titube sous le poids d'une gigantesque gerbe de roses. La petite métisse a du mal à franchir le seuil, elle pose son encombrant hommage sur la commode de palissandre et se retire après une légère génuflexion. Sous le regard inquisiteur de son hôtesse qui lui tend une enveloppe, Flor se redresse dans son lit, fait sauter le rabat du message d'un coup de son ongle laqué et déchiffre le petit mot qui signe le délirant cadeau. Elle ne peut retenir un sourire un peu méprisant. « Quelques fleurs pour la plus belle des fleurs. » Le jeu sur son prénom est tellement banal et rebattu. Mme Despradel se dandine d'un pied sur l'autre, seule la bienséance l'empêche d'interroger Flor qui, d'une question, accède à sa supplique muette :

— Qui est cet Antenor Mayrink Veiga ?

L'ambassadrice écarquille les yeux et hausse des sourcils perplexes. Quelle bécasse, cette Flor de Oro !

— Mais ma chère, c'est l'homme qui était assis à côté de vous hier soir. Il n'a pas arrêté de vous couver du regard de toute la soirée !

Seigneur, la Despradel la prend pour une idiote ! Il n'a pas arrêté de reluquer son décolleté de ses yeux globuleux, comment cela aurait-il pu lui échapper ?

— Je sais bien que c'est lui, rétorque Flor en revoyant le crâne lustré et le visage poupin aux traits mous de son voisin de table. Mais ce n'est pas le sens de ma question.

Son ton est plus sec qu'elle ne le voulait. Mme l'ambassadrice se reprend et lui déroule le curriculum de Mayrink Veiga. Long comme le bras. Excellente famille, des industriels, machines-outils, armement, munitions. Multimillionnaire. Marié trois fois (comme moi, remarque Flor), un vrai séducteur, des ambitions politiques, un siège de sénateur en vue. Il possède un empire médiatique, journaux et radios (comme T, songe Flor que décidément les coïncidences amusent). Bref, au pays de la samba et du caoutchouc, il ne compte pas pour rien, son admirateur.

— Quel âge ? demande Flor.

— Quarante-cinq ans, je dirais.

Dix-sept ans de plus qu'elle, tout de même. Mafflu et affligé d'une calvitie.

Le soir, au dîner, les Despradel ne tarissent pas d'éloges sur Antenor. Despradel est même très insistant. Mayrink Veiga est un intime d'Eurico Gaspar Dutra, un militaire qui brigue la présidence et a toutes les chances de la conquérir.

La nuit venue, malgré la fatigue, malgré la douceur des draps de soie, Flor ne parvient pas à fermer l'œil. Elle se tortille dans son lit comme une anguille. Dans sa tête une valse de pensées, des visages, celui de son père, de Maurice, de Porfirio, d'Antenor. Antenor, quel drôle de prénom ! Elle passe en revue les détails du dîner de la veille. Le crâne lisse et luisant, le visage bonhomme, le nœud papillon trop serré, le renflement de chair sous le menton, le rire un peu grasseyant, la veste tendue par l'embonpoint… On ne peut pas dire que ce soit un prix de beauté, Antenor. N'empêche, Flor a beau s'en défendre, elle est flattée.

C'est sans conséquence car demain elle fait ses valises.

Retour dans l'île.

Washington
1943

Le bref intermède de Flor comme gentille épouse d'un médecin nord-américain soldé, T entend bien reprendre les rênes de sa vie.

Quand elle rentre du Brésil, une surprise de taille l'attend. Elle est nommée première secrétaire à l'ambassade de Washington, une décision du Jefe assortie d'une dotation de 60 000 dollars pour l'achat d'une maison digne de son rang.

Flor ne peut s'empêcher d'être heureuse. Une carrière diplomatique s'ouvre à elle. Elle sait que le Jefe attribue des postes à tous les membres de sa famille et que ce n'est pas son mérite personnel qui lui vaut cette affectation. Mais c'est son premier rôle officiel au service de son pays et elle déborde d'un enthousiasme naïf. Elle fera de son mieux pour être à la hauteur de cette marque de confiance. Elle va enfin travailler et recevoir un salaire. Est-ce son lot de consolation, une façon de conjurer le mauvais sort qui s'acharne sur ses mariages ? Cela ne prouve-t-il pas que T se soucie d'elle ? Qu'il veut l'aider à surmonter l'épreuve qu'elle vient de vivre ? Flor s'en convainc et cela renforce sa résolution.

Flor s'installe dans la capitale américaine et devient rapidement une figure de la bonne société washingtonienne. Quand elle est promue conseillère ministérielle en charge des relations culturelles entre les deux pays, Flor se sent pousser des ailes. Mieux faire connaître son pays, en valoriser la culture, quelle mission passionnante. Elle n'aurait même pas osé en rêver. Pleine d'idées, elle déborde d'énergie et d'initiatives. Elle donne un cycle de conférences sur la culture dominicaine. Elle soutient un projet de recherche universitaire sur le merengue, cette musique contagieuse, née d'un mélange de traditions africaines et espagnoles, que T a popularisée. Elle collabore à un documentaire sur la République dominicaine avec le producteur Spyros Kouras. Elle rencontre tous ceux qui comptent, prend même le thé à la Maison Blanche avec Eleanor Roosevelt. On parle d'elle dans les chroniques mondaines et, mieux, dans les rubriques culturelles des journaux. Pour la première fois de sa vie, Flor se sent utile.

*

Est-ce un hasard ? Aiguillé par Herbert May, industriel et discret lobbyiste au service du Jefe, le chemin de Flor recroise celui de Mayrink Veiga. Antenor reprend les choses là où elles en étaient restées à Rio. Gerbes de fleurs, précieux cadeaux, toilettes élégantes. Il couvre Flor de vêtements, de bijoux et de roses, beaucoup de roses. Elle n'a jamais été courtisée de la sorte, avec autant de constance et d'extravagance. Accrochée au bras du milliardaire brésilien en robe du soir Mainbocher ou Valentina, Flor est exhibée comme un trophée, voyez voyez, c'est la fille de T, le Généralissime, le César des Caraïbes. Ils fréquentent les restaurants les plus chics, les clubs huppés, courent de réception en réception sans reprendre leur souffle.

Leur idylle est tout sauf discrète.

Los Angeles
Septembre 1943

Elle en jette la princesse aux mille sequins !

Dans sa suite du Biltmore, Flor repose le journal ouvert à la page de la rubrique mondaine, écrase sa cigarette au fond du cendrier de cristal et se ressert une tasse de café, songeant que c'est sûr, le Jefe sera fier d'elle. Et Porfirio, au sein de sa lointaine ambassade où qu'elle soit, tombera sur l'article. Il la verra, lui aussi.

Au premier plan, la reine du Technicolor crève la photographie, mais, malgré sa petite taille, Flor ne s'en tire pas si mal. Elle est de trois quarts, on devine son joli profil, son petit nez droit et mutin. Son visage est sans malice, toutes ses émotions s'y inscrivent. De la fierté, de la joie et une espèce de soumission, comme une attente. Elle se reproche cet air un peu bêta avec lequel elle fixe l'actrice, elle aurait dû regarder le photographe bien en face. Elle regrette aussi son chapeau qui fait comme un casque de tulle pailleté sur le haut de son visage et surtout, surtout, cette manucure qu'on distingue parfaitement. Mon Dieu, quelle idée ces ongles postiches si longs qu'ils l'ont gênée au moment d'accrocher les décorations au revers de María. On ne voit que ça, ses ongles, et ça n'est pas du meilleur goût, Flor s'en rend compte maintenant. Elle va prendre rendez-vous chez la manucure illico et se faire retirer ce bazar, qui loin d'en faire une femme du monde, la dessert.

La veille au soir, à Los Angeles, au nom du gouvernement dominicain, en vertu du décret n° 1370 du 1er septembre 1943, Flor de Oro Trujillo a remis la croix de l'ordre du Mérite de Juan Pablo Duarte, la plus haute distinction dominicaine, et l'ordre de Trujillo à l'actrice María Montez, première Dominicaine à recevoir ces décorations (hormis l'Españolita élevée au rang de grand-croix d'Or de l'ordre de Juan Pablo Duarte au cours de la présidence de Peynado, cet homme de paille de T, mais l'épouse du Jefe, ça ne compte pas). L'actrice, coincée sur le tournage de *Gypsy Wildcat*, ne pouvait se rendre dans l'île et c'est à Flor, première secrétaire de l'ambassade de Washington, qu'a échu cette mission.

María n'a que trois ans de plus qu'elle, à peine plus de trente ans, et elle est déjà au sommet de la gloire. Les États-Unis sont en guerre depuis plus de deux ans et les réalisateurs d'Hollywood, qui s'emploient à remonter le moral des troupes avec des films légers, s'arrachent celle que la presse a surnommée la *bomba latina*. Dans son dernier film, *Les Mille et Une Nuits*, María Montez incarne Shéhérazade. Les plateaux des studios Universal, les premières, les bras des plus beaux acteurs, le gratin d'Hollywood, Flor a souvent envié la star dominicaine. Mais plus maintenant. Plus depuis qu'elle aussi a un vrai rôle à jouer. L'ambassadeur, Manuel de Moya Alonso[1], lui confie toutes sortes de missions. Elle représente son pays, et ce mandat, elle l'accomplit avec ardeur.

Parfois, dans un éclair de lucidité, Flor se questionne : donne-t-elle plus d'importance à ses missions qu'elles n'en ont réellement ? Où est son propre mérite dans l'histoire ? Mais elle chasse ces pensées aussi vite qu'elles lui sont venues, pour se concentrer sur ses fonctions et imaginer mille façons de briller davantage.

Elle sait trop à quel point son cœur est avide de la reconnaissance et de l'amour de son père, à quel point exister à ses yeux, capter son attention, conquérir son approbation, le satisfaire est vital pour elle. Car si elle n'existe pas à ses yeux, elle n'existe tout simplement pas. Rien n'a vraiment changé depuis l'époque où elle examinait avec angoisse son carnet de notes de Bouffémont.

---

1. https://www.youtube.com/watch?v=VPTHAmU6CxA et https://www.youtube.com/watch?v=g725gf-Elhw.

Ciudad Trujillo
1944

Quand Flor rentre à Ciudad Trujillo en février pour les fêtes du centenaire de l'indépendance, elle est accompagnée de Mayrink Veiga, avec un prétexte tout trouvé : son chevalier servant est porteur d'un présent du président brésilien Vargas pour le Jefe, l'épée d'honneur de l'armée brésilienne ornée d'un manche en or. Antenor est impressionné par le Bienfaiteur de la patrie dominicaine « Ton père est un homme extraordinaire, je n'en ai jamais rencontré de cette trempe ! » glisse-t-il à Flor qui se rengorge.

T est parfaitement au courant de leur liaison, du pedigree et de la situation du Brésilien. Mayrink Veiga n'a besoin ni de sa fortune ni d'un poste dans son administration, et il ne cherche pas à caser les membres de sa famille, bien à l'abri avec leurs millions de dollars. Antenor est si riche, si puissant, si loin d'Hispaniola, des trafics et des sbires de T, que lorsqu'il lui fait sa demande, Flor s'en persuade, et c'est comme une victoire sur l'adversité, il ne peut qu'être sincèrement épris d'elle. Tout ce qu'elle a déjà vécu n'a pas entamé son innocence.

Le Jefe a soigneusement pris toute la mesure de ce postulant. « Une femme n'est rien sans un mari, tu dois l'épouser », intime-t-il à Flor.

Pourquoi cède-t-elle ? Tout au fond d'elle, une petite voix lui murmure qu'elle n'aime pas Antenor.

Alors pourquoi ?

Parce qu'il la gâte au-delà du raisonnable ?

Pour affirmer son indépendance ?

Pour échapper à la tutelle de son père ?

Parce que l'on ne sait jamais, un coup de dés hasardeux peut révéler un carré d'as ?

*

T exige que le mariage ait lieu à Ciudad Trujillo. Les nouveaux époux y échangent leurs consentements le 1er mai 1944 et c'est quasiment une affaire d'État. Ils font la une de la rubrique mondaine d'*O Globo* à Rio et de tous les journaux dominicains. Sur les photographies, Antenor est raide et emprunté, presque gêné aux entournures. Flor a plaqué un sourire mécanique sur ses lèvres.

Elle a vingt-neuf ans.

Lui quarante-deux, et il fait bien plus.

*

Flor n'a mis qu'une condition à leur mariage : elle veut continuer sa mission culturelle. Antenor a accepté sans rechigner de vivre entre Washington et le Brésil.

Quelques jours après la noce, le couperet tombe, aussi définitif que celui qui tranche la tête des guillotinés.

T a retiré sa charge à sa fille. La jeune diplomate de Washington a vécu. Antenor a beau s'en défendre, Flor comprend que lui et T, taillés dans la même étoffe, se sont entendus derrière son dos pour mettre fin à sa carrière et la réduire à une terne existence de femme au foyer. Si seulement elle pouvait casser un à un les anneaux de ses chaînes, les réduire à d'inutiles morceaux de fer, être libre, enfin. Mais sa vie ne lui appartient pas, c'est une affaire d'hommes. Cette certitude l'anéantit.

La mort dans l'âme, Flor s'installe à Rio dans un état presque dépressif. Elle était si fière de son travail. Pourquoi le lui ont-ils enlevé ? Parce que le rôle d'une femme, c'est d'être auprès de son époux. Parce que le Jefe fait la pluie et le beau temps. Parce qu'Antenor n'est qu'un vulgaire macho et compte tenir les rênes de sa vie. Parce qu'elle n'est rien.

*

Étrangère précédée de sa réputation sulfureuse, quatrième épouse de l'héritier, Flor de Oro n'est pas la bienvenue dans cette grande famille carioca. Elle est vite abandonnée à elle-même dans ce *penthouse* trop vaste, cette terrasse immense, avec cette domesticité pléthorique qu'elle ne sait pas diriger faute de parler sa langue. À peine Antenor la gratifie-t-il d'un baiser distrait en partant le matin. Il contrôle le moindre de ses faits et gestes, ouvre ses lettres, épluche ses dépenses. Puis le soir, c'est la parade et le cirque habituel. Quant à la nuit… Flor se prend à regretter ses rodéos nocturnes avec Porfirio. Lui au moins faisait exulter son corps…

Ses journées s'étirent sans fin, les heures piétinent, le temps se dilate. Flor dérive bien loin de la vie dont elle avait rêvé. Une obsession commence à l'envahir. Celle de l'échec. Elle perd l'appétit, elle ne fait que picorer dans son assiette, torturant la nourriture du bout de sa fourchette. Plus tard, quand tout le monde est couché, elle se rend dans la cuisine en tapinois pour s'empiffrer. Puis elle se cache dans sa salle de bains. Ce quelque chose sans nom qu'elle redoute tant s'est réinvité en elle, aspirant la substance vitale qui nourrissait sa chair. Flor maigrit, se réduit à presque rien.

*

Ce jour-là, Flor a insisté pour visiter une *finca* des Veiga. Une exigence, ne serait-ce que pour se donner l'illusion qu'elle existe un peu. Quand elle s'approche des écuries, quelque chose se réveille en elle. Le vent dans ses cheveux, ses doigts resserrés sur les rênes, ses mollets tendus contre le ventre de l'animal. Galoper. Galoper à en perdre le souffle, galoper jusqu'à épuisement du corps. Elle convainc Antenor d'enfourcher un cheval. Elle éperonne sa jument et part au galop. Elle retrouve des sensations oubliées. Le vent tiède caresse son visage, ses jambes tendues enserrent étroitement le pur-sang, ses fesses épousent la selle. Une pression des talons, rênes raccourcis sur l'encolure, Flor accélère le rythme. Plus vite. Elle entend le cheval de Porfirio qui la talonne, elle ne veut pas se laisser rattraper. Plus vite. Encore plus vite. Essoufflée, le cœur battant, Flor arrête sa monture et se retourne. La joyeuse illusion se fracasse. Ce n'est qu'Antenor, à la peine, piètre cavalier qui trottine dans son sillage, son crâne chauve planqué sous un panama. Flor a pitié de lui. D'elle aussi. La nostalgie, qui n'attend qu'une occasion pour se manifester, l'envahit au souvenir des magnifiques chevauchées d'autrefois avec Rubi. Comme ils galopaient à bride abattue à l'assaut des collines, se défiant d'un regard, comme le paysage ondulant à perte de vue était magnifique depuis le sommet des *lomas*, comme il lui prenait la taille pour l'aider à sauter de son cheval, comme il la serrait à l'étouffer dans ses bras, comme il l'embrassait passionnément, comme son corps s'enflammait, comme ils étaient jeunes… Flor est soufflée, elle ne savait pas que le souvenir avait creusé en elle un tel gouffre.

*

Flor a été à bonne école, elle sait à quoi s'en tenir. Antenor, c'est peu ou prou T, avec quelques années de moins, et sous sa coupe un empire industriel au lieu d'un pays. Il se révèle très vite un tyran domestique hors pair. Latin jusqu'au bout des ongles, seul maître à bord, dominant, possessif, jaloux, il la considère comme une petite chose soumise qui doit encaisser ses infidélités. Infidélités qu'il étale au grand jour sans le moindre état d'âme, confiant même à Flor la détresse de sa maîtresse américaine, Helen, qui vient de lui donner un bâtard.

Flor n'a même plus la force de jouer le jeu pour la galerie. Rien, ni l'île privée des Veiga, ni la garde-robe somptueuse, ni les bijoux hors de prix, ni les fêtes fastueuses où Antenor fait jouer des merengues pour elle, rien ne peut lutter contre son désespoir.

Washington
Septembre 1945

Elle n'a pas le choix, c'est une question de survie. Flor sait qu'elle doit s'affranchir du joug de Mayrink Veiga. Au prétexte de vendre son appartement de Washington, elle part aux États-Unis, dûment chaperonnée par sa belle-mère accompagnée d'une nièce d'Antenor. À croire qu'elles ont besoin d'être deux pour surveiller cette délurée de Flor. Il ferait beau voir que Mme Mayrink Veiga, la quatrième du nom, s'affichât seule en soirée. Car il y a Flor de Oro et il y a les hommes que la fille du Jefe attire comme un aimant.

La guerre est terminée. L'ambiance est à l'euphorie. Dans la capitale américaine, Flor a gardé ses relations. Elle n'a qu'à paraître pour être invitée à droite et à gauche. Au cours d'un cocktail, elle s'attarde sur un séduisant capitaine américain. Pas un héros de guerre, mais pas loin à en croire les nombreuses décorations, dont la croix de guerre, qu'il arbore sur son uniforme. Auréolé du prestige de la guerre, Charles Edward Stehlin, un pilote, a connu le front, engagé aux côtés des Forces françaises libres. Il exhale un vent d'aventures masculines rafraîchissant aux yeux d'une femme habituée à côtoyer les politiciens d'arrière-garde, les diplomates et les intrigants.

La France, ah la France... Il suffit de l'évoquer et voilà Flor flânant dans les allées du jardin du Luxembourg, assise dans une loge de l'Opéra, musardant sur les Champs-Élysées... Elle minaude, Flor, elle a envie d'évaluer son potentiel de séduction, de se prouver qu'elle vaut bien les maîtresses de son mari. Elle décoche son sourire, son grand sourire étincelant qui chasse toutes les ombres. Le capitaine Stehlin sent la morsure du harpon, mais c'est trop tard, il ne peut détacher son regard de cette bouche rieuse aux lèvres pleines, de ces yeux noirs, profonds comme l'océan. Flor babille, sautant allègrement de l'anglais au français, avec une aisance déconcertante. Elle parle arts, Brésil, Mexique... Le seul sujet qu'elle évite soigneusement, c'est la politique. Et Charles, cet officier sans affectation qui veut oublier les horreurs de la guerre, se laisse ensorceler. On lui a soufflé que Flor est la femme d'un milliardaire brésilien, la fille d'un dictateur, mais ça n'en rend le jeu que plus excitant. D'ailleurs, la fleur tropicale a l'air d'avoir la bride sur le cou.

Flor et Charles se revoient et ils prennent plaisir à la compagnie l'un de l'autre. De mère issue de la haute noblesse espagnole et de père américain, Charles, qui rend sept ans à Flor, est un mélange de vieille Europe et de modernité américaine, d'homme du monde et de baroudeur, d'érudit et d'aventurier. Un savoureux cocktail qui surclasse Antenor et ses millions sans discussion.

Flor quitte Washington à regret et rentre à Rio, son duo de duègnes sur le dos.

Quand il n'y a pas d'amour, il n'y a rien à espérer.

Et c'est maintenant une certitude, Flor n'aime pas Antenor, pas plus que lui ne l'aime. Entre eux, il n'a d'ailleurs jamais été question d'amour.

Flor n'a plus rien à perdre.

Rien à regretter.

Et surtout pas un mariage raté.

Elle demande le divorce. Antenor est conciliant. Flor obtient même en dédommagement une bague de diamants d'une valeur de 30 000 dollars. Le prix de Flor de Oro. C'est humiliant, cela dit à quel point Antenor l'a considérée comme une simple transaction, et comment il veut continuer à soigner ses relations avec le Jefe qui, de son côté, indemnise son ex-gendre de cette rupture prématurée. En monnaie sonnante et trébuchante. Un prêté pour un rendu, les deux font la paire.

Flor en a soupé des tyrans.

Elle sera plus forte qu'eux, elle se vengera.

D'une manière bien à elle. Elle sait déjà comment.

En novembre 1945, libérée de ses liens, Flor, qui n'a plus rien à faire à Rio, repart aux États-Unis.

Le goût du whisky est déjà sur ses lèvres.

New York – Mexique
Fin 1945-1946

Flor s'installe à l'hôtel Carlyle à Manhattan.

Un coup de fil.

C'est Charles.

Charles ?

Charles Stehlin !

À New York ? Quelle surprise !

Charles lui souhaite une bonne nuit et lui dit en plaisantant qu'il va dormir dans le parc voisin car il n'a pas trouvé de chambre d'hôtel. Flor se mord la lèvre, hésite, puis ose.

Vraiment Charles ? Je ne peux pas vous laisser dormir dehors par ce froid. Venez, il y a une chambre vide dans ma suite.

J'accepte, mais en tout bien tout honneur !

C'est facile de se faire quelques dollars en vendant une indiscrétion. Toujours à l'affût, les journalistes de la presse à scandale tournicotent autour des grands hôtels. Dolores, une jeune femme de ménage hispanique, ne résiste pas. Son amoureux travaille comme coursier pour un journal du magnat de la presse W.R. Hearst. Qui paie cher et rubis sur l'ongle la moindre information croustillante. Alors Dolores vend la mèche. Après tout, ces gens riches méprisent les petites gens comme elle, et puisque l'occasion se présente, il n'y a pas à hésiter.

L'information est tournée en satire. On moque Antenor, le magnat brésilien dans les pantoufles duquel se glisse le vaillant aviateur américain. On salue le courage de Flor de Oro, la seule Dominicaine à oser braver le Jefe pour suivre son inclination amoureuse. L'aventure est épicée de romantisme et ça ne fait pas de mal en ces temps complexes d'après-guerre. Les journaux donnent d'elle une image terriblement excitante, celle de la fabuleuse Flor de Oro, la fille métisse de « l'Ogre des Caraïbes », celle dont la goutte de sang d'esclave rappelle au père ses origines plébéiennes.

Emilio García Godoy, le consul espion dominicain, fait son rapport au Généralissime. C'est un camouflet, pire, une honte. Le Jefe entre dans une rage folle, il ne supporte pas d'être éreinté dans la presse américaine. Il est convaincu que Flor l'a ouvertement critiqué. Sa propre fille l'a déshonoré, elle est tout simplement un scandale ambulant. Quelques jours plus tard, l'émissaire servile annonce à Flor qu'elle est déshéritée. Le Jefe vient de faire passer au Congrès une loi autorisant un père à déshériter un enfant qui l'a déshonoré.

Flor est stupéfaite. Elle ne comprend pas en quoi elle atteint la respectabilité d'un homme qui s'affiche avec des nymphettes plus jeunes qu'elle, un homme qui a droit de cuissage dans son pays, qui multiplie maîtresses et bâtards. Combien de familles de la bonne société a-t-il déshonorées, lui, en s'attaquant à leurs filles ?

C'est une gifle, une humiliation de plus, mais Flor se contient, refusant de se laisser entamer. Elle sait le mal que cela fait de se laisser engloutir par la colère et le ressentiment, elle sait le torrent de bile qui se déversera dans son cœur au risque de ruiner son fragile équilibre si elle cède. Alors elle résiste. Elle domine le feu dévastateur qui couve en elle, elle l'apaise, elle s'affermit. Elle sera plus forte que le Jefe, elle ne craint plus d'affronter son courroux. Elle a des projets.

*

Flor rejoint Charles Stehlin à Mexico et l'y épouse dans l'euphorie et l'anonymat le 16 janvier 1946. Entre eux monte une exaltation mutuelle. Ils en ont bien conscience, ils sont très dissemblables et ne sont pas faits l'un pour l'autre. Pourtant ils se plaisent à échafauder fébrilement des projets d'avenir, l'esquisse de leur future vie commune.

Ils vont vendre l'appartement de Flor à Washington. Avec l'argent, une fortune probablement, ils achèteront un ranch au Mexique. Immense. Le Oaxaca ou le Chiapas. Flor préfère le Yucatán pour sa saveur caraïbe… Elle s'y voit déjà. Une existence au grand air, le bétail, les *vaqueros*, les longues chevauchées dans la pampa désertique, les campements à la belle étoile aux accents nostalgiques d'une *ranchera*, les feux de camp. Et un chien, un gros chien tout noir qu'elle appellera Café… Aux côtés de cet homme au parfum d'aventure, la vie lui sourit de nouveau.

C'est grisant, à chaque suggestion, Flor surenchérit et bat des mains comme une gamine qui découvre les cadeaux des *reyes*. Un film en technicolor. La star, sombrero sur la tête, cheveux au vent, ce n'est plus María Montez, mais elle, Flor de Oro, et Charles, c'est John Wayne ou, mieux, Gregory Peck… C'est revêtir un déguisement d'enfant, rentrer dans un roman épique, c'est si vivifiant. Flor se berce d'illusions tandis que son rêve s'enlise dans le marais de la réalité.

Cette réalité qui la rattrape quand un acheteur qui tient à garder l'anonymat se manifeste *via* un homme de paille. Flor n'a pas l'ombre d'un doute. L'acheteur anonyme, c'est T. Il rachète l'appartement pour une bouchée de pain, récupérant ainsi à moindres frais le cadeau fait à sa fille. Quelques semaines plus tard, comme pour la narguer, l'attaché militaire dominicain y prend ses quartiers. Le rêve d'hacienda de Flor et Charles se réduit de quelques hectares au passage.

Jamais le Jefe ne desserrera le licol passé autour du cou de Flor.

Jamais, jamais il ne la laissera en paix.

*

Le 31 janvier 1946, Dutra a été élu président du Brésil.

Journaux et radios ne parlent que de ça et de son amitié avec T.

En octobre 1946, Flor apprend par la presse qu'une corvette en provenance de Rio, achetée au Canada et baptisée *Colón*, est arrivée au port de Ciudad Trujillo, chargée jusqu'à la gueule d'un arsenal de mortiers, de fusils et de munitions qui sortent des usines de la famille Veiga. Une affaire juteuse pour le clan brésilien et un armement précieux pour le Jefe, qui, privé d'armes par les Américains, leur démontre ainsi son indépendance. Pour resserrer ses liens avec le Brésil, le Jefe a même décidé de remplacer le français, la langue étudiée en dernière année de collège, par le portugais. Entre pays amis, on se comprendra mieux !

Flor repense à cette épée au manche d'or envoyée par le général Dutra, alors ministre de l'Armée du gouvernement de Getúlio Vargas et remise par Antenor, pathétique écho aux médailles dominicaines accordées par T à Goering et livrées par Porfirio. C'était le prélude du pacte entre eux. Flor comprend à quel point ils se sont tous joués d'elle, le Jefe, l'ambassadeur Despradel, Mayrink Veiga, Dutra. Une entente, un marché d'armement, et elle, un pion au milieu, son mariage scellant les alliances.

Tout était là sous ses yeux et elle n'a rien vu. Les manœuvres étaient pourtant grossières. Une fois de plus, elle n'a été qu'une pièce sur l'échiquier du Jefe, vite jouée, vite sacrifiée, vite oubliée.

Flor s'en veut de cette naïveté d'enfant chevillée à son âme, qui jamais ne cède. Elle ne tient aucun compte des leçons de la vie. Mais lutter à armes égales avec le Jefe, c'est impossible.

Elle serre les dents et dompte un feu roulant de pensées assassines.

Elle a le cran de tout raconter à Charles. Il a pitié d'elle et se rend compte de l'abîme qui les sépare. Il est totalement étranger à l'univers de sa femme.

*

Au Mexique, Flor et Charles ne trouvent pas l'hacienda dont ils rêvent.

Véritablement épris de liberté, Charles n'est pas un aventurier à la petite semaine. Il a consacré plusieurs années de sa vie à lutter contre une dictature. Devoir sa nouvelle vie à l'argent de celui que les médias appellent l'Ogre des Caraïbes lui pèse. Car moralement, c'est inacceptable. Pour consentir une concession de cette taille, il faudrait qu'il soit éperdument amoureux. Il se questionne. D'autant plus que Flor continue à se conduire comme une gamine gâtée avec ses diamants et ses étoles de vison. S'adaptera-t-elle à cette vie rustique et sauvage à laquelle il aspire ? Saura-t-elle vivre sans briller en société ? Et surtout l'aime-t-elle vraiment ? L'exubérante passion des premiers mois cède la place aux doutes et leur histoire s'effiloche à petits coups de déceptions. Très vite, Charles en vient à se convaincre qu'il n'est qu'un caprice de plus dans la vie agitée de la fille de T.

L'ambassadeur dominicain au Mexique entre dans la danse. Flor le connaît bien, c'est Ramón Brea Messina, son deuxième mari. Il lui fait savoir que le Jefe n'approuve pas du tout ses projets. Flor reconnaît la menace. Charles comprend qu'ils ne seront jamais libres. C'est la goutte de trop. On ne peut rien construire sur un pareil marécage.

Les chimères de ranch font long feu.

Mariage express, agonie des sentiments, divorce express.

Charles part s'établir en Argentine, ses rêves d'hacienda sous le bras, tandis que Flor s'envole pour Paris, une ville qu'elle aime et où elle se sent chez elle.

Une once de regret pour ce cinquième mari ? Ce fut follement amusant, le temps que ça a duré. Il lui en reste un goût amer, celui d'une extraordinaire aventure qui a tourné court avant même d'exister.

En France, Flor va revenir à sa vie d'exilée de T.

Un océan entre lui et elle, c'est ce qu'il lui faut.

Paris
Mai 1947

C'est dans cette ville que son mariage avec Porfirio a définitivement fait naufrage. Flor se rappelle comment elle l'a plaqué en façonnant un mensonge qui l'arrangeait, et, malgré ses suppliques, elle n'est jamais revenue. Combien d'années ont passé ? Presque dix. Une éternité.

Flor respire les traces de Rubi un peu partout. Elle a su le divorce d'avec son actrice, la Française au long nez, et il se dit qu'il va maintenant épouser la femme la plus riche des États-Unis, l'héritière d'un magnat de l'industrie du tabac. Il se dit aussi que, pour se l'approprier, Doris Duke l'a racheté, un chèque d'un million de dollars, à la Française, un dédommagement substantiel pour lui rafler son étalon. Un million de dollars, c'est le prix de Rubi, ravalé au rang de coûteux caprice. Les rumeurs vont bon train.

L'air est malsain. Flor s'en rend compte à chacun de ses pas. Paris était une mauvaise idée. Pire, une erreur. Car ici elle ne cesse de penser à lui. L'homme qu'il est devenu. Comment a-t-il vieilli ? Est-il aussi beau que sur les photographies des magazines ? Lui plairait-il encore ? Au passage, elle traque sa propre image dans les vitrines, sa silhouette longiligne, ses cheveux disciplinés à grands coups de laque, son sourire toujours aussi éclatant. Malgré les années, malgré les désillusions, malgré ce que la vie lui a infligé, Flor estime qu'elle ne s'en sort pas si mal. Trente-deux ans. Elle n'est plus une collégienne timide, ni une jeune Dominicaine humiliée par un mari volage. Elle est Flor de Oro Trujillo, une femme du monde, dont le père est puissant et très riche, une femme qui a vécu bien des choses, que les hasards de l'existence ont malmenée, façonnée, mais que l'avenir n'effraie pas. Trente-deux ans, la vie devant elle. Flor défie son reflet. Ce soir, elle ira prendre un verre au bar du Ritz. Qui sait ce qui l'attend là-bas…

Avant ça, Flor décide de rendre visite à Benito Pardo, un de leurs anciens amis parisiens, vaguement chargé de mission à l'ambassade dominicaine, un arrangeur d'affaires, plus probablement un lobbyiste au service du Jefe.

Benito accueille Flor avec une émotion non dissimulée et l'accable de compliments. Pour elle, c'est toujours la même valse-hésitation, cette fracture schizophrénique qui l'engloutit à chaque fois. Benito fête-il sincèrement son amie Flor de Oro ou est-ce la fille de T qu'il courtise. Impossible de faire la part des choses, alors Flor s'en accommode. D'autant qu'elle glane quelques informations sur Porfirio.

— Depuis l'année dernière, il est ministre plénipotentiaire à Rome. Il parle souvent de toi, lui confie Benito. La dernière fois que je l'ai vu, pas plus tard qu'il y a quelques semaines, il évoquait vos années ensemble avec nostalgie.

Flor boit du petit-lait, mais elle se contente de hausser les épaules avec une feinte indifférence.

— La belle affaire, on n'oublie jamais un premier amour, laisse-t-elle tomber. Nous étions si jeunes. Moi aussi, je pense parfois à lui. D'ailleurs on serait bien en peine de passer à côté de ses exploits et de ses conquêtes ! Il va se remarier, paraît-il ?

— Oh ça ! C'est une drôle d'histoire… Je ne suis pas sûr que Porfirio soit complètement maître de sa vie.

Flor éclate d'un rire nerveux.

— De ses pulsions, tu veux dire !

— On ne prête qu'aux riches, tu le sais bien !

Rubi est donc en Italie. Flor respire, elle ne risque pas de le croiser sur les Champs-Élysées. Il n'empêche, elle sort revitalisée de son entrevue avec Benito. Il a suffi de quelques mots. La cicatrice s'est réouverte, juste un petit peu.

*

— *May I buy you a drink ?*

Perchée sur un tabouret, accoudée au bar, Flor, qui souriait au vide, lève les yeux. L'invitation est directe et ne laisse guère de doute sur les intentions de l'homme, plutôt beau d'ailleurs si on aime le genre irlandais – Flor a remarqué les poils roux au dos de ses mains –, qui l'aborde. Il ne se montre pas gêné, il plante ses yeux dans ceux de Flor avec l'assurance d'un homme qui ne craint pas les rebuffades. Il se penche légèrement vers elle, une vague inclinaison du buste comme une entrée en matière.

Les lumières tamisées du bar du Ritz, manifestement devenu un repaire des expatriés américains, militaires, conseillers ou espions, créent une atmosphère douce et feutrée, propice aux rencontres.

Flor tire de son sac un paquet de cigarettes et un briquet en or gravé à ses initiales, un cadeau de Porfirio qu'elle a toujours gardé. Elle a l'habitude du regard des hommes. Elle en a tellement subi... Elle porte nonchalamment son verre à ses lèvres, avale une longue gorgée. Sans la moindre timidité, sans fausse pudeur, avec même un brin d'effronterie, presque une espièglerie d'enfant, Flor détaille les cheveux roux coupés court, le regard bleu acier, les pattes d'oie au coin des yeux, la mâchoire carrée, un visage harmonieux qui exprime volonté et détermination. Épaules larges, torse puissant et massif, le genre d'homme qui plaît aux femmes.

Get out of my way, est-elle tentée de répondre, mais elle a appris à pondérer ses réactions, et après tout, n'est-elle pas venue ici pour combler sa solitude. Elle se replonge dans la contemplation de son verre qu'elle fait lentement tourner d'un sinueux mouvement du poignet, tout en tirant une bouffée de sa cigarette. Elle exhale un long ruban de fumée du bout des lèvres, lui lance un regard qui vaut toutes les permissions et décoche son sourire harpon, déjà lourd des vapeurs d'alcool.

— Merci, ce sera un whisky !

— *On the rocks* ?

— *On the rocks* !

— Espagnole ?

— Cubaine !

Cacher son identité, c'est se fabriquer une armure. Lasse de tous ces hommes qui la convoitent pour ce qu'elle n'a pas choisie d'être, Flor est devenue experte en la matière. Leur conversation est décousue. Lui est là pour négocier le rapatriement de militaires américains. Et elle ? Veuve. En villégiature. La question qui occupe Flor, là, tout de suite, est plus prosaïque : sa chambre d'hôtel ou celle de l'Américain ?

*

C'est un amant attentif, doux et habile. Flor se pardonne d'avoir cédé, car le plaisir qu'il a su lui donner est un baume sur ses blessures d'amour-propre. Elle s'est réveillée sereine, dans une chambre au troisième étage d'un hôtel modeste du Ier arrondissement de Paris au côté d'un grand corps rassurant.

Ils se donnent rendez-vous pour le soir même, un dîner, une balade sur les rives de la Seine et un concert de jazz. Le programme parfait pour une parenthèse sentimentale.

Ils savent l'un comme l'autre que cette aventure n'aura pas de lendemain, il ne lui a pas caché qu'il était heureusement marié aux États-Unis. Alors, après l'amour, dans le secret des draps, les masques tombent. Il travaille pour la CIA, elle s'en doutait, le Ritz est un nid d'espions. Elle est la fille de T, il l'aurait parié, il a déjà vu sa photo dans la presse américaine. Ils en rient tous les deux.

Tandis que Flor tricote un doigt distrait dans la toison rousse du torse de son amant, l'homme des services secrets laisse tomber distraitement :

— Rubirosa est à Rome. Un collègue de l'ambassade américaine prétend qu'il ne veut plus épouser Duke. Cette façon qu'elle a eue de le racheter à la Darrieux, il n'en est pas fier. En fait, ce n'est pas une histoire d'amour, juste une question d'argent, sordide et vulgaire. Rubirosa clame haut et fort qu'il n'a jamais aimé qu'une seule femme, et tu sais qui c'est ?

Flor a tressailli. Une soudaine montée d'adrénaline, une décharge nerveuse dans le bas de son dos, et sa respiration qui s'emballe malgré elle. Le regard acéré de l'Américain plonge dans le sien.

— C'est peut-être bien ça qui m'a attiré vers toi. Et ma foi, je ne le regrette pas, ajoute-t-il cajoleur, en caressant sa hanche. Rubirosa raconte qu'il n'aurait jamais dû divorcer, qu'il devrait se remarier avec toi, ce genre de choses…

L'index de Flor a interrompu sa promenade sur la poitrine de l'Américain et elle réprime une grimace de douleur. Un incendie embrase son ventre, le sang se met à pulser à l'attache de son cou. Elle ferme les yeux en sentant poindre les symptômes de son ancienne maladie. Elle tente de maîtriser son émotion et de ne rien laisser paraître. Le frémissement d'un sourire affleure sur les lèvres de l'Américain.

— Tu sais, ma femme, je l'ai connue au collège, j'ai des aventures, je ne suis pas de bois, mais je lui reviens toujours. C'est ça la force phénoménale d'un premier amour. Il ne faut jamais abandonner les rêves de sa jeunesse. Je crois, ma chère, que tu n'aurais qu'à lever le petit doigt...

Il sait qu'il instille le poison dans la tête de Flor, et en regardant son petit minois crispé, il s'en veut. Après tout, il a un cœur, une conscience, et ils lui crient que c'est infâme ce qu'il fait là. Surtout, ne pas se laisser émouvoir. Il est là pour ça, empêcher le mariage de Rubirosa avec l'héritière de l'American Tobacco Company, empêcher une prise d'intérêt de T dans l'économie de son pays. C'est sa mission, une mission tordue, certes, mais il a appris à ne pas discuter les ordres. Le passage de Flor de Oro dans son lit n'est qu'un petit bonus qu'il s'est octroyé au passage, car on lui a laissé le choix des moyens de persuasion. Un peu peiné, un peu culpabilisé, l'espion embrasse le sommet du crâne de Flor.

Revoir Rubi.

Vérifier si ce que l'Américain dit est vrai.

Que risque-t-elle ?

Elle essaie d'avoir un regard lucide sur leur histoire d'amour, mais elle sait qu'elle est sur le point de succomber de nouveau. Avec tous ses travers, ses dérives, ses défauts, Porfirio lui paraît infiniment préférable à l'inconsistance des hommes qu'elle rencontre. Elle s'en veut de sa faiblesse, de sa lâcheté, mais elle l'a toujours su, il est sa fatalité.

Il y a un romantisme décadent à retomber.

Flor est déjà à Rome.

L'Américain resserre ses bras autour de son corps menu.

Mission accomplie.

Rome
Mai 1947

Cher Porfirio,

Je suis à Rome depuis quelques jours. Je suis descendue au Majestic. J'ai appris que tu étais en poste ici. Que dirais-tu d'évoquer le bon vieux temps dans une gargote du Trastevere autour d'une bouteille de chianti ?

Fleur

Flor n'a pas réussi à vaincre cette attraction qui fait battre son pouls jusqu'au plus profond de son ventre. Elle a couru vers son désir, sans plus y réfléchir, sans remords, sans état d'âme. Cet élan irrépressible qui la porte vers Rubi, c'est un grand vent qui ravive les braises de son amour, qui la rend palpitante et vivante. C'est rouvrir la porte close sur cette part manquante d'elle-même qui refuse de mourir et qu'elle ne veut plus ignorer.

Quand Rubirosa reçoit le mot de Flor, il veut croire à une heureuse collision de leurs existences et remercie le ciel de ce fantastique hasard. Bien sûr qu'il serait heureux de revoir sa Fleur. Il pense souvent à elle avec tendresse et même une certaine nostalgie. Elle a dû changer. Les souvenirs affluent, qui l'attendrissent. Flor, c'est son île natale, c'est l'accent chantant de Saint-Domingue, le goût suave des mangues, le chaloupement du merengue, la complicité de leur éducation française… Flor, c'est son premier amour, celui qui le relie à sa jeunesse envolée.

Ils ont vécu tant de choses ensemble. D'un coup lui revient leur premier regard échangé sur le port de Saint-Domingue par-dessus l'épaule du Jefe, un regard déjà lesté d'un incontrôlable désir. Leur flirt éhonté au nez des vieilles barbes et des duègnes, leur bras de fer avec T, la façon dont elle l'avait scotché en le gagnant de vitesse à cheval, son grand rire victorieux, leurs noces pluvieuses, leur fuite à New York, leurs voyages, les beaux jours, les sales jours… Il est curieux de voir la femme qu'elle est devenue. Il a su pour ses mariages et ses divorces. Il les a encaissés, non sans un certain dépit épicé de jalousie.

Sans hésiter, Porfirio fait livrer un colossal bouquet de roses rouges au Majestic. Flor l'entend sourire au téléphone quand il l'appelle. Elle cherche à contrôler les palpitations de son cœur. En vain. Il y a une petite fêlure dans sa voix quand elle lui parle, mais elle se reprend vite. Une impatience fébrile s'empare d'elle. Rubi, c'est la fraîcheur de la jeunesse, l'exaltation de l'aventure, le parfum de l'interdit, la certitude du scandale aussi.

À l'idée de le revoir, l'émotion lui coupe le souffle. Au fond de son ventre, une terrible impatience. Le désir de lui, jamais mort, qui se réveille. La vieille plaie qui se rouvre. Flor sait qu'elle s'avance vers un précipice qui l'attire inexorablement. Elle va se laisser tomber. C'est malgré elle, c'est inéluctable… Soudain, elle n'a rien de plus urgent que ça : reconquérir Rubi.

*

Dans leurs retrouvailles, il y a un vertige inouï, une grisante frénésie mêlée à un sentiment d'irrémédiable fatalité. Dans le hall de l'hôtel, Porfirio prend Flor de Oro par les coudes et sourit, de son sourire de voyou. Elle se met à trembler. Il ne dit rien, il se penche légèrement vers elle et la regarde, il veut voir au fond, tout au fond de ses yeux. Puis il l'embrasse sur la joue, à la commissure des lèvres, un baiser tendre, presque furtif, calculé au millimètre, parfaitement réfléchi. Un baiser qui ouvre une porte. Il le fait délibérément et ils en savent tous deux la signification. Flor vacille sous l'émotion qui se cristallise instantanément en désir violent et elle se rattrape à son poignet. Porfirio s'efface pour la laisser passer. Pas assez. Volontairement. Un léger heurt de leurs bras. Un frôlement de leurs hanches. Une onde électrique la traverse. Elle baisse la tête et réprime un sourire. C'est aussi enivrant que de danser sur la crête d'une falaise face à un océan démonté.

Flor a calé son bras sous celui de Porfirio, sa main repose sur son avant-bras. À travers le cuir de ses gants, elle sent le muscle dur sous la soie de la veste.

Elle retrouve la force de ses épaules, la rectitude de son dos, son port altier, le grain de beauté sur sa joue gauche, la plénitude de ses lèvres, la légère dépression au cœur de son menton. Elle découvre avec une intensité douloureuse les premiers fils d'argent tissés dans ses cheveux, ses rides, celles d'un homme qui n'a pas souffert. Son charme est intact et tient à ce qui émane de lui, une sexualité à fleur de peau. C'est ça qui fait chavirer les femmes, elle comme les autres. Flor ne peut s'empêcher de maudire cette attraction qu'il exerce sur elle, sa faiblesse. Elle est douloureusement consciente de tous les points de leurs corps qui se touchent. Leurs pas s'accordent immédiatement, un rythme qu'ils n'ont pas oublié. Dès les premiers mètres, Flor n'a plus aucun désir de vaincre cette attirance qui la crucifie. Juste l'envie absolue de lui appartenir de nouveau. Elle se sent vivante comme elle ne l'a pas été depuis longtemps.

Porfirio l'observe tandis qu'ils avancent en silence et gagnent la rive du Tibre. Flor est de ces femmes qui embellissent avec l'âge. Elle a gagné en élégance, dans son maintien, dans ses gestes. Elle est belle, d'une beauté exotique teintée de mélancolie et voilée de tristesse. Son corps est resté gracile. Dans l'encolure échancrée de son corsage, ses clavicules creusent de profondes salières qui l'émeuvent. Elle a toujours ce sourire, ce grand sourire auquel les hommes ne résistent pas, ce sourire dans lequel ils se noient. C'est presque impudique cette façon d'offrir toutes ses dents en souriant. Porfirio doit se rendre à l'évidence, sa Fleur est magnifique. Cou gracieux, dos droit, chute de reins toujours spectaculaire. Son visage a perdu les rondeurs de la jeunesse, ses traits se sont ciselés. Elle a lissé ses cheveux qui font ressortir son front bombé, la ligne haute de ses pommettes, l'arête de son nez fin, ses lèvres ourlées. Il y a en elle quelque chose d'indompté, de brut, de farouche, loin des femmes sophistiquées et artificielles qu'il croise chaque jour. Elle est comme une pierre corallienne de leur île. Dorée, chaude, appétissante. Les fantômes des amours de passage sont pulvérisés. À côté de sa fleur tropicale, cette grande bringue de Duke lui paraît d'un coup bien insipide avec son nez pointu et son menton en galoche.

Alors il le lui dit :

— Fleur, tu es resplendissante, très en beauté…

Flor sourit, heureuse, ravie de son effet. Le compliment de Porfirio est sincère, elle le lit dans ses yeux.

Lui, si habile à discourir avec les femmes, s'empêtre dans de stupides questions. Sa voix, écho des jours fiévreux d'autrefois, dessine des possibles et se faufile jusqu'au cœur des résolutions de Flor. Elle prononce quelques phrases anodines et, malgré elle, sa voix chevrote. Ce bavardage placide est un mensonge, une façade qui ne demande qu'à se lézarder. Car il y a quelque chose qu'ils ne peuvent refréner, cette connaissance intime de l'autre, et surtout ce désir jamais complètement assouvi. Après quelques banalités, les masques tombent. Une lueur dans son regard à elle. Un sourire entendu chez lui. Aucun des deux ne trompe l'autre.

Ils savent.

Entre eux, un silence béant de désir.

*

C'est dans un lit étroit d'une petite pension anonyme du Trastevere que se scellent les retrouvailles de leurs deux corps affolés par la mémoire de leurs étreintes. Après une seconde d'hésitation vite balayée, Flor a perdu toute timidité, car dans les bras de Porfirio il n'y a pas de place pour des pensées cohérentes. Leurs épidermes prennent feu au contact l'un de l'autre et elle veut croire que ça ne lui arrive qu'avec elle. Elle retrouve ce sentiment prodigieux d'être l'unique.

Le souffle court, elle s'est accrochée à lui de toutes ses forces, comme à la rive retrouvée après la traversée d'une rivière tumultueuse, avec le sentiment rassurant d'être revenue au port. Dans sa précipitation, Porfirio a arraché un bouton de son corsage qui a roulé sous le lit. Il retrouve avec émotion les os qui font deux petites bosses à l'arrondi de ses épaules. L'image de sa robe de mariée déchirée s'est brièvement invitée dans l'esprit de Flor avant de se dissoudre à la chaleur des caresses.

Entre eux, la charge érotique jamais éteinte palpite sous les draps et les tient éveillés toute la nuit. Flor se noie dans cette intimité profonde, pétrie de celle de leurs corps qui se sont instantanément reconnus.

Elle sait tout de lui. Elle connaît ses secrets au lit. Il y a cet appétit jamais assouvi, et le reste, ces attentions, ces gestes, cette alternance de douceur et de brutalité. Elle n'a rien oublié, la largeur de son torse, la cicatrice de son épaule, l'odeur de sa peau, la force de son sexe, la vigueur de ses étreintes, le poids de son corps sur le sien…

Elle se perd sur sa peau, s'égare sur son corps. Elle effleure du doigt la cicatrice, elle en découvre une autre, mesure le temps qui a passé et qui pourtant vient de se réduire à rien en quelques heures.

Porfirio est passé maître dans l'art de donner du plaisir aux femmes. Il ne peut empêcher ses pensées de virevolter vers ses amantes, les femmes qu'il a eues, celles qu'il désire... Mais Fleur, c'est autre chose, il connaît chacune de ses faiblesses. Le corps a la mémoire si longue, et le sien a gardé le souvenir de celui de Flor, comme un passé résolu à ne pas disparaître.

C'est une telle évidence.

Pendant un bref instant, ils ne sont qu'un.

*

Porfirio a loué un hors-bord et réservé une grande chambre dans une pension sur la corniche sud de Capri. Le champagne est frappé à souhait et le lit immense. De leur terrasse envahie par une cascade de bougainvilliers, ils voient les Faraglioni qui se dressent fièrement au loin dans le bleu de la mer. Ils se promènent main dans la main dans les ruelles étroites aux pavés inégaux. Flânent devant les vitrines. Déjeunent d'un poisson grillé arrosé de vermentino bien frais dans une petite trattoria. Voilà, c'est sa vie rêvée auprès de lui. Flor se dit que la vie est une bonimenteuse qui sort des jokers de sa manche au moment où l'on s'y attend le moins. Elle cache son visage sous une grande capeline, tandis que Porfirio lui sourit tout le temps, d'un sourire qui la ramène à l'époque où il n'était qu'un jeune lieutenant ambitieux de la garde rapprochée de T. Elle le regarde et se sent bouleversée par une tendresse qu'elle n'a encore jamais ressentie pour lui. C'est vraiment un très bel homme. Elle n'en a pas connu de plus beau. Cet homme, Flor sait qu'elle n'aura jamais fini de l'aimer.

Lui l'observe, les paupières mi-closes. Elle a dégainé son large sourire confiant. Elle a changé, sa Fleur. En mieux. Le regain d'amour et l'irrépressible attirance qui submergent Porfirio le laissent désarmé. Car elle est ce que ne sera jamais nulle autre. Son pays, ses tropiques aimés, son amour indocile de jeunesse, sa femme devant Dieu. Rien, ni aucune autre, n'a pu défaire cela. Ensemble, ils ont défié le Jefe, ils se sont ri des conventions, ils ont provoqué des cataclysmes.

Ensemble ils sont invincibles.

Les mots, les gestes les plus simples font renaître leur ancienne intimité et suscitent en eux une incommensurable espérance.

Elle rêve de faire table rase de tout ce qui les a séparés, la fête, le jeu, les femmes. Les femmes avant tout. Gonflée d'espoir, elle se dit que ce sera possible, puisqu'ils le veulent tous les deux.

Ils se souviennent et gloussent comme des enfants de leur irrévérence de ces jours-là… Sans amertume, Porfirio lui reproche de l'avoir abandonné à Paris, de n'avoir pas répondu à ses suppliques. Flor riposte, il ne l'a pas comprise. Il n'y avait rien à comprendre, elle n'était qu'une gamine ingénue et capricieuse. Et lui un incorrigible Don Juan…

Leurs sentiments qui les poussent l'un vers l'autre, cette affection imprescriptible qui les lie, ils ne peuvent les maîtriser.

Elle est allongée, nouée à ses reins, quand il lâche le mot.

Remariage.

Dans ce mot, il y a un éblouissement infini.

Succomber une nouvelle fois, c'est inévitable.

*

Évidemment l'affaire s'ébruite. C'est dans cet unique objectif que le traquenard a été ficelé. Un photographe américain les file dans tout Capri, vite rejoint par un confrère italien. Du grain à moudre, du savoureux, du coquin, bref du pain bénit pour la presse à scandale dans ces temps difficiles d'après-guerre où la légèreté fait du bien. Des clichés éloquents voyagent jusqu'à T, via l'ambassade dominicaine. Quant à l'héritière des tabacs américains, elle découvre l'infidélité de son fiancé dans les colonnes d'un quotidien new-yorkais.

Flor et Porfirio n'en ont cure puisqu'ils vont se remarier.

Rome
Mai 1947

— Flor de Oro ?

Dans le combiné, malgré la friture qui grésille sur la ligne, Flor reconnaît instantanément la voix nasillarde. Elle est dure, comminatoire, sans affect, elle cingle, décrète, ordonne. D'un seul coup, en dépit du soleil printanier qui baigne sa suite, Flor a l'impression que le sang a déserté son corps. Une colonne de douleur la cloue au sol, l'immobilise. Plus aucun mouvement, juste la sueur qui perle à son front, ses mains qui tremblent et les battements désordonnés de son cœur qui résonnent bruyamment jusqu'au bout de la dernière phalange de ses doigts.

— L'expérience ne t'a pas servi de leçon ? Tu continues à t'humilier et à me déshonorer par la même occasion.

C'est une question rhétorique qui n'appelle pas de réponse. Submergée par une vague d'émotion familière, la honteuse soumission mêlée de haine, Flor se tait prudemment. De toute façon, tétanisée de peur, incapable de prononcer la moindre parole, elle se prépare à la défaite. Les espoirs de sa nouvelle vie sont fusillés en quelques mots :

— Je t'interdis, tu m'entends Flor de Oro, je t'interdis de renouer avec Rubirosa. Tu cesses immédiatement ce cirque et tu rentres à Ciudad Trujillo. Et surtout, tu laisses Rubirosa mener sa vie comme il l'entend. J'en appelle à ton sens des convenances, si tu en as un !

Flor prend une grande respiration pour tenter de calmer les palpitations de son cœur et ose :

— Nous nous sommes… retrouvés, et nous allons… nous…. remarier, balbutie-t-elle lamentablement en retenant ses sanglots, car tout à coup elle comprend l'inanité de ce projet.

Puis, plus fermement, elle affirme :

— Porfirio est l'homme de ma vie, j'en suis sûre maintenant et…

— Foutaises ! C'est juste une nouvelle frasque de Rubirosa. Un remariage est hors de question, je m'y oppose formellement. On ne joue pas deux fois dans la même cour. Ce retour de flamme est une pure illusion de ton esprit malade…

Le Jefe piétine le regain romantique de leur amour, il le rabaisse au rang d'une vulgaire escapade sexuelle en quelques mots durs assénés à l'aveugle, il foule au pied l'immense espoir de renaissance de Flor. Et peut-être a-t-il finalement raison.

— Ne laisse pas tes sens prendre le pas sur la raison ou tu vas encore une fois te briser les ailes, Flor de Oro. Et si les motifs personnels ne te suffisaient pas, il y en a d'autres qui te dépassent. D'ordre politique.

La politique, de quoi clouer le bec à cette oie blanche enamourée. Comment Flor de Oro peut-elle être aussi stupide ? Le Jefe ne va certainement pas s'étendre sur l'importance stratégique de placer un pion au cœur du lobby américain du tabac. Ni sur la manne financière que représente pour ses propres plantations l'exportation de tonnes de feuilles brunes vers les usines de la famille Duke. Ce sont des millions de dollars en ligne de mire. Il est hors de question qu'une bluette mal réchauffée, serait-ce celle de sa bécasse de fille, vienne contrecarrer ses plans. Rubirosa épousera Duke et ses usines de cigarettes, la corbeille de la fiancée est bien trop réjouissante.

Un silence lourd pèse sur la ligne téléphonique. Flor, la gorge serrée, n'a pas un mot. Simplement, elle tremble de tous ses membres, mais cela le Jefe ne peut le voir.

— Me suis-je bien fait comprendre, Flor de Oro ?

— …

— Flor de Oro ? Je le répète, un remariage et même une simple relation entre Rubirosa et toi n'est pas à l'ordre du jour. S'il le faut, j'enverrai quelqu'un te chercher !

Il ne manquerait plus que la Duke, humiliée, se rétracte ! Habitué à donner des ordres qui sont immédiatement exécutés, le Jefe n'a pas perdu son calme.

Et Flor de Oro dans tout ça ? T n'a aucun état d'âme, elle ne compte pour rien. Elle butine d'homme en homme, elle a déjà convolé à quatre, non, cinq reprises. Il préfère oublier que c'est lui qui lui force la main à chaque fois. Flor de Oro, comme tous les Dominicains, comme les membres de sa propre famille, doit se soumettre à sa loi. Il raccroche.

D'un mouvement lent, Flor enlève ses boucles d'oreilles, elle essuie d'un revers de la main son rouge à lèvres, ôte ses chaussures à talons. Le miroir lui renvoie l'image grotesque d'un clown malheureux.

Brisée par le Jefe, une fois de plus.

*

L'ultimatum est sans appel. Une immense résignation laisse Flor échouée au fond de l'abîme. Elle sait qu'elle n'a d'autre choix que d'encaisser. Elle n'a même pas le droit de se sentir flouée car leur relation est ainsi, vouée à l'échec.

Au siège de la légation dominicaine, Porfirio a reçu la même sommation, assortie de menaces à peine voilées. Il doit cesser immédiatement tout contact avec Flor de Oro. Bien placé pour savoir ce qu'il en coûte de désobéir au Jefe puisqu'il a été son homme de main, Rubirosa jette l'éponge sans offrir la moindre résistance. La force d'âme n'a jamais compté au nombre de ses traits de caractère. Il se souvient de leur épisode new-yorkais, il n'est pas prêt à revivre un tel enfer. Vivre sans argent ? Ils n'en ont plus l'âge, ni l'un ni l'autre. Il se raisonne. Après tout, à défaut d'être belle, Doris est plaisante, elle connaît tous ceux qui comptent et elle est immensément riche. Presque autant que T. Et surtout, Duke a décidé de s'offrir Rubirosa, c'est peut-être une fantaisie, mais l'héritière a les moyens de ses caprices, elle l'a prouvé. Alors, si ça arrange les affaires du Jefe… Pragmatique, Porfirio s'incline. Tant pis pour Flor. Il griffonne un vague mot de regret.

Ma Fleur chérie,

J'ai dû partir précipitamment pour Bruxelles. Le Jefe a une vision et nous ne pouvons contrecarrer ses plans, tu sais comme moi ce qu'il pourrait nous en coûter. Nous nous devons la vérité, notre histoire appartient définitivement au passé. Nos vies doivent continuer.

Capri restera une parenthèse délicieuse dont je chérirai toujours le souvenir avec tendresse. Je n'oublierai jamais ces quelques jours passés avec toi. Ils seront notre merveilleux secret.

Je te souhaite le meilleur.

Tu resteras à jamais ma Fleur chérie, l'unique.

Avec tout mon amour, Porfirio.

Quelle couardise ! Flor déchire le billet avec fatalisme. Elle n'a qu'une larme qui s'écrase dessus en dessinant des volutes d'encre dans lesquelles se dissout son chagrin. Et le sentiment d'un immense gâchis. Si elle est déçue, c'est uniquement d'elle-même. À quoi s'attendait-elle ? Elle n'est pas capable d'inspirer un amour absolu. Ce fut juste un magnifique instant fugace. Comment a-t-elle pu être assez stupide pour y croire ? Elle s'est comportée comme une gamine grisée de rêves romantiques. Mais au fond, tout au fond d'elle, ne savait-elle pas ?

Il n'y a qu'à Hollywood que les choses se passent ainsi. En réalité, tout était écrit d'avance. Car dans la vraie vie, il y a ceux qui tirent les ficelles et il y a les marionnettes, des hommes et des femmes faibles, lâches, à la botte, comme Rubi qui n'est qu'une chiffe molle, sans dignité et sans courage. Comme elle.

Flor le sait, elle n'a jamais fait le poids. Face à la crainte du Jefe, face aux millions de dollars de Duke, bien qu'elle ait été la première femme que Porfirio ait réellement aimée, malgré leurs ressemblances, leurs souvenirs de jeunesse, malgré leur île qui coule dans leurs veines, elle ne fait pas le poids. Alors elle s'efface.

Elle s'est laissé bercer par une chimère qui a explosé en vol. Rien que de très prévisible. Cette désillusion n'en est qu'une de plus dans le chapelet de celles qu'elle a affrontées.

Et puis, ils se sont bien amusés. Capri restera un beau pied de nez à la face de toutes ces femmes qui convoitent éhontément Rubi.

La suite de l'histoire, Flor l'apprendra par la presse.

Doris Duke n'a pas renoncé à sa précieuse conquête et passe outre le camouflet infligé par Rubirosa. Elle le veut, à n'importe quel prix. Porfirio rejoint sa fiancée à Paris et l'épouse à l'ambassade dominicaine le 1er septembre 1947. En cadeau de mariage, Doris Duke lui a offert une maison dans le XVIe arrondissement de la capitale française, et le Jefe, reconnaissant, l'a nommé ambassadeur en Argentine. La République dominicaine est maintenant prête à signer de juteux contrats d'exportation de tabac vers les États-Unis.

Pour Flor, ce chapitre de son existence a un goût amer de déjà-vu. Lui reviennent en mémoire les contrats d'armement conclus avec le Jefe par son époux brésilien.

Ce serait drôle si ce n'était pas si pathétique.

Ce serait drôle si ce n'était pas sa véritable vie.

Flor se dit que l'heure est venue de mettre un point final à son histoire avec Rubi. En lettres majuscules. Les souvenirs de l'épisode Capri finiront bien par se dissiper comme les ultimes fumerolles d'un mauvais rêve. Ce qu'elle ne sait pas encore, c'est que Rubi restera à jamais une plaie à vif.

Vaincue, Flor de Oro quitte Rome pour Paris, humiliée, le cœur bourrelé de regrets. Le courroux d'un père ça passe, mais son indifférence, son désamour, ça pèse toute une vie, ça colle à la peau, ça imprègne l'âme, ça lamine, ça détruit.

Dans un bureau de Langley, un Américain d'origine irlandaise se fait remonter les bretelles. Ressent-il un soupçon de culpabilité ?

La débâcle d'une femme, ce n'est pas son affaire.

Paris
1949-1952

Paris est gaie au début des années 1950. La guerre est reléguée au rang de mauvais souvenir. Après une période de désarroi et d'isolement, Flor renoue avec d'anciennes amitiés, du temps de l'ambassade de Porfirio et de leur vie à Neuilly, mais elle évite comme la peste les cercles diplomatiques. Elle évolue dans des milieux bohèmes où se mélangent allègrement artistes et intellectuels de toutes nationalités. À trente-cinq ans, Flor se veut libérée de l'influence de son père. Elle a réussi à mettre un océan entre eux, et, après ses cinq échecs matrimoniaux, elle est bien décidée à profiter de sa liberté et à croquer la vie. Elle a envie de proclamer « Voilà, c'est moi, Flor de Oro. Je suis comme ça. Je bois du whisky comme un homme, des daïquiris comme une femme du monde, j'aime les clubs louches et les bars des grands hôtels, je danse comme une fille du *pueblo* et je valse comme une comtesse viennoise… »

Flor devient vite populaire, un verre dans une main, une cigarette dans l'autre, et toujours un immense sourire aux lèvres qui ne demande qu'à éclater en rire. Les hommes ne s'y trompent pas. Car Flor n'est pas de marbre.

*

Paul Louis Frédéric Guérin. Un joli garçon. Légèrement plus jeune qu'elle. Au caractère un peu mou. Flor entame une liaison qui s'installe plus que les autres. Car Paul est vraiment beau garçon et, bien qu'un peu balourd, il est gentil et pas compliqué.

La famille Guérin est un modèle de famille bourgeoise à la française. Catholique. Conservatrice. Vivant dans les beaux quartiers de l'est parisien. Ayant prospéré dans le parfum, une industrie emblématique du pays. Trois fils, une fille et une mère effacée soumis à un patriarche autocratique et autoritaire.

Paul travaille dans l'entreprise familiale le jour et consacre ses soirées et ses nuits à Flor qui s'épanouit dans cette relation sans compromission. D'autant qu'elle a été vite adoptée par les Guérin. Bien sûr, on sait parfaitement qui elle est, mais, si on n'en pense pas moins, on ne dit rien et on laisse les tourtereaux roucouler.

Jusqu'au jour où l'ambassadeur dominicain fait savoir à Flor que le Jefe veut connaître la date du mariage. Flor est sonnée. Aussi loin qu'elle fuie, même en Europe, même à Paris, elle restera à portée de la tyrannie de T. Il ne relâche pas son étau et entend rester le maître de sa vie.

Flor informe Paul. Il n'est pas très chaud. Leur situation lui convenait parfaitement. Pas plus qu'elle, il n'avait songé au mariage.

En revanche, du côté du père Guérin, c'est l'euphorie. Son fils est fiancé avec une femme au pedigree long comme le bras. Fille d'un des hommes les plus riches de la planète, le légendaire T, c'est aussi l'ex-épouse du non moins légendaire Rubirosa. Y voit-il un signe encourageant pour le développement de ses affaires ? Toujours est-il qu'il pousse à la roue, le père Guérin, et tant pis si ses convictions religieuses en prennent un coup. L'homme d'affaires n'a qu'un mantra : quand il y a de l'argent, on ne visite pas l'arrière-cour de la banque.

À trente-cinq ans, Flor convole pour la sixième fois. Bon prince, T lui offre un appartement meublé à Paris et un chèque de 25 000 dollars, plus ou moins le montant habituel. Finalement, et c'est un fantasme de la collégienne de Bouffémont, Flor est heureuse d'appartenir à une famille bourgeoise française où rien n'est clinquant et tout de bon goût.

Les jeunes mariés partent en lune de miel à Cannes. C'est dans leur suite du Martínez que Paul ouvre son cœur à Flor. Son père est un dictateur – Flor préfère ne pas relever l'ironie du propos –, il le tient sous sa coupe en le maintenant à un poste subalterne dans l'affaire familiale et en lui versant un salaire ridicule. Il ne sait pas comment il fera vivre sa femme. Heureusement que le Jefe s'est montré généreux. Flor s'alarme, sa dot risque de ne pas durer très longtemps.

Le père Guérin ne perd pas le nord. Son fils a épousé une héritière, dont il ignore qu'elle a été déshéritée, et il compte bien, en homme d'affaires averti, tirer parti de cette alliance. Chiffres à l'appui, l'industriel suggère à T de faire un échange « parfum contre tabac », un accord gagnant-gagnant. Le Jefe, qui n'aime guère les conseils et ne souffre pas de se faire dicter sa conduite, surtout par un petit commerçant étranger, est piqué au vif. Sa réponse ne se fait pas attendre. « Je suis celui qui propose. Et je n'ai nulle envie de commercer avec les Guérin ou avec la France. »

Informée par son mari, Flor avale la pilule. Elle sait que cette fin de non-recevoir, c'est le retour de bâton du Jefe pour un mariage qu'il n'approuve pas, même s'il l'a imposé. T a la capacité de lui nuire où qu'elle soit et de maintes façons. Il peut l'empêcher d'être heureuse. Resserrer la corde autour de son cou, il l'a si souvent fait. Il vient de gagner une enième partie.

Le père Guérin, qui se voyait déjà au firmament du commerce international, déchante. Il se venge sur son fils en le rétrogradant à un poste encore plus minable et en réduisant son salaire. Paul encaisse sans s'insurger. Il n'a pas l'étoffe d'un rebelle.

L'image qu'offre son nouvel époux à Flor est catastrophique, mais finalement, c'est juste un reflet de ce qu'elle est elle-même. Un jouet, une carpette, un souffre-douleur au creux de la main d'un tyran qui lance et relance sans cesse le yoyo.

Le divorce est inévitable.

1952 – *Exit* le mari numéro six.

*

Pas question de rentrer au pays.

Le Jefe l'encagerait comme il sait si bien le faire. Les nœuds qui la lient à lui sont durs. Des nœuds d'amour, de jalousie, de frustration, de culpabilité, de haine, trempés dans l'eau de mer, durcis par le sel et séchés au soleil. Impossible de les dénouer. Il faut les couper à ras, que rien n'en subsiste.

Flor n'a plus l'âge de se laisser dicter sa conduite. Plus le temps non plus. Presque quarante ans. Un gouffre s'ouvre devant elle. Flor a beau recroqueviller ses orteils au bord du ravin, elle sait qu'elle va bientôt dévaler la pente savonneuse vers l'âge sombre. Alors elle décide de profiter de ce qui lui reste encore de vie.

Seule, désœuvrée et désargentée, Flor reste à Paris, un Paris qui n'a plus rien à voir avec celui de sa jeunesse. Dans les colonnes des journaux elle devient l'exubérante, la tempétueuse, la fabuleuse Flor de Oro, celle aux multiples mariages, la fille rebelle de l'Ogre des Caraïbes.

En réalité, c'est une descente aux enfers qui commence. Une vie sans ancre, une fuite en avant. Enlisée dans l'abus d'alcool, la vie nocturne et la fête sans entracte, Flor se met à fréquenter des endroits louches et des hommes peu respectables, voyous, trafiquants, gangsters à la petite semaine. Elle se jette tête baissée dans chaque nouvelle aventure qui croise son cahoteux chemin. Elle boit de plus en plus, allume une cigarette au mégot de l'autre, multiplie les relations troubles, les flirts glauques, les passades avec des individus intéressés uniquement par son nom. Déjà mal en point, sa renommée se flétrit inexorablement. Très vite, il n'en reste plus rien. « Flor de Oror », voilà comment elle apostrophe son reflet quand elle croise son image dans un miroir.

De liaisons sordides en aventures éphémères, de beuveries en lendemains qui déchantent, l'existence de Flor part à vau-l'eau. La vie parisienne ne l'amuse plus. Elle est couverte de dettes et les plaintes s'accumulent. Comme celle de ce vicomte français qu'elle a tapé de quelques milliers de dollars et remboursé par un chèque sans provision, et qui réclame son dû dans une lettre comminatoire adressée au Jefe. Une fois pour toutes, Flor a endossé le rôle de la mauvaise fille, celle qui n'accomplit rien de bien, celle qui décevra toujours. Ce qu'elle laisse derrière elle, c'est un sillage de détresse, comme un appel au secours.

Au fait de cette dégringolade, T dépêche à Paris un homme de confiance, le général Paulino Álvarez, un géant mulâtre craint par tous les Dominicains, surnommé l'Ojo Mágico[1] à cause de son œil de verre récolté à la suite d'un accident de jeunesse. Flor n'ignore pas qui il est, ni à quel point il est dévoué au Jefe. On raconte même qu'il dort avec son unique œil ouvert, en bottes et tenue militaire, au cas où T aurait besoin de lui.

L'Œil magique n'y va pas par quatre chemins. La pantomime est finie. Il est temps pour Flor de rentrer

1. Le général Anselmo Paulino Álvarez, « L'Ojo Mágico », un des hommes de confiance de Trujillo durant la seconde moitié de son règne, développa un large réseau d'informateurs dans tout le pays. Tombé en disgrâce, il fut incarcéré et finalement autorisé à quitter le pays à la fin du règne de Trujillo.

au pays, mais par la petite porte, elle n'y sera pas la bienvenue.

Déguisé en conseil, c'est un ordre. Flor ne s'y trompe pas.

Ciudad Trujillo
1952

Trente-sept ans, six mariages.

Six à trois. Flor a gagné le marathon matrimonial contre Rubi haut la main. C'est bien la seule chose qu'elle ait gagnée.

Sa vie, un fiasco. Son avenir, un naufrage annoncé.

De surcroît, Flor est malade. Elle navigue depuis trop longtemps entre dépression, neurasthénie et désordres alimentaires, et elle est consciente qu'elle a besoin de se faire sérieusement soigner.

Le Jefe a raison. Il est temps de rentrer à la maison. Après toutes ces années d'errance, Flor n'aspire plus qu'à se reposer. Enfin. C'est dans son pays qu'elle veut vivre pour le moment. À bout de forces et de ressources, elle tente de se convaincre que c'est sa propre décision. Quel autre choix a-t-elle ? Pour comble de l'humiliation, une fois sa décision prise, elle en est réduite à aller mendier un billet d'avion à l'ambassade dominicaine où on la regarde avec un mélange de compassion et de mépris qui la blesse à vif.

*

Flor est soulagée, personne ne vient l'accueillir à son arrivée à Ciudad Trujillo. Elle va se faire oublier du Jefe qui ne veut pas entendre parler d'elle et se réfugie chez sa mère dont elle espère alléger la solitude. Aminta a déjà trouvé un médecin qui accepte de prendre sa fille en charge. Flor se voit imposer des antidépresseurs, une cure de vitamines, un régime sec, une alimentation équilibrée et surtout du repos. Beaucoup de repos.

Mais, malgré la présence attentive et dévouée de sa mère, la réalité est bien plus dure à supporter que Flor ne l'avait imaginée. Elle vit, suspendue dans le vide, en deuil d'elle-même, dans l'attente d'une hypothétique rentrée en grâce qui ne vient pas. Manuel de Moya, le diplomate lobbyiste du Jefe aux États-Unis, a dûment mis en garde ses amis américains qui ne sont pas autorisés à lui rendre visite. Flor fait des allers-retours entre la maison de sa mère à San Cristóbal et son logement de Gazcue, une modeste maison de location. Fini le chauffeur, elle se déplace désormais en *guagua*[1], pour une poignée de *cheles*[2], anonyme au milieu des passagers gouailleurs. On ne la reconnaît même pas, et, si elle en conçoit quelque dépit, c'est aussi un réconfort. Elle n'est plus personne. Elle a disparu, effacée, niée par un père qui l'a patiemment et méticuleusement détruite. Elle n'a eu ni la force ni le courage de s'opposer à lui, pas plus que les millions de Dominicains qu'il tient dans son poing serré. Engourdie sous une chape de

1. Bus populaires.
2. Subdivision du peso dominicain, n'ayant plus cours aujourd'hui.

peur, Ciudad Trujillo est devenue léthargique à force de servilité. On n'ose plus sortir et on n'a plus guère le cœur à s'amuser dans cette ville agonisante, une ville de couleurs ternies, de parole muselée, de rires oubliés.

Ciudad Trujillo

Mars 1953

— Bonjour madame…

Flor frémit. Elle ne l'a pas entendu s'approcher d'elle. Il est venu la surprendre par-derrière. Troublée par la douceur de ses lèvres contre son oreille, enivrée par le parfum de son eau de Cologne, toujours la même, l'Impériale de Guerlain, elle tourne à peine la tête. Il est là, proche à lui frôler l'épaule, arborant un sourire bienveillant. Comme si de rien n'était. Comme s'ils s'étaient vus la veille. Une vague de panique submerge Flor, son pouls s'affole. Les rumeurs s'estompent, les silhouettes des invités deviennent floues, elle a l'impression qu'une bulle magique les enveloppe. Elle murmure « Papi », d'une voix d'enfant qui tremblote, ce seul mot, c'est tout ce qu'elle parvient à balbutier quand il effleure sa joue d'un baiser. Elle titube, grisée, comme si elle était ivre.

Est-elle de nouveau revenue en grâce ?

Était-ce si simple ?

*

Le matin même, doña Amelia Vicini en personne – les Vicini, une des familles les plus puissantes du pays, sont à tu et à toi avec le Jefe – est venue lui remettre un message la conviant à une fête de la famille Trujillo, sur la base aérienne de San Isidro, le fief de Ramfis. Sans plus d'explication, mais avec un regard entendu.

Perplexe, Flor a longtemps retourné dans ses mains l'invitation aux armes de la présidence. C'est la première fois en trois ans que la Trujillo ostracisée est conviée à une réunion familiale. Elle n'a été invitée ni aux anniversaires de son père, ni aux fêtes de fin d'année, ni aux cérémonies officielles. Est-ce l'embellie tant espérée dans ses relations avec T ? Méfiante, Flor doute de la sincérité de la démarche et subodore un piège. Mais lequel ? Elle va s'y rendre car, de toute façon, même si elle le voulait, elle ne pourrait s'y soustraire. Une invitation de T, c'est un ordre. Alors, docile, Flor a endossé sa plus élégante tenue, elle s'est maquillée avec soin et elle s'est rendue à San Isidro.

*

Cet après-midi-là, Flor a l'impression de naviguer sur un nuage de félicité. Frères, sœur, oncles, tantes, cousins, elle renoue avec les uns et les autres et c'est une délivrance. Le Jefe prend de ses nouvelles, l'écoute avec placidité. On mange, on boit, on blague, comme dans une vraie famille, loin du protocole des fastueuses réceptions officielles. En fin de journée, T la fait raccompagner chez elle dans une limousine aux armes de la présidence.

Infiniment soulagée, euphorique, Flor ne peut résister et s'enivre avec une détermination qui n'a d'égale que son bonheur. Le lendemain, le réveil est difficile, elle peine à croire à ce qu'elle a vécu la veille.

Pas le temps d'y réfléchir.

Un chauffeur vient la chercher pour l'emmener au palais national, cet édifice prétentieux que le Jefe a fait bâtir en 1947 sur le modèle de la Maison-Blanche. Il l'attend dans son bureau. Tout le long du trajet, bouche pâteuse et crâne douloureux, Flor se perd en supputations.

À peine la porte du bureau s'est-elle refermée derrière elle que Flor est mise au pied du mur. Le Jefe n'y va pas par quatre chemins. Il attend d'elle qu'elle intercède auprès de sa mère pour lui soutirer l'accord d'annulation de leur mariage auquel Aminta se refuse, car, malgré ses deux autres mariages civils, T reste son époux devant Dieu. Voilà, c'est aussi simple que cela : Flor doit convaincre Aminta d'accepter l'annulation de son mariage. T n'a aucun état d'âme, pas la moindre délicatesse. Tout juste daigne-t-il expliquer à Flor que María Martínez exige un mariage devant l'Église.

Quelle hypocrisie ! Un mariage civil ne lui suffisait pas et l'Españolita, plus que jamais en quête de respectabilité, exige que le sien soit religieux[1]. Elle est

1. Le 9 août 1955, Trujillo se marie religieusement avec María Martínez dans la chapelle de la Nonciature, selon le souhait de son épouse.

diabolique, mesquine, égoïste. Avec T, ces deux-là font la paire.

T a d'abord tenté de fléchir l'Église. Le Vatican a refusé l'annulation de son premier mariage, car l'Église ne reconnaît pas le divorce. Le Jefe tente donc la persuasion auprès de sa première épouse et Flor est l'émissaire qu'il a choisi. Celle-ci sent bien que cette manœuvre est la dernière étape avant la force. Elle est effondrée et en colère contre elle-même. Comment a-t-elle pu être assez candide pour croire que l'invitation de la veille était désintéressée ? Pour lui, rien n'est gratuit, tout est calculé, ses relations avec elle plus que toutes autres. N'apprendra-t-elle donc jamais ? Gardera-t-elle toujours au fond d'elle cet espoir enfantin d'un amour paternel intègre ?

Malgré tout, malgré sa rage, malgré son immense dégoût, Flor se rend chez Aminta pour lui transmettre la demande du Jefe. Aminta reste inflexible. C'est moins sa foi catholique que ce qui lui reste d'orgueil qui l'empêche de céder. De toute façon, elle n'a plus rien à perdre. À part la vie peut-être, et cela remplit Flor d'effroi.

Deux jours plus tard, Flor ouvre la porte du domicile de San Cristóbal à une étrange délégation. L'Œil magique est escorté de deux prêtres en soutane, dont un jésuite espagnol. Sous les yeux incrédules de Flor, tandis que le colonel caresse son pistolet avec arrogance, une menace à peine voilée, la pauvre Aminta est soumise par les religieux à un feu roulant de questions sordides, dont la pire concerne sans doute la nature de ses relations intimes avec Virgilio, le frère aîné de T, qu'elle connaît à peine. Car ça les arrangerait bien si Aminta s'avouait un amant, et comme Virgilio est prêt à jurer n'importe quoi… Flor est écœurée par ces accusations perfides, cet infâme réquisitoire contre sa mère. Terrorisée, Aminta appose finalement sa signature en tremblant là où le jésuite pointe son index, sans même prendre le temps de lire le document qu'elle signe, un document qui la renvoie à l'anonymat le plus total.

*

Le 19 mai 1953, le mariage des parents de Flor est dissous par l'Église.

Pour Aminta, c'est l'humiliation suprême, un véritable crève-cœur. Elle n'est plus personne.

Pour Flor, c'est une blessure ouverte. Plus que ça, un anéantissement. Après l'avoir déshéritée, en faisant annuler ce premier mariage qui le reliait encore à sa mère, T la renie, elle, sa fille, Flor de Oro. Avec une simple signature, il l'efface une fois de plus, et c'est comme si rien n'avait jamais existé, ni la case au toit de palme de San Cristóbal, ni les promenades à cheval, ni les danses sur la pointe des pieds, ni Boule de Neige… Elle se fait une promesse. C'est dérisoire, elle le sait, mais dorénavant elle ne traversera plus le parc des Pierres Vives que le Jefe a fait construire, en sacrifiant plusieurs pâtés de maisons, au cœur de San Cristóbal et au centre duquel trône sa statue équestre.

*

Après l'annulation de son mariage, T inonde l'Église de cadeaux, un million de dollars investi dans diverses institutions, il offre des véhicules de luxe et de somptueuses maisons aux sacerdotes étrangers, décrète que les soldats doivent assister à la messe chaque dimanche et devient le parrain de centaines d'enfants au cours de baptêmes de masse. Il signe même un concordat avec le Vatican.

Quant à Flor, au-delà de sa propre identité, elle a perdu toute foi en la probité de l'Église.

Est-elle encore la fille légitime du Jefe ? Ou finalement, n'est-elle qu'une bâtarde de plus ? La question la ronge à tel point qu'elle choisit de se cloîtrer quelques jours dans une de ces retraites de luxe que le Jefe a offertes à l'Église. Elle y pleure tout son soûl et confie à un prêtre sa souffrance lors de ses propres divorces et combien l'a meurtrie la complicité de l'Église dans l'annulation du mariage de ses parents. La réponse du religieux ne lui apporte guère de réconfort :

— Ce sont des choses de la vie qu'il convient d'accepter. Peut-être, Flor de Oro, es-tu née pour souffrir ? Pourquoi ne pas l'accepter et remettre ton âme à Dieu ?

— Puis-je communier malgré mes mariages civils, car je suis toujours mariée religieusement à Porfirio Rubirosa ?

Autorisation accordée, qui ne soulage guère Flor. Elle n'a pas trouvé de réponse aux questions qui la taraudent : qui est son père ? L'aime-t-il ou la hait-il ? Comment doit-elle se comporter avec lui ?

T recommence à hanter ses nuits, lui reprochant mille choses, lâchant la laisse, la resserrant, se riant d'elle. Flor recommence à souffrir de fièvres et d'évanouissement inexpliqués.

Ciudad Trujillo
1953

Flor n'a pas d'autre choix. Il lui faut aimer cette vie-là, puisqu'il ne lui en est pas donné d'autre. Sa vie sans but est dépourvue de sens, juste une bille sur sa lancée qui continue sa course. Il en faut du courage pour continuer à vivre sans aller nulle part. Juste pour vivre.

Elle casse sa routine insignifiante comme elle le peut, avec des plaisirs dérisoires et de menues initiatives. Elle a peu à peu transformé sa petite maison de Gazcue en un repaire d'artistes bohèmes où elle a entassé ses souvenirs français, livres, bibelots et quelques meubles. Les rares audacieux qui ont le courage de la fréquenter, poètes, écrivains, musiciens, peintres, sont, comme elle, des parias, bien trop modernes pour plaire aux Dominicains modelés au goût national, celui du Jefe, pompier, tape-à-l'œil, kitsch. Aucun d'entre eux n'a la *palmita*[1] dans son portefeuille et c'est un délit.

1. *La palmita* était le nom populaire de la carte de membre du Parti dominicain, parti unique créé le 16 août 1931 par Trujillo et dont l'emblème était une palme.

S'ils se font contrôler, c'est la Cuarenta[1] directement. Les cachots du Bienfaiteur de la Patrie, on ne sait jamais quand et comment on en sort, si on a la chance de ne pas finir jeté en pâture aux requins de La Caleta.

Flor prend des risques en entretenant de telles amitiés, et il serait illusoire de penser que le Jefe n'est pas au courant du moindre de ses faits et gestes, mais c'est l'oxygène dont elle a besoin pour survivre dans cette geôle qu'est devenue l'île. On s'émeut un peu à l'étranger. Commence à courir la rumeur que Flor de Oro est prisonnière dans son propre pays.

L'Ogre n'a pas de limites. Sa propre fille…

*

Parfois son demi-frère Ramfis vient la chercher et ils s'échappent dans sa maison de plage de Boca Chica. Entre eux s'est nouée une étrange et douce complicité, malgré leur grande différence d'âge. Le Pato[2] troque son uniforme pour une *guayabera* de lin blanc et un pantalon de toile, enlève ses éternelles Ray-Ban, dévoile ses grands yeux mélancoliques, et tombe le masque. Ils ne sont plus les enfants du Jefe, mais un frère et une sœur, ils écoutent des tangos nostalgiques en buvant plus que de raison, bercés par le murmure des vagues qui s'échouent sur la grève. Ils rient des velléités littéraires de doña María qui se pique d'être une poétesse

---

1. La Cuarenta était une prison et un centre de torture sous la dictature située non loin du cimetière Colón.

2. Ramfis était surnommé « Le Pato », le canard, car il dirigeait l'armée de terre, de mer et de l'air : il marchait, il nageait, il volait.

et une moraliste, se moquent de son succès théâtral du moment, *Fausse amitié*, et de son ouvrage *Méditations morales* écrits en sous-main par José Almoina, un réfugié espagnol, dont la lecture est imposée dans les écoles. Ils se plaignent de leur insupportable père. Sous ses dehors de tyranneau fornicateur, Ramfis est, comme Flor, malade de cette filiation. Comme elle, il n'est pas à la hauteur des attentes de son père, car il n'aime pas le pouvoir. Il souffre de dépression et d'aboulie, son indolence se transformant parfois en hystérie, et, comme Flor, il trouve refuge dans l'alcool et les drogues. Elle, la fille aînée, lui, le fils préféré, l'héritier, ils sont des parasites qui déçoivent en permanence le Jefe. Mais Ramfis, lui, n'est pas en disgrâce.

Par son frère, Flor a des nouvelles du clan Trujillo. Et comme Ramfis est aussi un intime de Porfirio, qui l'a introduit à Hollywood et lui a transmis le virus du polo et des femmes, Flor, toujours à l'affût des moindres rumeurs sur son premier époux, lui soutire des informations de première main concernant les nouvelles conquêtes de Rubi. Elle réprime toujours une pointe de jalousie nostalgique. Aujourd'hui, elle se mord les lèvres et ne peut se défendre d'une petite victoire : son quatrième mariage avec Barbara Hutton, célébré il y a à peine deux mois, est déjà en train de se disloquer.

Puis elle ose, bravache :

— Comment va Chapita ?

Elle n'a tout de même pas osé El Chivo[1]. Ramfis se rembrunit. Il n'apprécie pas qu'on se moque de son

1. Chapita (« badge ») et El Chivo (« le bouc ») étaient des surnoms donnés en secret à Trujillo par les opposants.

père. Son appétit sexuel, passe encore, mais sa fascination pour les médailles le ridiculise.

— Tu devrais te modérer Flor, tu sais qu'il te tient à l'œil.

— Je me demande bien pourquoi. Pour être sûr que je ne suis pas communiste, ou pire, antitrujilliste ?

Elle essaie maladroitement de glisser de la dérision là où il n'y a même plus de révolte, rien que tristesse et résignation.

— Peut-être qu'il se fait du souci pour toi, tout simplement.

— Si je l'intéressais un tant soit peu, il se manifesterait, tu ne crois pas ? Autrement que par le truchement de ses espions. Je suis la vilaine, punie, consignée dans sa chambre comme une enfant désobéissante, à mon âge, soupire-t-elle avec fatalisme. Il a même fini par me convaincre que cette cage, c'est pour mon bien.

Ramfis plisse les yeux et considère cette sœur aînée, qui a presque l'âge d'être sa mère, avec un élan de tendresse inhabituel.

— Si tu pouvais sortir du pays, où irais-tu ?

Flor regarde Ramfis avec étonnement. Un infime espoir se faufile en elle. Elle sourit, rêveuse. La cigarette qui se consume entre ses doigts décrit un léger ruban de fumée tandis qu'elle désigne l'horizon.

— Oh, pas bien loin. J'irais à La Havane. C'est tellement plus gai qu'ici.

Ramfis la fixe à travers le halo de sa cigarette et n'en dit pas plus.

La Havane

1954

À La Havane, l'heure est plus que jamais à la fête. Rhum, sexe, dollars, musique, la capitale cubaine n'est qu'une monstrueuse machine à plaisir. La ville vit au rythme de la rumba et du mambo, on y danse frénétiquement, on n'y dessoûle guère, on y perd des montagnes de dollars qui passent des tapis verts à l'escarcelle des parrains. Les *soneros*, rois du boléro, de la guajira, de la charanga cachetonnent, les putains patientent en embuscade sous les façades dégoulinantes de néons des casinos où les nababs claquent leur fric sans compter. Les rues grouillent de noceurs jusqu'aux premières lueurs du jour, quand les cabarets aux affiches aguichantes referment leurs portes sur les derniers danseurs. Les hommes de main circulent, les gros bonnets des familles, Lucky Luciano et consorts, rafflent la mise.

Nouveau passeport et allocation substantielle. C'est une embellie inattendue dans la vie de Flor. Ramfis a plaidé la cause de sa sœur. Depuis quelques jours, elle a pris adresse au Nacional. Elle s'est installée dans une immense suite du sixème étage dont le balcon surplombe la frange rectiligne du Malecón et les eaux turquoise de l'océan.

La capitale cubaine est bien plus divertissante que Ciudad Trujillo qui, en comparaison, fait figure de tombeau à ciel ouvert. À La Havane, la fille de l'ami de Fulgencio Batista est *persona grata*, table ouverte et tapis rouge partout, piano-bars, casinos, cabarets… On se pousse du coude quand elle passe la porte d'un restaurant, c'est elle, on la reconnaît. Elle a mauvaise réputation, elle papillonne d'un homme à l'autre, collectionne les maris pour mieux s'en débarrasser. Libertine, alcoolique, droguée peut-être, il paraît même qu'elle est nymphomane. Ce que l'on dit d'elle, Flor s'en fiche comme d'une guigne. Elle a l'impression de revivre. Regards, racontars et jugements glissent sur elle comme les gouttes de pluie sur sa peau ambrée, une petite sensation de froid qu'elle noie dans un daïquiri, et plus aucune trace.

Oublié le régime sec du bon docteur de San Cristóbal. Flor soigne son retour à la vie à grands coups de cocktails et de nuits sans sommeil. Fume sans arrêt. Danse jusqu'au bout de la nuit. Perd des fortunes aux tables de poker, au black jack, au baccara. Dort à l'ombre d'un parasol au bord de la piscine. Pour cette vie-là, elle ne connaît pas de meilleur endroit que La Havane. Pourtant, elle sent déjà poindre l'ennui.

*

Impossible de l'ignorer. Les scandaleux exploits de Rubi font la une de la presse internationale. Il a entamé une liaison orageuse avec une ancienne Miss Hongrie. Flor doit reconnaître que la créature est jolie, grande, fine comme une liane, un corps à se damner que souligne sa robe moulante, un visage de poupée parfait, pommettes hautes, petit nez droit, les yeux en amande étirés vers les tempes… et beaucoup plus jeune que lui au demeurant. Ils s'affichent sans vergogne. Leur relation fait scandale, car ils sont tous les deux mariés. Zsa Zsa apparaît parfois le visage caché derrière d'immenses lunettes noires. Elle a même provoqué le Tout-Hollywood en arborant un cache-œil de pirate pour masquer un œil au beurre noir. Rubi la cogne. La starlette arbore fièrement ce qu'elle appelle des « marques d'amour ». Flor connaît assez l'oiseau pour savoir qu'il a la main leste et l'amour vache. Mais elle s'en fiche. Cela ne la concerne plus. Elle vit sa vie loin de lui et c'est pour le mieux. Elle jette les journaux.

*

Nue face à la psyché de sa suite, Flor considère sa silhouette. Impeccable. Encore. Courte mais impeccable. Pas déformée par les grossesses comme celle des femmes de son âge, un mal pour un bien. Les crises, les jeûnes l'ont asséchée, pas un poil de graisse. La taille fine, la poitrine haute et menue comme celle d'une très jeune fille. Son visage, des traits un peu las. La vie n'a guère laissé de chance au bonheur. Elle se force. Ce sourire magnifique, bouche largement ouverte, dents si blanches, que sa mère aime tant. Son sourire qui les défie tous.

Flor a reçu une invitation pour le soir. Le « ténor de la jeunesse », le cousin de Johnny Pacheco, le neveu favori de Joaquín Balaguer, un des plus fidèles lieutenants de T, Lope Balaguer, se produit au Sans Souci en deuxième partie de soirée, quand la chaleur monte et que le public s'invite sur la piste.

Le Sans Souci, c'est l'adresse phare du moment. Ça ou le Tropicana. S'y presse tout ce qui compte à La Havane, un mélange de racaille, d'artistes, de bootleggers désargentés, de diplomates corrompus, de femmes fatales, de chefs des familles italiennes et de mafiosi, de demi-mondaines de haut vol, de danseuses aguichantes, de musiciens célèbres, d'agents doubles. Quelques touristes égarés s'émerveillent, ils pourront dire qu'ils ont mis un pied au Sans Souci. Flor laisse courir son regard blasé sur la foule.

*

En dix ans, depuis ses débuts sur une radio du Cibao, sa première présentation à Ciudad Trujillo au café Ariete en janvier 1945 et son premier disque enregistré à Porto Rico en 1946 avec l'orchestre d'Antonio Morel, Lope Balaguer a su tailler sa route. Il est devenu une véritable gloire internationale, du Panamá au Chili en passant par la Colombie.

Flor a affûté ses arguments. Talons hauts, yeux charbonneux, lèvres cramoisies, ongles laqués, robe longue en taffetas de soie vert, magnifique contraste avec sa peau cannelle, décolleté ravageur dans les reins. Attablée avec une poignée de *happy few*, grand sourire plaqué sur le visage, Flor encaisse cuba libre sur daïquiri entre deux bouffées de cigarette.

El Cantantazo entre en scène sous les vivats, au rythme d'un staccato de paumes sur la *tambora*. Sa veste cintrée aux revers de satin chatoie sous les spots. C'est un tout jeune homme. Pas même trente ans. Pas très grand, visage poupin de bon élève, coupe de cheveux nette, traits réguliers, fine moustache à la Jorge Negrete, regard doux. Ça pourrait être une réclame pour gomina. Ah çà, il n'a pas le sex-appeal de Rubi ! En fait, il n'a pas de sex-appeal du tout. Flor est fascinée par la chenille noire qui ourle sa lèvre supérieure. Elle imagine les chatouillis de cette moustache contre son cou et réprime un sourire. Elle écrase son mégot au fond du cendrier de cristal et fixe le chanteur. Ses yeux fardés, ses lèvres badigeonnées de rouge, sa poitrine palpitant dans le bustier, comme une bouteille à la mer. Parle-moi donc du pays.

Dans les gémissements des cuivres et les pleurs du clavier, l'orchestre a attaqué un boléro sirupeux. Lope chante bien, une voix chaude de ténor, bien modulée. Il enchaîne avec conviction d'insipides litanies d'amour.

Le chargé d'affaires américain, qui reluque Flor sans retenue, l'invite à danser. D'accord. Ils se fraient un passage dans la marée humaine remuante. On ne s'embarrasse pas de manières. Les hommes chaloupent, prennent des allures de machos, les femmes cèdent sous l'assaut, se collent à leurs corps. Sous le nez du chanteur, c'est là que Flor veut danser. Juste sous son nez.

Par-dessus l'épaule de l'Américain, elle plante ses yeux sur Lope jusqu'à happer son regard. Et là, décoche son sourire harpon, en chassant l'image insidieuse de Rubi et de Zsa Zsa.

Sa prestation terminée, Lope Balaguer s'invite à la table débordante de seaux à champagne, de bouteilles de whisky, de rhum, de gin, sur laquelle Flor règne comme une diva. Elle se penche en avant, le décolleté de sa robe s'écarte, dévoilant les courbes de sa mince poitrine, elle sait exactement ce qu'elle fait. Le chanteur s'étonne de cette femme qui lui vole la vedette sans vergogne. Flor de Oro Trujillo ?

Il s'incline.

Bien bas.

Touché.

Coulé.

Marié.

En réalité, les choses ne se passent pas tout à fait comme ça.

Ciudad Trujillo
1954

À La Havane, Flor et Maney[1] ont flirté au rythme de quelques boléros. Ils n'ont pas eu le temps de plus car le chanteur a quitté Cuba pour honorer un engagement à Porto Rico. Flor rentre à Ciudad Trujillo. Ils se reverront là-bas. Dans l'exaltation de la soirée, ils se le promettent.

Lope est enchanté d'avoir fait la connaissance de la fille du Jefe. Il la trouve sympathique, amusante et finalement bien plus simple qu'il ne l'aurait imaginé. Quand l'excitation de leur soirée arrosée s'émousse, Flor redescend sur terre. Ce n'était rien qu'un flirt sans conséquence. Lope ne lui plaît pas plus que ça. Bien qu'auréolé de ses succès, il manque singulièrement de charme. Si elle le compare à Rubi… Mieux vaut s'en abstenir.

Sa vie reprend son cours gris sous le soleil implacable des tropiques. Quelques semaines passent. Felipe,

1. Surnom de Lope Balaguer.

un ami décorateur, propose à Flor de passer une journée à Boca Chica. Lope vient de rentrer dans l'île, ça tombe bien, elle l'invite. Sur la plage, Flor arbore un maillot orange échancré qui flatte sa silhouette longiligne et sa peau ambrée. On se baigne, on chante, on barbote dans l'eau turquoise, on se roule dans le sable blanc. Comme c'est bon de plonger dans la mer, de se laver des souvenirs empoisonnés, de soulager ce poids qui oppresse la poitrine en permanence et d'échapper ne serait-ce qu'un instant à l'ombre omniprésente de T.

Le soir tombe, pourquoi rentrer ? La route est mal éclairée et un pêcheur leur a proposé de faire griller des langoustes. La petite bande décide de passer la nuit sur place. Il y a là un hôtel modeste qui fera l'affaire. La surprise de Flor est totale. Le gérant n'est autre que Ramón, son deuxième époux. Comme tout Dominicain, il a vécu des hauts et des bas, au gré des grâces et des disgrâces distillées par le Jefe. Le pédiatre, devenu ambassadeur puis gérant d'un hôtel de plage, est manifestement au creux de la vague.

Ils ont trente ans ou dix ans, pour un temps redevenus des enfants. Oubliée la peur qui règne sur la ville, oubliés les *calies*[1] du SIM[2]. Les langoustes relevées d'un filet de citron, arrosées de Presidente[3] glacée, sont

1. Les *calies* étaient les espions du SIM (Service d'intelligence militaire) chargés de surveiller la population dominicaine.

2. Le SIM était le service de renseignement de la dictature. Le colonel Johnny Abbes García, un ami d'enfance de Rubirosa, en fut le dernier responsable.

3. La bière nationale.

délicieuses. Assis dans le sable, ils font rôtir des brochettes de marshmallows sur un feu de plage. Ils boivent du Brugal, sans oublier, folklore oblige, de verser la première goutte de la bouteille de rhum par terre, pour les morts. Lope prend sa guitare, de sa voix chaude et sensuelle il entonne un boléro aux paroles romantiques. Felipe tend la main à Flor, il la hisse à sa hauteur et ils dansent pieds nus dans le sable. Elena invente un jeu en pouffant, on se partage les boules de guimauve en les gobant directement sur le bâtonnet. Flor sait maintenant la sensation de la moustache de Lope contre ses lèvres, et ça se termine par un baiser. Puis une baignade à la lueur des étoiles, cette nuit la lune est grosse et transforme la mer en une nappe d'argent. Ce qui n'est pas advenu à La Havane entre Flor et Lope se concrétise à Boca Chica.

Flor se réveille au côté du chanteur. Elle allume une cigarette et regarde avec un tendre étonnement cet homme endormi, son visage rond, ses grosses joues, son corps grassouillet... Cela fait si longtemps qu'elle n'a pas partagé le lit d'un homme.

*

Il y a des lendemains qui déchantent.

Au matin, une tension évidente règne dans l'hôtel. Sans aucun souci de discrétion, quatre hommes battent la semelle sur le trottoir d'en face, devant leur *cepillo*[1] de service. Nul besoin de s'interroger, on sait qui ils

1. Les *cepillos* (« brosses ») sont des Coccinelles Volkswagen noires dans lesquelles circulaient les *calies*.

sont. Flor apprend que l'Œil magique est en train de s'entretenir avec Ramón. Qui les a mouchardés ? Le général sort du bureau de Ramón sans un regard ni pour Flor, qu'il connaît bien, ni pour ses amis. Les *calies* lui emboîtent le pas et s'engouffrent dans leur sinistre Volkswagen noire. Les émissaires du Jefe viennent de quitter la scène du crime.

Tout le temps que dure le trajet de retour vers la capitale, Flor a mal au ventre, un nœud qui se resserre douloureusement à mesure qu'ils se rapprochent du centre. Un silence de plomb règne dans l'habitacle de sa vieille Chevrolet que Felipe conduit. Chacun bataille avec ses pressentiments. Quant à Lope, il est rentré de son côté.

Flor referme la porte de chez elle avec un soupir. Elle est sauve. Elle s'apprête à se servir un rhum-Coca, quand la sonnerie aigrelette du téléphone la tétanise. Elle considère le combiné avec terreur, comme une vipère prête à mordre, hésite, décroche. C'est la mère de Lope. Sa voix est altérée par la peur.

— Ils sont venus arrêter Maney. En fait, ils l'attendaient. Ils l'ont cueilli dès son arrivée et l'ont conduit à la Cuarenta. Si vous n'intervenez pas, ils vont le tuer. Je vous en prie, mademoiselle Trujillo, faites quelque chose.

Flor appelle immédiatement Felipe pour l'avertir et lui recommander de se tenir sur ses gardes. Trop tard. Même punition, il a été arrêté.

Flor met un mouchoir sur son orgueil et tente d'appeler le général Álvarez au palais présidentiel. Comme de juste, il est occupé et ne peut lui répondre. Elle jette l'éponge après plusieurs tentatives. Finalement L'Œil magique la rappelle.

— Brea Messina est avec votre père en ce moment même. Il lui donne tous les détails de votre scandaleux comportement.

Quel salaud ce Ramón, pense Flor. Dire qu'elle a été mariée avec lui. Une belle ordure. Quant à l'autre, qu'a-t-il vu avec son œil de verre ? Comment se permet-il de la juger ?

— Restez chez vous jusqu'à nouvel ordre ou il vous en cuira, lui intime L'Œil magique avant de raccrocher.

*

Quel est le châtiment pour avoir couché avec Flor de Oro Trujillo ? Lope va-t-il connaître le Trône, cette chaise électrique montée sur un siège de Jeep devenue fâcheusement célèbre ? Sera-t-il envoyé dans le centre de torture de l'Isla Beata ou offert en festin aux requins de La Caleta ?

La mère du chanteur essaie de faire intervenir son beau-frère, Joaquín Balaguer. Il est ministre de l'Éducation, un poste suffisamment important pour que sa parole ait du poids. Mais, servile et prudent, celui-ci n'a pas un mot pour venir en aide à son neveu.

Finalement, après quelques jours, Lope est relâché. Il a simplement été roué de coups en forme d'avertissement, un moindre mal. Il ne s'en sort pas si mal, tout comme Felipe, mais il est prévenu : il ne doit plus fréquenter Flor de Oro.

Entre-temps, Flor, qui n'est pas sortie de chez elle, est convoquée au siège de la Sûreté. Elle tente de joindre le Jefe pour savoir pourquoi, mais c'est peine perdue.

La peur au ventre, elle se rend dans les locaux du SIM. Sa conduite est nerveuse, saccadée. Un coup d'œil dans son rétroviseur lui confirme ce qu'elle craignait, une Volkswagen noire la suit. Un cri de colère la rappelle à l'ordre, un coup de frein brusque, elle a failli renverser un cycliste.

Avenue Mexico et 30 de Marzo.

Flor découvre le siège du SIM qu'elle ne connaissait pas. C'est un camp retranché derrière des barbelés et des sacs de sable, gardé par une armée de policiers en uniforme armés de mitraillettes, et autour duquel stationne une nuée de Coccinelles prêtes à s'envoler en mission. On reconnaît la fille de T, on la laisse entrer. Flor ne peut réprimer un frisson de dégoût. L'air est épais, la lumière pauvre. Et cette odeur… Ça sent la sueur, le tabac froid, la brutalité, la peur. Une tenaille se resserre autour de son estomac. Un planton, arme à l'épaule, la conduit jusqu'au bureau de Johnny Abbes en la toisant d'un air méprisant. Ceux qui sont convoqués ici ne sont-ils pas la lie de la société dominicaine ?

Le bureau du colonel est une pièce grise et sinistre, assortie à son occupant, un animal à sang froid. Pour toute ornementation, un portrait du Généralissime en grand uniforme, affublé d'un tricorne orné de plumes d'autruche et la poitrine couverte de médailles. Bonjour Chapita, pense Flor en une vaine tentative pour se rassurer. Après tout, même déshéritée, elle reste sa fille. Ils ne peuvent rien contre elle.

D'un mouvement du menton voilé par la fumée jaunâtre de sa cigarette, Johnny Abbes lui désigne le siège face à lui. Flor le voit de près pour la première fois. Court, enveloppé, il est en uniforme militaire. Sa veste est tendue sur son ventre, la sueur dessine des auréoles répugnantes sous ses bras. Petits yeux acérés brûlant d'une haine impersonnelle, double menton troué d'une fossette incongrue, lèvres minces, ridicule moustache en accent circonflexe coiffant un rictus de mépris, il est aussi sinistre que sur les photographies des journaux. Le chef du SIM joue nerveusement avec un mouchoir rouge. On dit qu'il ne s'en sépare jamais, que c'est sa femme mexicaine, une sorcière habile en ensorcellements et maléfices, qui le lui a donné. Abbes tire sur sa cigarette dont le bout rougeoie. Le silence s'épaissit. Depuis son assignation à résidence, Flor s'est façonné un lexique de la résignation, lèvres serrées, épaules basses, regard soumis. Mais elle se liquéfie sous le regard d'Abbes qu'elle ne peut soutenir et qui lui donne le sentiment d'être mise à nu. Elle tente de se maîtriser, mais baisse les yeux. Face à ce bourreau, elle a peur, comme tous ceux qui franchissent le seuil de cette tanière, une peur humide qui colle son corsage à son dos. Elle prend une grande inspiration, brise le silence et demande :

— Pourquoi suis-je ici ? De quoi suis-je accusée ?

Elle n'a pu empêcher sa voix de trembler et de dérailler sur le dernier mot. Il y a plus de peur dans sa voix que toutes ces années de peur cumulées. C'est si effrayant de se trouver face à cet homme aux mains couvertes de sang. Une petite grimace ironique s'invite sur les lèvres du colonel.

— Vous nuisez gravement à l'ordre public et, vous le savez, je suis responsable de l'ordre et de la sécurité du pays. Vous entraînez de braves citoyens dans la débauche. C'est inadmissible.

Abbes parle froidement, sans aucune émotion. Se justifier, crier son innocence ne servirait à rien. Dans un sursaut d'orgueil, Flor lutte pour ravaler ses larmes. Le colonel tapote d'un doigt nerveux une feuille dactylographiée posée devant lui.

— La famille Balaguer a déposé une plainte contre vous.

Flor est estomaquée. Ils ont fait ça ? Lope serait à ce point déloyal ? Ou est-ce un mensonge, une ruse pour mieux la soumettre ? Elle s'apprête à riposter, mais le regard de prédateur du colonel arrête net son élan. Abbes esquisse un sourire qui transpire la fausseté.

— Bien sûr, nous pouvons leur demander de la retirer. Mais au vu des problèmes dont vous êtes à l'origine, c'est compliqué.

Flor serre les dents. C'est injuste. Elle se redresse et défie Abbes du regard, les joues rouges de honte et de colère, de colère surtout. Aussi rouges que ce ridicule mouchoir avec lequel il s'éponge le front. Rien n'est compliqué. Elle est la fille du Jefe. Il peut ordonner ce que bon lui semble. Ce que confirme le colonel :

— Le Jefe n'admet pas que sa famille entache sa réputation. S'il me l'ordonne, je vous arrêterai. Pour l'instant, je vais vous demander de rentrer chez vous et de ne pas quitter votre domicile. Ah, et donnez-moi les clés de votre voiture. Comme ça, vous ne serez pas tentée d'aller vous baigner nue à Boca Chica !

Il n'est même pas gêné, le colonel Abbes. Il sait que le Jefe joue avec sa fille, mais il n'est pas là pour juger. Il se contente d'exécuter les ordres.

Flor jette rageusement ses clés sur le bureau. Son impuissance la rend folle de haine à l'égard de ces hommes qui décident pour elle. Elle lance un dernier regard au chef du SIM où la colère le dispute au mépris, avant de quitter son bureau. Elle regagne son domicile en taxi, une Coccinelle remplie de *calies* à ses trousses.

Enfermée chez elle, sans voiture, ses conversations très probablement surveillées, Flor succombe à la névrose dominicaine, une disposition à avaler toutes les couleuvres parce qu'elles viennent du Jefe. On fait courir sur elle de vilaines rumeurs, elle a nagé nue, elle s'est soûlée sur la plage, elle a insulté des habitants de Boca Chica. On parle de l'exiler à l'étranger, loin de T qu'elle déshonore. Flor ne communique plus qu'avec quelques rares amis, et en code, car elle sait que le SIM a développé un système d'écoutes téléphoniques sophistiqué. Elle tente de faire passer un message à Lope, mais son émissaire, un jardinier, se volatilise mystérieusement. Pendant de longues semaines, Flor est littéralement prisonnière chez elle.

Un soir, à la tombée du jour, Idalina Despradel, sa fidèle amie, brave l'interdit et vient la chercher pour un rendez-vous secret. Flor sort en catimini et se tapit sous une couverture sur la banquette arrière d'une vieille guimbarde anonyme. Sur le Malecón, la police arrête Ida. Le cœur de Flor bat la chamade, elle étouffe sous son abri de laine. La peur, qui s'est depuis longtemps invitée dans ses rouages mentaux, colonise chaque parcelle de son corps. C'est l'heure de la promenade quotidienne du Jefe, entouré de ses conseillers et cerné de ses gardes du corps, avec son incontournable étape chez doña Julia, sa mère vénérée et la grand-mère de Flor. Idalina baisse sa vitre, sourit aux policiers. Ses papiers sont en règle, le contrôle est rapide, une simple routine. Flor respire.

Lope lui a donné rendez-vous chez un ami cubain qui vit dans le quartier de Miramar. Flor le reconnaît à peine. Il ne reste plus rien de sa joyeuse assurance. Pâle, amaigri, Lope lui raconte ce qu'il a subi, ce qu'endure un homme qui a le front de s'afficher avec elle, pire, de partager sa couche. Son contrat d'artiste exclusif de la radio La Voz del Yuna a été rompu et il a été viré sans autre forme de procès de l'émission qu'il animait sur la Voz Dominicana, la nouvelle chaîne de télévision dirigée par Petàn, le frère de T. Une lettre insultante a paru dans le redoutable « Foro público », cette rubrique du quotidien *El Caribe* ouverte à la délation et à la diffamation anonyme, un outil de contrôle pervers de la population dont la plupart des courriers émanent des bureaux de la présidence. On y décrit Lope comme un artiste médiocre, connu pour ses relations scandaleuses avec les femmes. On n'a pas osé aller jusqu'à mentionner Flor. À son tour, elle lui raconte les humiliations infligées.

Lope baisse la tête, vaincu. Il est au bord des larmes. Flor sent le mépris l'envahir, il n'est guère valeureux, Lope. Semblable à tous ses compatriotes, une menace et hop le voilà à terre, brisé, soumis. Puis elle s'adoucit, elle ne sait rien de ce qu'il a souffert en prison. La musique et sa carrière sont sa raison de vivre. Alors elle lui pardonne sa veulerie. Elle pose une main sur son bras, le caresse doucement et lui offre son sourire comme un encouragement. Lope s'engouffre dans la brèche :

— Le mariage est notre seule échappatoire, conclut-il. Si on se marie, l'honneur du Jefe sera sauf et ils ne pourront plus rien contre nous.

Se marier ? Pour la septième fois ? Avec une simple passade ? Flor ne l'avait même pas envisagé.

— Tu oublies que je suis en disgrâce. J'ai été déshéritée. On m'a coupé les vivres…

— Réfléchis bien, Flor. Nous sommes surveillés, harcelés. Ça ne peut pas continuer comme ça. J'avais des concerts prévus à l'étranger, des enregistrements. Ma carrière est fichue, notre vie s'est arrêtée d'un coup.

La tienne, pense Flor, pas la mienne. Ma vie à moi, elle n'a jamais pris son envol, j'ai toujours été au bout de la laisse du Jefe.

Ils ne sont pas amoureux l'un de l'autre, c'est une certitude. Ils ne peuvent pas continuer à vivre cet enfer, c'en est une autre. Flor sait à quel point T tient à son image, elle sait qu'il ne lui tolérera aucune liaison, aucune aventure. Pour qu'il relâche son emprise, qu'il donne du mou à la longe, il faut lui donner un gage. Il n'y a qu'un moyen d'apaiser la situation et de le calmer, Lope a raison.

Flor envoie un courrier à María Martínez pour lui demander de tâter le terrain et d'intercéder en leur faveur. Cette bigote d'Españolita est d'accord, seul le mariage fera cesser les représailles. Elle s'y engage au nom du Jefe.

*

Flor épouse José Manuel López Balaguer quelques semaines plus tard. Un mariage par la force des choses qui ressemble plus à un enterrement qu'à une noce. Lui, c'est son premier. Elle en est à son septième. C'est une triste farce. En petit comité. Aucun membre de la famille de Flor n'assiste à la cérémonie, hormis sa mère, pour une fois. Ramfis, qui avait accepté d'être son témoin, s'est désisté à la dernière minute sous un prétexte fallacieux. La mariée, émaciée, est presque hagarde. Le marié a le triomphe modeste.

Le couple fait néanmoins les unes de la presse nationale. Et des commérages. Qu'importe. Puisque l'honneur du Jefe est rétabli.

Dans un sursaut d'orgueil, Flor se réjouit que Porfirio le sache. Il a eu son actrice, elle a son chanteur. Peut-être sera-t-il un peu jaloux, peut être… C'est une bien maigre consolation.

Signe de son retour en grâce, un chèque de 20 000 dollars est crédité sur le compte de Flor. Cadeau de mariage du Jefe. Le tarif habituel, peu ou prou. Au passage, Lope a récupéré un passeport qui lui permettra de voyager et d'honorer ses engagements.

Bogotá – Ciudad Trujillo
1954

Les jeunes mariés s'offrent une lune de miel en Colombie où l'oncle de Lope, Joaquín Balaguer, est désormais ambassadeur. À Bogotá, ils logent chez le diplomate dans le quartier chic d'El Dorado.

Peu amateur de mondanités, Balaguer les a envoyés représenter le pays à la soirée officielle de la fête nationale colombienne. Et là, provocation ou inconscience, ils s'offrent un joli scandale. Rasséréné, gonflé à bloc, après tout il est maintenant le gendre du Généralissime, Lope se croit en territoire conquis. Non seulement le couple focalise toute l'attention, mais Lope s'empare d'un micro et, de son propre chef, décide d'interpréter quelques-uns de ses succès. *Arenas del desierto*, *Nunca te lo he dicho.* Quand il entonne *Ni pie ni pisa*, il se met à danser un merengue endiablé, et c'est un peu obscène, cet homme rondouillard qui tortille des fesses avec conviction. La quintessence du merengue, c'est le désir assumé, la séduction, l'imminence du plaisir. Flor et Lope donnent la cadence et mènent la danse jusqu'aux petites heures du matin.

Les officiels réunis pour célébrer leur fête nationale sont choqués, on leur vole leur cérémonie, les dames s'offusquent, les journalistes photographient et griffonnent. Dans la voiture officielle prêtée par le gouvernement colombien qui les ramène chez leur ambassadeur, Lope, chauffé à blanc, se jette sur son épouse qui chavire sous l'assaut. L'œil scotché au rétroviseur, le chauffeur n'en perd pas une miette. Dès le lendemain, il témoigne auprès de la presse des ébats choquants du couple.

À Ciudad Trujillo, T s'étrangle en découvrant les articles qui fustigent le « spectacle insolent offert par le chanteur et l'attitude passive du diplomate dominicain ». Flor ne perd jamais une occasion de le salir. Elle va le lui payer. Autant dire que leur arrivée à Ciudad Trujillo se fait sous bonne garde. Convoqués au palais présidentiel, Flor et Lope se font remonter les bretelles par le Jefe et l'ambassadeur Balaguer en prend pour son grade. C'est de nouveau la disgrâce.

*

La vie aux côtés du chanteur est terriblement ennuyeuse. Ce n'est pas du tout ce que Flor avait espéré. Enregistrements, interviews, tournées. Et que dire de son fan-club féminin… Au fond, Flor trouve sa musique embarrassante avec ses paroles sentimentales et sirupeuses. Quant à son physique, il est démodé. Et, malgré les apparences, Lope est terriblement bonnet de nuit. Sans compter qu'il n'a pas tenu les promesses des premiers jours au lit. Routinier, sans fantaisie, il est exactement le contraire de ce qu'il est sur scène.

Elle aimerait qu'il rase sa moustache qui le fait ressembler à un mariachi. Il rêve de fonder une famille, et ça, Flor ne le peut pas.

Maintenant qu'il a de l'argent devant lui et les coudées franches, Lope caresse une idée.

Acheter un cabaret avec la dot de Flor. Lope y sera chez lui, il s'y produira, y recevra des artistes. C'est une perspective séduisante, un peu de gaieté dans cette ville. Il a trouvé l'endroit idéal, sur le Malecón, non loin du parc Ramfis. Flor est enthousiaste, elle prend les choses en main. L'affaire est conclue. Quelques menus travaux, des fresques murales peintes par les amis de Flor, et le Do-Ré-Mi est né. Lope en est le directeur artistique, Flor assure la comptabilité.

Ils font faillite en moins de cinq mois. Banqueroute. D'abord, les Dominicains n'ont pas l'esprit à la fête et les touristes sont rares. Et surtout, Lope confond la caisse avec son porte-monnaie. Il révèle une autre figure, celle du gendre du Jefe. À ce titre, il se croit tout permis. Et ce qui est à Flor est à lui, ne sont-ils pas mari et femme ? Elle vient de porter plainte pour la disparition de deux bracelets en or que la police retrouve chez un prêteur sur gages : Lope les a mis au clou, un besoin urgent d'argent liquide. L'esquif de leur fragile mariage chavire quand Lope imite la signature de sa femme sur un chèque sans provision de 700 dollars. Imbu de lui-même, sûr de son immunité, Maney a joué avec le feu et il a perdu. C'est un naufrage. L'amour passionné n'existe que dans les chansons de Lope.

Flor se demande pourquoi. Pourquoi a-t-elle cédé ? Pourquoi a-t-elle épousé Lope, pourquoi n'a-t-elle pas tenu tête au Jefe, pourquoi s'est-elle laissé dicter sa conduite une fois de plus ? Dans l'espoir d'une réconciliation ? Pourtant elle connaît les règles de son jeu sadique, jouer de la grâce et de la disgrâce sans avertissement, favoriser l'égoïsme, casser les liens, humilier, contraindre par la peur, par la force, annihiler l'estime de soi, briser les âmes…

Flor quitte Lope.

Ce septième mariage aura duré un an.

Elle renoue avec la vacuité de l'existence, ce grand vide de l'âme qui a gâché toute sa vie, et l'étroite surveillance du Jefe, ne sachant jamais si elle fait bien ou mal, si le couperet va tomber ou non, ni d'où viendra le prochain coup. Finalement rien ne change. Isolée, désargentée, sans la moindre illusion, Flor de Oro est de nouveau livrée en pâture à ses démons. Une proie molle qui, cette fois, sombre corps et âme.

*

Les années qui suivent ne sont que plongeons, sursauts, brèves embellies, rechutes. Flor vivote, entretient d'incertaines et éphémères amitiés, se réfugie souvent auprès de sa mère.

Elle apprend, dépitée, que le Jefe a transformé et redécoré son ancienne maison de Gazcue, celle qu'elle habitait autrefois avec Porfirio, pour y accueillir sa maîtresse, Lina Lovatón, et leurs enfants lors de leurs séjours dans l'île. Lina, l'ancienne amie d'enfance que le Jefe n'a pas épousée, a eu largement le temps de s'aigrir, elle aussi. Il y a belle lurette que Flor a cessé toute relation avec elle, depuis New York et son divorce d'avec Brea Messina. Loger sa maîtresse là où vivait sa propre fille, Flor sent intuitivement tout ce qu'il y a d'équivoque et de cynique dans cette décision du Jefe. Une façon de les humilier l'une et l'autre, une façon de l'atteindre elle, Flor de Oro. Le souvenir de leurs manteaux jumeaux de vison blanc revient la visiter.

Quand on raconte à Flor que Lina a eu le mauvais goût de se plaindre de la décoration et des restes du mobilier parisien, elle décide que jamais elle ne reverra son ancienne amie.

Ciudad Trujillo
Décembre 1955

¡Dios mio! Que cette photographie en une du journal est grotesque ! Si le ridicule tuait, ce serait la fin du clan Trujillo ! Ah çà, ils doivent bien se gausser, les chefs de gouvernement étrangers !

Contrariée, Flor roule le journal en une grosse boule et vise la corbeille.

Raté.

Elle se lève, se penche, récupère le quotidien et le jette d'un geste rageur. Elle fait un détour vers le bar et saisit un carafon de verre. Elle a besoin d'un bon cognac pour digérer ça ! Et d'un cigarillo aussi ! Une pensée tendre et fugitive la traverse : si Maurice la voyait, de là où il est…

En elle, la consternation le dispute à l'accablement. Cette gourde d'Angelita avec son sceptre, sa couronne de pierres précieuses, assise sur son trône à côté de sa brute de frère en grand uniforme, lui donne la nausée. On dirait les mauvais acteurs d'un mauvais péplum. Sauf que c'est la vraie vie. La leur du moins. Comment le Jefe a-t-il pu accepter de se ridiculiser ainsi aux yeux du monde entier ? A-t-il définitivement perdu tout discernement ?

Flor n'a jamais aimé Angelita.

María de los Ángeles del Sagrado Corazón. Rien que ça !

Élevée par une « madame » française, cette demi-sœur qu'elle connaît à peine et qui a vingt-quatre ans de moins qu'elle est devenue, dès sa naissance, le joujou adoré de son père. T a même donné son nom à son dernier caprice, un magnifique yacht – quatre mâts, 110 mètres de long, 3 000 mètres carrés de voilure. Pour ce que Flor en sait, c'est une gamine capricieuse, jamais satisfaite, qui n'a connu que les privilèges et le luxe. Et le Jefe cède à tous ses caprices.

Flor ne peut se défendre d'une pointe de jalousie. À seize ans, sur ordre de T, elle étudiait à Bouffémont loin des siens, quand, au même âge, la fille de l'Españolita vient d'être couronnée « reine Angelita Ire ».

Non que Flor lui envie son trône, reine d'une foire, c'est tout bonnement grotesque, une faute de goût. Pire, c'est une faute politique. Non, ce que Flor envie à sa demi-sœur, c'est sa place dans le cœur de leur père. Mais jamais au grand jamais, elle n'aurait accepté de se prêter à ce genre de bouffonnerie. Elle, son rêve d'enfant, c'était Hollywood, ses studios et ses décors d'ailleurs, une vie d'actrice comme celle de María Montez, avec un prince charmant, comme Porfirio. Mais ces rêves-là n'étaient qu'enfantillages. Flor repart dans ces rêvasseries qui lui sont coutumières.

Longtemps, elle pense à autrefois, à ce qui n'a pas été, à ce qui aurait pu être, à ce qui ne sera pas… ça ne l'avance à rien. Elle écluse son verre de cognac, inhale une longue bouffée de son cigarillo. Ça la brûle légèrement à l'intérieur de sa cage thoracique, une brûlure qui fait du bien, qui lui rappelle qu'elle est vivante, qu'elle fait ce qu'elle peut. Qu'elle a une existence à elle, loin d'eux.

Elle se lève et repêche le journal au fond de la corbeille. Elle le défroisse. Et lit l'article sur le couronnement de sa demi-sœur.

... Sa Gracieuse Majesté Angelita Ire... robe blanche réalisée à Rome par les sœurs Fontana, rehaussée de 600 peaux d'hermines... sceptre d'or... cortège de demoiselles d'honneur... défilé de magnifiques carrosses pavoisés sur le Malecón... le président Héctor Trujillo... le long discours du Généralissime... les avancées économiques... les hôpitaux modernes... les nouvelles routes... le taux d'alphabétisation passé de 30 à 96 %...

Son oncle Héctor a inauguré cette « Foire pour la paix et la confraternité dans le monde libre ». Une rencontre internationale qui s'est ouverte ce 20 décembre pour fêter les vingt-cinq ans de règne de T et célébrer les spectaculaires progrès enregistrés par le pays depuis sa prise de pouvoir. On a dévoilé une monumentale statue en bronze du Bienfaiteur de la Patrie, diplômes universitaires en main.

Flor laisse échapper un ricanement. Quelle bouffonnerie ! T a quitté les bancs de l'école avant l'adolescence ! Le Jefe a toujours été très doué pour se décerner ses propres lauriers et réécrire l'histoire.

Quarante-deux délégations nationales tout de même, les girls du Lido de Paris, les patineuses des Ice Capades, ces dépenses hallucinantes alors que le pays est à la diète et que le Jefe verse tout juste 100 pesos mensuels à Aminta. Il a vraiment perdu tout sens de la mesure.

Flor n'est pas idiote, c'est aussi un leurre assez grossier. De la poudre aux yeux. Pour détourner l'attention des puissants de ce monde, et notamment des Américains, des exactions quotidiennement commises dans le pays, enlèvements, tortures et assassinats politiques.

Flor soupire. Finalement, elle plaint Angelita.

Elle se rappelle qu'il y a deux ans le Jefe l'a proposée comme représentante du pays à Londres pour le couronnement de la reine Elizabeth II, en prétendant qu'elle avait dix-huit ans. Angelita, quatorze ans, se pavanant au milieu des têtes couronnées de la vieille Europe ! Buckingham lui a opposé une fin de non-recevoir. L'histoire n'a pas été ébruitée mais ça a coûté sa place à l'ambassadeur britannique Stanley Gudgeon que le Jefe a fait renvoyer dans ses foyers en l'accusant de malversations. Il y a fort à parier que l'idée du sceptre et du diadème imitant celui du couronnement de la reine d'Angleterre est née de ce camouflet. Les ors et la pompe princière, la tiare, la longue robe blanche de tulle et dentelle confectionnée à Rome, la traîne de trois mètres de long, les quarante-cinq mètres d'hermine russe, les pages et les demoiselles d'honneur bouquet de roses à la main, l'arrivée de Sa Gracieuse Majesté en bateau, saluée par les sirènes de la marine et les cloches de toutes les églises de Ciudad Trujillo, c'est presque un conte de fées. Mais la royauté britannique, ça a tout de même une autre allure que le pitoyable couronnement de la reine Angelita Ire.

Angelita qui va se brûler les ailes.

Quelles chances a-t-elle, cette gamine, de jamais devenir une femme normale après avoir vécu ça ?

Aucune.

Flor en sait quelque chose.

Chaque jour, elle en paie le prix.

Elle se ressert un autre verre et sirote sa mauvaise humeur.

Ciudad Trujillo
Mars 1956-1957

La disparition à New York de Jesús de Galíndez fait grand bruit.

Le républicain espagnol avait trouvé asile en République dominicaine où il représentait le gouvernement basque en exil. Il était même conseiller juridique au ministère du Travail dominicain, avant de partir aux États-Unis pour y devenir citoyen américain, professeur à Columbia et, murmure-t-on, agent du FBI puis de la CIA. Galíndez a disparu après avoir soutenu sa thèse *La Era de Trujillo*, qui analyse les rouages du pouvoir d'un « tyran mégalomane et stupide ». Mais ce qui plus que tout a mis le Jefe en rage, c'est cette allégation selon laquelle Ramfis ne serait pas de lui, mais le fils de Rafael Dominici, le premier mari de l'Españolita.

On a vu le Basque pour la dernière fois le 12 mars. Il sortait d'une station de métro à Broadway. Il était environ 22 heures. Depuis plus rien. Tous les regards se tournent vers le Jefe, se transformant rapidement en soupçons puis en certitudes. Le Bienfaiteur a fait enlever, ramener en avion via Miami et Puerto Plata, séquestrer, torturer, puis exécuter un témoin gênant qui expose les entrailles de son pouvoir et le ridiculise aux yeux du monde, avant de faire disparaître son corps dans les eaux infestées de requins des Caraïbes. Tous les protagonistes et jusqu'au moindre témoin de l'affaire, des kidnappeurs aux geôliers en passant par le pilote de l'avion qui a ramené l'universitaire dans l'île, ont été soigneusement éliminés un à un. Il paraît que Rubirosa a trempé dans cette sale opération. Cela devient une affaire d'État. Aux États-Unis, l'opinion se déchaîne, c'est une levée de boucliers, même s'il se murmure que les services secrets américains étaient au courant et ont laissé faire.

Flor comprend que le grand frère américain est en train de lâcher le Jefe. Le régime vacille.

*

Ce n'est pas la seule mauvaise nouvelle de cette année 1956.

En octobre, le cinquième mariage de Rubi fait la une de la presse internationale. Cette fois la fiancée, une actrice française débutante, est à peine une femme. Elle a dix-neuf ans, soit trente ans de moins que Porfirio, deux ans de plus que Flor quand elle l'a elle-même épousé. C'était il y a si longtemps. Une éternité.

En détaillant les photographies du couple, Flor ne peut retenir un soupir chargé de tendresse. Rubi est toujours aussi beau. Plus même. Il ne jette jamais l'éponge, il ne raccroche pas les gants. Et quelque chose la sidère. C'est la première fois qu'elle ne ressent pas de jalousie en le voyant au bras d'une femme. Cela la glace car elle comprend qu'avec l'âge qui avance, la dépendance sentimentale se dilue. Elle entrevoit à quel point la lassitude a sapé son énergie vitale. Elle arrive enfin à mettre à distance cet amour qui l'a encombrée toute sa vie.

*

Le Jefe veut-il jouer les arbitres de la politique latino-américaine ? Mi-1957, les rumeurs vont bon train. En mai, trois pseudo-agents de T sont arrêtés à San José au Costa Rica. Jesús Gonzàlez Cartas, alias El Extraño, Herminio Díaz García et Ernesto Puigvert Thron, alias El Francesito, un ancien officier de l'armée française, sont accusés de conspirer pour assassiner le président Figueres. En juillet, Carlos Castillo Armas, le président du Guatemala, est tué par un membre de sa garde. Les choses ne sont pas claires. Johnny Abbes, le chef du SIM, serait derrière cet assassinat avec la bénédiction du Jefe.

Flor préfère ne pas prêter attention à ces racontars et se concentre sur sa vie minuscule. Elle décide d'ouvrir une galerie d'art et un studio de décoration qu'elle baptise du nom de sa mère, « Studio Ledesma ». Elle développe une clientèle de couples de jeunes mariés. De temps en temps, elle rejoint Idalina Despradel et son frère à La Vega, où son amie travaille au palais de justice. Avec eux, Flor peut parler librement de politique et analyser les rumeurs qui voyagent dans le pays sans avoir à craindre des oreilles indiscrètes.

Les affaires de Flor ne vont pas très fort. Quand un architecte de San Cristóbal lui demande de redécorer la Casa de Caoba[1], Flor entrevoit une lueur au bout du tunnel : T lui procure un travail. Lui a-t-il enfin pardonné ? Ou veut-il la faire surveiller de plus près ? Avec lui, on ne sait jamais comment interpréter les choses, un piège, une bonté, un caprice ? Ne pas savoir sur quel pied danser, ne pas savoir quel sera le prochain faux pas, être toujours sur ses gardes, sous tension permanente, Flor partage le quotidien des Dominicains. Toutefois, enthousiasmée par ce chantier, elle se donne à fond, dépense des fortunes en tapis d'Orient, tentures de velours pourpre, lustres à pampilles de cristal, mobilier, retrouvant un peu de joie de vivre. Elle espère de tout son cœur.

Mais finalement, aucune réconciliation ne scelle la fin du chantier. Le Jefe ne la remercie pas, ne la félicite pas. Flor est juste payée pour son labeur comme un vulgaire fournisseur.

Une humiliation de plus.

Non, rien ne change.

Sa vie, c'est ça désormais, une vie au rabais, encagée, sous surveillance. Une vie sans rire, sans amour, sans joie.

Que lui reste-t-il ? Un corps qui vieillit et une âme qui se dérobe.

---

1. La Casa de Caoba est le nom de la résidence du Trujillo à San Cristóbal.

Ça et le réconfort d'un verre.

Flor approche une cigarette de la flamme de son briquet et se sert un whisky. Elle fume lentement, en décidant que non, elle n'est pas morte. Pas tout à fait. Pas encore.

Ciudad Trujillo
1958

La lettre, vieille de quatre semaines, a été ouverte, puis recollée. Mal. Afin que Flor ne doute pas une seconde que les services secrets sont au fait de sa correspondance.

La Havane, le 15 avril 1958

Mi querida Fleur,

Il y a si longtemps que je n'ai pas eu de tes nouvelles. Je sais que tu résides désormais à Ciudad Trujillo, mais ne connaissant pas ton adresse, j'ai adressé ce courrier aux bons soins de la présidence.

Tu ne le sais sans doute pas, mais je viens d'être nommé ambassadeur à La Havane. Cette nouvelle affectation diplomatique me remplit de joie. Après des années parisiennes, c'est un retour aux sources ou presque. Je crois que, malgré les voyages et les exils, je suis et resterai toujours un enfant des tropiques et avant tout un Dominicain. C'est une chose que je ne partage qu'avec toi et que nulle autre ne peut comprendre, car cela ne s'explique pas, cela coule dans nos veines, c'est notre essence, ce qui nous constitue à tout jamais.

Je suis confortablement installé dans le quartier du Vedado, dans une magnifique demeure avec un grand parc et une piscine.

Je serais très heureux que tu me rendes visite. Après toutes ces années, nos différends ont eu le temps de s'apaiser, ne crois-tu pas ?

Tant de souvenirs nous lient. Je te dois les moments les plus heureux et les plus innocents de ma vie. Venise, New York, Berlin, Paris... Comme nous étions jeunes. Et Rome... Je me souviens de Capri avec une infinie tendresse. Nous n'avons sans doute jamais été aussi proches que pendant ces quelques jours.

Fleur, jamais personne ne t'a remplacée dans mon cœur où tu occupes une place à part, un endroit secret, inaccessible aux assauts du temps.

Tu ne cesseras jamais d'être ma Fleur.

Viendras-tu ? Je t'espère.

Ton Porfirio, à jamais.

*

Flor a la gorge nouée. Les mots de Porfirio l'atteignent en plein cœur et une grosse larme d'amertume roule sur sa joue. Elle qui se croyait définitivement guérie de lui comprend qu'il n'en est rien.

Une urgence mâtinée d'une curiosité qu'elle sait malsaine la taraude.

S'assurer que le temps n'a pas détruit leur lien.

Retrouver dans ses yeux la tendresse d'autrefois.

L'entendre prononcer son prénom, Fleur.

Fleur, personne ne l'a jamais appelée ainsi. Lui seul.

… Et constater les ravages des années.

Car Flor a vu son reflet dans le miroir. Il lui renvoie l'image d'une femme émaciée, aux formes anguleuses. Son teint de miel n'est plus qu'un souvenir, la lumière fait paraître sa peau grise, presque verte, une couleur morte, et creuse des ravins dans ses joues hâves. Envolé l'ovale parfait de son visage, ses traits durcis sont un peu alourdis, sous le menton la peau s'est relâchée. Ses yeux… ses yeux à l'éclat terne, auréolés de cernes. Et ses cheveux où le gris gagne du terrain et qu'elle ne cherche même plus à discipliner. Une ride se faufile sur son front encore lisse, Flor se force à sourire, et c'est un sourire triste qui s'invite sur son visage.

Revoir Rubi…

Ni modo, non merci.

Fleur n'existe plus. Flor a honte d'être devenue cette femme vieillissante et fanée qui lutte vainement contre la maladie.

Se confronter à la nouvelle épouse de Rubi, c'est au-dessus de ses forces. On ne rivalise pas avec la jeunesse.

D'ailleurs, elle n'a plus de passeport et chaque déplacement à l'étranger est soumis à une autorisation de la police.

Voilà qui clôt la question.

Flor enferme ses souvenirs ternis au fond de son cœur et les recouvre des cendres de sa vie.

Elle se le jure : elle n'offrira pas ce spectacle à Porfirio.

*

Décembre, un rayon de soleil au cœur des rafales de vent de la saison cyclonique. Margaret, une amie américaine récemment divorcée, débarque chez Flor pour les fêtes de fin d'année.

Les deux femmes s'encanaillent au Bombillo Rojo, un cabaret populaire où le directeur organise des concours de merengue. Et tant pis si on les piste. *El Pichoncito*, *El chucu chucu*, *San Rafael*, l'orchestre enflamme la piste, la fête bat son plein.

Le soir du réveillon, elles vont danser au Jaragua. L'hôtel est un des endroits les plus chics de la ville. Elles tourbillonnent à en perdre le souffle dans les bras de galants d'un soir. Le lendemain matin, on sonne à la porte. Une sonnerie insistante qui vibre comme une menace. Un policier s'encadre dans le chambranle, une Jeep militaire dont le moteur tourne au ralenti est stationnée devant le domicile de Flor. L'année commence bien ! Maggy est arrêtée sans autre forme de procès. Le Jefe guette en embuscade, le moindre faux pas, la moindre incartade, et celle-là, danser en public, quoique minuscule, est intolérable. Flor n'a pas droit à l'amitié. Sous la menace, Margaret est contrainte de signer un document reconnaissant qu'elle est communiste et on lui laisse quarante-huit heures pour quitter le pays.

Le Jefe est furieux. Flor continue à s'exhiber en public et avec des relations très discutables. Les Américains ne sont plus en odeur de sainteté au pays de l'Ogre, et chacun d'eux peut représenter une menace. Sous le coup de la colère, le Jefe menace d'exiler Flor, loin, pourquoi pas à Paris, puisqu'elle y est si bien. Mais Aminta et Ramfis, inquiets pour sa santé, interviennent. Finalement, elle reste. Mais elle sera aux arrêts, en résidence surveillée chez elle pendant plusieurs mois, car elle est maintenant soupçonnée d'activités procommunistes et antitrujillistes. Flor en a l'habitude, rien de nouveau.

Pourtant elle s'inquiète. L'instabilité mentale du Jefe s'installe. Sa folie et sa paranoïa ne font qu'empirer.

Ciudad Trujillo
Janvier 1959

La Havane est tombée.

Il n'y a qu'un saut de puce jusqu'à Ciudad Trujillo. Alourdi d'une quarantaine de millions de dollars, Batista a demandé l'autorisation d'atterrir sur la base militaire de San Isidro. Le Jefe a accepté d'héberger les Cubains durant une semaine à l'hôtel Paz. Il a fixé le tarif journalier de sa mansuétude à un million de dollars. Directement dans sa poche. Batista, son ex-ami et ex-allié, n'avait guère le choix. Les Cubains se sont ensuite repliés à Miami, avant de partir en Espagne. Au passage, le Jefe a fait main basse sur les six avions de la suite présidentielle cubaine.

Flor replie le journal en soupirant. La convoitise du Bienfaiteur de la Nation n'a aucune limite. L'amitié, la fidélité, la loyauté, la rectitude que prône pourtant l'acrostiche de son nom, autant de concepts qui lui sont devenus totalement étrangers. Balayés par l'opportunisme. Le Jefe a toujours su jouer gagnant sur tous les tableaux, un billard à quatre bandes, tortueux mais efficace. Avec ce dernier coup, il apparaît au moins comme un opposant au communisme et au mieux comme l'allié des Yanquis dans leur lutte contre les barbus.

Le Jefe l'a bien laissé tomber son vieil ami, Fulgencio Batista. Ils étaient pourtant quasiment frères d'armes. Peau olivâtre, fils de déclassés, de journalier à président, parti de rien pour se hisser à force de volonté et d'ambition à la tête de l'armée puis du pays, trente ans de pouvoir par présidents-marionnettes interposés, Batista a connu un parcours identique à celui de T. Deux itinéraires si parallèles que c'en est troublant.

Flor se demande jusqu'à quel point leurs destins seront similaires. Si l'issue sera la même. Si comme le cubain, le peuple dominicain va finir par se soulever. Si les Yanquis vont complètement lâcher T, comme ils ont lâché Batista. Si T sera lui aussi condamné à une fuite avilissante.

Le Jefe est surnommé le « César des Caraïbes ». Flor a une fâcheuse tendance à croire aux signes. Elle se rappelle ses humanités à Bouffémont. César, dictateur à vie, assassiné par un complot de libérateurs, dont Brutus qu'il considérait comme un fils, la guerre civile qui en a résulté. Le Jefe a, par deux fois déjà, échappé à un attentat. Ramfis serait-il capable de l'éliminer ? Non, pas Ramfis, pas le Pato !

Flor se fait la remarque qu'au passage Rubi va être remercié. Où va-t-il atterrir cette fois ? Elle a un haussement d'épaules, l'avenir de Rubi lui importe peu. C'est pour T qu'elle s'inquiète.

Un pigeon passe dans le ciel, noir comme le pressentiment qui la fait frissonner.

Ciudad Trujillo
Printemps 1960

L'année a commencé dans un climat de tension politique oppressant avec des rafles massives dans tout le pays, suite au débarquement raté des opposants trujillistes à Estero Hondo et Constanza presque un an plus tôt[1]. Les dictateurs des pays voisins tombent les uns après les autres comme des dominos depuis la fin de la guerre. La position du Jefe est de plus en plus menacée. Si les Américains le soutiennent encore, c'est parce qu'il est l'ultime rempart contre le communisme. Mais depuis des mois, des bruits circulent dans le milieu des exilés politiques dominicains, qui fuitent jusque dans l'île. La bourgeoisie est devenue antitrujilliste, l'Église catholique l'a lâché, de vieux alliés planifient sa mort. La CIA fomenterait des plans pour le destituer.

*

1. Le 14 juin 1959.

C'est le moment que choisit Joseph Farland[1], l'ambassadeur nord-américain, seul diplomate américain à ne pas avoir fait carrière en léchant les bottes de T, pour rencontrer Flor. Un soir, à la nuit tombée, il débarque chez elle incognito, préférant la voiture de son épouse à celle de l'ambassade dont la plaque pourrait le trahir.

Flor entrebâille la porte, le diplomate la pousse de l'épaule et se faufile à l'intérieur de la maison. Flor l'accueille avec méfiance, redoutant une nouvelle menace du Jefe. Farland s'effondre dans un fauteuil sans attendre qu'elle l'y invite. Ses traits, d'ordinaire impavides, sont altérés par un mélange d'irritation, de peur et d'urgence. Il n'y va pas par quatre chemins.

— Je suis venu pour vous mettre en garde.

Flor déglutit. C'est bien ce qu'elle craignait. Farland se penche vers elle et poursuit sur un ton grave, proche de la confidence :

— Il existe un mouvement clandestin très actif contre le Généralissime. Il devrait y prêter la plus grande attention. Vous êtes sa fille, vous devez le convaincre de se retirer et de quitter le pays. Nous pourrions lui offrir une propriété en Virginie, par exemple, où il vivrait entouré de bétail et des chevaux qu'il aime tant. Dites-lui que ce serait son acte patriotique le plus noble, que le glas de son règne a sonné et que le temps de la démocratie est venu.

---

1. Joseph Farland, ex-membre du FBI, fut ambassadeur des États-Unis en République dominicaine de mai 1957 à mai 1960. Il dut quitter sa charge quand les sanctions de l'Organisation des États américains (OEA) frappèrent le pays en août 1960, coupant les liens diplomatiques avec de nombreuses nations.

Flor est soufflée. Elle s'attendait à tout sauf à ça. Pourquoi Farland la choisit-il elle, et non un de ses cinq oncles, ou Ramfis, pour prévenir qu'un complot est en train de s'ourdir contre le Jefe ? Un bref instant, elle s'imagine vivant en Virginie aux côtés de son père apaisé, chevauchant allègrement avec lui… Puis elle revient à la dure réalité. L'ambassadeur américain est chez elle et lui demande de mettre en garde le Jefe, plus que ça, de le convaincre de lâcher le pouvoir ! C'est une hallucination.

— Vous avez des preuves solides de ce que vous avancez, ou ce sont des spéculations ?

— Vous croyez vraiment que je prendrais la peine de me déplacer jusque chez vous pour des spéculations ?

Farland la fixe au fond des yeux. Presque agressif, il s'adresse à elle comme si elle était une gamine. Flor secoue la tête.

— Je suis loin d'être le meilleur porte-parole pour vos mises en garde. Vous n'ignorez pas que mon père a coupé toute relation avec moi. Ramfis ou mes oncles auraient bien plus de poids auprès de lui.

— Ils ne m'écouteraient pas, ils sont trop infatués par le pouvoir, répond Farland. Et ma vie serait en danger. Seule une fille qui l'aime et lui parle franchement, qui n'a d'autre enjeu que de le sauver, peut faire de telles révélations au Généralissime.

— Mon père est convaincu d'être le plus grand démocrate anticommuniste de l'hémisphère occidental, et beaucoup d'Américains sont d'accord avec lui. Le cardinal Francis Spellman de New York l'a même félicité pour les vingt-cinq ans de son… – Flor marque une hésitation… – règne. Et le défunt secrétaire d'État

Cordell Hull l'a qualifié de président exceptionnel, qui dépassait tous ceux des autres nations américaines…

— Ne vous méprenez pas, ce sont des postures et cela n'a rien à voir avec ce qui se prépare en secret. Si vous voulez éviter un bain de sang, il faut l'avertir. Faites-moi confiance, je vous en conjure.

Farland se lève déjà. Il n'y a rien à ajouter. Il repart comme il est arrivé, en catimini, avec le sentiment rassurant du devoir accompli. Flor se retrouve seule, les épaules alourdies du poids de cette accablante information.

*

Flor ne met pas en doute les révélations de Farland. Le Jefe a par deux fois déjà échappé à un attentat, en 1956 et en 1958, et la menace se précise. Il n'y a qu'un lieu où elle peut rencontrer son père. Il rend religieusement visite à sa mère, Julia Molina de Trujillo, « la première mère de la République » entre 18 h 30 et 19 h 30, juste avant sa promenade du soir. Flor se rend chez sa grand-mère. On ne peut lui interdire d'entrer. Elle franchit le seuil de la maison, terrorisée à l'idée d'affronter le Jefe. Cela fait si longtemps qu'elle ne l'a pas vu. Au dernier moment, son courage l'abandonne. Elle ne peut aborder T sans qu'il lui en ait explicitement accordé l'autorisation. Son oncle Héctor, un homme faible et agréable, le président-marionnette du Jefe, est là. À lui, Flor peut délivrer le message de Farland. Héctor l'écoute, ne sachant que faire de sa confidence, ne sachant même s'il peut la croire. On raconte tant de choses sur sa nièce qu'il met en doute son équilibre mental. Flor s'empresse de quitter la demeure de doña Julia avant l'arrivée de T en se consolant. Elle a fait ce qu'elle a pu.

Quelques jours plus tard, elle téléphone à Héctor pour s'enquérir : a-t-il transmis l'avertissement au Jefe ? Comment a-t-il réagi ? T a simplement demandé quand avait été donné le message et par qui. Flor tremble, mais Héctor la rassure, il ne l'a pas mentionnée, seulement Farland. Et T a eu cette réponse pleine de morgue : « Je suis monté sur un tigre et si je tombe il me dévorera. » Flor est désespérée par l'entêtement de son père. Se croit-il immortel ? S'en remet-il à la fatalité du destin ? Sait-il les dés joués et la partie sur le point de se terminer ? Le Jefe est devenu une caricature, engoncé dans son insupportable suffisance de tyran, éclaboussant tout le monde de son inébranlable foi en lui-même.

*

Depuis son entrevue avec Farland, Flor reste sur le qui-vive, attentive à la moindre nouvelle. Elle suit les événements politiques comme elle le peut, dans la presse, à la radio, car personne ne se préoccupe d'elle.

Le 5 mai, José Almoina, l'ancien secrétaire particulier de T et précepteur de Ramfis, qui faisait également office de prête-plume pour María Martínez, paie de sa vie la publication de son livre *Un satrape dans les Caraïbes* dans lequel il fustige le Jefe. Renversé par une voiture, il est exécuté par balles dans une rue de Mexico. Son assassinat passe presque inaperçu. Mais nul n'est dupe, on sait d'où vient le coup.

La mise au ban de T continue inexorablement au fur et à mesure que s'amplifient ses dérives.

En juin, il y a cet attentat raté contre Betancourt à Caracas au prétexte qu'il soutient les démocrates dominicains. Dieu merci, le président vénézuélien s'en est sorti, la bombe ne l'a pas tué. Quelle manœuvre déplorable, quelle erreur politique ! Cela vaut au pays de se faire exclure de l'OEA ! Plus aucune relation diplomatique ni commerciale avec les États membres, un embargo remettant en cause des accords d'exportation, notamment sur les quotas sucriers, qui asphyxie l'économie.

L'ambassadeur Farland plie bagages.

Le pays entre dans une très mauvaise passe.

Le Jefe continue, envers et contre tout, à s'accrocher au pouvoir.

Ciudad Trujillo
Juillet 1960

Flor est à fleur de peau depuis qu'elle a reçu les confidences de Farland et qu'elle a compris qu'elles n'ont rencontré aucun écho dans le clan Trujillo. Chaque matin elle se réveille avec un goût de cendre dans la bouche. Chaque soir elle se couche avec le sentiment d'avoir gagné un jour sur l'adversité.

Son état de santé s'est beaucoup dégradé. Elle a perdu sa lutte, mollement menée, contre l'alcoolisme. Son corps frêle, amaigri, ne tient plus le choc. La dépression fait des ravages. Elle sent que son esprit se dérobe, que sa conscience se dissout. De terribles migraines qui surviennent à tout moment la terrassent, elle souffre d'accès de fièvre et s'évanouit à tout bout de champ. Elle reste cloîtrée chez elle, car dès qu'un rayon de soleil effleure sa peau, elle se couvre de plaques rouges qui la démangent horriblement. Un dermatologue diagnostique une maladie nerveuse et lui recommande un climat plus tempéré.

Dans un sursaut, car c'est ça ou la folie, Flor prend son courage à deux mains et demande une audience à Manuel de Moya Alonso, qu'elle appelle Manolo, comme ses intimes. Elle l'a connu du temps où il était ambassadeur à Washington et elle attachée culturelle. Il est aujourd'hui secrétaire d'État, un poste sans portefeuille pour le favori de T, dont il est le conseiller personnel. Plus que tout autre, il pourra l'aider.

Manuel, un fils de bonne famille. Son physique parfait de jeune premier, sa beauté lisse mais à couper le souffle lui ont valu une première vie aux États-Unis. Mannequin, acteur, chanteur et danseur. La légende dit que T a fait sa connaissance après l'avoir remarqué dans une publicité Colgate et apprit qu'il était dominicain. Le sourire, l'intelligence, l'éducation, la bienveillance et le désintéressement de Manuel ont fait le reste. Le Jefe l'a pris sous son aile et il est devenu son protégé. Depuis 1939, de Moya a toujours gravité dans son ombre. Il a occupé de multiples postes dans le gouvernement. Il l'accompagne dans ses déplacements à l'étranger et lui sert d'interprète aux États-Unis. C'est à lui que T doit son élégance impeccable. Manuel choisit avec soin sa garde-robe, lui fait confectionner ses chemises italiennes avec un col sur mesure pour cacher les cicatrices de son anthrax au cou, le conseille sur le choix de ses cravates et de ses bottes. Mais Manuel n'est pas un courtisan, c'est un homme droit, loyal, efficace, effacé. Ni corrompu ni profiteur, toujours bel homme, charismatique, il est le visage aimable de la dictature. C'est le diplomate que Rubirosa n'a pas su être et sans doute le fils dont T aurait rêvé. Quand elle l'a rencontré, Flor se souvient d'avoir fugitivement pensé qu'elle aurait dû tomber amoureuse de lui plutôt que de Porfirio…

Cela fait six ans qu'ils ne se sont pas vus. Flor craint la rencontre car elle sait à quel point son physique s'est délabré. Quand elle pénètre dans son bureau, elle constate que Manuel, en revanche, porte toujours beau malgré les années. Il se lève et s'avance vers elle, les bras ouverts.

— Flor de Oro ! Je suis content de te voir, déclare-t-il en serrant dans ses bras son corps amaigri qui l'alarme, et Flor sait qu'il est sincère.

— Moi aussi, Manolo. Je te remercie de me recevoir, bien que je sois en froid avec le Jefe.

Manuel balaie la remarque d'un mouvement de la main et la dévisage d'un air soucieux :

— Comment vas-tu ?

Flor a une moue désabusée.

— Ce n'est pas la grande forme, comme tu peux le constater.

— J'en suis sincèrement désolé. Que puis-je faire pour toi ?

*

Manolo a su plaider la cause de Flor et a obtenu gain de cause. Un passeport lui est accordé au motif d'une cure de santé au Québec, assorti d'une dotation de 25 000 dollars pour ses frais. Flor est désemparée tant cela a été facile, et plutôt que d'y voir une embellie dans ses relations avec T, elle imagine qu'il cherche à se débarrasser d'elle. Elle ne peut plus concevoir une décision du Jefe dépourvue d'arrière-pensées. Finalement, au lieu de la réjouir, le fait qu'il ait accepté de lui délivrer un passeport la meurtrit.

*

Flor s'installe à Montréal. Climat tempéré, solitude. Elle a loué un appartement qu'elle a meublé de bric et de broc. Elle est suivie par un psychologue et un médecin spécialiste des maladies nerveuses. Mais elle est loin du Bienfaiteur, sans nouvelles de cet homme auquel elle doit le jour et qui a orchestré quasiment chaque minute de sa vie. Son emprise psychologique est telle qu'elle sent son existence lui échapper. Pourtant, elle se promet de trouver en elle la force de surmonter cette mauvaise passe, elle a toutes les cartes en main pour le faire, la liberté, la volonté et l'argent.

Montréal
Novembre 1960

Flor est horrifiée. La femme en elle est épouvantée, la Dominicaine tétanisée et ulcérée et la fille effarée.

Le Jefe a osé. C'est au temps de la canneraie qu'il a goûté à l'ivresse que confèrent la violence, l'odeur du sang, le sentiment de toute-puissance doublé de la certitude de l'impunité.

Mais les coutures de la dictature sont en train de craquer. Ça ne peut plus continuer ainsi, le vent, déjà mauvais, va tourner irrémédiablement. Flor se demande ce que va devenir T, l'homme fort devenu un épouvantail aux pieds d'argile.

Les choses vont de mal en pis. Depuis la disparition de Galíndez, le Jefe a perdu tout discernement. Ayant échappé à deux attentats, il se croit désormais invincible. Pourtant il avait franchi une ligne rouge en agissant sur le territoire américain, une chose que les Yanquis ne tolèrent pas. Ça aurait dû lui servir de leçon. Mais non, T n'a aucune limite, il va toujours plus loin. Il y a eu cet attentat raté contre Betancourt en juin dernier, et maintenant ça.

Un triple féminicide. Un quadruple assassinat en comptant le chauffeur. Cette fois, c'est son peuple qui va lâcher le Jefe. Car le sort des trois sœurs Mirabal ne peut laisser le pays sans réaction. Qui pourrait croire à cette grotesque mascarade, un accident de voiture alors qu'elles rentraient d'une visite à la prison de Puerto Plata où sont détenus leurs maris ? Même si le précipice a été bien choisi sur la route de la Cumbre, au sommet de la cordillère septentrionale, personne n'est dupe. Patria, Minerva et María Teresa ont été exécutées sur ordre du Jefe. En faisant d'elles des martyres du régime, il se condamne inexorablement. Car c'est lui le coupable, même s'il n'a pas de sang sur les mains, ces mains soigneusement manucurées qu'il ne salit jamais, bien qu'il soit derrière chaque enlèvement, chaque torture, chaque assassinat politique.

Dans toutes les fibres de son corps, Flor sent que cet assassinat est celui de trop. Elle sait que l'histoire va s'arrêter là. Demain, après-demain, ou le jour d'après, très bientôt en tout cas. Elle en est convaincue, le destin va basculer et l'histoire va s'écrire autrement.

Elle replie le journal et sa main tremble quand elle se sert un whisky. Elle désobéit aux injonctions des médecins. Elle leur désobéit toujours. Maurice, le seul médecin auquel elle a su obéir, n'est plus là pour la protéger. Son verre à la main, elle se rassied et se rencogne dans son fauteuil club tout avachi, celui dans les bras duquel elle se réfugie quand ça va mal, celui dont les accoudoirs de cuir portent les griffures de ses ongles en colère.

Elle renverse la tête, lève les yeux. La fissure du plafond s'est agrandie, il faudrait faire repeindre.

Dans son immense solitude, Flor convoque la protectrice du pays et le panthéon de la *santería*. Señora de la Altagracia, Ochún, Yemayá, Elegba, faites que ça s'arrête, faites que tout cela finisse, protégez le Jefe, protégez mon père.

Il fait froid au Québec, un froid glacial, comme dans son cœur.

Une larme roule sur la joue de Flor. Puis une autre.

Montréal
Printemps 1961

Nixon a perdu les élections. Kennedy l'a emporté de justesse. Inexpérimenté et catholique, il est le trente-cinquième président des États-Unis, le plus jeune de l'histoire. Certains prétendent qu'il doit sa victoire à l'appui et à l'argent de la mafia. Ses positions en faveur des droits civiques enchantent Flor. De son premier discours, elle a retenu une phrase qui prend des résonnances toutes personnelles : « Ne demandez pas ce que votre pays peut faire pour vous. Demandez ce que vous pouvez faire pour votre pays. » L'avertissement de Farland, ses conseils de l'année dernière n'ont trouvé aucun écho auprès du Jefe, le régime continue cahin-caha envers et contre tous.

Depuis son entrée en fonction en janvier, Kennedy ne rêve que de se débarrasser du Jefe. Il est déterminé à soutenir les dictatures réactionnaires pour contrer la menace communiste, mais leur ancien homme fort dans les Caraïbes s'est affranchi du joug des Américains et échappe complètement à leur contrôle. La contagion cubaine est une réelle menace. Si le Jefe est renversé, si les forces de gauche, pire, les communistes, s'emparent du pouvoir à Saint-Domingue… Il faut mettre en place un homme à la botte des États-Unis avant qu'il ne soit trop tard.

Flor réfléchit. Il serait naïf de prêter à Kennedy une âme de pacifiste. L'expédition de la baie des Cochons le prouve, même si la déculottée est une cruelle épine dans son talon.

Pour l'instant, le président américain temporise. Fin avril, il a dépêché un diplomate du nom de Murphy à Ciudad Trujillo, avec pour mission de persuader le Jefe de se retirer pacifiquement. C'est le quatrième émissaire du gouvernement américain. Une fois de plus, T a refusé la proposition d'un exil doré sans gloire, comme Batista ou Perón. Sa réponse ne manque pas de panache : « *¡A mí sólo me sacan en camilla*[1]*!* »

Flor est atterrée quand elle lit cela dans un quotidien américain.

---

1. « On ne me fera sortir que sur une civière ! »

Montréal
31 mai 1961

C'est une magnifique matinée du printemps canadien. Les arbres sont hérissés de jeunes feuilles et le soleil triomphe dans un ciel lavé des grisailles de l'hiver. On est loin des couleurs chaudes et franches des tropiques, mais après l'hiver du Grand Nord, c'est appréciable.

Cette journée qui vient de commencer est une des pires de l'existence de Flor, mais elle ne le sait pas encore.

Un foulard enroulé en turban autour de la tête, lunettes de soleil vissées sur le nez, Flor enfonce la pédale de l'accélérateur de son coupé et se laisse griser par la vitesse. Un intense sentiment de liberté l'envahit, qui se diffuse dans ses veines telle une drogue. Depuis quelques mois, les médecins ont réussi à juguler sa dépression et elle a considérablement réduit sa consommation d'alcool. Quand elle a annoncé la nouvelle à Ramfis, il lui a offert cette Chevrolet Corvair comme une récompense pour bonne conduite. C'est un beau cadeau, Flor a été sensible à ce geste, mais elle aurait préféré qu'il vienne du Jefe.

Une main sur le volant, elle joue de l'autre avec le bouton de l'autoradio pour trouver une station qui diffuse des rythmes latinos.

Un mot accroche son oreille.

Son geste suspendu.

Un nom.

Le sien.

Elle a mal entendu, elle augmente le volume. Le journaliste est déjà passé à une autre information. Fébrilement Flor tripote le bouton. Une autre station. Encore une autre. Brouillées par le crachotement des parasites, les paroles du locuteur sont indistinctes. Elles peinent à se frayer un chemin jusqu'à son cerveau. *En pleine nuit... Assassiné...*

Un coup de klaxon rageur. Le coupé vient de faire une embardée, Flor freine. *Sur la route de San Cristóbal qui longe la mer... Il est sorti... s'est défendu avec son revolver... la Chevrolet Bel Air déchiquetée... plus de cinquante impacts de balles de divers calibres... touché par vingt-sept balles dont neuf à bout portant... tombé sur le capot... Aucune chance... Crime bien préparé... Affaire rondement menée...*

Nouveau coup de klaxon. Flor donne un coup de volant sec pour se rabattre sur le bas-côté. Sa voiture s'arrête dans un crissement lugubre des freins et cale dans un hoquet. Elle n'a pas mis son clignotant. Une camionnette la dépasse en klaxonnant furieusement. Le conducteur lui jette un regard consterné en secouant la tête.

C'est une impression cotonneuse. La bouche sèche, Flor a comme un étourdissement. Puis un grand froid l'envahit. Tout le sang se retire de ses veines et son cœur qui pompe comme un réacteur en furie est près d'éclater. Sa vision se brouille. Ses tempes bourdonnent. Tout tourne autour d'elle. Elle appuie son front sur le volant. Aspire une grande goulée d'air qui lui brûle la gorge. Tout devient confus dans sa tête, elle ne parvient plus à distinguer la part de rêve de la réalité.

D'un coup, Flor est submergée par le chagrin qui déferle en une vague qui menace de l'engloutir. Elle hoquette, s'étouffe, et c'est une douleur insupportable. Combien de fois a-t-elle appelé de ses vœux la disparition du Jefe ? Pas celle de son père, celle du dictateur. Pas sa mort, sa destitution. Et derrière le chagrin, insidieux, terrifiant, il y a le soulagement.

Ainsi c'est fini. Tu l'avais toi-même clamé haut et fort : « Je suis monté sur un tigre et si je tombe il me dévorera. » Eh bien voilà, tu es tombé, tu as été dévoré. « *¡A mí sólo me sacan en camilla!* » C'est fait, tu es parti sur un brancard. Cela te pendait au nez, je le savais pertinemment. Tout le monde le savait. Mais une fille n'est jamais préparée à la mort de son père, ni, bien pire, à son assassinat. Même si elle sait que cela arrivera tôt ou tard, qu'il n'y a aucune autre issue.

Les minutes passent. Des pensées mêlées se heurtent dans sa tête, des si envahissent son cerveau. Si… Si… s'il avait raccroché les gants quand il était encore temps, s'il avait cédé la place, s'il avait abandonné le pouvoir, s'il avait réprimé ses pulsions d'ogre sanguinaire, s'il avait modéré ses intérêts personnels, s'il avait écouté les gens autour de lui, s'il avait un peu pensé à ceux qui l'aimaient encore, malgré tout. S'il l'avait aimée, elle, un peu…

Puis Flor réagit avec une vigueur qui l'étonne elle-même. Ce n'est peut-être pas vrai, c'est une fausse information, de la désinformation comme ils disent. On a déjà vu ça. Elle tourne la clé de contact. Il faut qu'elle rentre chez elle, qu'elle trouve un téléphone, qu'elle appelle, car personne ne pensera à elle, exilée si loin de l'île. Elle peut être certaine d'une chose, elle est la dernière de leurs préoccupations.

Elle reprend la route, dans un état second, un fantôme, une marionnette désarticulée qui bouge mécaniquement. Elle dépasse un poste de police, décide de s'arrêter et fait marche arrière. Les flics regardent avec curiosité cette femme, manifestement étrangère, dans un état d'agitation peu commun. Alors ils l'écoutent.

— Je suis Flor de Oro… Trujillo.

Sa voix hésite et tremble sur son patronyme. Il a toujours été si lourd à porter. Ils la regardent. Oui et alors ? Ils ne savent pas qui elle est.

— Je suis… J'ai entendu à la radio que… mon père vient d'être assassiné. Pourriez-vous vérifier… Téléphoner à l'ambassade dominicaine…

Les policiers sont médusés. Un peu sceptique, un peu méfiant, un officier appelé à la rescousse accepte de passer un coup de fil au journal local.

— J'ai avec moi une femme qui prétend que…

C'est à ce moment-là que les barrières rompent. Flor s'effondre et se met à sangloter sans retenue. Pris au dépourvu, les hommes en uniforme sont gênés pour elle. Asseyez-vous, calmez-vous. Entre-temps, l'officier a reçu confirmation. Le dirigeant de la République dominicaine vient d'être assassiné. Et sa fille… là… eh bien, sa fille est déjà partie.

*

Revoir son père une dernière fois. Flor n'a pas une minute de plus à perdre. Elle doit rentrer au pays. Mais il n'existe pas de vol direct entre le Canada et la République dominicaine. Pas d'autre choix que de faire escale à New York ou à Miami. Elle réserve un vol sur la Pan Am, mais il lui faut obtenir l'autorisation de fouler le sol américain, sans quoi elle ne pourra pas embarquer. Flor sait qu'elle est *persona non grata* aux États-Unis, elle est la fille du Jefe, la fille du Bouc, un péché originel sans rémission. Elle comprend que les Américains ne feront rien pour lui faciliter la tâche[1]. Vengeance ? Totale indifférence ? Sadisme ? De quel droit peut-on empêcher une fille d'assister aux funérailles de son père ? Qui peut infliger une punition d'une telle cruauté, pour quel motif ? Flor met de côté son chagrin et se bat deux jours durant pour obtenir le droit de transiter par les États Unis. Atermoiements, lenteurs administratives, malgré ses supplications, elle n'arrive pas à fléchir les autorités américaines. Finalement, comment n'y a-t-elle pas pensé, elle appelle Igor Cassini, un journaliste spécialiste de la rubrique mondaine du *New York Journal American*, qu'elle connaît bien et qui a joué les lobbyistes pour le Jefe.

---

1. Le département d'État américain avait établi une liste de personnes qui ne pourraient pas rejoindre la République dominicaine en cas de décès de Trujillo.

— S'il te plaît, Igor, alerte la presse. Dis au monde entier qu'ils m'empêchent de me rendre aux funérailles de mon père.

Cassini fait un foin de tous les diables et finalement l'autorisation est donnée. En transit à l'aéroport d'Idlewild[1], Flor est assaillie par une indécente multitude de caméras de télévision et de reporters. Cassini la supplie de ne pas faire d'esclandre, pour ne pas compliquer les choses. Flor se tait. Les images qu'on publie d'elle la montrent méconnaissable, enveloppée dans une cape noire, épuisée, pâle, les yeux cernés, le pli de la bouche amer.

Dans l'avion qui la ramène dans son île, Flor repense à la dernière fois qu'elle a vu le Jefe en vie. C'était le 24 octobre 1959, date de son anniversaire, un jour de chaleur étouffante saturée d'humidité, comme souvent à cette période de l'année. Elle s'était rendue à la place d'armes de Ciudad Trujillo. Mêlée à la foule, anonyme parmi les anonymes, Flor avait attendu comme plusieurs milliers de femmes toutes de blanc vêtues qui défaillaient de chaleur. Elles avaient patienté pendant trois heures sous un soleil de plomb pour rendre hommage au Benefactor, jusqu'à ce qu'il daigne apparaître à 17 h 30. Complet gris, cravaté de noir, impassible et lointain, une figure de cire. Comme les autres, Flor avait hypnotiquement levé le bras droit et juré fidélité à son père. Et lui, quand l'a-t-il vue pour la dernière fois ?

De leur côté, Ramfis et Radhames, en goguette à Paris avec Rubi, sont bloqués sur le territoire français. Mais Ramfis a suffisamment d'argent pour faire affréter

---

1. Ancien nom de JFK.

un avion d'Air France. C'est Porfirio, qui a pris du galon et a désormais le titre d'inspecteur général des ambassades dominicaines, qui négocie l'affaire, coût 27 000 dollars. Le trio rentre dans l'île où ils débarquent sur la base militaire de San Isidro, mitraillette en travers du torse, prêts à en découdre.

Ciudad Trujillo
1961

Le Bienfaiteur de la Patrie, le Père de la Nouvelle Patrie, le Reconstructeur de l'indépendance financière de la République, le Protecteur Suprême de la classe ouvrière dominicaine, le Génie de la paix, le Généralissime, le Jefe n'est plus.

Neuf jours de deuil national ont été décrétés. Les drapeaux sont déchirés et mis en berne. Flor arrive le 3 juin, avec un jour de retard. Elle est brisée de n'avoir pu assister aux obsèques de son père. Dans cet acharnement dont elle a été victime, elle mesure toute la haine accumulée contre le Jefe. De toute façon, elle ne l'aurait pas vu. Le cercueil est resté fermé car le corps était truffé de balles et le visage abîmé.

Le Bienfaiteur de la Patrie a été enterré avec tous les honneurs dûs au chef d'État absolu qu'il était. Flor ne verra pas la foule qui le pleure, la marée humaine qui a tenté d'atteindre le cercueil exposé au palais national, les femmes hystériques s'écorchant le visage, s'arrachant les cheveux, les milliers d'hommes en larmes qui ont fait haie de Ciudad Trujillo à San Cristóbal où le cercueil est enfoui sous l'autel de l'église. Exactement comme le Jefe l'a voulu. Elle ne verra pas Ramfis, pâle, en grand uniforme, Ray-Ban greffées à son visage crispé, portant le cercueil de son père. Elle ne verra pas l'Españolita, la veuve qui se sait déjà perdue, tituber de rage, elle ne l'entendra pas hurler ses imprécations contre toute la population de la capitale qu'elle veut faire massacrer. Elle n'entendra pas Balaguer, les larmes aux yeux, promettre face au cercueil : « Nous jurons sur ses reliques que nous défendrons sa mémoire et que nous serons fidèles à ses consignes. »

Flor se rend directement de l'aéroport à l'Estancia Radhames, la demeure de la famille, dans un état de fébrilité indescriptible. Au coin de la propriété, l'ambassade américaine, fermée comme celles de tous les pays américains suite aux sanctions de l'OEA, et remplacée par une « mission », est gardée par un détachement de soldats en armes. Dans la résidence, Flor, totalement désorientée, se heurte à des pièces vides dans lesquelles déambulent les domestiques affolés. Elle regarde avec une infinie tristesse les lustres ruisselant de cristal, les lourds meubles de *caoba*, les épais tapis d'Orient, les poignées en or, tout ce luxe démesuré et inutile. Prévenu, Ramfis lui envoie une voiture qui la conduit dans une autre maison, à Hainamosa, non loin de la base aérienne de San Isidro, où se sont terrés les Trujillo. Sous le coup de l'émotion, María, qui ne lui a jamais témoigné la moindre affection, serre sa belle-fille dans ses bras.

— Grâce à Dieu, j'ai un fils. Ramfis va tout reprendre en main et remettre de l'ordre, soupire-t-elle en oubliant Radhames.

— Il a ordonné « *Párate a pelear*[1] », il n'a pas voulu fuir, il est mort en soldat, en se battant comme un lion, avec son revolver .38 de poche, déclare Ramfis qui l'étreint en pleurant.

Il ne fait que répéter ce que l'on a pu soutirer à Zacarías de la Cruz, le chauffeur du Jefe, grièvement blessé de huit balles dans l'assaut, qui lutte contre la mort sur un lit de l'hôpital Marion. Cela a été confirmé par la découverte du barillet presque vide du pistolet du Jefe. Qu'il soit mort en soldat, courageusement, c'est sans doute pour Ramfis une forme de consolation. Mais elle, Flor, pense qu'il est mort comme un chien galeux, et que personne ne l'a absous de ses péchés.

Ses Ray-Ban campées sur le nez, en grand uniforme de général, Ramfis, qui passe d'une humeur à l'autre, fulmine.

— Ils vont payer, tous, chacun d'entre eux, pas un seul ne m'échappera, à commencer par Román.

Et de lui raconter, détail obscène, que le cadavre de leur père s'est remis à saigner en présence du général Pupo Román, le chef de l'armée, venu présenter ses condoléances à la famille, le désignant comme l'assassin. Flor ne fait pas grand cas des croyances populaires, mais elle ne dit rien.

— Désormais, je suis ton père, ajoute-t-il avec une espèce de forfanterie, prenant l'ascendant sur sa sœur aînée. Et je serai compréhensif.

Malgré son chagrin, le cœur de Flor déborde de reconnaissance et elle éclate en sanglots dans les bras de son demi-frère, l'héritier du Jefe. Accompagnée de gardes

1. « Arrête-toi pour qu'on se batte ».

du corps, vêtue d'une stricte tenue noire, le visage protégé par une voilette, elle fait le voyage en limousine jusqu'à San Cristóbal pour se recueillir à l'emplacement où T est enterré. Le long du trajet, qui ironiquement est celui qui a coûté la vie au Jefe, ses pensées s'envolent vers son père. Est-ce que je vais désormais penser à toi avec compassion, Papi ? Vais-je enfin pouvoir te pardonner tout ce que tu m'as fait endurer ?

Pénétrer dans l'église est problématique. Il faut l'intervention des gardes militaires pour qu'elle puisse entrer. Sous l'autel. C'est là qu'il est. On dit que les morts reposent. Repose-tu, Papi ? Le peux-tu, couvert du sang de tes victimes ? Flor ne sait pas comment dire adieu à son père. À cet instant, le chagrin supplante tout ce qui existe en elle. Elle devrait pleurer pour évacuer cette émotion qui la sidère, mais tout en elle s'est verrouillé. Elle s'agenouille, asphyxiée par la chaleur et la peine. Tu vois, Papi, où tout ça t'a mené ? Est-ce que ça en valait la peine ? Papi, pardon, c'était si difficile de t'aimer.

Comment va-t-elle s'en souvenir ? Elle veut se le rappeler en père. Seul avec elle, lors de leurs rares promenades à cheval dans les collines de San José de las Matas. Lorsqu'il l'a conduite solennellement à l'autel pour la donner à Rubirosa dans la petite église paysanne. Quand elle était assise sur ses genoux et qu'il examinait d'un air soucieux son carnet de notes, avant de la sermonner. Quand il la faisait danser, ses petits pieds posés sur les siens… Des lambeaux d'eux déchirent sa mémoire.

Soudain, au milieu du chagrin, au-delà de la douleur, une fulgurance. Une bouffée d'euphorie à l'idée d'être débarrassée de lui, libérée, enfin. Une sensation si intense. Et instantanément la culpabilité d'avoir pu ressentir cela, même une fraction de seconde. Cette pensée est une trahison.

A-t-elle le droit de le pleurer ? Avant d'être sa fille, elle a été sa sujette. La femme est délivrée de sa tutelle, la Dominicaine du dictateur, la fille de son père. Comment concilier tout ça ? Flor ne sait pas quel sentiment est juste, elle n'arrive pas à savoir ce qui domine. C'est impossible de démêler l'écheveau de ses émotions.

Elle ne pleure pas T, elle pleure son Papi. Elle verse des larmes sincères, celles d'une fille qui a haï son père pour ce qu'il était, celles d'une fille qui a aimé son père en dépit de ce qu'il était, celles d'une fille qui n'a jamais pu dire à son père qu'elle l'aimait, celles d'une fille à qui son père n'a jamais dit qu'il l'aimait. Ces mots si simples, qu'elle a attendu en vain toute sa vie, ces mots jamais prononcés, dont l'absence l'a marquée au fer rouge de l'indifférence, ces mots absents qui ont amputé sa vie.

Je t'aime, Flor de Oro.

Ciudad Trujillo
Juin 1961

— Je veux tous les enfants de mon époux chez moi, a décidé María Martínez. Ceux qu'il a officiellement reconnus. Convoquez-les. Il n'y a pas de temps à perdre.

Ce qu'elle ne perd pas l'Españolita, c'est le nord. Une rafale de télégrammes est expédiée aux États-Unis. Flor se questionne sur l'attitude de sa belle-mère. S'agit-il d'un geste de réconciliation ? D'apaiser les rancœurs ? Ou d'éviter les procédures ?

En deux jours, arrivent Odette, la fille de Bienvenida, la deuxième épouse, Yolanda et Rafael, les enfants de Lina, et Elsa Julia et Bernadette, nées d'un autre lit.

Ils sont neuf au total et, hormis Flor et les enfants Martínez issus du troisième mariage qui se connaissent, ils se rencontrent pour la première fois. Rassemblés autour de l'Españolita qui leur a fait la guerre durant toute leur vie, allant jusqu'à leur interdire de vivre en République dominicaine, ils ne sont pas très sûrs de comprendre pourquoi ils sont là. Benoîtement, dans l'affliction commune, ils espèrent un rapprochement. Ils se regardent les uns les autres avec curiosité, déroutant bataillon de la descendance du Bienfaiteur. Odette, Yolanda et Angelita ont exactement le même âge, même coïncidence à peu de chose près entre Rafael et Radhames, ce qui ne doit pas manquer de les mettre mal à l'aise. Et surtout, il y a l'héritage. Ils sont venus pour ça. Assis dans le salon de la maison de San Isidro sur d'imposants fauteuils de *caoba* aux pieds en griffes de lion, ils attendent.

Ramfis demande le silence et cède la parole à Flor, « notre aînée ». Elle est émue par cette fratrie rassemblée, sa voix tremble, elle n'a rien préparé.

— Je vous souhaite à tous la bienvenue dans ces terribles circonstances. Je suis heureuse et très émue que nous soyons réunis pour la première fois sous un même toit. Nous avons tous perdu notre père, je vous demande une minute de recueillement.

Docilement tous piquent du nez et le relèvent quand elle les exhorte à accepter que Ramfis endosse le rôle de chef de famille. L'atmosphère se détend quand Ramfis annonce que des voitures seront mises à leur disposition pour qu'ils puissent aller se recueillir sur la tombe à San Cristóbal. Silence. Attente. Ramfis prend sadiquement son temps. Et, finit-il par ajouter, il sera aussi question de l'héritage qu'il leur faut se partager. Ramfis les invite à un dîner dans sa maison de plage de Boca Chica. Loin des oreilles indiscrètes.

*

Leurs regards se croisent autour de la monumentale table de la salle à manger. Au loin, la mer scintille de reflets argentés sous la pâle lueur des étoiles. Mais l'atmosphère tendue n'est pas à la poésie. Les demi-frères et sœurs ont du mal à se parler. Ils sont dissemblables par leur nationalité, leurs vies, leur éducation et n'ont en commun aucune histoire, aucun souvenir d'enfance. De sa voix mielleuse, María pose des questions de politesse. Les réponses sont brèves, factuelles, oui, non. Ne pas se mouiller, ne pas trop en dire…

Flor est la plus vieille, elle pourrait presque être leur mère à tous.

Elle dévisage Ramfis. Ramfis, le successeur désigné. Ses traits fuyants, sa colère mal contenue, sa véhémence, la faiblesse qu'on entrevoit. Ramfis le Don Juan est-il guéri de ses crises de folie qui l'ont conduit à maintes reprises en clinique psychiatrique ? Elle se rappelle la première fois qu'elle l'a rencontré, petit bout d'homme empêtré dans un déguisement de grand à cinq ans, ses cheveux gominés, soigneusement peignés, séparés par cette raie bien dessinée sur le côté, ses grands cils de fille, son doux regard brun. L'affection immédiate qu'elle a ressentie pour lui qui n'était rien qu'un petit bâtard endimanché, la façon dont Rubi l'a pris sous son aile, jusqu'à aujourd'hui. Ramfis l'effraie un peu. Elle espère de tout son cœur qu'il pourra gouverner le pays avec la même détermination que le Jefe, mais sans ses excès. Pourtant elle redoute la suite qu'elle pressent déjà violente et funeste. Comme pour lui donner raison, le criaillement de mauvais augure d'un goéland perce le silence qui pèse sur leur assemblée disparate.

Elle scrute le joli visage d'Angelita. C'est elle, María de los Ángeles del Sagrado Corazón de Jesús, la fille préférée du Jefe, celle dont il a fait une reine, qu'il a couverte de diamants, qui semble le plus affectée. C'est elle dont Flor a été si jalouse autrefois sans vouloir se l'avouer. Comme elle doit souffrir, Angelita, de se découvrir des sœurs du même âge qu'elle. Contrairement à ce qu'elle a pu croire, elle n'était pas l'unique. Pas la plus jolie non plus, Elsa Julia est une vraie beauté. Comment va-t-elle s'en sortir dorénavant, pauvre reine de foire mariée à ce Pechito[1], un des pires voyous du régime ? Flor a pitié d'elle.

Elle observe Radhames, la troisième roue du carrosse Martínez, qu'elle n'a jamais aimé. Elle voit ses traits veules, ses yeux fades, elle sait sa médiocrité, elle devine les déséquilibres, les insuffisances, l'instabilité, elle pressent les dérives à venir. Un véritable père t'a fait défaut à toi aussi, pauvre Radhames, affublé d'un prénom de personnage d'opéra.

Elle regarde la belle Yolanda qui ressemble tant à Lina quand elle était jeune, ce même air farouche et libre. Yolanda qui doit se marier dans quelques jours à Miami et qui ne sera pas conduite à l'autel par son père. Elle la revoit, bébé potelé, rampant à quatre pattes sur la moquette du penthouse de Park Avenue, le Jefe, garde baissée, faisant une pyramide de cubes pour elle. Se souvient-elle seulement de lui ?

1. Luis José León Estévez (dit Pechito), premier époux d'Angelita Trujillo, fut un des pires bourreaux de la répression antitrujilliste. Il s'est suicidé en 2010, octogénaire.

Elle fixe Rafael Leonidas qu'elle découvre. Il porte le prénom du Jefe. Faut-il que Lina ait aimé T pour baptiser leur fils ainsi. Il a les cheveux bruns et bouclés de sa mère. Flor cherche en lui un indice, quelque chose des traits de leur père. Ses petits yeux gris et perçants peut-être ? Cette voix de tête qui a du mal à muer et se perd parfois dans les aigus ? Son indifférence, son mépris évident à leur égard ? Elle sait que les enfants de Lina sont nés d'une grande passion, et cela les différencie des autres.

Et Odette Altagracia, née longtemps après le divorce de T avec Bienvenida. Et les deux autres filles, Elsa Julia, si belle, et Bernadette, que Flor ne connaissait pas et qu'elle découvre. Ces filles dont elle n'avait jamais entendu parler, ces filles qui ont sans doute été ses rivales dans le cœur de son père, puisqu'elles sont ici aujourd'hui. Il les a reconnues, c'est donc qu'elles ont compté pour lui. Autant qu'elle ? Aussi peu qu'elle ? Comment ont-elles vécu l'absence d'un père ? Ont-elles reçu en guise de marque d'affection des chèques d'aumône ? À combien se montait l'affection du Jefe ? 25 000 dollars ? 20 000 ? Seulement 10 000 ?

Et finalement elle, Flor de Oro Anacaona, le mouton noir, la fille aînée, la fille du premier lit, la fille d'Aminta la *campuna*[1], la fille aux sept mariages, celle qui a coupé les ponts, la fille rebelle, la fille fantasque, celle qui est

1. Campagnarde, dominicanisme souvent employé de façon dépréciative.

malade, celle qu'il a emprisonnée dans l'île, celle qui vit loin aujourd'hui, celle qui ne compte pas.

À bien les regarder, Flor comprend qu'elle était pour le Jefe un rappel permanent de ses origines plébéiennes et surtout de sa goutte de sang noir. De cette goutte de sang qui courait dans ses veines, s'épanouissait sur sa peau, le dénonçant, l'obligeant à se poudrer les joues comme une femme. Le rappel du temps d'avant sa grandeur, quand il n'était qu'un garde dans une canneraie de San Cristóbal. Des larmes douloureuses se massent derrière ses paupières.

Flor pense à Julia Genoveva, sa sœur morte à un an à peine, dont l'absence a pesé comme une enclume sur sa vie de petite fille. Comme elle lui a manqué cette sœur qu'elle n'a jamais connue. Comme elle lui manque aujourd'hui.

Jefe, nous as-tu aimés, nous tes enfants ? Lequel d'entre nous as-tu aimé le plus ? Lequel d'entre nous ne t'a-t-il pas déçu ? Tu étais le Bienfaiteur de la Patrie, mais où sont tes bienfaits pour nous ? Ces questions torturent Flor tandis qu'elle observe sa misérable fratrie en retenant ses larmes.

Et puis la marâtre. L'Españolita. Tout se lit sur son visage boursouflé de fausseté. Son hypocrisie, son opportunisme, sa pingrerie, son avarice, sa cupidité, son égoïsme. Elle qui a fait croire au Jefe que Ramfis était son fils, qui a exigé l'annulation du mariage de sa mère sous la contrainte, qui s'est attribué les écrits de prête-noms, qui se croit poétesse, dramaturge, et le comble, moraliste. Elle qui a fermé les yeux sur toutes les infidélités de T, toutes ses dérives… Flor la soupçonne même de se défier de ses propres enfants. Elle pourrait presque prophétiser sa chute et sa fin.

Flor ferme les yeux. Ils forment un piètre tableau, les héritiers Trujillo.

Ramfis continue à traquer les assassins avec opiniâtreté. Le général Román, qui n'a pas cherché à fuir, est mis aux arrêts et torturé pendant plusieurs jours jusqu'à la mort. Reste à trouver les autres conjurés. Toute la police du pays est sur les dents.

Flor rentre à Montréal pour mettre ses affaires en ordre et déménage à Miami afin d'être plus près du pays. Car c'est sûr, même si Balaguer a immédiatement pris les choses en main, Ramfis succédera au Jefe. Avec la même poigne, mais sans ses excès. Tandis que le Pato mène personnellement la chasse aux meurtriers, Flor caresse le rêve de se voir accorder un rôle, une mission dans son gouvernement, dans le domaine de la culture. Comme autrefois à Washington.

De son côté, Balaguer ne perd pas de temps. Le 11 juillet, il fonde l'Union civique nationale, union qui doit assurer un pouvoir intérimaire auquel ne participent ni les militaires ni les civils ayant soutenu le Jefe. Petit à petit, il est en train d'évincer Ramfis et ceux du clan. L'Españolita ne décolère pas.

*

En août 1961, trois mois après l'assassinat, Ramfis convoque une nouvelle réunion des héritiers. Tous vêtus de noir, la mine grave, ils sont réunis dans un salon de la base de San Isidro, chacun espérant sortir millionnaire de cette entrevue. La presse internationale raconte que le Jefe était la cinquième fortune mondiale, un pactole estimé à quelque 800 millions de dollars. Ils calculent.

Ramfis lit avec componction un inventaire des propriétés paternelles. C'est un simple document manuscrit. Il affirme qu'il n'y a pas de testament, que les millions sont un mythe, et que, contrairement aux rumeurs qui circulent, il n'y a rien en dehors du pays. Les comptes en Suisse, en France, au Liban, un enfumage. Toutes les propriétés dans l'île comme à l'étranger sont au nom de María et Radhames est le propriétaire de l'hacienda Fundación, le plus grand élevage du pays.

Calculs faits, il y a seulement 2 723 349 dollars à se répartir. Une telle précision des chiffres les désarçonne. La déception se lit sur tous les visages. Flor est consciente que la grande foire de 1955 – plus de 50 millions de dollars engloutis dans les constructions, les festivités et le fastueux costume de reine d'Angelita – et la lutte armée contre l'invasion de 1960 ont dû mettre à mal les finances du pays, qui se confondent avec les finances paternelles. Elle a bien vu que ces dernières années, depuis que les Américains prenaient de la distance avec le régime, les choses se durcissaient. Mais à peine 3 millions ? Alors que le Jefe était le plus grand entrepreneur du pays ? Que ses compagnies avaient le monopole de la viande, du lait, du riz, de l'huile, du sel, de la bière, des chaussures, des cigarettes, du bois de charpente, des allumettes… Qu'il percevait 10 % sur tous les contrats de travaux publics… Et le yacht, les plantations et les raffineries de sucre, les élevages, les mines, les terrains ? Pour Flor, c'est un peu dur à avaler.

Son propre héritage consiste en petites parcelles de terre disséminées sur le territoire national et une maison à Gazcue. Ramfis considère les mines déconfites des héritiers et sent sourdre la grogne. Alors il déclare, dans un geste plein de panache, qu'il renonce à sa part d'héritage.

Ce qu'il ne dit pas, ce que Flor découvrira bien plus tard, c'est que depuis deux mois tous les employés du palais de justice s'activent sous les ordres de Ramfis et de sa mère à modifier les actes de propriété et à transférer ce qui peut l'être hors du pays.

Finalement, comme les autres, à peine mieux lotie qu'eux, Flor est soulagée d'accepter ce qu'on lui propose. Seuls Yolanda et son frère Rafael regimbent, et ils repartent à Miami sans signer la succession. Quant à leur mère, Lina, elle réclame 2 millions de dollars à titre personnel. Le simulacre de succession reste en plan. Flor est désemparée. Ramfis, autoproclamé père de substitution, s'engage en privé à lui verser 2 500 dollars par mois. Forte de cette promesse, Flor regagne Miami, confiante en l'avenir.

Ciudad Trujillo
Automne 1961

Flor revient dans l'île le 26 octobre, plus soucieuse que jamais. Ramfis l'envoie chercher à l'aéroport. Le nez collé à la vitre de la voiture, Flor respire l'odeur de sang et de peur qui suinte de la ville. Elle songe qu'avant-hier, le 24, ça aurait été l'anniversaire de T…

Flor constate que le pays a changé. À de multiples petits riens, c'est perceptible. Dans les rues, on marche d'un pas plus sûr, épaules redressées, regard droit, sourire aux lèvres. Les exilés sont de retour, des prisonniers politiques ont été libérés. Les langues se délient, une bien-pensance tardive. Quelques journaux osent même commencer à laver en public le linge sale de la dictature. L'épuration des proches et de la famille de T, ravalés au rang des immondes quelles que soient les relations qu'ils ont entretenu avec le pouvoir, a commencé.

*

Quand elle arrive dans la maison de plage de son demi-frère, Flor est choquée d'y rencontrer sa maîtresse du moment, une danseuse allemande du Lido de Paris qui se présente en lui tendant une petite main sèche, Hildegarde Mertinat. C'est un comble. Ramfis a une ex-femme dominicaine assortie d'une tripotée d'enfants et sa jeune épouse, Lita Milan, une actrice américaine d'une beauté époustouflante qui a abandonné sa carrière pour lui, l'attend, enceinte, à Paris. Même au pire moment, il reste égal à lui-même, d'un égoïsme monstrueux.

Ramfis est d'une humeur exécrable. Balaguer gagne chaque jour du terrain et le met dans une position de plus en plus instable. Taxé de traîtrise, de lâcheté et d'inertie, cible de tous les reproches du clan Trujillo qui compte sur lui pour se rétablir au pouvoir, le Pato a pris l'habitude de se réfugier dans sa maison de Boca Chica pour s'y soûler à la vodka et oublier le spectre de la guerre civile qui menace le pays. Sans compter que l'affaire de l'héritage se complique.

— Les enfants de la Lovatón ont entamé une procédure judiciaire pour récupérer leur part, les petits salopards. Et leur garce de mère s'entête à réclamer une compensation de 2 millions ! Alors qu'elle a vécu luxueusement aux crochets de notre père toutes ces années. Tu te rends compte !

Flor ne moufte pas. Elle est la première fille, de tous sans doute la plus légitime, née d'un mariage consacré par l'Église, mais à vrai dire elle ne sait pas quelle est sa place et ce à quoi elle a droit.

— Ne t'inquiète pas, Flor, je t'entretiendrai jusqu'à ce que les choses soient clarifiées, je m'y engage, la rassure Ramfis.

*

À la résidence Radhames, tout est sens dessus dessous. On s'y active fébrilement, les pièces grouillent, on emballe ce qui peut être transporté. On dit que des centaines de lourdes malles ont été chargées sur l'*Angelita*, on dit que le clan Martínez est prêt à embarquer sur le yacht pour quitter définitivement le pays. On dit tant de choses.

Flor a demandé de pouvoir choisir quelques photographies en souvenir. Permission accordée. Ici et là traînent des portraits du Jefe en uniforme d'apparat coiffé de son célèbre bicorne, le torse ruisselant de médailles. Pas celles-là. Flor choisit un cliché où T est à cheval, on dirait un bourgeois dans son impeccable costume de lin clair, il a l'air heureux. Ça lui rappelle leurs cavalcades à deux, ces trop rares moments qu'elle chérit dans le secret de son cœur. Puis un autre où elle est assise avec Ramfis à côté de lui en complet de ville. Et puis celle-ci qu'elle reconnaît. Elle est au bras de son père, en tenue de soirée. Nœud papillon et pochette, il a l'air presque timide, il est fier d'elle, elle sourit, ils sont magnifiques. Elle se souvient, c'était l'époque heureuse de New York où elle a cru l'avoir retrouvé, son père posait entre elle et Lina. A-t-il découpé Lina pour que ce cliché d'eux échappe aux foudres de l'Españolita ? Flor trouve aussi une chemise cartonnée où sont conservées des coupures de journaux. Classés par ordre chronologique, il y a ses mariages, des réceptions mondaines qu'elle a fréquentées, ses mois de diplomatie à Washington.

Elle reconnaît ses courriers de Bouffémont au papier jauni, une lettre avec son écriture enfantine. Elle s'en convainc, ce n'est pas le dossier d'un policier ou d'un espion, mais celui d'un père collectionnant précieusement des souvenirs de sa fille. Il faut demander la permission de la marâtre. Peut-elle ? María a bien d'autres chats à fouetter. Elle prépare son avenir. Ce n'est que ça ? Alors oui, elle peut. Flor glisse les photographies et la chemise dans son sac. Un trésor. C'est tout ce qu'elle emportera. Ça et la promesse de Ramfis d'une avance de 25 000 dollars sur l'héritage à venir.

*

L'Españolita vient de quitter l'île avec Angelita et Radhames pour se réfugier à l'hôtel George-V à Paris. De là-bas, soutenue par son cadet, elle continue ses imprécations contre Ramfis, sa lâcheté, sa pusillanimité, son offense à la mémoire du Jefe.

Flor se rend au port d'Andrès où est ancrée l'*Angelita*. Les moteurs de la forteresse flottante tournent en permanence, conformément aux instructions reçues par le capitaine. Au bar, Ramfis et quelques amis éclusent vodka sur vodka dans une atmosphère d'intrigue. De mystérieux appels longue distance ponctuent leur beuverie. Une armoire bée sur un véritable arsenal. Ils parlent des mitraillettes américaines utilisées pour l'assassinat, ils parlent de liquider Balaguer. Le fantôme de Rubirosa réapparaît. Toujours tapi dans l'antichambre du pouvoir, il doit revenir dans l'île avec un nouveau programme pour Ramfis. Rubi en stratège politique ?

Flor n'y croit pas une seconde. Elle se sent hors du coup et préfère quitter le bateau, laissant les comploteurs à leurs chimères.

*

Ce dernier voyage a été inutile. Les choses n'ont pas avancé d'un iota et la situation politique est toujours très confuse. Dès son retour à Miami, Flor reçoit des nouvelles alarmantes. Cela va de mal en pis. Après trente et un ans de dépendance absolue, le pays est toujours en état de choc. Ce qui reste du clan Trujillo est en position délicate. Ramfis canalise les rancœurs. La station de radio El Caribe, qui lui appartient, a été incendiée. On a entrepris d'abattre méthodiquement toutes les statues du Jefe érigées dans le pays, 1 872 décomptent les journaux bien renseignés. On arrache les plaques à son nom qui ornent le moindre espace public. On débaptise tout ce qui porte le nom des Trujillo, rues, parcs, jardins, écoles… On retire des salles des hôpitaux les plaques émaillées qui prétendent que « Seul Trujillo guérit », et dans les églises celles qui disent « Dieu au ciel, Trujillo sur terre ». Balaguer a préparé un décret pour rebaptiser la capitale du nom que lui avaient donné les conquistadores espagnols, Santo Domingo de Guzmán. Ramfis ne s'y oppose pas. Il n'en a pas les moyens.

Depuis que T est mort, la parole s'est libérée. On raconte sur lui les pires horreurs, bien pire que ce qui se murmurait en catimini de son vivant. On le traite de satrape, de violeur, d'obsédé sexuel, d'assassin, sans plus aucune retenue. Balaguer, qui l'encensait lors de ses funérailles, n'a pas tardé à retourner sa veste. Le président fantoche tire son épingle du jeu avec une habileté et une détermination déconcertantes. Qui eût cru ce petit homme insignifiant capable d'un tel discernement, d'une telle autorité ? Il s'est institué l'artisan de la transition démocratique. Pour ne pas s'aliéner le clan Trujillo, il a d'abord convaincu Ramfis d'une gouvernance bicéphale : à Ramfis l'armée, à lui, Balaguer, la politique. À eux deux, ils le garantissent aux Américains, il n'y aura pas d'infiltration des communistes et des forces d'opposition, bien que le nouveau parti, la Unión Cívica Nacional, soit ouvertement contre tous les Trujillo. Pour donner des gages aux Yanquis, afin d'éviter un débarquement et leur mainmise sur le pays, Balaguer a même réussi à convaincre l'héritier d'exiler ses oncles, les frères du Jefe. Une mission de l'OEA demande que les pouvoirs de Balaguer soient élargis et qu'on organise des élections libres. Dans l'incertitude, les Dominicains dévalisent les magasins, accumulant des réserves de riz, de haricots, d'huile et de sucre.

Les témoignages sur la cruauté de Ramfis se multiplient et des voix s'élèvent à l'international. Le Pato se révèle pire que le Jefe, plus violent, plus sanguinaire, plus fou. Les conjurés ont été pris, Ramfis les a traqués avec une ténacité de charognard et sauvagement torturés durant de longues semaines dans les geôles de la dictature. Mais il ne s'est pas contenté de ça. Des centaines d'opposants, la vermine communiste et antitrujilliste, ont été arrêtés, suppliciés, exécutés.

Écarté des décisions politiques, Ramfis va avoir du mal à sauver le régime. Et Rubi ? Flor s'interroge : est-il toujours là-bas, quelque part aux côtés de Ramfis, en train d'intriguer ? Il y a un an, le Jefe l'avait nommé inspecteur général des ambassades dominicaines. A-t-il encore une carte à jouer dans cet échiquier diabolique ? Elle serait curieuse de connaître son sort.

Flor n'y comprend pas grand-chose, la politique n'a jamais été son fort. En revanche, ce qu'elle entrevoit clairement, c'est la chute du régime et la déroute du clan de plus en plus vilipendé.

À Miami, elle rencontre un vieil ami, Willmoore Kendall, ex-professeur de Yale et éditeur de la revue conservatrice *National Review*. À la demande de Ramfis, il a sillonné le pays pour évaluer la situation et émis des suggestions pour sauver le régime et les propriétés de la famille Trujillo. Selon lui, il faudrait se délester de la tutelle du département d'État américain, renvoyer la mission de l'OEA et exhorter les touristes à visiter le pays. Ramfis n'a tenu compte de rien, il n'a même pas couvert ses frais de voyage.

*

Flor apprend par la presse américaine que le 18 novembre l'*Angelita* a appareillé à la sauvette. À bord, des coffres et des malles remplis à ras bord de dollars et de bons au porteur, et la dépouille du Jefe, exhumée à la va-vite de son tombeau de San Cristóbal. Lâché par tous, Ramfis a pris la poudre d'escampette, la queue entre les jambes mais l'escarcelle bien remplie. Avant de partir, il a assassiné les six prisonniers survivants du complot, un geste macabre pour se convaincre qu'il était digne de son père. Et surtout, il a fait dévaliser la Banque centrale. Abandonnée en gardiennage en Guadeloupe, l'*Angelita* doit rejoindre Cannes. Ramfis a retrouvé sa famille en France. Quand il apprend que la marine dominicaine a saisi le yacht, avec malles et cercueil, et l'a ramené au port de Saint-Domingue, il s'effondre. Il est hospitalisé en Belgique pour une cure de sommeil. Le pouvoir, Hispaniola, c'est terminé pour le Pato.

Même Aminta n'est pas épargnée. Sa modeste maison est saccagée. Elle parvient à rejoindre Flor à Miami avec pour tout viatique quelques dizaines de pesos et de vieilles photographies dans son sac à main.

Rubirosa a donné une conférence de presse à Paris. Ses espoirs déçus, il s'en est méchamment pris à Ramfis, « l'homme le plus lâche du monde ». Rubi avait misé sur lui pour revenir sur le devant de la scène ou tout au moins rester en selle. C'était le mauvais cheval. Entre eux, la rupture est consommée. L'un comme l'autre, ils ont tout perdu.

Balaguer, pressé de se débarrasser de tout ce qui rappelle le Jefe et de se retrouver seul aux commandes du pays, a envoyé le cercueil de T à Paris à bord d'un Douglas de la Pan Am.

Deux semaines plus tard, le clan Martínez enterre le Bienfaiteur de la patrie dominicaine au cimetière du Père-Lachaise.

Qu'il repose en paix. S'il le peut.

Les promesses de Ramfis ont fait long feu. Flor de Oro se retrouve seule en Floride avec sa mère, totalement abandonnée et sans ressources. Au-delà de sa mort, le Jefe a réussi à faire d'elle une indésirable dans son propre pays. Pourra-t-elle un jour revenir à Saint-Domingue ? Entendre la mer se fracasser contre les rochers du Malecón, sentir la morsure du soleil caribéen sur sa peau, respirer ce parfum d'iode mâtiné des odeurs de fruits mûrs qui n'existe que dans son île ? Cette île à jamais tatouée sur sa peau.

Miami
Juin 1962

Finalement, sans aucune nouvelle des Martínez, Flor a rejoint les rangs des héritiers spoliés. Avec ses cinq autres frères et sœurs, ils se concertent pour entamer une action en justice contre les trois enfants de l'Españolita désormais réfugiés à Madrid, afin de recevoir leur juste part de l'héritage. Leland Rosenberg, ex-secrétaire de Barbara Hutton et un fidèle du Jefe recruté dans le sillage du quatrième mariage de Rubirosa, a révélé que T avait demandé la répartition de ses biens entre ses héritiers en cas de décès. Sa volonté n'a donc pas été respectée.

C'est une guerre qui commence, les enfants de Miami contre ceux de Madrid, et elle sera rude.

Flor sait que Ramfis les a grugés. Toutes les propriétés et tous les comptes bancaires ont été mis sous séquestre en République dominicaine comme à l'étranger. Quant aux comptes suisses, ils restent aux mains des banquiers, María Martínez, qui devient sénile, ne veut pas ou ne peut pas en donner les codes à ses propres enfants, craignant qu'ils ne se débarrassent d'elle une fois la main mise sur le butin.

C'est simple, sans un miracle, la fortune de T personne n'en profitera. Sauf Ramfis, Angelita et Radhames qui ont eu la prévoyance de détourner ce qu'ils ont pu à leur profit, quelques dizaines de millions de dollars, et de faire passer quelques biens à l'étranger dès le lendemain de l'assassinat.

Elle, Flor, n'aura pour tout indésirable héritage que ce nom, si lourd à porter.

Le Jefe n'a donc rien fait de concret pour mettre ses enfants à l'abri.

Non vraiment, Papi, tu ne nous aimais guère, moi pas plus que les autres, songe Flor en regardant ses photographies, pauvres reliques sauvées du désastre.

Une décision se fraie un chemin en elle.

Couper les ponts. Définitivement.

Elle ne veut plus rien avoir à faire avec cette famille.

Seulement sa mère, la douce Aminta.

Elle ne reviendra pas dans l'île, ce territoire restreint à l'atmosphère devenue étouffante, où, de toute façon, elle est interdite de séjour.

Désormais, elle vivra seule, de ce qu'elle pourra.

Une femme sans famille, sans patrie, une naufragée subsistant au jour le jour.

Voilà, c'est définitif.

S'ils gagnent la bataille juridique, tant mieux. Sinon tant pis.

Un sentiment de soulagement et de paix l'envahit tandis qu'elle enfouit les photographies au fond d'un tiroir.

New York

1963

La Floride n'aura été qu'un intermède décevant. Flor a acheté un modeste appartement à New York avec ce qu'elle a pu sauver de la banqueroute. C'est là qu'elle veut vivre désormais, mais elle se sent seule comme dans un désert, un désert rempli de monde. Aminta est depuis longtemps retournée vivre dans son fief de San Cristóbal.

T disparu, Flor n'est plus ni une monnaie d'échange ni un risque pour les Américains. À mesure que Balaguer assure son emprise sur le pays, l'étau de son identité se desserre. Elle se fond dans la population new-yorkaise en évitant les milieux latinos. La peur a changé de camp. Les exilés dominicains sont d'une autre nature désormais, ils ont appartenu au clan et sont probablement surveillés par les indicateurs de Balaguer et la CIA. Peu à peu cependant, malgré son nom, Flor redevient fréquentable. Elle renoue avec d'anciennes connaissances. Un soir, au Royal Box de l'hôtel Americana, elle se heurte à Rafael Solano. Ils tombent dans les bras l'un de l'autre. Il est le pianiste attitré du cabaret. Ils parlent du bon vieux temps du Do-Ré-Mi.

— Tu nous avais quittés furieux. C'était en…

Flor hésite, les années ont passé si vite.

— En octobre 1955, je m'en souviens comme si c'était hier. Lope avait « oublié » de me payer mes gages, ajoute-t-il, ses doigts en crochets dans l'air.

— Lope est un bon chanteur, il ne faut pas lui en demander plus ! lâche Flor avec un petit rire contraint.

— Tu as de ses nouvelles ?

— Ce qu'en disent les journaux, pas plus. Il s'est remarié, il a des enfants… et il chante toujours !

— Avec un succès mitigé ! Il est un peu démodé, il n'a pas su se renouveler, juge Rafael avec une moue condescendante.

Flor comprend qu'il a la rancune tenace et elle préfère le flatter :

— Toi, Rafael, tu es toujours un aussi bon musicien.

Solano sourit sous le compliment.

— J'ai fait mon trou ici, ça va plutôt bien pour moi. Et toi, Flor, comment t'en sors-tu ?

Flor a un petit mouvement de dénégation de la tête :

— Depuis… l'assassinat, c'est difficile. Comme tu le sais sans doute, les Martínez sont réfugiés en Espagne. Ils ont détourné à leur profit tout ce qui pouvait l'être. Ramfis a cessé de m'envoyer de l'argent. Et comme je ne sais rien faire…

— Alors toujours pas d'héritage ?

— Je rentre d'une rencontre au sommet à Miami avec mes demi-frères et sœurs. Nous nous sommes mis d'accord pour confier nos intérêts à un avocat genevois, maître Paul Brechbuhl. Il doit déposer une plainte auprès des banques suisses. Affaire à suivre[1]…

— J'espère pour toi que ça aboutira. Sincèrement.

Depuis la scène, un homme en smoking hèle Rafael.

— Excuse-moi, Flor, il faut que j'y retourne.

Flor et Rafael se quittent en se promettant de se revoir très vite.

Promesse sans lendemain. Comme tant d'autres.

*

Flor se regarde dans le miroir en pied. Le manteau est parfait. Le rose pastel flatte son teint de brune. La vendeuse s'approche et resserre doucement le col de fourrure autour de son cou.

— Il est fait pour vous ! Il vous va à ravir.

Flor le sait qu'il lui va bien, elle n'a nul besoin que la vendeuse le lui dise. Elle a vu l'étiquette et le prix lui a coupé le souffle. Il faut toujours qu'elle s'entiche des plus jolies choses, des plus chères. Elle enlève le manteau à regret.

— Je vais réfléchir.

Elle se déteste. Pourquoi ne pas avouer que ce manteau est hors de ses moyens. Elle songe à l'époque où rien n'était jamais trop cher pour elle. Absolument rien. L'époque facile où elle pouvait signer n'importe quelle facture en demandant qu'elle soit envoyée à la présidence de la République dominicaine. L'époque où

---

1. La City Bank de Miami, représentée en Europe par le groupe d'avocats, Nixon, Stern, Baldwin et Todd, a déposé le 22 juillet 1963 cette plainte en Suisse.

son nom valait de l'or. Jusqu'à l'assassinat, dans ses périodes de grâce et d'euphorie, Flor ne comptait pas. Elle avait une ligne de crédit illimité chez Saks. T épongeait toutes ses dettes. Mais ce temps-là est révolu. Sans héritage, les temps qui s'annoncent sont ceux de la déchéance.

Flor quitte la boutique sans saluer, humiliée.

New York

1963-1965

L'exil de Balaguer, le retour d'exil de Bosch, opposant de toujours à T, son élection…

Les soubresauts de la politique dominicaine intéressent peu Flor. Tout au plus salue-t-elle la nouvelle Constitution dominicaine qui garantit des libertés inédites, comme la reconnaissance des syndicats, mais surtout l'égalité entre hommes et femmes, la légalisation du divorce, l'égalité des enfants naturels et légitimes…

Mais en réalité cela ne la concerne plus. Elle est presque américaine désormais. Son île, après avoir été la terre de son enfance, une geôle oppressante, n'est plus qu'un amas de souvenirs de ce qui n'est plus. Seule sa mère, Aminta, y vit encore.

Après une accalmie, ça recommence. En fait, ça empire.

Bosch, trop proche des communistes au goût des Américains, est renversé par un coup d'État militaire et repart en exil à Porto Rico. Une nouvelle dictature se met en place, qualifiée de « trujillisme sans Trujillo ».

C'était bien la peine, pense Flor avec amertume quand elle découvre la formule choc dans la presse.

Une sorte de guérilla urbaine s'est engagée entre les « constitutionnalistes » des partis de gauche et les « loyalistes » au pouvoir. Le pays va toujours aussi mal.

*

Quand Flor apprend le débarquement des troupes américaines sur l'île[1], elle est atterrée. C'est le début d'une véritable guerre.

Elle s'inquiète pour sa mère. Un coup de téléphone la rassure. Le *campo* est épargné, seules les villes sont le théâtre d'âpres combats de rue.

Flor ne peut se défendre de penser que le Jefe, lui, aurait su l'éviter, cette guerre qui met son pays à feu et à sang.

---

1. Le 28 avril 1965, opération Power Pack, 23 000 marines américains débarquent en République dominicaine. L'armée des États-Unis restera sur le territoire dominicain jusqu'en septembre 1966.

New York
Avril 1965

Flor est aux abois. Elle s'est résignée à mettre au clou les derniers bijoux qu'elle n'a pas vendus. Depuis quatre ans, elle vit d'expédients, grâce à la générosité occasionnelle des uns et des autres. L'immense fortune de T s'est volatilisée sans qu'elle voie la couleur d'un billet vert. Elle a bien tenté de rappeler à Ramfis ses promesses lénifiantes réitérées au lendemain de l'assassinat, mais c'est peine perdue. Le procès entamé contre le clan Martínez les oppose désormais, et il n'est pas près d'aboutir. Les Trujillo ne répondent même pas aux convocations de la justice.

Pourquoi lutter d'ailleurs ? Les astres n'ont-ils pas toujours été contre elle ? Les bonnes fées ont omis de se pencher sur son berceau et, à ce jour, elles n'ont pas corrigé leur bévue.

En Espagne, la Martínez, de retour sur la terre de ses ancêtres, mène la belle vie. Ramfis complote encore, ses espoirs de retour au pouvoir plus qu'hypothétiques. Radhames joue les play-boys, une pâle imitation de Rubi avec infiniment moins de panache et de succès, le costume, trop large pour lui, bâille aux entournures. Quant à Angelita, elle affiche de ridicules ambitions de femme de lettres.

Pour Flor, après ses dix années de disgrâce, une période somnanbulique d'anesthésie des émotions où elle n'a pas vraiment vécu et dont elle garde un souvenir incertain, mis à part l'épisode Lope, ces dernières années n'ont été qu'une litanie de traitements médicaux et de médecins, chaque embellie battue en brèche par une rechute.

Elle n'a jamais pu se confier à personne. Son identité, le regard des autres, les préjugés, le mépris, la haine, son engloutissement, pour les affronter elle n'a jamais eu que ses mains nues. Pour les défier, sa quête insensée de liberté et une fâcheuse tendance à la fuite en avant.

Est-il trop tard pour se révolter contre une fatalité écrasante, trop tard pour combattre sa souffrance et le mal-être qui comprime son cœur à chaque minute, trop tard pour espérer une métamorphose ? Les rets qui la tenaient captive de son père se sont effilochés. Elle veut se convaincre qu'elle peut renaître.

Flor se regarde dans le miroir et son pire ennemi lui fait face. La mauvaise opinion qu'elle a d'elle-même, le sentiment de sa propre absence de valeur la submergent.

Qui a un jour cru en elle ? Sa mère, la douce Aminta, sans doute, Porfirio brièvement, Maurice tendrement et inutilement. Quant à T…

Elle a passé son enfance à essayer vainement d'être aimée de son père. Pour lui, elle aurait voulu être une enfant extraordinaire, alors qu'elle n'a jamais été qu'une petite fille ordinaire en mal d'amour, celle qui ne choisissait pas le bon chien, qui ne ramenait pas les meilleures notes, celle qui s'emmêlait dans les pas du merengue.

Son amour pour T a été un châtiment sans fin, celui pour Porfirio une malédiction.

Dans un éclair de lucidité, Flor se dit que toute sa vie a été un grand cirque tragique. Ou plutôt, burlesque et vulgaire, une comédie dans laquelle elle n'a jamais été que le dindon d'une farce qui la dépassait. En dépit de tout, elle a voulu y croire, mais le dindon a été plumé et replumé. Sa vie ne lui a jamais appartenu, un démoniaque scénariste en a dessiné les méandres.

*

Flor s'assied à la table de son salon, elle a vendu son joli secrétaire en marqueterie et aujourd'hui elle le regrette. Elle dévisse le capuchon de son vieux stylo de bakélite, un cadeau de Maurice qu'elle a toujours gardé. Elle écrase la plume sur la feuille de vélin à en-tête du Nacional, un souvenir de la vie fastueuse d'autrefois, qu'elle a conservé comme une enfant superstitieuse. La plume lâche une grosse goutte d'encre sur le papier et macule son index et son majeur. Flor fait une boule de la feuille tachée et troque le Waterman contre un stylo qui traîne sur la table. Un vulgaire Bic en plastique transparent, voilà qui s'accorde mieux à la confession qu'elle s'apprête à écrire.

Le titre, elle y a longtemps réfléchi. Elle n'a rien trouvé de très littéraire.

Ma vie tourmentée de fille de T.

Peu importe, seule la vérité compte.

Elle se lance comme elle se jetait à l'eau en se bouchant le nez quand elle sautait dans le *salto*[1] de San Cristóbal. Sa main tremble. Les mots jaillissent.

Ma vie tourmentée...

Seule la vérité compte.

Elle va dire la sienne.

*

Finalement, sa vie tourmentée tient en bien peu de pages. Il y a tant de choses que Flor ne peut dire parce qu'elle ne saurait comment les dire, ni si elle en a le droit. Elle se souvient des assassinats politiques, celui de Bencosme, celui de Galíndez, celui des sœurs Mirabal. Dans son pays, on assassine les femmes qui osent s'exprimer, d'une manière ou d'une autre. Cela lui fait froid dans le dos. La répression politique n'a pas faibli. Balaguer a délibérément repris le flambeau de son père. Ses airs de professeur inoffensif cachent un redoutable stratège et un impitoyable tyran. Non, Flor ne peut pas tout dire, mais elle a écrit l'essentiel.

Elle tasse la maigre liasse de feuillets sur la table. En considérant ce piètre résultat, Flor comprend qu'aucune maison d'édition sérieuse ne publiera sa confession. Si elle veut faire entendre sa voix, elle n'a pas d'autre choix que de s'adresser à la presse. Elle a déjà

1. Cascade.

été approchée à plusieurs reprises et sait que plusieurs magazines paieraient cher pour recueillir ses propos.

Elle vise *Life*.

Ce sera finalement *Look*[1] qui, en bon challenger, surenchérit sur l'offre de son concurrent. Une somme rondelette que Flor accepte sans sourciller pour la publication de ses Mémoires sous forme d'interview. Elle sera menée par Laura Bergquist et ce sera le chant du cygne de Flor de Oro Trujillo.

*

Flor a sollicité Don Manuel Ontañón, un industriel dominicain, pour qu'il abrite leurs rencontres dans sa résidence, son propre appartement est bien trop modeste pour recevoir le photographe et la journaliste. Elle a endossé une robe noire toute simple qui flatte sa silhouette élancée. Ses cheveux, son éternel problème, ont été disciplinés par le coiffeur et elle a soigné son maquillage. Laura Bergquist est ponctuelle. Flor est confortablement assise dans un profond fauteuil dans le salon bar de la maison, un whisky sur glace à portée de main. L'entretien peut commencer.

« Je suis la fille d'une femme et d'un homme très simples. Ils s'aimaient, ils aimaient leur terre, le soleil,

1. *Look* est un magazine bimensuel illustré américain, à très fort tirage, édité aux États-Unis de 1937 à 1971, dont le contenu était plus orienté sur les photographies que sur les articles. L'interview de Flor de Oro Trujillo paraît en deux articles les 15 et 29 juin 1965 : « My tormented life as Trujillo's daughter », *Look*, v. 29, n° 12 (June 15, 1965). « My life as Trujillo's prisoner », *Look*, v. 29, n° 13 (June 29, 1965).

la lune, et moi, Flor de Oro. Mais un jour, ma mère et moi avons compris que nous avions perdu un époux et un père. »

« La carrière de mon père s'est construite dans l'ombre des marines, et très vite, je n'ai plus pu le voir. »

« Une police de criminels à ses ordres ? C'est fort possible, mais je ne me suis jamais mêlée des choses politiques. Dans ma situation, je ne pouvais pas. »

« J'aime mon père, mais j'étais contre Trujillo, le président. Si je n'avais pas été sa fille, je n'aurais jamais été trujilliste. Les idées politiques de mon père n'étaient pas les miennes. Je n'ai jamais osé le lui dire. Personne ne pouvait s'opposer à lui. Je crois qu'il a fait beaucoup d'erreurs, mais je fais comme la fille de Staline, je les attribue au parti. »

Flor sait que le parallèle est incertain, mais peu lui importe.

Au fur et à mesure qu'elle répond aux questions de la journaliste, Flor se dit que ça ressemble à un déballage. Laver le linge sale des Trujillo en public, est-ce vraiment une bonne idée ?

Flor se rend compte aussi qu'elle a oublié. Sa mémoire trouée lui joue des tours, elle a du mal à ravauder la trame usée de ses souvenirs. Cette seconde lune de miel jamais vécue avec Rubi, était-ce à Bali ou aux Bahamas ? Curieusement, d'autres souvenirs lui reviennent avec une parfaite clarté. Sa visite à Elupina Cordero, Capri, les Jeux olympiques des nazis…

« J'étais la seule des enfants de Trujillo sur laquelle tombait toujours sa colère. Mon père et moi étions comme deux aimants qui s'attiraient et se repoussaient.

Je l'ai toujours fui, mais je suis toujours revenue. Car il résolvait tout. »

« Vous avez raison, mes mariages ont duré très peu, en moyenne deux années… »

Elle décrit chacun de ses mariages comme une expérience frustrante, tragique et douloureuse.

« À quoi attribuer ces échecs ? C'est mon père et lui seul qui décidait si mon époux était un véritable homme ou non. La majorité de mes époux ont fini par être sa propriété. Cela ne m'est pas arrivé à moi seule, mais à tout le pays qui s'est habitué à ce que le Jefe pense pour lui. Par exemple, si quelqu'un voulait marier sa fille et n'avait pas de quoi payer le trousseau, il suffisait de le faire savoir à mon père et il s'en chargeait. C'était un théâtre permanent. »

Flor n'a pas de paroles amères. Elle dit tout cela d'un ton léger, comme si elle était elle-même une actrice de ce grand théâtre.

« Que je vous parle de Rubirosa, mon premier mari ? »

Flor s'attendait à la question. Elle s'étonne juste qu'elle arrive si tard. Elle a préparé sa réponse. Elle se rencogne au fond du fauteuil, écrase sa cigarette dans le cendrier de cristal, avale un long trait de whisky et cale son verre sur son genou pour empêcher sa main de trembler. Elle ne dira pas grand-chose, elle veut rester cette première épouse insignifiante qu'elle a toujours été. Personne ne doit savoir. Elle choisit le ton de la dérision.

« Je dois vous avertir que j'ai profité très peu de temps de ses fameux avantages. Et sans doute même ne les ai-je pas vraiment découverts. Ce qui l'a rendu si célèbre ? Il avait ce charme, il l'a toujours, de ces hommes qui ne font rien. En fait être un play-boy n'est pas un hobby, c'est sa profession. »

Puis elle lâche, rêveuse :

« Ce fut si romantique. Notre mariage fut le plus somptueux de cette époque à Saint-Domingue. »

« Je me souviens qu'un jour, à Paris, nous sommes allés voir un devin arabe. Sur une table basse, il y avait un tas de sable. Avec un petit bâton, nous y avons tracé des traits. Le devin a dit peu de choses à Rubi. À moi, il m'en a dit beaucoup. Il a prédit que je me marierais neuf fois. Mon Dieu ! Nous avons beaucoup ri. Je me suis mariée déjà sept fois et je me demande si j'accomplirai la prophétie… »

« Quand mon père a été assassiné, j'ai été extrêmement affectée. C'était un dictateur, mais c'était mon père. J'ai dû quitter mon pays dans la précipitation, il y a eu beaucoup de complications. Maintenant je commence à m'adapter et à vivre pour moi-même. »

« On a dit que mon frère Ramfis a placé suffisamment d'argent dans des banques suisses et françaises pour faire vivre pendant un an l'entière population de notre pays ? Vous savez, on prétend que la fortune de mon père se montait à 800 millions de dollars, mais je n'y crois pas, le pays allait très mal. »

« J'ai engagé une procédure contre Ramfis. Mon avocat lui réclame environ 40 millions de dollars. »

« Mon statut actuel ? »

Flor lâche un rire clair en faisant tinter les glaçons du verre qu'elle tient à la main.

« La formule qui me convient le mieux – Flor gonfle son buste menu et fanfaronne –, whisky on the rocks…

Et provoque : Et j'espère me remarier, ce sera mon huitième mariage ! »

« Mon souhait pour l'avenir ? Avoir un foyer stable, tranquille. Je me suis lassée de fréquenter ces sphères mondaines où pour triompher il faut faire beaucoup de folies. Je veux une vie sereine. Mon père est mort, maintenant, je peux choisir la mienne… »

*

Flor sort essorée de cette interview qui se déroule en plusieurs séances. C'est comme une sorte de psychanalyse. Si seulement cela pouvait la laver à jamais des regrets qui lui empoisonnent la vie et de cette culpabilité qui lui colle à la peau.

New York
Juin 1965

Flor a enfilé un pantalon large peu flatteur, chaussé de grosses lunettes noires et enserré ses cheveux dans un turban. Elle jette un œil au miroir, satisfaite, bien malin qui pourrait la reconnaître.

Elle descend au kiosque à journaux du coin de la rue. Elle est là, bien en vue sur le présentoir, au sommet d'une pile de *Look*. Le titre de l'article « Ma vie tourmentée de fille de Trujillo » ne laisse aucune place au doute quant au contenu de l'interview.

Flor se mord la lèvre en ouvrant le magazine. Tout le monde va savoir, on en fera des gorges chaudes, on va la juger. Elle est bien consciente d'avoir exploité le peu qui lui restait, son nom. En avait-elle le droit ? Peu importe, il est trop tard maintenant pour faire machine arrière. Elle se réconforte en se disant qu'elle n'avait pas le choix. Ramfis n'avait qu'à pas lui tourner le dos. Et puis il y a cet objectif impérieux, salutaire peut-être. Dire sa propre vérité et faire la paix avec elle-même. Au moins tenter. Elle se le devait.

Flor recouvre sa vie fracassée avec un *New York Times* pour donner le change, paie ses journaux à la caisse et regagne son appartement à pas lents.

New York
Juillet 1965

C'est un coup de poignard dans le bas-ventre. Qui la scie. Qui la laisse nauséeuse.

C'est comme si on lui arrachait un morceau d'elle-même. Flor est d'autant plus surprise qu'elle ne s'y attendait pas. Elle se croyait immunisée, en sécurité, depuis longtemps à l'abri dans une zone confortable où Rubi ne pouvait plus l'atteindre.

Mais Rubi est une maladie incurable.

Il est sa maladie, qui la ronge sournoisement depuis des décennies.

Par-delà les années, par-delà les douleurs, les jalousies, les amants, les maris, Flor sait que vient de mourir l'homme que nul ne remplacera. Celui qui était sa jeunesse, son innocence, qui fut sa ruine et sa perdition. Son grand amour.

Elle ne veut pas, mais c'est plus fort qu'elle, elle dévore l'article jusqu'à la dernière ligne. Rubi s'est tué dans un accident de voiture. Sa Ferrari s'est écrasée contre un arbre du bois de Boulogne, au petit matin parisien. Fidèle à lui-même, Porfirio rentrait de bamboche. On aurait pu le croire sagement marié, rentré dans le rang, ses ardeurs calmées par sa toute jeune femme. Mais on ne change pas les rayures d'un zèbre. Flor a payé suffisamment cher pour le savoir.

Ensuite, et c'est de nouveau plus fort qu'elle, le souffle court, Flor descend, vole jusqu'au kiosque voisin et rafle toute la presse pour traquer le moindre détail de l'accident. Rubi avait gagné la coupe de France de polo et fêtait la victoire de son équipe, dont il était le capitaine, au Jimmy's. Il est décédé à 9 heures du matin pendant son transfert à l'hôpital. Avenue de l'Hippodrome. Ce détail arrache un pauvre sourire à Flor. La vie est cynique, mourir avenue de l'Hippodrome, lui qui aimait tant les chevaux. La Ferrari a fait une embardée inexpliquée, elle a heurté une voiture avant de s'encastrer de front dans un arbre. Et bien sûr, le doute s'insinue dans l'esprit de Flor. Elle reste la fille du Jefe, bien placée pour savoir que les accidents cachent parfois de sordides réalités. Rubi était un as du volant, au point d'avoir piloté dans la course automobile des Vingt-Quatre Heures du Mans. Elle l'imagine mal perdre le contrôle de son véhicule, même épuisé, même ivre. Est-il possible qu'on l'ait tué ? Son passé l'a-t-il rattrapé ? La vengeance d'un mari jaloux ? Un règlement de comptes mafieux ? La CIA ? Rubi a trempé dans tant d'affaires... S'est-il suicidé ? Non, ça c'est inimaginable. Flor écarte cette hypothèse et préfère s'en tenir à la thèse de l'accident, même s'il s'est aidé avec la fatigue, l'alcool et l'insomnie. C'est moins cruel. Sa vie s'arrête au seuil d'une vieillesse que, play-boy sur le déclin, il ne pouvait sans doute pas imaginer.

Flor ne peut s'empêcher de penser que c'est une fin qui a de la gueule. C'est ainsi que naissent les mythes.

On dit qu'avant de mourir, on voit défiler toute sa vie. Porfirio l'a-t-il vue, elle, sa Fleur ? À la descente du steamer, au bal de Santiago, dans sa robe de mariée, à Venise ou à Capri ? A-t-il eu une seconde de regret ? Elle se convainc qu'il en a été ainsi. Personne ne pourra jamais la contredire.

Flor trouve ce qu'elle cherche dans les rayonnages de sa bibliothèque. Guidée par une main fantôme, elle place la galette de vinyle sur l'électrophone, soulève le bras et pose délicatement l'aiguille sur le microsillon. La guitare égrenne ses premières notes nostalgiques et les larmes la surprennent. La poitrine enserrée dans ses bras, Flor se berce et se met à tourner lentement. Une part d'elle-même vient de disparaître, elle se sent totalement vide. De sa voix éraillée par l'abus de tabac et d'alcool, elle fredonne :

« *Ya no estás más a mi lado, corazón,*
En el alma solo tengo soledad...
Por qué Dios me hizo quererte
Para hacerme sufrir más[1]... »

*

En quelques jours, Flor se retrouve dans les colonnes des journaux et dans les magazines du monde entier.

---

1. *Historia de un amor*, 1955 : « Tu n'es plus à mes côtés, mon amour, mon âme n'est que solitude… Pourquoi Dieu m'a fait t'aimer, pour me faire encore souffrir… »

Un petit médaillon la montre dans sa robe de mariée, sa navrante aube de nonne, avec cette horrible galette de dentelle blanche sur la tête. C'est la seule photographie d'eux ensemble qu'ils ont trouvée. Comment se la sont-ils procurée, elle ne le saura jamais. C'est elle. La première épouse de Porfirio Rubirosa. Elle paraît bien insignifiante, l'amour de jeunesse, avec son air timide, à côté de l'impressionnant tableau de chasse du play-boy international, toutes ces femmes somptueuses, la plus belle du monde, la plus riche du monde, la plus sexy d'Hollywood…

Elle, Flor de Oro Trujillo, n'est rien et personne ne s'intéressera à son chagrin. Ça lui va très bien. Elle a depuis longtemps choisi de s'effacer.

Pourtant, à cet instant, elle regrette.

Les magazines sous les yeux, elle regrette.

De n'avoir rien fait de sa vie.

D'avoir accepté la mainmise du Jefe sur son existence.

De n'avoir pas rejoint les rangs de l'opposition politique quand il était encore temps.

De n'avoir pas écrit un livre, ses Mémoires, ses déboires. Comme Angelita, la reine de la foire, qui, comme sa mère avant elle, fait écrire des poésies et des essais par des prête-noms et endosse désormais le costume de femme de lettres.

De ne s'être pas consacrée à une œuvre de bienfaisance.

De ne pas avoir accepté les invitations de Rubi à Bali, à La Havane.

De n'avoir pas remplacé Rubi. Ou si mal.

Dans le panégyrique de Rubi, elle n'est rien d'autre que « la fille aînée du César des Caraïbes ». Elle ne sera jamais que la fille de son père. Et la première épouse oubliée du play-boy le plus célèbre du monde.

Cela ne cessera jamais.

Jamais elle ne sera elle, Flor de Oro.

Car elle n'est personne.

Flor relit un article et le bon mot de la deuxième femme de Rubi, l'actrice française, la frappe : « Il est mort comme il a vécu, rapidement et furieusement. »

C'est comme ça qu'elle, Flor, l'a aimé.

Rapidement et furieusement.

Et à jamais.

New York
Octobre 1965

Son père n'est plus.

Rubi est mort. Il est enterré non loin de Paris, à Marnes-la-Coquette.

T, lui, repose au cimetière du Père-Lachaise, 16 rue du Repos, 85e division, avenue transversale n° 2, dans un mausolée de marbre noir qui éclipse la tombe voisine de Marcel Proust. Flor l'a visité l'année dernière. Elle avait réuni ses modestes économies pour se rendre à Paris. Elle voulait se recueillir sur la sépulture de son père. Elle garde de ce voyage un souvenir amer.

Il faisait froid, le ciel était bas et gris. Chez un des fleuristes qui jouxtent l'entrée du cimetière, elle avait longuement hésité, repoussant le moment de se retrouver face au tombeau. Elle était finalement ressortie, serrant contre sa poitrine une composition de fleurs blanches disposées dans un panier d'osier. Elle avait longtemps erré dans le vaste cimetière avant d'oser demander à un terrassier l'emplacement de la tombe. C'était un édifice massif, terne et laid. Il n'y avait rien, ni fleurs ni plantes, rien que la pierre froide. Flor avait posé son panier devant la porte grillagée fermée par une chaîne qui protégeait le caveau. La joliesse du bouquet détonnait avec la misère du panthéon. Elle s'était penchée pour arracher les touffes de mauvaises herbes qui avaient envahi les deux jardinières jumelles taillées dans le marbre de chaque côté du tombeau. En se relevant, elle avait éraflé son bas contre un buisson étique qui se tordait dans l'une d'elles. C'est à ce moment-là qu'elle avait pleuré. Derrière cette grille, sous terre, reposait son père. Elle était restée un long moment, la tête vide, des larmes roulant sur ses joues, avant de se reprendre. C'est alors, en se retournant, qu'elle l'avait vu. Alerté on ne sait comment, un paparazzi la surveillait. Elle avait levé le bras, caché son visage, crié, mais trop tard. Il s'était enfui. La photographie volée la montre seule, en vêtements de deuil, avec un bas troué au genou, devant le mausolée. L'image a capturé son affliction, son désarroi et sa lassitude. Et bien sûr, cet horrible cliché est paru dans la presse.

*

Les deux ombres qui ont enténébré toute son existence, qui ont infléchi le moindre de ses choix, ne sont plus que des fantômes.

La mort de ces deux hommes, Flor veut se persuader que c'est une libération. Nul doute que sa vie va prendre un autre tour désormais. Après tout, elle n'a que cinquante ans.

Flor caresse un temps le projet de partir de nouveau en Europe pour un dernier adieu à Rubi, cet homme qu'elle a tant aimé et qu'elle n'a jamais réussi à remplacer.

Elle prépare son voyage. C'est un sacré budget. Elle n'en a guère les moyens. Elle se souvient avec nostalgie de ses somptueux voyages. Comme la vie était facile autrefois. Cela lui semble n'avoir jamais existé, juste un rêve.

Finalement, Flor renonce.

Elle vient de faire une rencontre.

New York
Novembre 1965

Pour fêter la manne de la publication de ses confessions par *Look*, une petite dizaine de milliers de dollars, Flor décide de s'offrir un nouveau tailleur. Du sur-mesure. Comme autrefois. Elle sait à qui s'adresser.

Un couturier d'origine cubaine dont elle a assisté au premier défilé parisien, à l'automne de l'année dernière, quand elle s'est rendue en France pour se recueillir sur la tombe de T.

Quand elle pousse la porte du showroom, Flor se redresse et tente de retrouver l'allure conquérante de ses meilleurs jours. Dans son atelier, perché sur un tabouret haut, face à sa planche à dessin, un mètre ruban autour du cou, Miguel Ferreras crayonne. Il se donne des airs à la Óscar de la Renta mais, malgré sa confortable renommée, il n'arrive pas à la cheville du couturier dominicain. Un Óscar de la Renta à la petite semaine, c'est tout ce que Flor peut s'offrir.

Ferreras lève les yeux sur la cliente. Flor de Oro Trujillo. Il lui sourit, il l'attendait. Il sait qui elle est et ce qu'on dit d'elle. Désargentée, pas très regardante sur ses relations, portée sur la boisson. Il y a aussi les rumeurs sur l'immense fortune du père, le César des Caraïbes assassiné, ces centaines de millions de dollars bloqués dans des comptes en Suisse. Il sait que la chasse au trésor bat son plein et qu'un procès est en cours entre les héritiers.

*

Ferreras a un charme fou avec la masse de ses épais cheveux bruns, cette grosse mèche qui retombe sur l'œil, ce demi-sourire qui relève un coin de sa bouche, sa poignée de main franche et ferme, sa voix bien timbrée, chaude, aux accents caressants. Flor et lui discutent modèles, coupes, étoffes, et se mettent d'accord. Quand il appelle un assistant pour prendre ses mesures, Flor esquisse une petite moue et exige d'être prise en charge par le couturier en personne. C'est pour lui qu'elle est venue, hors de question qu'il la confie à ses petites mains.

Flor se déshabille. Elle a soigneusement choisi ses dessous et sa combinaison, soie et dentelle blanche, joli contraste avec sa peau ambrée. Miguel Ferreras virevolte autour d'elle, se baisse, se relève, s'accroupit, s'agenouille. Les yeux clairs du couturier accrochent les yeux noirs de Flor. Elle le domine, c'est bien la première fois qu'un homme se met à quatre pattes devant elle. À cette pensée, elle sourit, de ce grand sourire franc, limpide, ensorcelant, qui illumine son visage. C'est quelque chose que l'on ne renie jamais, cette tropicalité, cette insularité, cette hispanicité. Ferreras a beau être américain, il reste avant tout cubain. Ce lien entre eux, elle le ressent au plus secret de sa chair. Elle vacille.

Dans l'euphorie, Flor commande aussi une robe de cocktail, une robe bustier.

Miguel et Flor se respirent, s'effleurent, se frôlent, se heurtent, doigts contre peau. Il a ce teint un peu gris des latins qui manquent de soleil, et qui au moindre rayon prendra la couleur du miel. Elle pressent la musculature des épaules, du buste, la peau glabre de sa poitrine. Les effluves de son eau de toilette. Les narines de Flor frémissent. Elle a reconnu les notes fraîches de l'Impériale de Guerlain, l'eau de Cologne de T. Elle remarque le grain de beauté à la base de sa nuque. Le dessin de son oreille, son lobe un peu long. Le sillon marqué qui relie la base de son nez à sa lèvre supérieure, la ligne de sa mâchoire, la dépression au centre du menton, sa tignasse épaisse, noire – elle tend la main pour enfouir ses doigts dans cette masse de cheveux mais refrène son geste –, la mèche qui retombe sur ses yeux, ses yeux qu'elle sent rivés sur la ligne de ses genoux, et qu'il balaie de ses doigts en peigne. Ses doigts justement. Fins et déliés aux ongles impeccables, les veines apparentes au dos de ses mains. Son alliance.

Il fixe ses pieds d'enfant aux ongles laqués de rouge vif, ses chevilles fines, remonte le long du mollet. Il épingle l'ourlet et découvre ses genoux, les rotules parfaitement dessinées. Il s'émeut au pli du creux poplité. Plus court. Il se risque sur le velours de sa cuisse. Il lève les yeux sur elle et son regard laisse une trace brûlante tandis qu'il remonte le long de son corps mince. Le bombé de sa pommette, l'arête de son nez mutin, son front presque sans ride. Un plissé enserre son buste menu, du revers de la main il caresse la naissance de ses seins de jeune fille pour chasser une peluche, il devine les pointes brunes. Ses doigts glissent vers son dos. Il resserre l'étoffe dans le creux de ses omoplates saillantes comme deux ailes d'oiseau. Elle ferme les yeux, prise d'un léger étourdissement. Il pose les épingles le long du sillon dessiné par ses vertèbres, tapote la soie au creux de ses reins, en éprouve la tenue pour s'assurer que le tissu épouse parfaitement la courbe rebondie de ses fesses. Flor reconnaît cette sensation merveilleuse dans la nuque, l'aiguillon puissant du désir. Elle tente en vain de s'interdire toute émotion, elle est dans la fleur de l'âge, pas question de se laisser à nouveau émouvoir par un homme.

Il y a plusieurs séances d'essayages et de retouches. Plus qu'il n'en faudrait. Flor est en transe avant chacune de ses visites à l'atelier de Ferreras. Et ça recommence. Il émane une sensualité peu commune de cet homme. Sous le vernis américain, Flor décèle le parfum des îles. Quand la robe et le tailleur sont enfin prêts, Miguel Ferreras connaît le corps de Flor de la pulpe de ses doigts, et ce qu'il en ignore, il le pressent. C'est un trouble inouï qui lui fait perdre l'équilibre. Jamais il n'a ressenti ça avec aucune de ses clientes. Les corps des femmes n'ont pas de secret pour un couturier. Mais celui-ci l'émeut. Plus que tout, il lui parle. De soleil implacable, de mer turquoise, de saveurs sucrées, de musiques joyeuses qui n'appartiennent qu'à ceux qui viennent de là-bas.

Entre le couturier et la fille de T, il y a ce lien, cette fraternité, ce quelque chose d'indicible que nul ne peut saisir s'il n'est pas né sous les tropiques, dans une île des Caraïbes. C'est à la fois doux, sensuel et violent. Ça ne se dit pas, ça se ressent. Ni Miguel ni Flor ne peuvent rien contre ça.

Miguel Ferreras tient à livrer lui-même les vêtements chez Flor. Elle hésite à lui donner son adresse. Son appartement n'est pas luxueux, il ne correspond en rien à ce qu'on est en droit d'attendre du nid de la fille de T.

Mais elle sait que les dés sont jetés. Alors elle s'abandonne.

Miguel ouvre les housses.

Flor lui sourit.

Un dernier essayage ?

Il s'incline.

Touché.

Coulé.

Marié.

Pour Flor, qui vient de retrouver cette fougue qui rend vivante, c'est la certitude d'un nouveau bonheur.

Décembre 1965, mariage frileux, mariage heureux ?

Oh, si tu me voyais Papi ! Et toi Rubi !

Flor est enfin devenue la femme qu'elle rêvait d'être. Belle, éclatante de santé et de vigueur. Mariée à un artiste, fréquentant un milieu de créateurs, de photographes, de journalistes et de publicitaires. Elle est comblée, affectivement, sexuellement, socialement. Miguel est beau, il supporte aisément la comparaison avec Rubi, avec une petite touche artiste et intello en plus.

Il y a tout ce qu'ils partagent, le goût de la fête, excessive parfois, leur hispanité. Comme c'est bon de renouer avec les pulsions du cœur.

Ça, c'est l'histoire telle que Flor se la raconte.

*

Car il y a la face B de la romance. Des dessous beaucoup plus terre à terre.

Ça commence avec le mariage disloqué et le divorce de Ferreras d'avec Oonagh, sa deuxième épouse, l'héritière de la maison Guinness. Les raisons n'en sont pas très claires. Miguel doit la création de sa maison de couture à New York et de son bureau parisien à la fortune des Guinness, et son succès au carnet d'adresses long comme un bras d'Oonagh. De surcroît, ils viennent tout juste d'adopter deux bébés, des jumeaux mexicains, María et Alejandro, arrivés à Orly à grand renfort de publicité en septembre 1964, lors de son défilé parisien.

Il y a les deux filles issues du premier mariage de Miguel qui, au passage, lui a permis d'obtenir la nationalité américaine.

Et son goût du luxe, son phénoménal appétit d'argent, sa soif inextinguible de publicité, son besoin de briller dans les médias, cette inclination pour les femmes plus âgées que lui, de préférence avec un nom.

Et celui de Flor brille comme de l'or.

Tout cela Flor le sait, même si elle choisit de l'ignorer.

Rappelle-toi Flor : « Une femme n'est rien sans un mari. »

Les paroles du Jefe résonnent dans sa tête.

Est-ce la raison de ce mariage ? Son huitième.

C'est le premier de ses mariages dans lequel son père n'aura pas fourré son nez. Sa propre décision. Aussi irréfléchie soit-elle.

*

Au lit, l'espérance des premières fois a cédé la place à un ennui morne, et Flor se prend à repenser avec nostalgie à ses ébats avec Rubi. Quelle malédiction d'avoir commencé sa vie amoureuse avec lui.

Il y a aussi tout ce qu'elle découvre au fil des cinq années de cette union bancale avec Ferreras.

On peut lui faire crédit de son attirance pour une quinquagénaire de douze ans son aînée, un oiseau des îles au front lisse et à la silhouette d'adolescente, qui est loin de faire son âge. Une faiblesse assumée.

On peut s'accommoder de ses amants d'un soir, souvent de jeunes éphèbes rencontrés au détour de sa maison de couture et dans les soirées du *Swinging London*. Un penchant regrettable mais admissible.

On peut l'excuser d'être considéré comme provincial et sans talent par l'élite new-yorkaise. Une faute tolérable.

On peut passer l'éponge sur ses rendez-vous précédant le mariage avec Richard Nixon, dont le cabinet a pris en charge le dossier des enfants spoliés de T, afin d'évaluer les chances d'obtenir l'ouverture des comptes suisses, une préoccupation somme toute légitime.

On peut lui pardonner son dépit quand s'évapore le rêve des millions de dollars de l'héritage de T. Déception justifiée.

Mais il y a bien pire.

Miguel Ferreras n'est pas Miguel Ferreras.

New York

Décembre 1969

Il a agonisé dix jours et personne n'a pris la peine de l'en informer. Comme toutes les mauvaises nouvelles, celle-ci arrive par la presse et cueille Flor à froid.

Ramfis, le Pato, l'héritier, vient de mourir des suites d'un accident de voiture à Madrid.

Quand elle l'apprend, Flor reste de marbre. Comme si cela ne la concernait absolument pas. Comme si Ramfis n'était que six lettres imprimées dans un journal. Comme s'il n'était pas son demi-frère, celui qui voulait autrefois remplacer son père.

Flor se sent désormais si loin d'eux. Si étrangère à ce clan que son existence même importune et qui l'a tout simplement rayée de sa vie. Elle ne sait plus rien d'eux, cela fait des années ils n'ont pas donné le moindre signe de vie.

Et puis, il y a le contrecoup. Flor vient de revoir le petit garçon, ses grands yeux mélancoliques, sa raie bien droite, ses cheveux soigneusement raidis de gomina, ses vêtements empesés qui l'encombraient, son sourire timide, et un sanglot douloureux laboure sa gorge.

Puis d'autres images se ravivent. L'adolescent coléreux pourri par T, le général de parade aux Ray-Ban sombres, l'alcoolique soûlé de vodka, le débauché grossier aux aventures sordides, le tortionnaire sadique... Et Flor se dit qu'il a enfin payé pour tout ce qu'il a fait et aussi pour ce qu'il n'a pas fait, pour toutes ses promesses non tenues. Non, Ramfis n'était pas quelqu'un de bien. Pourtant il était son frère.

Sa voiture a percuté celle de la duchesse d'Albuquerque qui a été tuée sur le coup. Lui a lutté dix jours pendant lesquels les supputations ont couru bon train. On suspecte une exécution des hommes de main du gouvernement de Balaguer. À moins qu'il ne s'agisse d'un règlement de comptes mafieux.

L'ironie de l'histoire n'échappe pas à Flor. Ramfis a toujours navigué dans le sillage de Porfirio, l'imitant jusque dans la mort. Un accident de voiture. Toujours le second rôle. Pauvre Ramfis. Flor essuie la larme qui roule sur sa joue. Elle n'en aura pas d'autre. Son cœur est sec. Elle n'a plus de réserve de chagrin.

Ramfis ne le mérite pas.

Et puisque personne n'a pris la peine de la prévenir, elle ne se manifestera pas.

Exit Ramfis.

Flor prend une grande inspiration, se force à vider sa tête et décide d'aller prendre l'air.

New York

1970

— Je vous conseille de lire cela à tête reposée, de préférence dans un endroit calme.

Michael Shields la met en garde avec une mine qui en dit long. Flor signe son chèque sans broncher. Trois cent quatre-vingts dollars tout de même. D'une main, Shields pousse vers elle une grande enveloppe brune, le résultat de son travail, six semaines d'enquête et de recherches. Oh, elle n'est pas bien épaisse l'enveloppe. Mais ce n'est pas à leur volume que se mesure l'importance des révélations. Flor fourre le chéquier et l'enveloppe dans son sac d'un geste de dépit contenu. Elle murmure un vague merci, au revoir, et sort du bureau de Michael Shields d'un pas incertain. Elle vacille et s'adosse au mur quelques secondes, le temps de se reprendre. Elle s'éloigne à petits pas précautionneux, comme si son sac à main contenait une bombe.

*

Flor a choisi un coffee shop anonyme. Elle s'installe dans un box au fond de la salle étroite et commande un café au lait. Ses mains tremblent sur l'enveloppe et elle doit s'y reprendre à deux fois pour en extirper le contenu. Elle prend une grande inspiration, expire à fond tout doucement, une fois, deux fois, comme Maurice lui avait appris à le faire pour chasser son stress. Et commence à lire.

M.S. Investigations
450 7th Ave #805 New York
T : 212-748-6893
Le 9 mars 1970

Chère madame Trujillo de Ferreras,

Vous trouverez ci-joint les conclusions de l'enquête que vous m'avez confiée concernant M. Miguel Ferreras, ainsi que la note d'honoraires et la facture correspondant aux frais occasionnés.

Je vous prie de croire, chère madame, à l'expression de mes meilleures salutations.

Michael Shields

Rapport d'enquête

Le véritable nom de Miguel Ferreras est José Maria Ozores Laredo.

Mon Dieu ! une identité d'emprunt ? Ça commence par un mensonge… Flor a l'impression que son corps se vide de son sang sous le poids de la déception. À partir de là, chaque nouvelle ligne est une giclée d'acide dans son cœur.

José Maria Ozores Laredo est né en 1922 à Ribadeo, dans la province de Lugo, en Galicie, Espagne.

Il n'est pas né à La Havane ? Il a, Flor calcule, quarante-huit ans, il s'est rajeuni de cinq ans. Elle est là l'explication de ses contradictions quant à son âge. Il y a aussi ces traces d'accent où des consonnes sifflent comme une fusillade. Et un souvenir qui remonte à sa mémoire, comme un éclair. Ça l'avait surprise mais, toute à son nouvel amour, elle ne s'y était pas attardée. Elle revoit l'air ahuri de Miguel quand elle lui avait fixé rendez-vous *a la hora que mataron a Lola* avec un clin d'œil amusé, toute fière de lui montrer qu'elle connaissait Cuba sur le bout des ongles. Personne ne sait qui est Lola, ni pourquoi on l'a tuée, mais tout Cubain sait que c'est à 3 heures de l'après-midi. Tout Cubain sauf Miguel. Les dissonances auraient dû chahuter dans sa tête. Flor s'en veut de ne pas avoir relevé les signes.

Né d'une mère célibataire qui n'avait pas les moyens de pourvoir à son éducation, il a été élevé dans l'orphelinat de la ville avant d'être pris en charge dans cette même ville par un oncle.

Trop jeune pour participer à la guerre civile espagnole, il part à Madrid à l'adolescence. Il y devient un petit délinquant connu pour sa bisexualité.

Sa bisexualité, ce n'est pas une surprise, Flor s'en est accommodée. Avec Rubi, elle a été à bonne école quant à la sexualité tordue des hommes. Et pour ce qui est de la délinquance, T, son propre père, a commencé comme ça. Une erreur de jeunesse. Pardonnable.

Après la victoire de Franco en 1939, Ozores est arrêté en 1941 pour un cambriolage. Il échappe à la prison de justesse et s'en tire avec un avertissement de la police.

En juillet 1941, Ozores s'engage dans la division Bleue[1], la 250e division

1. La 250e division d'infanterie de la Wehrmacht, officiellement dénommée *División Española de Voluntarios*, plus connue sous l'appellation *División Azul*, était un corps de 17 692 volontaires espagnols créé la dernière semaine de juin 1941, immédiatement après l'attaque allemande contre l'Union soviétique, par le général Franco, et mis à disposition de la Wehrmacht de l'Allemagne

d'infanterie de la Wehrmacht, et gagne le front de l'Est pour combattre les communistes dans les rangs nazis.

C'est cette même haine des communistes qui a mobilisé T jusqu'à la fin de sa vie ! Mais de là à faire la guerre aux côtés des Allemands, il y a de la marge…

Il déserte au bout de quatre mois, non loin de Leningrad. Il est repris par la police militaire allemande et envoyé en prison pour un mois. Renvoyé en Espagne, il est autorisé à se réengager en 1943.

À la dissolution de la division Bleue, en novembre 1943, il rentre en Espagne.

Arrêté deux fois au cours de l'année 1944 pour vol par la police madrilène, il retourne en Allemagne nazie pour échapper à sa condamnation.

Flor pose le document sur la table et ferme les yeux quelques secondes. Elle halète, sa tête tourne. Elle reprend son souffle et sa lecture.

Ozores prend contact avec les fascistes pro-Hitler de la phalange espagnole qui fait secrètement passer la frontière

---

nazie, pour combattre sur le front de l'Est. Rappelée en Espagne le 5 octobre 1943, elle fut dissoute le 17 novembre de la même année.

à des volontaires. Plusieurs semaines plus tard, on retrouve sa trace dans les Waffen-SS. Il devient officier et sert en Roumanie et en Yougoslavie.

Flor s'étrangle. Les Waffen-SS… C'est de pire en pire. Lui reviennent le supplice de ses mois berlinois, sa détestation des nazis qu'elle avait dû museler, son bras levé lors de la cérémonie d'ouverture des Jeux olympiques, l'exil contraint de son amie Lucie, toutes les horreurs révélées depuis. Un sentiment de dégoût à l'égard du monstre qu'elle découvre l'anéantit. Certaines choses sont pardonnables, mais pas ça. Flor se force à poursuivre sa lecture.

Ozores est capturé en Italie par les Alliés et rapatrié en Espagne en décembre 1945. Il quitte de nouveau le pays pour échapper à la justice.

Joaquin Ferreras, un Cubain qui a servi avec lui, a un frère, Miguel, qui soigne une tuberculose dans un sanatorium espagnol. Il autorise Ozores à utiliser le certificat de naissance de son frère, né le 28 janvier 1927 à La Havane, pour obtenir un passeport cubain. Les deux hommes rejoignent La Havane ensemble et montent de petits trafics.

Il n'a rien de cubain finalement. Il ne connaît presque rien de La Havane, rien de ces endroits qu'elle aimait fréquenter, il n'a pas cette subtilité de la langue, il ne connaît pas l'heure de Lola, et surtout il ne danse pas comme un Cubain. C'est peut-être ça qui lui a mis la puce à l'oreille, cette raideur des hanches suspecte.

Le véritable Miguel Ferreras est mort en 1949, alors que Ozores, qui porte désormais son nom, étudie le dessin de mode à New York, grâce à l'argent gagné à La Havane. Entretemps, il s'est marié, et grâce à cela il a obtenu la nationalité américaine. Il a deux filles et divorce rapidement.

Ozores fait son apprentissage dans les années 1950 à l'atelier de Charles James dont il est renvoyé pour mésentente avec son patron. Son certificat de travail mentionne des connaissances mécaniques mais « pas de réel talent, sauf pour l'autopromotion ».

Ozores monte son premier atelier à New York. Il perd de l'argent mais réussit à faire parler de lui dans *Life* avec une fausse histoire de robe réalisée pour Elizabeth Taylor.

Liz Taylor, rien que ça ! Boursoufflé d'orgueil ! Flor reconnaît bien là sa propension à vouloir faire parler de lui à tout prix.

Il épouse Oonagh Guinness au Drake Hotel de New York en 1957. Joaquin Ferreras est son témoin de mariage.

C'est tellement simple, séduire une femme riche pour en faire un tremplin. Finalement, Flor, elle aussi, est tombée dans ce piège-là. Et pas qu'avec Ferreras, puisque c'est ce qu'elle a toujours été, une promesse de promotion et de richesse. Sauf qu'avec elle, Ferreras a misé sur le mauvais cheval !

De nombreux scandales ont émaillé sa vie commune avec l'héritière de la maison Guinness, notamment lors de ses voyages à Paris où il s'affiche de nuit dans les milieux gays. Il est également soupçonné de maltraitance sur son beau-fils adolescent, Tara.

Lors du divorce, les avocats de Oonagh Guinness ont mis au jour le parcours plus que trouble de Miguel Ferreras. Confronté à son passé nazi, Ferreras a nié être Ozores. Mme Guiness a obtenu le divorce en 1965.

C'était peu après leur rencontre et, Flor s'en souvient parfaitement, ça l'avait flattée, Miguel avait demandé le divorce pour pouvoir l'épouser. Un mensonge de plus dans une liste si longue qu'elle lui donne envie de vomir.

*

Il y a des jours où la vie vous balance un grand coup de pied dans le ventre. Aujourd'hui est un de ceux-là. Flor se tasse contre le dossier de moleskine de la banquette, nauséeuse.

Elle ne jette même pas un coup d'œil aux documents annexés, copies d'extrait de naissance, de jugements et autres certificats administratifs. C'est inutile.

C'est une défaite monumentale et elle ne peut s'en prendre qu'à elle-même. Ce mariage n'a jamais été qu'un champ de mines. Depuis cinq ans, aveuglée par une passion trouble et incontrôlée née de sa solitude, elle partage la vie d'un intrigant, un petit voyou espagnol bisexuel doublé d'un nazi, qui s'est transformé en couturier médiocre. Un menteur, un voleur, un escroc, un imposteur, un gigolo… Joli tableau. Tous les indices étaient là, sous son nez, et elle n'a rien voulu voir. Il n'y a pas pire autruche… Si T était encore de ce monde, il en ferait des gorges chaudes, il rirait d'elle, la punirait. Soudain, Flor a honte d'elle-même, une honte qui l'anéantit. Elle se rend compte à quel point, même libérée de T, elle est inapte à une vie normale. C'est une croix qu'elle continue de porter et dont elle ne se soulagera jamais.

Finalement, la vie n'est qu'un champ de désillusions saupoudré de bonheurs éphémères auxquels on accorde trop de prix. Flor chasse d'un doigt rageur les larmes qui coulent sur ses joues. Dehors, l'orage a éclaté, le trottoir est luisant de pluie. Mêlées aux larmes, les gouttes glissent sur son visage, froides comme l'est son cœur. Elle va déguiser la trahison en bienfait.

Flor refuse de se laisser aller au désespoir et obtient son divorce en quelques semaines.

Elle redevient Flor de Oro Trujillo.

Sa malédiction.

Elle va soigner ce nouveau désenchantement par la solitude et l'alcool, comme elle sait si bien le faire.

Saint-Domingue
Octobre 1970

1970 est une année noire.

Flor a négocié facilement son divorce d'avec Ferreras, au vu des éléments révélés par l'enquête qu'elle avait diligentée. De toute façon, ses derniers espoirs d'héritage évaporés, elle n'intéressait plus guère le pseudo Cubain. Il s'est contenté d'accepter leur séparation en niant les faits, d'autant plus mollement que c'est la seconde fois qu'une épouse le congédie en raison de son passé trouble.

Flor n'a pas le temps de s'appesantir sur cet épisode scabreux.

Sa mère est mourante et, pétrie d'angoisse, elle s'envole pour la République dominicaine, espérant arriver à temps. Le souvenir lancinant de son absence aux funérailles de son père revient la martyriser.

À l'aéroport de Las Americas, l'officier d'immigration jette un regard torve sur son passeport.

— Merci de patienter quelques minutes, madame… Trujillo.

Ce nom, comme s'il lui brûlait la langue. Il pince ses lèvres et disparaît dans une guitoune qui porte le panneau « Migración ». Il revient, décidé.

— Suivez-moi s'il vous plaît, madame Trujillo.

Flor s'exécute et se retrouve devant à un haut gradé à face de roquet.

— Motif du séjour ?

Personne n'est contrôlé de cette façon, avec un passeport dominicain en bonne et due forme. Flor répond sans broncher à l'humiliation.

— Ma mère est mourante. J'ai été appelée en urgence par une tante.

— Lieu de résidence pendant votre séjour ?

— San Cristóbal.

— Durée du séjour ?

Les yeux de Flor s'emplissent de larmes. L'officier ne s'émeut pas. Il a été formé à l'école T, ni pitié ni empathie.

— Je l'ignore. Je vous l'ai dit, ma mère est mourante.

Le responsable n'a pas la largeur d'épaules pour décider seul. On fait patienter Flor pendant que des coups de téléphone sont échangés. Ça prend du temps. Ça remonte jusqu'à la présidence. Balaguer, le vieux complice de T, son président fantoche, règne désormais sur l'île et, sous un air de respectabilité, il y fait régner une dictature à peine moins sanguinaire que celle de son mentor. Le président, qui fut son oncle par alliance pendant son mariage avec Lope, demande à parler à Flor. Compte tenu des circonstances et par pure bonté d'âme (ou est-ce pour éviter un scandale ?), il consent à ce qu'elle se rende à San Cristóbal, mais elle doit faire profil bas. Elle sera sous surveillance. Les Trujillo ne sont plus en odeur de sainteté dans l'île. Le pays s'est refait une virginité et ne veut plus entendre parler d'eux.

*

Flor traverse Saint-Domingue d'est en ouest dans une limousine envoyée par Balaguer. Marque d'attention ou façon de l'avoir à l'œil, peu lui importe. Elle se laisse distraire de son chagrin par le spectacle de la rue, soufflée par les changements. Le gros bourg aux maisons basses est devenu une ville moderne. Les immeubles plus hauts, les rues plus larges, les voitures plus nombreuses, le trafic intense, le bruit omniprésent, le grouillement des habitants. Flor ne reconnaît pas la ville de sa jeunesse. Elle en éprouve de la tristesse et mesure comme le temps a passé. Dix années à peine ont métamorphosé son pays natal où la moindre évocation du Jefe a été effacée.

*

Flor est au chevet de sa mère quand elle s'éteint et c'est une piètre consolation. À quatre-vingt-deux ans, Aminta est usée par la vie, la pingrerie du Jefe, ses camouflets permanents, son humiliation, son isolement. Flor lui tient la main, rafraîchit son visage d'un linge humide, lui murmure à l'oreille qu'elle l'aime. Elle lui a même tiré un frêle sourire en évoquant leurs vacances italiennes. Elle lui a menti aussi. En lui racontant qu'elle vient de rencontrer un homme gentil, un médecin qui l'aime et veille sur elle, qu'elle est heureuse, très heureuse. Aminta a fermé les yeux, apaisée. Puis s'en est allée. Sans faire de bruit.

Flor fait enterrer sa mère au cimetière de Gazcue. Ils ne sont qu'une poignée à suivre le cercueil. Une simple plaque, elle n'a pas les moyens d'autre chose. Au moment de faire graver la pierre, Flor se rend compte que l'extrait de naissance d'Aminta est introuvable et qu'elle ne se souvient plus de sa date de naissance. Elle ne fait graver que la date de son décès. 13 octobre 1970.

La perte du seul être qui l'ait aimée inconditionnellement et qui se souciait sincèrement d'elle est un chagrin immense, intolérable. Une douleur que Flor n'avait pas imaginée éclôt en elle. Une douleur d'enfant, teintée d'effroi et d'une peur insondable.

Elle est désormais seule au monde.

New York
Décembre 1970

Flor regagne Manhattan où elle vit désormais. Au 325 East 79th Street. Un immeuble de briques anonyme d'une quinzaine d'étages de l'Upper East Side, un quartier sans ostentation, raisonnablement bourgeois.

Elle apprend par la presse que María, Angelita et Radhames, ce qui reste du clan Trujillo, ont obtenu gain de cause. Elle n'a pas été consultée. Le cercueil de T a été discrètement transféré de Paris en Espagne, au cimetière de Mingorrubio, dans la commune d'El Pardo, non loin de Madrid. T y a rejoint Ramfis, dans une espèce de panthéon, marbre noir, colonnes et fronton gravé de lettres dorées, « Familia Trujillo ». Ainsi l'a voulu l'Españolita.

C'est sinistre et prétentieux, constate Flor quand elle se rend en Espagne, en cette fin d'année lugubre, pour se recueillir sur la dernière demeure de T. « Serai-je moi aussi enterrée là, dans le caveau des Trujillo, à tes côtés, lui demande-t-elle, puisque, quoi qu'il m'arrive, quel que soit l'homme que j'épouse, je me retrouve toujours à porter ton nom comme une croix, comme une malédiction ? »

Après ses adieux à sa mère, Flor de Oro fait ses adieux définitifs à T, au Jefe qui orchestra toute sa vie.

Elle ne reviendra jamais en Espagne, et ne reverra jamais aucun des Trujillo.

De retour à New York, Flor s'enferme dans la solitude de son modeste trois-pièces, bien loin des somptueuses résidences de sa jeunesse. Elle ne le quittera plus. De la lecture, des romans, la presse, une séance de cinéma de temps à autre. Une vie monotone de recluse, une vie en sourdine.

Tant de choses en elle sont enfouies, perdues à jamais. Parfois, dans un sursaut d'énergie, elle renoue un temps avec de vieilles connaissances, s'offre une parenthèse qui, l'espace d'une course hippique ou d'une soirée au théâtre, lui souffle qu'elle est encore vivante.

New York
1974

À demi allongée sur la méridienne, Flor se tortille, mal à l'aise. Quelques timides rayons de soleil filtrent par les jalousies. Dans la lumière tamisée, Flor détaille l'homme aux yeux mi-clos qui, assis dans un fauteuil de cuir brun fatigué, lui fait face. Il attend.

Un doute l'effleure. Mais qu'est-ce qu'elle fiche ici ? Pourtant personne ne l'a contrainte à venir, elle est là de son propre chef.

Les Confessions de Carlos, tueur à Saint-Domingue. C'est ce livre qui l'a amenée jusqu'à ce sofa. Un livre découvert par hasard dans la vitrine d'une librairie de son quartier, dont la lecture l'a replongée des années en arrière, dans la période noire de la dictature. Exactions, meurtres, enlèvements, tortures, viols, peur, soumission. Flor s'est heurtée frontalement au fantôme de celui que le tueur repenti appelle Dieu, et tout a repris vie.

Dans ce livre, trois lignes lui sont consacrées. Elles disent qu'elle est la fille aînée, issue d'un premier mariage. Qu'elle fut la première épouse de Porfirio

Rubirosa. Qu'elle a collectionné les maris. Rien de plus. Son sort est ainsi réglé. Autant dire qu'elle n'existe pas. A-t-elle d'ailleurs jamais existé ?

Flor pensait que tant d'eau avait coulé sous les ponts qu'aujourd'hui cela n'avait plus aucune importance. Elle s'est trompée. Images, souvenirs, angoisses sont revenus la hanter. Ça a été douloureux.

Au point de la conduire ici.

Réparer. Peut-on réparer ce qui a été cassé ? Peut-elle se réparer ? Faire que ce qui a été ne la blesse plus ? Seule, elle n'y est pas parvenue. Avec l'aide de quelqu'un, peut-être y arrivera-t-elle.

*

Flor ferme les yeux à son tour. Une petite fille joyeuse qui sautille de guingois est là, tout près d'elle, qui vient lui demander des comptes. « Pourquoi m'as-tu trahie ? » Flor sait qu'elle s'est perdue quelque part sur le chemin qui va de l'enfance à l'âge adulte. Elle va rejoindre cette enfant, la prendre dans ses bras et lui expliquer, elle va tenter de se faire pardonner. Elle le lui doit.

Flor prend une grande inspiration et se lance, comme ces gamins qui, pour quelques réaux, se jettent dans l'océan depuis le Pain de Sucre à Rio. En face d'elle, l'homme n'a pas bougé d'un iota. Ses premières paroles, prononcées d'une voix mal assurée, flottent dans l'air. Les mots sont hésitants, si difficiles à prononcer. C'est comme se dénuder :

— Je suis… la fille de… l'Ogre des Caraïbes…

Un fil tendu entre eux. Un temps d'arrêt.

L'Ogre des Caraïbes. Ça sonne comme le début d'un conte pour enfants. Dans les contes, l'ogre ne s'en tire jamais et, à la fin, le héros est sauvé.

« Un des pires dictateurs que le monde ait connu, cruel, manipulateur, pervers, sanguinaire, assassin, tortionnaire, violeur. Comment appeler papa un tel homme ? » voilà ce que Flor aurait dû dire. Mais elle ne peut pas. Non, elle ne peut pas, le Jefe est son père, envers et contre tout, pour toujours.

— On l'appelait le Bienfaiteur de la Patrie…

Comment le résumer en quelques paroles ? Elles ne suffiront jamais…

— Il avait fait de son nom la maxime de notre pays : Rectitude, Liberté, Travail, Moralité…

Un silence.

— Je pourrais faire la même chose.

Flor réfléchit puis laisse fuser un petit rire acide :

— Fiasco… Lassitude ou Lézardée… Laissée-pour-compte, c'est pas mal aussi. Ou Lâche, c'est vrai aussi. Pour le O, on a le choix : Otage, Opprimée, Orpheline, je choisis Orpheline. Et R, comme… Ratée !

— C'est ainsi que vous vous définissez ?

Flor soupire avec amertume et acquiesce :

— Oui. Une orpheline, lâche, qui vivait en parasite du régime. Dont la vie est un fiasco, un ratage total. Charmant tableau. Vous avez du boulot, Doc !

— Vous n'êtes guère indulgente avec vous-même !

Flor hausse les épaules, ses pensées reviennent au Jefe.

— C'était tellement compliqué, tellement douloureux, d'être la fille de ce père-là, d'essayer de vivre sans être éclaboussée par ce qu'il était. Ça l'est encore, même si j'ai cessé d'être sa chose. Je n'avais pas la force de vraiment couper les ponts. Parfois il m'apparaissait comme un grand acteur dans un rôle qui mêlait haine, amour, perversité, grandeur et extravagance ridicule, comme… la réincarnation d'un pharaon antique. Dans la tradition chrétienne, on dit que trois générations doivent payer pour les péchés de leur père. Mais je remercie le Ciel. Je suis stérile. Les enfants que je n'ai pas eus n'auront pas à porter cette malédiction.

Flor a osé dire cela. Elle entrouvre les yeux et observe le médecin. Elle aimerait qu'il la regarde, qu'il éprouve de la compassion pour elle, mais il n'est pas là pour ça.

Et soudain, c'est plus facile. Flor glisse ses doigts dans la porte entrouverte et laisse les mots s'y engouffrer. Elle pioche dans ses souvenirs. Son père, la boussole de sa vie. Sa voix de fausset qui desservait sa majesté, sa moustache qui aurait été ridicule chez tout autre que lui, ses costumes d'apparat, son bicorne, ses mains manucurées, ses inflexions péremptoires, son mépris… Comme c'était difficile de vivre à côté d'un tyran, de nager dans son sillage sans boire la tasse, d'encaisser les soubresauts de l'histoire. Elle évoque aussi l'amour qu'elle éprouve pour son île, cette île dont elle est privée, la beauté poétique de la nature, la douceur de l'âme de son peuple.

Pêle-mêle, il y a des bouts de phrases, de longs silences, des soupirs lourds, des presque larmes, de vrais pleurs.

Au bout de quarante-cinq minutes, une discrète sonnerie résonne.

Fin de la séance.

*

Flor se retrouve sur le pavé new-yorkais. Le soleil de printemps réchauffe son corps et son âme. Elle s'étonne de marcher d'un pas presque aussi allègre que celui des autres femmes. Elle se sent étrangement légère, malgré ce qu'elle n'a su dire.

C'est donc ainsi, cette main crispée autour du cœur qui desserre sa griffe, ces mots emprisonnés qui se bousculent sur ses lèvres en désordre, ces émotions qui débordent, cette gêne si redoutée qui n'est pas au rendez-vous… C'est un vertige. L'angoisse qui exsudait par tous les pores de sa peau quand elle a pénétré dans le cabinet s'est allégée. Comme ça soulage de parler, même si on ne dit presque rien, même si on le dit mal. Flor, qui n'a jamais pu ouvrir son cœur à qui que ce soit sans être trahie, prend sa décision.

Elle reviendra.

Docteur David Wetzner, Park Avenue, 92nd Street.

L'enfant joyeuse sautille de guingois en lui adressant un clin d'œil.

*

Flor s'accoutume à ce décor, les lourdes tentures, le sofa avachi, le vieux fauteuil, la coupelle pleine de bâtonnets de cannelle et d'écorces d'agrumes qui masquent mal l'odeur de tabac froid…

Un lent travail d'introspection commence. Il y a les blessures d'enfance jamais cicatrisées. Cet amour inconditionnel et cet irrépressible élan vers son père sans cesse battus en brèche par son indifférence. L'éloignement du foyer de San Cristóbal. La douleur de son bannissement en France avec pour seule compagne une poupée de chiffon aux cheveux de laine. Ses carnets de notes jamais assez bons. Sa mère interdite à son mariage… Il y a Porfirio, l'espoir démesuré que cet amour a fait naître, les beaux jours et les fous rires, les mauvais jours et les gifles. Il y a Ramón inconsistant, il y a Maurice si bienveillant. Puis les autres… L'inéluctable enchaînement des illusions, des manipulations, des humiliations et des déceptions.

Parfois sa frustration ou sa colère explosent en bile amère. Tout ce qu'elle a étouffé depuis si longtemps, tout sort en longs hoquets de rage et de détresse, violents comme les rafales d'un cyclone furieux, balayant tout sur son passage. Une fois la vague passée, Flor se retrouve sur la rive, vidée, apaisée.

*

— Comment vous prénommez-vous ? lui demande le psychanalyste d'une voix posée.

— Flor.

— Flor ?

— Flor de Oro, Anacaona.

— Anacaona ?

— C'est le prénom d'une cheffe de tribu taino, il signifie Fleur d'Or. Mon père l'a choisi en hommage à mon pays. Mais on m'appelle simplement Flor.

Flor de Oro. Fleur d'Or.

— Anacaona était une *cacica*, une femme forte, une guerrière qui a vaillamment tenu tête aux envahisseurs espagnols.

Son père l'a voulu ainsi, mais c'est si prétentieux… S'est-elle perçue comme un objet rare et précieux dès son plus jeune âge ? C'est ce qu'elle tente de démêler dans sa tête.

Elle évoque Julia, ce bébé parfait, sa sœur morte avant sa naissance. Les dés étaient-ils jetés dès son enfance, Flor était-elle simplement l'enfant de remplacement ?

Elle raconte la ceinture de son père qu'elle lavait dans le rio pour une poignée de pesos, l'épisode du chiot. Dès son début, sa vie n'a jamais été faite que de ça, des choix de son père. Un départ qui vous bousille de l'intérieur. Son impression d'étrangeté par rapport au monde, de vivre à la marge de sa vie est-elle née de là ? À quand remonte cette sensation de disparaître, de se dissoudre, depuis quand est-elle devenue cette ombre, ce rien qui n'existe pour personne ?

*

« Pourquoi te maries-tu ? » lui avait demandé son amie Idalina au lendemain de son septième mariage. Cette question, sur laquelle Flor refusait de se pencher, est vite réglée. Parce que le Jefe m'y obligeait.

Était-elle une aubaine pour les hommes ? Ont-ils vu en elle la mine d'or ? Il y avait un tribut à rendre au Jefe, un prix à payer, elle était le prix.

Grâce aux déambulations dans les méandres de son esprit, Flor comprend que ce ne sont ni la morale ni la bienséance bourgeoise qui la poussaient à se marier. Elle ne se mariait pas. On l'épousait. Sur ordre du Jefe. Et c'est une grande différence.

— Mon père ne voulait pas que je sois de ces femmes qu'un homme enfourche pour les abandonner quelques heures plus tard, comme celles qui fréquentaient son propre lit ou ces aventurières qui se faufilaient dans les draps de Porfirio. Je suis de celles qu'on épouse.

— Est-ce vous qui parlez ainsi ou votre père ? demande le psychiatre.

Flor médite cette question. T a fait d'elle une prisonnière dès sa naissance. Les mariages, c'était sa manière à lui de la garder sous son joug, de soumettre les hommes qui l'approchaient, de les réduire à sa volonté, de les obliger à considérer la valeur de sa Flor de Oro.

Elle s'est soumise à ces mariages, car, au-delà de la contrainte, au-delà de vouloir satisfaire son père, c'était aussi sa revanche sur Porfirio, sa manière de lui crier haut et fort qu'elle valait bien mieux que toutes ses maîtresses réunies.

— Et il faut parler de l'argent. L'argent était le seul langage d'affection de mon père. Il achetait tout, les gens, les terres, les industries, mes maris… J'ai profité de son pouvoir, de sa fortune, de sa toute-puissance, mais j'ai été crédule et optimiste. Jamais il ne m'a fait savoir directement qu'il était en colère contre moi, à chaque fois il m'envoyait un émissaire. Est-ce ainsi qu'un père parle à sa fille ? J'aurais eu honte de me plaindre, de me déclarer malade. Compte tenu de ma position, c'était indécent. Mais je n'ai jamais eu les mains libres… Finalement, ils m'ont tous laissée tomber. Mon père, mes époux, mes oncles, mon frère… Ma vie entière est une vie de séparations et d'abandons. Il n'y a que ma mère…

— Votre mère ?

— Ma mère, pauvre Aminta, paix à son âme, n'existait guère. C'était une femme pieuse, aux goûts modestes et simples. Elle était totalement dénuée d'ambition. Elle a défié l'autorité de ses parents en épousant mon père et ce fut son seul acte de bravoure. Une erreur magistrale. Ma mère m'aimait mais ne pouvait guère me guider, elle ne comprenait ni les humeurs ni les désirs de mon père, elle avait peur que ses conseils alimentent sa colère. Elle a très tôt été complètement gommée de sa vie. Comme moi, elle a toujours eu peur de lui et n'a pas eu la force de s'opposer… J'étais asservie par cette relation d'amour et de peur qui me liait à lui. Pendant des années j'ai été privée de liberté. Pourtant, il y a toujours eu deux personnes en moi, celle qui se soumet et celle qui se révolte. Celle qui se révolte a utilisé les mauvais moyens et celle qui se soumet a souvent encaissé.

— Il est grand temps de vous débarrasser de cette fixation névrotique sur votre père et de vous réconcilier avec vous-même, car vous n'êtes coupable de rien, conclut le médecin à la fin d'une séance. Vous devez arrêter de porter le poids de fautes qui ne sont pas les vôtres, d'une identité que vous avez dû supporter. Votre nom n'est pas une condamnation à vie.

*

Une fois le chemin emprunté, Flor le parcourt en un temps record qui déroute le psychanalyste. Et peu à peu sa culpabilité s'envole. Flor comprend qu'elle est cette mouche qui se cogne à la vitre de la fenêtre fermée alors que celle d'à côté est grande ouverte.

Elle dit tout. Il y a des épisodes qu'elle aimerait passer sous silence, comme son dernier mariage, une belle erreur qui ne lui a pas été imposée par le Jefe, mais courageusement, elle les affronte.

— Lequel de vos maris avez-vous sincèrement aimé ?

— Tous, je les ai tous aimés chacun de façon différente, même si ce fut parfois brièvement.

Elle confie sa solitude :

— Après la mort de mon père, j'ai été frappée d'anathème, je suis devenue *persona non grata* dans mon propre pays, et je me suis retrouvée totalement seule. J'ai toujours été une femme entre deux mondes, une étrangère partout. Aujourd'hui, je vis loin de chez moi…

Flor se déleste ainsi peu à peu de tout ce qui l'encombre, sa colère, ses frustrations, son chagrin. Elle admet qu'avant toute chose, elle reste la fille de son père, un sceau indélébile. Être deux en une, une femme et la fille du Jefe, cette insupportable schizophrénie qui lui a presque fait perdre la raison se nuance et s'estompe. Si elle ne peut se soustraire à son identité, même en changeant de nom comme elle y a parfois songé, elle doit se dégager de cette paralysie qui a pris racine en elle, de cette étrange maladie qui lui a rongé l'âme jusqu'à la moelle.

En se retournant sur sa vie, Flor constate qu'elle n'a jamais rien construit. Au contraire, ce n'est qu'une succession d'échecs, un champ de décombres, une vie chaotique, dramatique, guidée par la recherche d'amour et d'un inaccessible apaisement. Elle ne veut plus en être la spectatrice, elle ne veut plus de ces questions obsédantes comme une attaque de guêpes, de ces idées noires qu'elle repousse chaque matin au réveil. Elle veut enfin faire partie de ce monde qui existe au-dehors, vivre réellement, pour et par elle-même, autant qu'il le lui sera permis. Elle doit s'accepter pour ce qu'elle est, elle peut l'assumer. L'important c'est d'avancer et de grappiller en cours de route les petits bonheurs insignifiants qui réparent.

Il lui reste encore à se débarrasser définitivement de ses addictions. Et elle sait que ça va être difficile.

Et puis il y a ce glissement inexorable vers la vieillesse, cette vulnérabilité croissante qu'elle va devoir maîtriser. Parfois elle envisage ce qui va venir, la solitude, la chute.

*

Elle regarde son visage. S'y attarde. Il est devenu plus grave. Ses joues creusées font ressortir ses hautes pommettes. Un éventail de fines rides est apparu au coin de ses yeux, deux rides verticales encadrent sa bouche. Elle se force à sourire. Étrangement, malgré tout ce qu'elle a vécu, son regard ne s'est pas durci. Au contraire, il semble s'être adouci. Dans ses yeux noirs, elle retrouve l'espièglerie de l'enfant qu'elle a été. Ce nouveau visage, elle décide qu'elle l'aime. Au bout de quelques mois, elle se sent prête.

Sa vie s'écrira désormais loin de tout ce qui lui rappelle cette femme frivole, gâtée et névrosée qu'elle a été. La solitude en devient la composante essentielle et elle se sent capable de l'affronter.

Elle évite désormais de fréquenter les cercles des Dominicains exilés. Un jour, au détour d'une rue, elle croise Manolito, *El Cojo*[1]. Manuel Hernandez, un geôlier du centre de torture de la Nueve. Une pierre tombe dans son estomac. Flor rentre les épaules, baisse la tête et traverse la rue en fixant le bitume.

Elle se rappelle comme elle aimait la lecture, surtout les romans français. Elle consacre du temps à un atelier de lecture dans un établissement pour personnes âgées et elle enregistre des romans qu'elle lit en espagnol pour un public de non-voyants.

Elle enterre définitivement les procédures contre Angelita et Radhames.

Elle oublie les enfants de Lina.

Quant aux hommes, Flor fait une croix dessus.

Et peu à peu, un grand sourire triomphant refleurit sur ses lèvres.

1. Le Boiteux.

New York
1975

Soixante ans, l'âge du bilan ?

Le temps, l'usure, les habitudes du quotidien ont eu raison de Flor. Inertie des sentiments, délitement des envies, c'est comme si toute son énergie s'était évaporée.

Une femme est-elle vieille à soixante ans ? L'enfance, la jeunesse sont si proches qu'elle pourrait les toucher du doigt.

Pourtant son corps usé lui dit sa lassitude.

Soixante ans, c'est un âge que Rubi s'est bien gardé d'atteindre.

T, quant à lui, l'a dépassé d'une dizaine d'années. À soixante ans, son père était encore fringant et tenait ferme le gouvernail du pays.

En finir ? Flor n'y pense pas. Elle n'y a jamais véritablement pensé. Ou alors de façon très fugace.

En se retournant sur sa vie, Flor voit…

Elle revoit tout et c'est une grande fresque tragicomique dont elle est l'héroïne minuscule.

Elle est cette enfant qui combat l'ombre de sa sœur défunte dans le sourire éteint de sa mère.

Elle est cette gamine arrachée à son île et exilée au bout du monde pour y acquérir une éducation européenne.

Elle est cette adolescente qui grandit dans l'idée permanente qu'elle n'est pas à la hauteur, qui tremble de tous ses membres en tendant son carnet de notes à son père.

Elle est cette jeune fille subjuguée par un lieutenant en uniforme blanc, épousée en grande pompe devant le gratin de son pays.

Elle est cette jeune femme qui a levé le bras à regret dans la tribune officielle des jeux nazis.

Elle est cette idéaliste qui toute sa vie a rêvé d'un amour indestructible, qui y a cru à chaque fois, qui à chaque fois s'est trompée.

Elle est cette femme résignée qui a admis que les rêves de jeunesse ne sont que des rêves qui jamais ne se réalisent.

Elle a été tout cela, Flor de Oro, et tant d'autres encore.

Au crépuscule de sa vie, à l'heure où le soleil se couche sur Manhattan, la mélancolie l'envahit et elle se demande ce que tout cela fait d'elle.

Mais elle n'a plus le temps de s'attarder sur ses chagrins, encore moins de s'y complaire.

New York

1977

Flor quitte les berges rassurantes de sa solitude et donne raison au chiromancien arabe de Paris.

Malgré son cœur cuirassé des échecs successifs de ses mariages, son âme et son corps sont en mal d'amour.

Elle convole en justes noces pour la neuvième fois au lendemain de ses soixante ans. Un cadeau pour ses vieux jours ? Une nouvelle promesse de bonheur ?

George Farquar vend des solutions industrielles, un métier qui le tient souvent éloigné de son foyer. Flor ne s'intéresse guère à ce qu'il fait, mais c'est un homme simple, gentil, qui lui assure un train de vie décent.

Et lui au moins n'a pas épousé la fille de l'Ogre, puisque l'Ogre n'est plus.

Au mieux, ce sera un compagnonnage harmonieux, Flor l'espère.

Au pire, elle divorcera.

Mais Flor se tient tranquille.

Car ces derniers temps, ça ne va pas très fort.

Dans son univers chaotique, plus grand-chose ne la tient sur pied.

Sa santé se détériore.
On lui a diagnostiqué une lésion pulmonaire.
La tumeur est maligne, à un stade avancé.
George Farquar tombe à point nommé.

New York

Début février 1978

À Manhattan, dans une chambre du Beth Israel Hospital, une femme, belle encore, jeune encore, livre son dernier combat. Le plus rude. L'ennemi est vicieux. Obstiné. Il lui ronge les poumons sans pitié, consume son corps de l'intérieur. Un feu brûle en elle, agressif, assassin, mortel.

Flor de Oro tourne lentement la tête vers sa table de chevet. Une photographie de George est sa seule compagnie.

Elle lève les yeux vers la fenêtre. Elle tressaille, une onde de douleur se propage de son cou jusqu'au bas de son dos. Dehors, un ciel terne de fin d'hiver. Un timide rayon de soleil qui filtre à travers le store éclaire la chambre d'une pâle lueur d'espoir. Flor sent la chaleur d'un rai sur son visage. Elle devine à la douceur de la caresse que le jour touche à sa fin.

Flor ferme les yeux.

Tout conspire à lui faire comprendre que c'est la fin. Elle se dit qu'il faut savoir accorder une place à la faiblesse, la force a besoin de répit et la sienne est à bout de course.

Ses pensées s'éparpillent.

S'envolent.

Vers les hommes. Qui ont été sa perdition, dans l'ombre desquels elle est restée tapie.

Son Père.

Porfirio, son Amour.

George, son mari, le dernier, l'homme ultime, celui de la résignation.

George, où est George ? Flor presse la poire de la sonnette. Quelques minutes passent, une éternité. Un crissement désagréable sur le linoléum annonce une infirmière qui entre.

Où est George ? J'ai besoin de lui.

Pour desserrer le nœud d'angoisse qui l'étouffe, Flor prend une grande inspiration, une fois, deux fois, comme Maurice le lui avait appris. Elle se détend et attend.

Il est temps d'abandonner la lutte.

New York
14 février 1978

Flor repose calmement.

Elle pense à ce qui a été, à ce qui aurait pu être, aux années qui ont volé comme du sable…

Elle pense à ses déficiences. À ce qu'elle a fait, à ce qu'elle n'a pas fait. Cette faiblesse au fond d'elle, cette incapacité à être, à se protéger. Ces hommes qu'elle n'a pas su aimer, celui qu'elle a trop aimé.

Elle a connu bien des hommes, a vécu dans bien des pays, a traversé les honneurs et la disgrâce, l'extrême richesse et le dénuement, la bohème et la société des grands de ce monde.

Elle a été courtisée, désirée, brandie comme un trophée, jalousée, trahie, rejetée, négligée, humiliée, abandonnée, oubliée.

A-t-elle été aimée, seulement un peu ?

En dépit des incertitudes de son existence, il y a une chose dont elle est certaine. Elle, elle a aimé. Malgré eux. Malgré elle. Au-delà de la raison.

Aimer, c'est tout ce qui compte.

Comment se souviendra-t-on d'elle ? Qui se souviendra d'elle ? Personne ne se souviendra de rien. Elle aura traversé ce monde comme un pantin aux fils manipulés par des marionnettistes, dans un ensecrètement qui l'a dépassée.

Qu'est-ce qu'une vie non vécue, une vie vécue par procuration, en se faufilant dans les maigres espaces concédés, une vie vécue comme une vengeance, d'homme en homme, de pays en pays, une course folle contre le temps, contre l'existence même ?

Pourquoi n'a-t-elle pas eu la force de s'affirmer, de se dégager du poids d'une faute qui n'était pas la sienne ?

Allons Flor, il est trop tard pour les questions et les regrets.

Un léger tiraillement lui fait ouvrir les yeux. Flor soupire en regardant avec fatalisme le cathéter qui relie son bras amaigri à la pompe à morphine.

Son regard s'échappe par la vitre. Le ciel de février est gris, mais quelque chose dans la lumière laisse entrevoir le printemps qui s'approche à petits pas frileux.

Février, le mois des amoureux.

Flor de Oro ferme les yeux.

Derrière ses paupières, des visages entament un lent ballet. Des visages d'hommes. Les hommes, sa malédiction.

T, son père, son père adoré, son père honni. T, le Jefe.

Son grand, son seul, son véritable amour. Porfirio.

Les autres…

Parmi eux, flotte le doux sourire de sa mère, Aminta, mal aimée, négligée…

Dans le tiroir de sa table de nuit, il y a son alliance qu'elle a enlevée, elle la perdait, ses doigts sont devenus si fins.

Un coquillage vernissé, qu'elle ne s'est jamais résolue à jeter, une porcelaine aux lèvres crénelées qui a failli et n'a pas tenu sa promesse.

Deux photographies.

Sur la première, Flor est assise sur un canapé de rotin à côté de son père. C'est une photographie qui a été prise à son premier retour de Bouffémont. Elle a onze ou douze ans. Elle porte une jolie robe de couleur claire. Deux petits bras malingres sortent des manches bouffantes. Un grand sourire dévoile largement ses dents, éclairant son visage d'un bonheur enfantin. Son père est en bourgeois. Élégant. Il esquisse une petite moue, presque un sourire. Sage, Flor se tient droite, elle regarde le photographe bien en face. C'est l'unique photographie où elle est seule avec son père, la seule où il a posé avec elle, une des rares de cette époque où elle croyait au monde, au bonheur.

L'autre cliché a beaucoup souffert. Il a été déchiré en quatre puis scotché. Le ruban adhésif du regret a jauni, ça fait une grande croix sale. C'est une photographie de son mariage. Elle est si jeune. Dans sa robe de communiante, elle rayonne au bras du bellâtre gominé, sûre que l'avenir leur sera radieux. Il ne peut en être autrement, c'est ce que dit son sourire de gamine confiante. Que d'illusions perdues… Pourtant la photographie est toujours là. Elle a traversé toutes ces années et l'a accompagnée dans les méandres ténébreux de sa vie, jusqu'à ce lit d'hôpital.

Deux hommes, un père et un mari, à l'amour nocif.

Qui ont étouffé en elle les merveilleuses espérances de l'enfance.

Qui l'ont modelée.

Qui l'ont faite à leur main, sacrifiée à leurs ambitions et à leur déraison.

Qui ont fait d'elle la femme qu'elle a été.

Un monstre.

Un monstre au sens le plus littéral du terme, un être qui se montre, que l'on montre.

Le bilan est cruel.

Derrière ses paupières, le ballet a repris de plus belle. Les images déferlent.

Un petit chien blanc aux pattes tachées de roux.

Un visage de chiffon aux cheveux de laine.

Les joues rondes et le regard tendre de sa mère.

Son homme, son amour, le seul. Rubi.

Son père, son péché originel, sa faute. Papi.

Les paroles d'une chanson romantique que Lope avait écrite pour elle résonnent dans sa tête : « Tu es l'aube douce de mes nuits tristes. »

Les notes de la mélodie mélancolique l'entraînent.

Elle danse.

Son père l'appelle : « Flor de Oro, *mi'jita* ! »

Porfirio lui ouvre les bras : « Fleur, mon amour… »

Elle tourne, passant des bras de l'un à ceux de l'autre.

Flor s'échappe, leur tourne le dos. Elle se libère.

Elle se déleste de tout ce qui lui a fait courber l'âme.

Elle retrouve des sensations oubliées. L'air pur et saturé de senteurs de caramel des champs du San

Cristóbal de son enfance, le goût de l'iode sur ses lèvres, la fraîcheur de l'eau des rivières sur sa peau, le grondement sourd du tonnerre avant le déferlement de l'orage, la caresse brûlante du soleil sur sa nuque…

C'est une épiphanie.

Elle valse seule, tourbillonne, lentement d'abord, puis de plus en plus vite. Flor de Oro est délivrée, infiniment légère, libre comme jamais.

Elle est prête.

Papi, Rubi, c'est moi, Flor de Oro, Flor, Fleur.

Je vous quitte. Adieu. Je suis libre. Enfin.

C'est le 14 février. *Valentine's Day.*

La mort est cynique.

Flor de Oro s'éteint le jour de la fête des amoureux.

*

Conformément au souhait de son épouse, George Farquar fait transférer la dépouille de Flor de Oro en République dominicaine. Elle est veillée par quelques rares personnes dans la chapelle La Paz du funérarium Blandino de Saint-Domingue, puis enterrée au cimetière national de l'avenue Máximo-Gómez.

*

Quelque part au cœur de la ville de Saint-Domingue, qui porta un temps le nom de son père, anonyme, oubliée de tous, repose Flor de Oro.

Elle est la seule des Trujillo à être enterrée dans le sol dominicain.

La plaque de marbre gris, tachée d'humidité, est à demi enfouie sous la végétation, livrée aux assauts impitoyables du soleil et de la pluie. Elle dit simplement : « Flor de Oro Trujillo de Farquar, 7 juillet 1915-14 février 1978. »

Conformément à l'usage dominicain, le nom de son père et celui de son dernier époux sont accolés à son prénom.

À côté, il y a une plaque jumelle. Aminta Ledesma, 13 octobre 1970. On a oublié la date de sa naissance.

De temps à autre, une inconnue charitable coupe les mauvaises herbes.

*

État actuel de la tombe de Flor de Oro Trujillo.
Cimetière de l'avenue Máximo-Gómez.
La tombe de droite est celle de sa mère, Aminta Ledesma.

Documents iconographiques

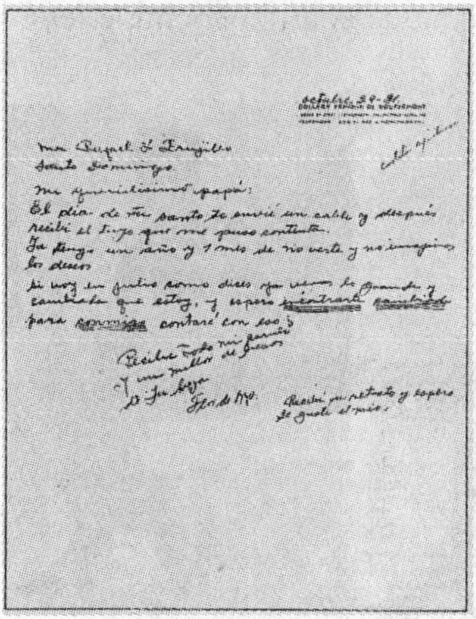

octubre 29-31

Mr. Rafael L. Trujillo
Santo Domingo

Mi queridísimo papá:
El día de tu santo te envié un cable y después recibí el tuyo que me puso contenta.
Ya tengo un año y 1 mes de no verte y no imaginas los deseos
Si voy en julio como dices ya verás lo grande y cambiada que estoy, y espero [illegible] [illegible] para [illegible] contaré con eso;
Recibe todo mi cariño y un millón de besos
de tu hija
Flor de Oro.

Recibí tu retrato y espero te guste el mío.

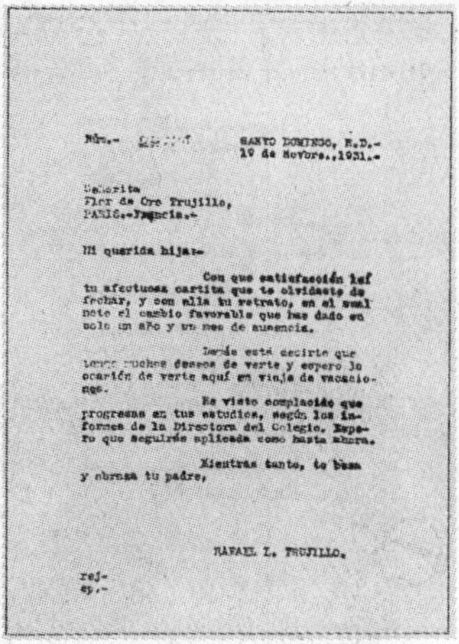

Nro.- [illegible]

SANTO DOMINGO, R.D.-
19 de Novbre.,1931.-

Señorita
Flor de Oro Trujillo,
PARIS.-Francia.-

Mi querida hija:-

Con que satisfacción leí tu afectuosa cartita que te olvidaste de fechar, y con ella tu retrato, en el cual noté el cambio favorable que has dado en solo un año y un mes de ausencia.

Demás está decirte que tengo muchos deseos de verte y espero la ocasión de verte aquí en viaje de vacaciones.

He visto complacido que progresas en tus estudios, según los informes de la Directora del Colegio. Espero que seguirás aplicada como hasta ahora.

Mientras tanto, te besa y abraza tu padre,

RAFAEL L. TRUJILLO.

rej-
ep.-

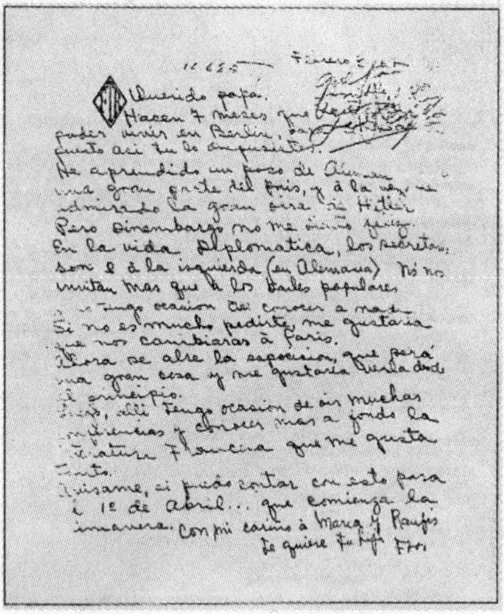

Querido papá.
Hacen 7 meses que ... poder vivir en Berlin, ... puesto aci tu lo ...
He aprendido un poco de Aleman
una gran parte del pais, y à la vez he
admirado la gran obra de Hitler
Pero sinembargo no me siento feliz.
En la vida diplomatica, los secretarios
son ... à la izquierda (en Alemania) No nos
invitan mas que a los bailes populares
... tengo ocasion de conocer a nadie.
Si no es mucho pedirte, me gustaria
que nos cambiaras à Paris.
Ahora se abre la esposicion, que será
una gran cosa y me gustaria verla desde
el principio.
... alli tengo ocasion de oir muchas
conferencias y conocer mas a fondo la
literatura Francesa que me gusta
tanto.
Avisame, si puedo contar con esto para
el 1º de abril... que comienza la
primavera. Con mi cariño à Maria y Ramfis
Te quiere tu hija Flor

Source : Bernardo Vega, *Los Trujillo se escriben*, Santo Domingo, Fundación Cultural Dominicana, 1987.

Mariage de Flor de Oro
et Porfirio Rubirosa,
3 décembre 1932.
© DR

Flor de Oro avec son père
et son demi-frère Ramfis, 1933.
© DR

Flor de Oro et son père.
New York, 1940/1941.
© DR

Flor de Oro,
1944/1945.

Flor de Oro,
lors de son retour en République dominicaine
pour les funérailles de son père,
juin 1961.

Les coulisses de *La Fille de l'Ogre*

Au détour des années 1990, j'écrivais un guide touristique de la République dominicaine, une destination alors méconnue. La rubrique « Enfants du pays » était maigre. Mon père me glissa : « N'oublie pas Rubirosa, le joueur de polo, il a été marié à Danièle Darrieux. » La star d'une génération …

J'ai découvert l'existence de ce légendaire play-boy international au profil trouble, mi-gigolo, mi-diplomate-espion, qui termina sa vie au volant d'une Ferrari pulvérisée contre un arbre du bois de Boulogne, au petit matin parisien. Il avait été marié en premières noces à Flor de Oro, la fille aînée de Trujillo, le dictateur qui régna sur le pays de 1930 à 1961.

Je trouvai beaucoup d'informations sur Rubirosa, ses aventures scandaleuses, ses conquêtes, ses mariages, la légende selon laquelle il aurait inspiré à Ian Fleming le personnage de James Bond… Largement de quoi nourrir une chronique.

Mais de sa première épouse, Flor de Oro Trujillo, aucune trace.

Avec son prénom singulier, elle m'intriguait, cette Fleur d'Or.

À quoi ressemblait-elle ?

De quoi étaient tissées son enfance, sa jeunesse, sa vie de femme ?

Avait-elle été une enfant gâtée ?

Avait-elle été aveugle aux dérives de son père, un des plus sinistres dictateurs de la planète, assassin, violeur, mégalomane délirant ?

Comment avait-elle assumé cette écrasante filiation ?

Quels choix avait-elle fait, vivre malgré tout, s'effacer, disparaître ?

Était-elle aimable, elle dont le père l'était si peu ?

Comment s'en était-elle sortie ?

S'en était-elle seulement sortie ?

Autant de questions qui demandaient des réponses.

J'ai lu *Enfants de dictateurs*[1]. Flor de Oro était passée sous le radar. Qui se soucie d'un dictateur qui a sévi il y a plus d'un demi-siècle dans une petite île des Caraïbes ? *A fortiori* qui se soucie de sa fille ? Il faut être particulièrement intéressé ou attaché à ce pays pour s'interroger.

Or je suis particulièrement attachée à ce pays.

Alors j'ai cherché.

Dans les Archives nationales dominicaines, dans les colonnes des quotidiens de l'époque, dans les rares livres parus sur la dictature de Trujillo.

1. Christophe Brisard et Claude Quétel, *Enfants de dictateurs*, Paris, First, 2014.

J'ai déniché des photographies de Flor de Oro et je l'ai trouvée belle. Ce qui m'a frappé, c'est son sourire éclatant, victorieux.

Une personne qui l'a croisée à l'automne de sa vie me l'a confirmé : Flor était vive, cultivée, intelligente, joyeuse, exaltée même… et malade, alcoolique, cyclothymique, c'est du moins ce qui se murmurait.

J'ai voulu savoir ce que cachait ce sourire.

Un à un, et non sans difficulté, j'ai exhumé ses neuf maris.

Neuf maris ? Un Barbe-Bleue en jupons ?

Peu à peu, au fil de mes investigations, j'ai découvert les méandres de la vie de Flor de Oro, une vie digne d'un roman dramatique. Une chose est certaine, sa vie a eu plus d'imagination que le plus créatif des romanciers.

Alors j'ai décidé de raconter Flor de Oro. Pour tenter de comprendre le contexte de son enfance maltraitée, son rapport à son père, aux hommes, sa soif de liberté, sa vie bousillée.

L'histoire de Flor de Oro, c'est l'histoire d'une dérive, d'une vie malmenée et mal menée. C'est l'itinéraire d'une femme devenue un monstre, au sens le plus littéral du terme, un être qui se montre et que l'on montre, une femme qui rêvait de liberté et n'a cessé de se tromper. C'est aussi, à travers son destin, l'histoire en creux d'une dictature implacable qui asservit la République dominicaine pendant trois décennies.

« Le roman est une machine inventée par l'homme pour l'appréhension du réel dans sa complexité. » Louis Aragon

Remerciements

De nombreuses personnes m'ont aidée au cours de l'écriture de ce roman. Je leur en suis infiniment reconnaissante.

Un merci tout particulier à :

Sylvie Murelli, toujours au rendez-vous, fidèle et indéfectible soutien depuis les prémices de mes aventures éditoriales.

Brice Homs, pour ses encouragements à la lecture de ce qui n'était encore qu'une ébauche de roman.

Albane Helbert pour sa lecture attentive et ses remarques si justes.

Jean-Luc Thorel pour avoir traqué des archives jusque dans les bibliothèques universitaires outre-Atlantique.

Bernardo Vega pour avoir partagé ses souvenirs et m'avoir donné accès à ses publications et aux archives de la Société dominicaine d'histoire.

Frank Burgos et José Manuel Díaz des Archives générales de la Nation à Saint-Domingue. Ils ont répondu avec gentillesse et empressement à toutes mes demandes, me fournissant de rares et précieux documents.

Caroline Laurent, mon éditrice ; son enthousiasme et ses conseils sont infiniment précieux.

Sarah Rigaud qui a veillé avec patience et diligence à l'éclosion de ce roman.

La formidable équipe des Escales qui m'accompagne depuis le début, Marguerite Mignon-Quibel, Anne Laborier, Caroline de Maublanc et Héloïse Vincent, sans oublier Vincent Barbare.

Pour me contacter :
lafilledelogre@yahoo.com

Bibliographie

Gabriel Conesa, *La Confession de Carlos, tueur à Saint-Domingue*, Paris, Éditions Julliard, 1974.

Jesús de Galíndez, *La Era de Trujillo : un estudio casuístico de dictadura hispanoamericana*, Santiago du Chili, Editorial del Pacífico, 1956.

Porfirio Rubirosa, *Mi vida como play boy*, Saint-Domingue, Éditions Letra gráfica, 2008.

Flor de Oro Trujillo, « My tormented life as Trujillo's daughter », entretien avec Laura Bergquist, *Look*, v. 29, n° 12, 15 juin 1965. Et « My life as Trujillo's prisoner » entretien avec Laura Bergquist, *Look*, v. 29, n° 13, 29 juin 1965.

Bernardo Vega, *Trujillo en la intimidad según su hija Flor*, Saint-Domingue, Fundación Cultural Dominicana, 2009.

Bernardo Vega, *Nazismo, Fascismo y Falangismo en la Republica Dominicana*, Saint-Domingue, Fundacion Cultural Dominicana. 1985.

Bernardo Vega, *Los Trujillo se escriben*, Saint-Domingue, Fundacion Cultural Dominicana, 1987.

Lectures connexes

Mario Vargas Llosa, *La Fête au bouc*, trad. d'Albert Bensoussan, Paris, Gallimard, Coll. « Du monde entier », 2002.

Manuel Vázquez Montalbàn, *Galíndez*, trad. de Bernard Cohen, Paris, Le Seuil, 1992.

Julia Alvarez, *Au temps des papillons*, trad. de Daniel Lemoine, Paris, Éditions Metailié, 1997.

Cet ouvrage a été composé et mis en page
par Nord Compo à Villeneuve-d'Ascq

Imprimé en France par
CPI Brodard & Taupin
en septembre 2023
N° d'impression : 3054185

Pour plus d'information :
www.lisez.com
Imprimé sur du papier issu de forêts gérées durablement.

Pocket – 92 avenue de France, 75013 PARIS

S33302/01